Rosemary Rogers wurde auf Ceylon geboren und lebt heute in Connecticut. Seit Jahren ist sie eine der beliebtesten Autorinnen von Liebesromanen. Ihre Bücher haben eine Weltauflage von über 50 Millionen Exemplaren.

Deutsche Erstausgabe Mai 1998

Titel der Originalausgabe: »Midnight Lady«

Originalverlag: Avon Books, The Hearst Corp., New York
Umschlaggestaltung: Agentur Zero, München
Umschlagabbildung: Thomas Schlück, Garbsen
Satz: Pinkuin Satz- und Datentechnik, Berlin
Druck und Bindung: brodard & taupin, La Flèche
Printed in France
ISBN 3-426-69010-1

2 4 5 3 1

Rosemary Rogers

Entführer aus Leidenschaft

Roman

Aus dem Amerikanischen von
Georgia Sommerfeld

Knaur

Prolog

England, 1799

Die kleinen Flammen in der Lampe hoch oben an der Wand genügten nicht, um den Korridor zu erhellen. Schatten kauerten entlang der Täfelung und in den Ecken wie hungrige Bestien, die darauf lauerten, jeden, der sich in ihre Nähe wagte, zu verschlingen. Obwohl es verboten war, schob Kyla den Daumen in den Mund und lutschte heftig daran. Langsam bewegte sie sich auf den Trost versprechenden Lichtschein zu, der aus der einen Spalt offenstehenden Tür des Schlafzimmers ihrer Mutter fiel. Sie beschleunigte ihre Schritte, damit ihr die Tür nicht wieder vor der Nase zugemacht würde, wie es oft geschah, wenn sie nachts zu Maman ins Bett kriechen wollte, und Marie sie daran hinderte. Wo *war* Marie? Ihr Kindermädchen war offenbar ausgegangen, und wenn sie zurückkäme, würde sie nach Wein riechen und kicherig sein und ihr zischend einschärfen, schleunigst ins Bett zurückzugehen und sie ja nicht zu verraten, oder der Schwarze Mann würde sie holen.

Bei dem Gedanken stieg ein leises Wimmern in ihrer Kehle hoch. Würde der Schwarze Mann *hierher* kommen, um sie zu holen – in den Korridor vor der Tür ihrer Mutter? Sie legte die gespreizten Finger auf die Täfelung und ließ sie, den Daumen der anderen Hand noch immer zur Beruhigung im Mund, auf

dem unebenen Holz entlanggleiten. Obwohl sie schreckliche Angst hatte, zwang sie sich, einen Fuß vor den anderen zu setzen, bis sie direkt vor der Tür stand. Sie blinzelte verwirrt.
Was geschah da drinnen? Sie hörte Stimmen – Mamans und eine, die wie die des Mannes klang, der sie jetzt abends immer besuchte. Sie schob die Unterlippe vor und verspürte wieder dieses komische Gefühl. Sie mochte ihn nicht. Er war kein netter Mann, denn manchmal, wenn er da war, hörte sie Maman aufschreien, und es klang, als würde ihr wehgetan. Aber wenn sie sie dann später sah, schien Maman nichts zu fehlen. Nein, sie lächelte sie liebevoll an, wobei Kyla ihr anmerkte, daß sie sie gar nicht richtig wahrnahm – nicht einmal, wenn sie ungezogen war und ihren Tee verschüttete oder absichtlich Kekskrümel auf den Boden fallen ließ, um Maman zu *zwingen*, sie anzusehen, anstatt sie nur auf so geistesabwesende Art anzulächeln und zu nicken.
Jetzt war er also schon wieder hier, und das gefiel ihr ganz und gar nicht. Sie drückte die Tür weiter auf und schaute um die Ecke. Ihre blonden Haare hingen ihr in die Augen, doch sie konnte zwischen den zerzausten Locken hindurch sehen.
Maman trug nur ihren roten Morgenmantel, und er stand offen – und sie hatte nichts darunter an! Ihre schönen, hellen Haare, die sie sonst zu einer Krone frisiert trug, umspielten ihr Gesicht. Sie schaute unverwandt zu dem Mann auf und protestierte nicht, als er sie *dort* berührte, an der Stelle, von der man Kyla gesagt hatte, *niemand* dürfe sie je berühren. Warum tat er das? Und warum ließ Maman es zu? Sie saß regungslos auf ihrem Stuhl, während die Hände des Mannes sie streichelten und manchmal so fest zwickten, daß sie leise aufstöhnte.
Bestürzt machte Kyla einen Schritt ins Zimmer. Ihre nackten Zehen gruben sich in den flauschigen Teppich. Die beiden be-

merkten sie nicht, und sie blieb unschlüssig stehen. Man hatte ihr gesagt, sie dürfe nachts auf keinen Fall zu Maman gehen, müsse statt dessen nach Marie rufen, wenn sie etwas brauche – aber Marie war nicht da. Ihr Nachtlicht war erloschen, und die Dunkelheit umschloß ihr Bett mit riesigen, beängstigenden Schatten.

Der Mann verdeckte jetzt Maman, sie konnte ihre Mutter nicht mehr sehen, nur noch seinen Rücken. Seine weißgepuderten Haare waren zu einem Schwänzchen zusammengebunden, und er beugte sich vor, drückte Maman auf ihrem Stuhl nach hinten und kniete sich, ihre Beine grob auseinanderbiegend, dazwischen. Jetzt schrie Maman wieder leise auf, und ihr Morgenrock glitt zu Boden, wo er eine rote Pfütze bildete.

Kyla wimmerte leise. Irgend etwas stimmte nicht. Maman ließ sich doch nie ohne Kleider sehen! Jetzt berührte der Mann sie wieder, nestelte gleichzeitig an ihr und seiner Kleidung herum. Kyla versuchte es zu unterdrücken, doch das Schluchzen bahnte sich seinen Weg, als ihre Mutter wieder diesen seltsamen Laut von sich gab, dieses leise Stöhnen, als werde ihr weh getan.

»Was ist das?« Maman setzte sich auf, stieß den Mann weg, angelte nach ihrem Morgenmantel. Und dann sah sie Kyla dastehen. Sie wurde leichenblaß und sagte auf französisch: »Nein, nein, o mein Gott, mein armes Baby …«

Der Mann drehte sich um. Er strahlte eine solche Wut aus, daß Kyla ihn nicht anzusehen wagte, doch sie spürte seinen Blick wie eine körperliche Berührung. »Wer ist dieses Kind?«

»Meine Tochter, Mylord. Bitte gestatten Sie mir, sie wieder ins Bett zu bringen …«

»Nein. Sie soll herkommen. Deine Tochter, sagst du? Die hast du mir ja schön verheimlicht! Gott, ist das ein hübsches Ding! Genau wie die Mutter, was? Komm her, Kleines … wie heißt sie?«

Maman zögerte, wickelte sich ganz eng in ihren Morgenmantel und sagte schließlich leise: »Kyla.«
»Kyla ... ein ungewöhnlicher Name – und doch so vertraut. Habe ich ihn nicht schon einmal irgendwo gehört? Ach, gleichwohl. Er paßt zu ihr, denn sie ist ungewöhnlich hübsch. Ich sagte, du sollst zu mir kommen, Kyla. Hierher, ja ... du wirst auf meinem Schoß sitzen und ich werde deine hübschen, blonden Haare streicheln.«
Kyla blieb stehen, wo sie war, aber er streckte den Arm aus, packte sie bei der Hand, zog sie zu sich heran und hob sie auf seinen Schenkel, flüsterte unverständliches Zeug und hielt sie umklammert. Es gefiel ihr ganz und gar nicht. Er roch nach saurem Wein und anderen Dingen, die sie nicht erkannte und die ihr unangenehm waren. Seine Oberschenkel steckten in gelben Seidenhosen, die an den Knien von scharlachroten Bändern mit brillantbesetzten Schnallen zusammengehalten wurden. Sie wagte nicht, ihm ins Gesicht zu sehen und starrte statt dessen die glitzernden Schnallen an.
»Hübsches Kind ... so blond und rosig und vollkommen.«
Er hielt sie so fest, daß seine Hände ihr Nachthemd in der Taille zusammenrafften, und die Finger, mit denen er ihre Schenkel streichelte, die das hochgerutschte Nachthemd freigegeben hatte, waren fett und ekelhaft weiß und weich. Sie wand sich und schaute ängstlich zu ihrer Mutter auf.
Mamans Gesicht war bleich. Sie hielt krampfhaft ihren Morgenmantel geschlossen. »Mylord – sie ist erst vier Jahre alt. *Bitte!*«
»Ein reizendes Kind. So jung und unschuldig. Vom Leben unbefleckt.« Seine Stimme war heiser geworden, und es schwang ein seltsamer Unterton darin mit, der etwas Schlimmes bedeuten mußte, denn Maman wurde ganz aufgeregt.

»Stellen Sie sie augenblicklich auf den Boden, Mylord! Ich dulde das nicht!« Maman trat auf sie zu, riß sie von seinem Schoß und drückte sie fest an sich. Kyla hatte in der Schnelligkeit der Bewegung nur einen verschwommenen Eindruck von dem Gesicht bekommen, einer bleichen Fratze mit schwarzen Flecken darauf und dunklen, buschigen Brauen, struppig wie das Fell eines Straßenköters, über farblosen, halbgeschlossenen Augen, bösartigen Katzenaugen, die ihre Mutter anstarrten.
»*Du* duldest es nicht?« Der Mann sprach leise, doch seine Stimme klang plötzlich gefährlich. »Madam befindet sich nicht in der Position, mir Vorschriften machen zu können.«
Kyla schlang die Arme um den Hals ihrer Mutter und atmete beglückt den Duft ihres Parfüms ein, der den Geruch des sauren Weines verdrängte. »Maman – ich mag ihn nicht«, flüsterte sie. »Bring mich wieder ins Bett. Marie ist nicht da, und es ist ganz dunkel in meinem Zimmer.«
»Schsch, mein Schätzchen – sei ein braves Mädchen und warte einen Moment draußen auf dem Flur.«
»Ja, Maman.« Sie protestierte nicht, als ihre Mutter sie auf den Boden stellte, verließ artig das Zimmer. Es brannte nur noch ein Flämmchen in der Wandlampe, und die Schatten im Korridor wirkten noch bedrohlicher als vorher. Kyla drückte sich an den Türrahmen. Einen Moment, hatte Maman gesagt.
Sie hörte sie drinnen sprechen, leise, aber zwischendurch gut verständlich. »Nein! Sie ist ein Kind ... werde auf keinen Fall zulassen ...«
»Aber sie ist so ein reizendes Kind ... zahle gut für sie ... schließlich mußt du auch an die Zukunft denken ...« Lachen. *Niederträchtiges* Lachen, nicht nett und lustig, sondern hart und grausam.
Kyla kniff die Augen zu und preßte die Hände auf die Ohren.

Sie dachte an den Park, wo Blumen blühten und Bäume Schatten spendeten und Enten auf dem Wasser schwammen und sie laut anquakten, wenn sie ihnen Brotrinden zuwarf.
Plötzlich kam der Mann heraus. Er war wütend. Sein Gesicht war dunkelrot und seine Stimme zornig. »Du machst einen großen Fehler, meine Liebe. Nach diesem Abend wirst du in London nicht mehr so wohlgelitten sein, das kann ich dir versichern. Vielleicht solltest du dir mein Angebot doch noch einmal durch den Kopf gehen lassen. Es bleibt dir letztendlich gar nichts anderes übrig. Oder glaubst du, du wirst immer eine so zarte Haut und ein so hübsches Gesicht haben? Wenn deine Reize eines Tages dahin sind, wird es keinen Beschützer mehr für dich geben – und kein Geld. Bedenke das!«
»Gehen Sie! Es gibt nichts, womit Sie mich umstimmen könnten!«
»Oh, das sehe ich ganz anders.« Er schnurrte jetzt fast wie ein riesiger Kater, der gerade einen Vogel verspeist hatte. »Du wirst deine Meinung ändern, meine Liebe – du hast keine Wahl. Dafür sorge ich.«
»Hinaus!«
Kyla hatte ihre Mutter noch nie so gehört, und die schrille, angstvolle Stimme war so erschreckend, daß sie zu weinen anfing. Maman kam zu ihr gestürzt und stellte sich schützend vor sie.
»Gehen Sie, Mylord«, sagte sie in ruhigerem Ton. »Ich werde alles tun, um meine Tochter vor Männern wie Ihnen zu schützen.«
»Dann solltest du sie davor bewahren, das zu werden, was du bist, Werteste – aber ich fürchte, das wird nicht möglich sein. Sie wird eines Tages dasselbe sein wie du, denn sie hat gar keine Chance auf ein anderes Leben.«

»Sie irren sich!« Maman drückte sie so fest an sich, daß sie kaum noch atmen konnte. »Meine Tochter wird eines Tages bekommen, was ihr zusteht.«
»Ohne Zweifel, Madam.« Er klang amüsiert. »Aber du mußt erst noch begreifen lernen, was das *ist.*«
»Gehen Sie! Verlassen Sie mein Haus!«
»Dein Haus ist es nur so lange, wie du es bezahlen kannst, vergiß das nicht – und ohne mein Geld wird das nicht lange sein. Glaube ja nicht, daß ich dir gestatte, wegzugehen, bevor ich dich satt habe, meine Liebe – ich werde es nicht tun.« Wieder lachte er unangenehm. »Keine Angst – ich komme morgen wieder. Und dann werden wir *drei* es uns schön machen, nicht wahr?«
Kyla vergrub das Gesicht in der Kuhle zwischen Mamans Hals und Schulter und hörte mit unsäglicher Erleichterung, daß die Schritte des Mannes sich entfernten und gleich darauf die Tür hinter ihm zuschlug. Jetzt hatte sie Maman wieder für sich allein.
»Ich mag den Mann nicht, Maman.«
»Ich auch nicht, mein Schätzchen – ich auch nicht.« Mamans Stimme zitterte so, wie manchmal, wenn Kyla sie im Garten mit einem feuchten Taschentuch und geröteten Augen überraschte. »Aber jetzt«, fuhr sie fort und klang wieder richtig fröhlich, »werde ich dich, mein süßes, kleines, über alles geliebtes Mädchen ins Bett bringen und dir eine Geschichte von einem Ort erzählen, wo immer die Sonne scheint und es Blumen und Bäume gibt, wie du sie noch nie gesehen hast, und große graue Tiere, die größer als Kutschen sind und lange Nasen haben, die auf dem Boden schleifen ...« Sie brach ab, schluchzte leise und drückte Kyla so fest an sich, daß sie sich in jäher Angst zu winden begann.
»Wird uns auch nichts passieren, Maman?«

»Oh, mein liebes, kostbares Schätzchen – ich hoffe nicht. Ich werde es tun. Ich werde ihm sofort schreiben, und vielleicht wird er nach uns schicken … o Gott, ich habe keine andere Wahl. Ich kann jetzt nichts anderes tun, denn er hat recht … aber die Gefahr ist hier größer als dort. Ja, für dich werde ich es tun. Wenn möglich, werden wir dieses Land morgen verlassen.«
Kyla hatte kaum etwas von alldem verstanden. Gleichermaßen neugierig wie ängstlich fragte sie: »Maman? Wir werden England verlassen?«
»Ich hoffe es, mein Herzensschatz, ich hoffe es …« Nach einer Pause fügte sie mit unendlich trauriger, leiser Stimme hinzu: *»Edward, Edward – warum hast du uns das angetan …?«*
»Wer ist Edward, Maman? Ist er ein böser Mann?«
Maman schaute sie erschrocken an, und dann drückte sie sie wieder an sich, hüllte Kyla wieder in ihren Gardenienduft. »Eines Tages werde ich es dir erzählen, mein Liebling – aber denke nicht mehr an das, was du heute abend erlebt hast. Vergiß es einfach – ich sorge dafür, daß dir nichts geschieht. Und jetzt bringe ich dich zurück ins Bett und bleibe bei dir, bis du dich nicht mehr fürchtest.«
Aber es war schwierig, sich nicht zu fürchten, wenn Maman die Tränen über die Wangen liefen und auf den Morgenrock tropften. Kyla hoffte, daß der böse Mann, der ihre Mutter zum Weinen brachte, *nie* wiederkäme.

Teil 1

London 1816

Kapitel 1

Dicke Nebelschwaden trieben über der Themse dahin, hüllten die anderen Schiffe in regenbogenfarben schillernden Dunst, verwandelten die Gebäude am Ufer in die hungrigen Bestien ihrer Kindheitsängste. Der Nebel dämpfte das Knirschen der Wanten und das Flappen der Segel, ließ den Lärm des Hafens wie weit entfernt erscheinen. Kyla van Vleet zog ihr zierliches Näschen kraus, als die Sea Lady ihren Bug durch den Irrgarten aus Schiffen und den breiten, gewundenen Streifen aus schmutzigem Wasser hinunterschob. Wie London stank! Müll und Küchenabfälle trieben auf dem Fluß. Zwischen Nebelfetzen sah sie fröhlichbunte Flußboote mit üppigen Goldverzierungen neben schäbigen Lastkähnen hertreiben. Hunderte von kleinen Booten schossen wie Wasserflöhe umher.
Nach der Durchfahrt unter den hohen, ausladenden Bögen der London Bridge, bildeten lange Reihen von Schiffen Wasserstraßen, in denen sich französische, niederländische, spanische und zahllose andere Schiffe drängten. Der Nebel behinderte nicht nur Kylas Sicht, die das Gewimmel um sie herum gerne genauer betrachtet hätte, sondern er war auch noch mit Massen winziger Rußpartikel durchsetzt. Schornsteine schickten dicken, schwarzen Qualm gen Himmel, der den Nebel zu einer beißenden Mischung machte, die in Augen und Nase brannte. Nie-

mand hatte ihr erzählt, wie *schmutzig* sie London vorfinden würde – aber andererseits war sie ja auch aus Indien Schmutz gewöhnt, wo die Straßen und Marktplätze in Poona von Menschen und Dreck überquollen. Warum hatte sie angenommen, daß es in London anders wäre? Doch die Atmosphäre unterschied sich wesentlich von der ihr bekannten, versprach Aufregungen, die sie mit Vorfreude erfüllten – und mit Angst.
Kyla stand an der Reling und umklammerte mit ihren behandschuhten Händen das glatte Geländer. Was würden sie sagen? Wie würden sie sie empfangen? Oh, *warum* war sie nur hierher zurückgekommen? Aber sie kannte die Antwort auf diese Frage, wußte, daß sie keine Wahl gehabt hatte. Es war eine Entscheidung gewesen, die sie irgendwann auf jeden Fall getroffen hätte, auch wenn Papa Piers nicht Tante Celeste aus London hätte kommen lassen, damit sie sie hierher begleitete.
Ein Windstoß fuhr in Kylas blonde Haare, packte die blauen Bänder an ihrem Hut und ließ sie ihr Gesicht peitschen, das von der scharfen Brise brannte, die über das Deck fegte. Ein Mitglied der Mannschaft – Mr. Rand, der erste Maat, der *sehr* bemüht um ihr Wohlergehen gewesen war – warf ihr im Vorübergehen einen langen Blick zu, aber Kyla tat, als bemerke sie ihn nicht. Er war auf der langen Reise eine angenehme Zerstreuung gewesen, und sie hatte ein wenig mit ihm geflirtet – was ihr von Tante Celeste den Tadel einbrachte, grausam zu sein –, aber das war auch schon alles.
»Du *weißt,* daß dies nur in einer Enttäuschung für ihn enden kann, *ma chérie* – also mach ihm keine Hoffnungen.«
»Ich habe nichts gesagt, Tante, das Mr. Rand Grund geben könnte, mehr in mir zu sehen als einen Passagier.«
»Es sind deine Augen, Liebes. Sie sind ungewöhnlich mit diesen langen Wimpern, die an graziöse Flügel erinnern – ja, deine

Augen sprechen Bände, verheißen unbewußt das Paradies. Ich weiß, daß du nichts dafür kannst – du hast das von deiner Mutter geerbt – aber du mußt es, wenn du Männern begegnest, bedenken. Also sei nicht grausam zu dem armen Mann.«

Und so hatte sie ihn für den Rest der Reise ignoriert, aber er schaute sie trotzdem weiter mit sehnsuchtsvollen Augen an, wie auch jetzt auf dem Vordeck, und sie wandte sich ab. Die Sea Lady steuerte geschickt durch die braunen, stinkenden Fluten, manövrierte zielstrebig dem Kai entgegen.

»Wir sind gleich da, Kyla.« Celeste du Bois klang forsch und nüchtern, doch unter ihrer äußerlichen Gelassenheit war ein leichtes Zittern in ihrer Stimme zu bemerken. War sie aufgeregt oder ängstlich? Es war nicht zu erkennen, denn Celeste war stolz darauf, in jeder Situation die Beherrschung zu bewahren, und jetzt streifte sie gerade mit geübten Fingern die teuren Handschuhe über, die ihr in Londons Threadneedle Street auf die Hände geschneidert worden waren, denn die Comtesse du Bois war – obwohl die Revolution in Frankreich den Adel abgeschafft hatte – die Personifizierung dieser im Sinne des Wortes ausgestorbenen Gattung. Die elegante Gräfin Celeste war, bis Faustine einem Fieber zum Opfer fiel, deren beste Freundin gewesen.

Arme Maman. Kyla dachte oft an sie, ihre zarte Mutter, deren ätherische Schönheit in der sengenden Sonne und Hitze Indiens so gänzlich fehl am Platze wirkte. Aber ihre zerbrechliche Erscheinung, ihre goldblonden Haare und die alabasterfarbene Haut, die ihr etwas Elfengleiches verliehen, waren ein Täuschungsmanöver der Natur, denn sie war eine Frau von ungemeiner innerer Stärke. Wie sonst hätte sie die Greuel der Französischen Revolution überlebt oder es ertragen, von ihrem aristokratischen Ehemann verlassen zu werden? Gott sei Dank

für Piers van Vleet! Der reiche niederländische Kaufmann war in tiefer Liebe zu Faustine entbrannt und hatte eine echte Zuneigung für ihre Tochter Kyla entwickelt.
Doch nun hatte sie das ihr vertraute Leben hinter sich gelassen. Ihre Mutter war tot, und der einzige Vater, den sie je kannte, hatte sich aus der Furcht heraus, was aus ihr würde, wenn er einmal nicht mehr wäre, dazu durchgerungen, sie wegzuschikken.
»*Ja,* du brauchst mehr als ich dir geben kann, *Engel*«, sagte er mit seinem starken, holländischen Akzent. »Und darum halte ich es für besser, daß du Indien verläßt und an einen Ort gehst, wo du ein besseres Leben führen kannst. Such dir einen guten Ehemann.«
Einen Ehemann? Kyla hätte beinahe gelacht, als er das sagte. Sie war fast einundzwanzig, in den Augen der meisten hatte sie ihre besten Jahre schon hinter sich. Natürlich hatte sie von den in Indien stationierten, englischen Soldaten ein gerüttelt Maß an Aufmerksamkeit erfahren, aber keiner von ihnen hatte sie ernsthaft interessiert. Entweder waren sie zu aufdringlich oder allzu offensichtlich an der Dividende aus Papa Piers' Aktien der East India Company und dem Ertrag seiner florierenden Plantage interessiert. Aber was hätte sie auch mit einem rotbackigen, von der eigenen Wichtigkeit durchdrungenen, jungen Lieutenant anfangen sollen – oder mit einem der grauhaarigen Colonels, die ihr ihre Aufwartung machten, und in deren aller Augen die gleiche Lüsternheit und Hoffnungslosigkeit stand ... Nein! Sie würde ihre Tage lieber als alte Jungfer beschließen, denn als unzufriedene Frau eines Offiziers.
Viel lieber als in langweiliger Herrengesellschaft verbrachte sie ihre Zeit mit Lesen oder jagte so schnell mit einem Pferd über die von der Sonne versengten Ebenen, daß der heiße Wind ihr

fast den Atem nahm – und abends, wenn es dunkel war, stahl sie sich aus dem Haus und hinunter zu dem schmalen, trüben Flüßchen, das in den Codavari mündete und beinahe lautlos an dem weitläufigen, unter den Jakfruchtbäumen erbauten Haus vorbeifloß. Dort entledigte sie sich trotz der verzweifelten Proteste ihrer *ayah* ihrer Kleidung und tauchte in das kühle Naß ein. Dieser Platz war einer ihrer Zufluchtsorte, ihr Lethe, wo die Zeit keine Gültigkeit hatte und sie nur von den dunklen Wassern des Vergessens umgeben war, vorübergehend des Kummers ledig, der sie ansonsten auf Schritt und Tritt begleitete.

Aber nun hatte sie Indien verlassen, den herrlichen Sonnenschein und ihre geliebte *ayah*, die sie aufgezogen hatte. Indien. Sie vermißte es bereits. Die weißgetünchten Hausmauern, die in der gleißenden Sonne zartrosa schimmerten, das üppige Grün der Mango- und Jakfruchtbäume, die wie poliert glänzenden Blätter und riesigen Früchte, die weitreichenden, dicken Wurzeln des Banyanbaumes, die an die Zähne eines schadhaften Kammes erinnerten – all das hatte sie zurückgelassen, um in dieses ungemütlich kalte Land mit seiner grauen See und dem trostlosen Himmel zu kommen, an das sie sich kaum noch erinnerte.

Nieselregen verwob Meer und Himmel am Horizont miteinander, so daß man nicht sagen konnte, wo das Meer endete und der Himmel begann, und die Lagerhäuser, die nebelverschleiert den Kais entlang aufragten, schienen zu schweben. Farbkleckse verschwammen mit grauen Steinklötzen, nur einen Moment lang wie Geistererscheinungen sichtbar, ehe sie wieder im Dunst versanken.

Kyla zog ihr Cape enger um sich. Gott sei Dank hatte sie das wärmende Kleidungsstück eingepackt. Celeste hatte natürlich wie üblich recht gehabt, aber sie kannte das englische Klima schließlich – immerhin wohnte sie schon seit zwanzig Jahren in London.

»*Mon Dieu*«, sagte Celeste und gestattete sich, ein wenig Erregung zu zeigen, als das Schiff schwerfällig beidrehte. »Wir legen endlich an! Diese alte Badewanne schlingert ja grauenvoll. Aber sie hat uns tatsächlich heil hergebracht. Wir sind da!«

Mit einer graziösen, ausladenden Geste lächelte sie ihr strahlendstes Lächeln, und Kyla konnte ihre Erleichterung verstehen, nachdem die Tante den größten Teil der Reise seekrank in ihrer stickigen Kabine zugebracht hatte, während ihre Patentochter auf dem Oberdeck herumschlenderte und die frische Luft und die Meeresbrise genoß. Selbst jetzt waren noch schwach die dunklen Ringe unter Celestes warm leuchtenden, braunen Augen zu erkennen, Zeugen ihres auf der Überfahrt ausgestandenen Elends und ihrer Schwüre, nie wieder ein Schiff zu betreten – nicht einmal, um ihre einzige Patentochter zu retten, nein, unter keinen Umständen.

Kyla unterdrückte ein Lächeln ob Celestes theatralischer Geste und stellte die Frage, die ihr seit dem Moment, als sie die Wahrheit über ihre Herkunft erfahren hatte, auf der Seele lag: »Wie werden sie mir begegnen, Tante Celeste? Diese Leute haben mich noch nie gesehen und vielleicht noch nicht einmal jemals etwas von mir gehört.«

»Wie könnte irgend jemand dich nicht lieben, *ma petite?* Du bist so schön, ähnelst deiner Maman so sehr, hast ihr Madonnengesicht, die seidenweichen, blonden Haare und diese *ungewöhnlichen* Augen, die wie die Wasser des Mittelmeers zwischen Blau und Grün wechseln. Nein – es ist unmöglich, dich *nicht* zu lieben.«

»Aber glaubst du, sie wird mich akzeptieren – diese Frau, die meinen Vater geheiratet hat?«

Celeste runzelte so stark die Brauen, daß sie sich über der Nasenwurzel berührten. Sie schaute weg, über die schwankende Reling, hinüber zu den nur undeutlich erkennbaren Silhouetten der Lagerhäuser und der dahinterliegenden Stadt. Als sie sich Kyla wieder zuwandte, umspielte ein trauriges Lächeln ihre Lippen. »*Non, petite* – ich denke nicht, daß sie dich mit offenen Armen empfangen wird. Du kannst dir vorstellen, daß die verwitwete Herzogin von Wolverton nicht begeistert sein wird, wenn sie erfährt, daß noch jemand Anspruch auf das Erbe ihres verstorbenen Mannes – deines Papas – erhebt. Und auch der neue Herzog wird es nicht sein. Aber ich bin sicher, daß die Anwälte die Sache regeln werden und du bald über das wirst verfügen können, was dir schon seit langer Zeit gehören sollte.« Celestes Ton wurde ein wenig härter, und die üblicherweise so lebendigen und fröhlichen Augen wurden dunkel und hart wie Glas. »Es hätte schon meiner geliebten Faustine zugestanden, aber diese – diese *canaille!* – die die Eltern deines Vaters waren, verwehrten es ihr.«
Kyla umklammerte die Reling und lehnte sich an das glatte Geländer, um das Gleichgewicht zu halten, als das Schiff plötzlich stark schaukelte. Sie starrte über den breiten Wasserstreifen zum Ufer hinüber, dem sie sich inzwischen so weit genähert hatten, daß die Gebäude in dem trüben Licht deutlich zu erkennen waren. Ihre Erinnerungen waren so vage und beruhten zudem auf der Sichtweise eines Kindes, waren nur ein Sammelsurium von Eindrücken, die wenig Rückschlüsse auf reale Gegebenheiten zuließen.
Um sich von den aufsteigenden, beunruhigenden Erinnerungen abzulenken, die eher den Charakter schlechter Träume hatten, wandte sie sich von der Reling ab und Tante Celeste zu. »Ohne Mamans Tagebuch hätte ich die Wahrheit gar nicht erfahren – oder hättest du sie mir erzählt?«

Celeste zögerte, und Kyla spürte fast körperlich ihren Widerwillen, bevor sie den Kopf schüttelte. »Nein – das hätte ich nicht getan, *petite*. Ich hätte nicht das Recht dazu gehabt. Es war allein die Sache deiner lieben Maman, und wenn sie es dir hätte sagen wollen ... aber vielleicht war dies sogar die beste Erzählform. Es war fast so, als spreche sie mit dir, *n'est-ce pas,* nicht wahr?«

Ja, genau so war es gewesen. Papa Piers hatte ihr die kleine, mit Samt ausgeschlagene Teakholzschatulle, die viele Jahre auf dem Nachttisch ihrer Mutter gestanden hatte, erst zwei Wochen vor ihrer Abreise aus Indien überreicht. Sie enthielt – neben den wichtigen Heiratspapieren – ein Tagebuch, in dem über viele Jahre hinweg Verrat, Hoffnungen, Träume und unbarmherzige Enttäuschungen geschildert waren, und das so anschaulich, daß Faustine in der Schrift auf den parfümierten Seiten für kurze Zeit wieder zum Leben erwachte. Weinend hatte Kyla sich geschworen, ihr rechtmäßiges Erbe einzufordern, den Platz im Leben einzunehmen, der ihrer Mutter zugestanden hätte. Schließlich war das ihr gutes Recht, oder? Und es war Faustines größter Wunsch gewesen, daß ihre Tochter von dem Mann anerkannt würde, der sie gezeugt hatte.

Sie konnte sich, abgesehen von Papa Piers, nur an einen Mann erinnern, den sie mit ihrer Mutter zusammen gesehen hatte – und diese Erinnerung bestand mehr aus Geräuschen und vagen Eindrücken, denn aus deutlichen Bildern.

War jener Mann ihr Vater gewesen? Ein Schauder durchlief sie. Nein – das war undenkbar. Er konnte nicht ihr Vater gewesen sein – nicht dieser schreckliche Mensch, der sie als kleines Mädchen so festhielt, daß sie Angst bekam, und mit einer Stimme zu ihr sprach, daß sie sich unbehaglich fühlte – schmutzig. Wenn sie ihn sich nur genauer angeschaut hätte! Aber sie hatte sich damals so gefürchtet, war so verstört durch sein katzengleiches Schnurren gewesen, das sie wie schartige Fingernägel auf der Haut empfand. Sie hatte die Erinnerung weggeschoben, in den hintersten Winkel ihres Gedächtnisses, zu ihren Ängsten vor dem Butzemann und vor Gewittern.

Und jetzt war sie wieder in London, wo der Duke of Wolverton Faustine Auberge kennengelernt hatte, ein schönes Mädchen, das vor den Greueln der Revolution in ihrer Heimat Frankreich nach England geflohen war. Die Einzelheiten ihrer Liebesgeschichte faszinierten Kyla sogar, während sie über den schrecklichen Verrat an ihrer Mutter weinte. Der Herzog hatte die schöne Faustine allen Protesten seiner Eltern zum Trotz geheiratet – davon zeugte die Urkunde, die all die Jahre in der Teakholzschatulle darauf gewartet hatte, als Beweis vorgelegt zu werden. Und jetzt war der Herzog tot.

Kyla atmete tief die Luft ein, die nach Meer und Flußtang roch. *Ich bin eine Erbin. Vielleicht eine verstoßene Erbin, aber durch das Blut mit einer der ältesten Familien Großbritanniens verbunden. Und ich bin entschlossen, mein rechtmäßiges Erbe bei denen einzufordern, die es Maman verweigerten!*

»Du weißt«, sagte Celeste, als ihr Gepäck auf der Kutsche vertäut worden war und sie in dem schwankenden Gefährt unterwegs waren, »daß meine arme Faustine den Beweis für ihre abgelegten Gelöbnisse nicht nur wegen des Nachfolgenden aufbewahrt hatte, sondern auch, weil sie wollte, daß du eines Tages bekommen würdest, was dir nach dem Gesetz zusteht.«

Kyla, die gerade mit ihren behandschuhten Fingerknöcheln ein Guckloch in die beschlagene Scheibe des Kutschenfensters wischte, nickte. »Ja. Aber gleichgültig, was andere sagen mögen – sie war nicht schlecht.« Plötzlich stachen aufsteigende Tränen in ihren Augen und ließen ihre Kehle eng werden. Sie wandte sich Celeste zu, deren Gesicht den gleichen Kummer ausdrückte.

»Es war nicht schön, was aus meiner armen Faustine wurde, *petit chou* – aber wie sonst hätte eine Frau, deren Ruf und Leben ohne ihr eigenes Verschulden zerstört worden waren, sich und ihr Kind durchbringen sollen? Sie hatte keine Wahl. Verüble ihr nicht, was aus ihr wurde – im Innern blieb sie immer das liebe, unschuldige Mädchen, das sie gewesen war.«

»Das weiß ich.« Eine plötzliches Kratzen im Hals ließ die Worte heiser und mißtönend klingen, und Kyla räusperte sich. »Ich weiß, daß Maman nicht war, was manche behaupten, denn Papa Piers erzählte mir, wie sie in Indien ankam – flügellahm wie ein erschöpfter, zarter Schmetterling, noch ganz entkräftet von dem Sturm, in den sie geraten war. Wäre Papa Piers nicht gewesen ...«, sie atmete rauh, »wäre Papa Piers nicht gewesen, wäre sie schon viel früher gestorben. Ich werde ihm nie zurückgeben können, was er für sie getan hat – und für mich.«

»Piers van Vleet ist ein anständiger Mann, *ma petite*. Leider gibt es nicht viele davon. Laß dir von niemandem einreden, du habest keinen Anspruch auf das Erbe.« Ihre Stimme war härter geworden. »Du *hast* Anspruch darauf. Du bist eine Wolverton, und es ist dein Geburtsrecht, das du einforderst. So viele haben ihre Geburtsrechte durch selbstsüchtige, rücksichtslose Handlungen anderer eingebüßt ... so viele ...«

Celestes Stimme verlor sich in Schweigen, wie es oft geschah, wenn sie auf die Schreckenszeiten in ihrem geliebten Frankreich zu sprechen kam. So viele waren getötet worden, der Adel so gut wie ausgerottet, und sogar König und Königin umgebracht wie Tiere. Faustine hatte nur einmal davon gesprochen, als sie im Fieber fantasierte, und ihr unverständliches Geplapper und ihre Schreie hatten Kyla zu Tode geängstigt, bis ihre

ayah irgendwann gekommen war und sie aus dem Zimmer geführt hatte. Wenn die Furcht, die sie übertrug, schon so groß war – wie schrecklich mußten dann die armen Seelen wie Faustine gelitten haben?
In dem trüben Licht, das durch das kleine Fenster hereinfiel, wirkte Celestes Gesicht erschreckend blaß. Zarte Linien strahlten von ihren Augen aus, und die zum größten Teil unter ihrem modischen Hut verborgenen, dunklen, glänzenden Haare waren von feinen Silberfäden durchzogen. Noch immer waren Spuren erlebter Qualen auf ihrem hübschen Gesicht zu erkennen – allerdings nur, wenn das Licht so wie jetzt darauf fiel, und dann sah man auch die winzigen weißen Narben, Erinnerungen an unaussprechliche Greuel der Vergangenheit.
Die Comtesse war nur knapp mit dem Leben davongekommen. Der Comte hatte sein Ende auf der Guillotine gefunden, und seine junge Witwe war wie viele andere französische Adlige nach England geflohen, wo die hübsche Celeste dadurch überlebte, daß sie einen Mann kennenlernte, der sie den Fängen der Armut entriß und heiratete. Er war schon älter und nur Baron, aber ein guter Mann, und Celeste war ihm bis zu seinem Tod treu ergeben. So wie Faustine Piers bis zu *ihrem* Tod treu ergeben war.
Kyla beugte sich vor und legte die Hand auf Celestes Knie. »Verzeih mir, Tante – ich wollte keine schmerzlichen Erinnerungen wecken.«
Celeste tätschelte liebevoll ihre Hand. »Die Erinnerungen sind immer wach, *ma petite* – und sie werden nie verblassen. Ich halte sie nur im Zaum so lange ich kann – wie ein Rudel hungriger Wölfe. Aber ich danke *le bon Dieu* von ganzem Herzen, daß ich eine gute Gesundheit und meine Witwenrente habe, wenn auch die Kinder des lieben Reginald sein Vermögen geerbt haben.

Aber es sind gute Kinder, und sie waren recht freundlich zu mir.« Sie seufzte nachdenklich. »Wenn nur Faustine ...«

»Nein – sei nicht traurig wegen Maman. Ihre letzten Jahre waren doch glücklich.« Kyla lehnte sich in die Samtpolster zurück. Die riesigen Räder der Kutsche rumpelten laut, sackten hin und wieder in ein Loch, wodurch Kyla und ihre Tante wie Puppen herumgeschleudert wurden und alle Mühe hatten, die ledernen Halteschlaufen zu fassen zu bekommen, die von der Decke herabhingen. Kyla spähte hinaus, während das hölzerne Gefährt schwerfällig schwankend über das Kopfsteinpflaster ratterte. Unter dem Kostüm aus Schmutz und trostlos grauem Himmel schlug ein kraftvolles Herz in Londons Brust, und trotz ihrer ungewissen Zukunft war sie von großer Zuversicht erfüllt. Was auch immer kommen mochte – sie würde es bewältigen.

Kapitel 2

Kyla schaute auf die elegante Frau hinunter, die am Kamin saß. Gelborange Flammen spiegelten sich in den auf Hochglanz polierten Messingfeuerböcken und der schweren, silbernen Teekanne auf dem Tisch. Mit Brüsseler Spitze eingefaßte Servietten lagen über den Tisch drapiert und schäumten wie gestärkte Gischt vom Schoß der Witwe. Eine furchteinflößende *grande dame* mit angeborener Arroganz musterte Kyla über den Rand einer zarten, weißen Porzellantasse mit exquisitem Rosenmuster. Sie nippte mit einer bemerkenswerten Gelassenheit an ihrem Tee, die nur ein kaum wahrnehmbares Zittern ihrer Hand Lügen strafte.

»Was genau wollen Sie von uns, Miss van Vleet?«

Sie stellte die Frage in so kaltem, distanziertem Ton, als sei Kyla gekommen, um ein ausgeliehenes Teeservice einzufordern und nicht die ihr lange verwehrten Rechte. Beinahe hätte sie ihre ohnehin nur mühsam gewahrte Beherrschung verloren. »Nichts, was mir nicht zustünde, Euer Gnaden«, antwortete sie scharf.

Die Herzogin versteifte sich kaum merklich, doch ansonsten verriet kein Wimpernzucken, kein Aufblitzen in ihren Augen, kein Zucken ihrer Lippen irgendeine Gefühlsregung.

»Dann hätten Sie sich diesen Besuch sparen können, Miss van Vleet, denn es steht Ihnen nichts zu.«

Kyla starrte sie an. »Nichts? Sie schätzen mich falsch ein, wenn Sie glauben, daß ich nicht für meine Rechte kämpfen werde, Euer Gnaden. Ich habe nichts zu verlieren.«

Die Tasse klirrte leise auf der dünnen Untertasse, als die Herzogin sich zum Teetisch vorbeugte, um sie darauf abzustellen. »Ich muß Sie korrigieren, meine liebe Miss van Vleet: Sie haben nichts zu *gewinnen*. Was haben Sie erwartet? Daß ich sage, Ihr Anspruch sei berechtigt? Nun, das werde ich nicht tun, denn er ist es nicht. Wie Ihre Anwälte bereits informiert wurden, war Ihre Mutter nicht mit meinem verstorbenen Mann verheiratet, aber selbst, wenn sie es gewesen wäre, würde daraus nicht zwangsläufig folgen, daß Sie sein Kind sind.«

Celeste hatte sie zwar gewarnt, daß die Herzogin nicht nachgeben würde, aber die kühle Selbstsicherheit und achselzuckende Verleugnung löste einen brennenden Zorn in Kyla aus. Sie trat einen Schritt vor.

»Bei allem Respekt, Euer Gnaden – ich bin im Besitz von Papieren, die die Rechtmäßigkeit meines Anspruchs beweisen. Die Eltern des Herzogs konnten ihn zwar zwingen, meine Mutter zu verstoßen, aber sie nicht, die Dokumente herauszugeben. Sie versteckte sie, und ich habe sie.«

Die einzige Reaktion war ein kurzes Flackern in den Augen der Herzogin – ihre Stimme blieb völlig gelassen. »Zeigen Sie sie mir, Miss van Vleet – dann werde ich Ihnen sagen, ob sie gültig sind.«

»Ich bin nicht so töricht, Ihnen irgendwelche Dokumente auszuhändigen, Euer Gnaden. Sie sind sicher verwahrt. Alles, was ich von Ihrer Familie fordere, ist mein Anteil am Erbe und die Anerkennung der Eheschließung meiner Mutter mit dem Herzog. Ich verlange mein Geburtsrecht und ihren Namen reingewaschen.«

»Ihre Mutter, meine Liebe, war nichts als eine Kurtisane, eine Dame der Halbwelt, auch wenn Sie das nicht hören mögen. Meinen Sie, irgend jemand würde jemals etwas anderes glauben?« Die Augen unter den schweren Lidern glitzerten. »Nach den vielen Jahren, die sie als Halbweltdame in London verbrachte? Auf keinen Fall. Schließlich war sie eine sehr *bekannte* Halbweltdame. Nein – ich denke nicht, daß Ihr Anspruch bei irgendeinem Regierungsbeamten oder gar einem qualifizierten Richter ein offenes Ohr finden wird.«

»Wagen Sie es nicht, in dieser Weise über meine Mutter zu sprechen! Sie war nicht, was Sie behaupten – sie war sogar von vornehmerer Herkunft als *Sie*, Madam.«

Das entsprach der *Wahrheit*. Beatrice Hyde Parker Riverton mochte die Tochter eines englischen Viscounts sein – Faustine Auberge war das einzige Kind eines französischen Marquis gewesen. Und aus *diesem* Grund war Kyla die Tochter eines Herzogs – also hatte diese arrogante Vettel nicht das Recht, sie wie eine dahergelaufene Schlampe zu behandeln.

Ah, Tante Celeste hat mich gewarnt – aber ich hatte nicht geglaubt, daß es mir so schwerfallen würde, über soviel Anmaßung und Verunglimpfung hinwegzusehen …

Lady Beatrice erhob sich und starrte Kyla wie ein in Seide gewandeter Racheengel mit vornehm verhaltener Wut eiskalt an. »Faustine Auberge war eine blaublütige Dirne. Sie mag in die Aristokratie hineingeboren worden sein, aber sie sank tiefer als jedes Straßenmädchen im Londoner East End. Und jetzt möchte ich Sie bitten, zu gehen. Was auch immer Sie unternehmen werden, um Ihren Anspruch durchzusetzen – es wird nichts fruchten. Ich verfüge über einen ganzen Stab von Anwälten, die Ihre Forderungen mit Leichtigkeit als betrügerisch entlarven werden.«

Zitternd vor Zorn trat Kyla einen weiteren, von dem hochflorigen Orientteppich verschluckten Schritt vor. Die Kaminuhr in dem verschnörkelten Gehäuse aus vergoldeter Bronze tickte laut, und das Feuer zischte bösartig. Ihr Täschchen umklammernd, sagte sie mit bebender Stimme: »Machen Sie sich keine Hoffnungen, Euer Gnaden, mich mit ihren Drohungen einschüchtern zu können. Ich bin gekommen, um mir zu holen, was mir zusteht, und so wahr mir Gott helfe – ich werde es bekommen! Ob Sie wollen oder nicht – Sie werden teilen müssen, was Sie durch den Tod des Herzogs gewonnen haben.«

Die Herzogin lachte mißtönend. »Wie glauben Sie das erreichen zu können? Sie haben keinerlei Handhabe. Ihr Name ist in seinem Testament nicht erwähnt.«

»Als seine Tochter und Erbin habe ich ein Recht auf die Anerkenntnis, die mir verwehrt wurde. Ein Teil Ihres Besitzes gehört nach dem Gesetz *mir*, Euer Gnaden.«

Ein böses, kleines Lächeln umspielte die Lippen der Witwe. »Sie kleine Närrin – Sie hätten sich informieren sollen, bevor Sie hierherkamen. Ashleigh gehört mir nicht, und auch meinen Töchtern nicht – Edwards *legitimen* Kindern. Es ist ein Erbgut. Wissen Sie, was das bedeutet?«

»Natürlich tue ich das. Die Ländereien sind auf den nächsten männlichen Erben übergegangen. Darüber bin ich mir durchaus im klaren.

»Dann sollten Sie sich auch darüber im klaren sein, daß Edwards vier Töchter einen legitimen Anspruch darauf haben, der vor jedem Anspruch eines illegitimen Sprosses, wie Sie einer sind, rangiert.«

»Ganz und gar nicht«, widersprach Kyla lächelnd. »Ich bin schließlich die Erstgeborene. Aber ich bin nicht habgierig – ich will nur, was mein ist. Wenn ich mit vier Schwestern teilen muß, so sei's drum. Aber vergessen Sie nicht, Euer Gnaden, daß ich Rechte habe, die der Erbe des Namens Wolverton wird anerkennen müssen. Und dann wird er mir geben müssen, was mir nach dem Gesetz zusteht.«

»Ach ja? Ich bin wirklich gespannt, wie Sie etwas erreichen wollen, was ich für meine *legitimen* Töchter nicht erreichen konnte. Wenden Sie sich persönlich an den Herzog – falls Sie ihn von den Zwingern und seinen gräßlichen Jagdhunden loseisen können.« Die Herzogin ließ ihren Spitzenfächer flattern und klappte ihn dann mit einer energischen Handbewegung und einem hellen Klacken der Elfenbeinrippen zusammen. »Ich wünschte nur, ich könnte dabeisein und seine Reaktion auf Ihren lächerlichen Anspruch miterleben.«

»Der Wunsch wird Ihnen erfüllt, Tante Beatrice.«

Kyla fuhr herum, und dann stockte ihr der Atem, als sie den Blick des hochgewachsenen Mannes auffing, der im Türrahmen stand. Wie bedrohlich er aussah. Durch ein Spiel des Lichtes glitzerten die grauen Augen unter den schweren Lidern wie Glassplitter, und genauso scharf durchbohrten diese sie. Schwarze Kleidung unterstrich das Beängstigende einer Erscheinung, die einer solchen Unterstreichung gar nicht bedurfte. Mit den hohen Backenknochen, dem gutgeschnittenen Mund, der kerzengeraden, schmalen Nase und dem dunklen Bartschatten entlang seines kantigen Kiefers sah er aus wie … ja, so stellte sie sich einen Piraten vor. Was für ein furchteinflößender Mann!

Er bewegte sich mit der gefährlichen Geschmeidigkeit einer Raubkatze, die Kyla augenblicklich an die schwarzen Panther in Indien erinnerte, die mit angeborener Selbstsicherheit das hohe Gras durchstreiften. Großer Gott – das konnte doch nicht sein … oder doch? War *dieser* Mann der neue Herzog?

Es war keine Überraschung, boshafte Freude in der Stimme der

Herzogin mitschwingen zu hören, als sie sagte: »Darf ich Ihnen Miss Kyla van Vleet vorstellen, Euer Gnaden? Sie ist gekommen, um Ihnen Ihr Erbe streitig zu machen.«

Der eisgraue Dämonenblick wandelte sich zu einem kalt abschätzenden, und seine ebenmäßigen Züge verzerrten sich zu einer solchen Feindseligkeit, daß Kyla alle Argumente vergaß, mit denen sie ihren Anspruch ihm gegenüber hatte verteidigen wollen. Die Duchesse machte eine wegwerfende Handbewegung.

»Miss van Vleet hat hochinteressante Informationen für Sie, Brett. Sie sollten gut zuhören – ich kann Ihnen versichern, es wird Sie amüsieren.«

»Ohne Zweifel.« Der Duke of Wolverton ließ Kyla nicht aus den Augen, und es kostete sie große Mühe, seinem kalten Blick standzuhalten. »Sie wollen also auch Ihr Glück versuchen, Miss van Vleet. Was für eine Geschichte haben *Sie* mir zu bieten? Hat der Herzog auch mit *Ihnen* geschlafen? Sie mit einem Kind sitzengelassen? Kommen Sie schon – seien Sie nicht schüchtern. Sagen Sie mir, was Sie plötzlich zu der Überzeugung gebracht hat, Anspruch auf einen Teil des Nachlasses meines Cousins zu haben, und welche Summe Ihnen vorschwebt.«

»Ich ... es verhält sich ganz anders, Euer Gnaden.« Sie straffte ihre Schultern, doch das Zittern in ihren Kniekehlen drohte sie jeden Moment zu Fall zu bringen. »Meine Mutter war mit dem Herzog *verheiratet*.«

Das Hochschnellen seiner dunklen, geschwungenen Brauen erinnerte an Flügelschlagen. »Wie erfrischend. Das ist doch mal etwas anderes. Sie behaupten, sein *Kind* zu sein?«

»Ja, ich *bin* sein Kind.«

Ihre Stimme hatte so ruhig und fest geklungen, daß er sie aufmerksam musterte. Er stand so dicht vor ihr, daß sie mit der

Hand über seinen faltenlosen Ärmel hätte streichen, hinauflangen und sein Gesicht berühren können – das Gesicht von Luzifer, teuflisch anziehend, mit Augen, in denen das Höllenfeuer loderte.

»Ich bewundere Ihren Unternehmungsgeist, Miss van Vleet, aber ich muß Sie enttäuschen. Es ist mir nichts über frühere Ehefrauen mit berechtigten Forderungen bekannt. Aber wenn Sie tatsächlich das Kind des Herzogs wären, hätte er mit Sicherheit dafür gesorgt, daß Sie ein sorgenfreies Leben führen könnten.«

»Das hat er eben *nicht*. Er wurde gezwungen, meine Mutter zu verstoßen. Da die Herzogin davon Kenntnis hat, müssen auch Sie wissen, daß es wahr ist. Und ich habe Papiere, die es beweisen.«

»Ihre Mutter war Faustine Auberge.«

Obwohl diese Feststellung in scharfem Ton erfolgte, ließ sie Hoffnung in Kyla aufkeimen. »Ja, Euer Gnaden. Sie wissen also von ihrer Heirat.«

»Ich weiß, daß die Ehe annulliert und Ihre Mutter mit einer beträchtlichen Summe abgefunden wurde. Gesetzlich gesehen ist diese Ehe nie geschlossen worden, und ich habe niemals gehört, daß ein Kind aus ihr hervorging. Vielleicht hat Ihre Mutter sich, was die Festlegung des für ihre Schwangerschaft verantwortlichen Mannes anging … äh … vertan.«

Der Ton, in dem er den letzten Satz aussprach, war so zynisch und die darin enthaltene Andeutung so ungeheuer beleidigend, daß Kyla ohne nachzudenken ausholte und den Herzog mit einer Jäheit und Wucht ins Gesicht schlug, die alle drei überraschte. Bevor sie zurückweichen konnte, packte er ihr Handgelenk, und seine Finger drückten ihre Sehnen derart zusammen, daß sie aufschrie.

»Eine Warnung, Miss van Vleet: Ich bin keine Memme, die es

hinnimmt, geschlagen zu werden – gleichgültig, ob von Mann oder Frau. Sollten Sie sich noch einmal dazu hinreißen lassen, werde ich mich entsprechend revanchieren.«

Als er ihren Arm, sie leicht von sich stoßend, freigab, gewann Kyla ihre Fassung zurück. »Wie ungemein männlich von Ihnen, Euer Gnaden. Ich werde mir merken, daß Sie die Neigung haben, Frauen zu schlagen.«

»Nur Frauen, die so töricht und primitiv sind, mich zu schlagen.« Das harte Glitzern in seinen Augen sagte Kyla, daß er sich nicht unter Druck setzen lassen würde, und sie atmete tief ein – allerdings mehr, um Zeit zu gewinnen, als um ihre dramatisch entleerten Lungen mit Luft zu füllen.

»Diese Unterhaltung führt offenbar zu nichts. Ich werde meinen Anwalt beauftragen, sich in dieser Angelegenheit mit Ihnen in Verbindung zu setzen.«

»Die Ausgabe können Sie sich sparen, Miss van Vleet. Wenn Sie glauben, durch das Erbe des Herzogs reich werden zu können, werden Sie eine große Enttäuschung erleben. Als er starb, waren nur noch Haus- und Grundbesitz übrig, und beides in jammervollem Zustand. Alle jetzt vorhandenen Gelder stammen von *mir*. Sie sehen also – es würde Ihnen nichts nützen, Ärger zu machen und alten Klatsch wieder aufleben zu lassen. Alles, was Sie damit erreichen würden, wäre eine Besudelung des Familiennamens und eine Wiederbelebung der Erinnerung der Leute daran, was Ihre Mutter war ...«

»Meine Mutter war eine Lady. Wagen Sie es nicht, ihren Namen noch einmal in den Schmutz zu ziehen.«

»Das kann ich Ihnen zurückgeben. Sollten Sie den Versuch unternehmen, den Ruf dieser Familie zu schädigen, wird es Ihnen leid tun.«

»Ist das eine Drohung, Euer Gnaden?«

»Eine Warnung, Miss van Vleet – eine Warnung.« Er stolzierte an ihr vorbei zur Tür und öffnete sie, und Kyla sah den Butler direkt davor stehen. Er hatte offenbar gelauscht. Der Herzog beauftragte ihn, die Besucherin zum Ausgang zu geleiten. »Und falls sie wiederkommen sollte, lassen Sie sie nicht mehr ins Haus, Reade.«

»Sehr wohl, Euer Gnaden.« Reade trat beiseite, um ihr zu bedeuten, ihn zu begleiten, und Kyla hatte, wenn sie nicht auch noch den letzten Rest Würde einbüßen wollte, keine andere Wahl, als seiner stummen Aufforderung widerspruchslos nachzukommen. Vor der Tür drehte sie sich noch einmal um und musterte den Herzog mit einem, wie sie hoffte, eisigen und hochmütigen Blick.

»Sie werden von mir hören, Euer Gnaden – ich werde nicht ruhen, bis ich meinen Erbteil habe.«

Es war eine letzte boshafte Bemerkung, zwar wirkungslos, aber sie ermöglichte ihr einen einigermaßen stolzen Abgang. Sich schmerzlich seiner Mißachtung bewußt, rauschte sie mit hocherhobenem Kopf davon und ließ ihn, von dem Bild seiner teuflischen, zu einer Totenmaske erstarrten, kalten Züge verfolgt, in der Tür des Empfangssalons stehen.

Am ganzen Leib vor Zorn zitternd, stieg sie in die am Fuß der Freitreppe wartende Kutsche. Als sie Platz genommen hatte, schaute sie nach oben und sah den Herzog am Fenster über dem Flügelportal des klassizistischen Baus stehen. Die Bleiglasscheiben verzerrten seine Silhouette, aber sie erkannte die hochgewachsene, schlanke Gestalt und die lauernde Körperhaltung, die den Eindruck vermittelte, als wittere er Beute. Und genau als die hatte sie sich gefühlt, als er sie mit dem gefährlichen Ausdruck eines Panthers in den stahlgrauen Augen voller Verachtung gemustert hatte.

Einen Augenblick lang glaubte sie, er sehe sie an, aber der Eindruck verflüchtigte sich ebenso schnell wie sein Schatten am Fenster. Jetzt spiegelten die Glasscheiben die grauen, tiefhängenden Wolken und die grünenden Bäume wider, blickten wie rechteckige Augen gleichgültig über das parkähnliche Grundstück, als existierte Kyla überhaupt nicht. Dorische Säulen verliehen der Vorderansicht des Hauses eine stattliche Eleganz, doch Kyla fiel jetzt etwas auf, das sie vorher nicht bemerkt hatte: Beweise für eine schon seit langer Zeit geübte Vernachlässigung in Form von bröckelnden Steinen, abgeschlagenen Ecken von Ziegeln, Unkraut zwischen Pflastersteinen und aus Mauerritzen gebröseltem Mörtel.

Die Kutsche fuhr an und neigte sich leicht zur Seite, als der Diener seinen Platz auf dem Trittbrett einnahm. Die Räder rumpelten geräuschvoll die mit feinem Kies bestreute, geschwungene Zufahrt von Ashleigh Hall hinunter. Kyla lehnte sich zurück und schluckte gegen den Kloß an, den Enttäuschung und Kummer in ihrem Hals gebildet hatten. Sie würden sie nicht anerkennen. Celeste hatte sie gewarnt, hatte nach dem Verlassen der Anwaltskanzlei gemeint, daß Kyla vielleicht lieber einen anderen Weg finden sollte, an die Familie heranzutreten.

Aber warum sollte ich? dachte sie rebellisch. *Ist Ashleigh Hall nicht genauso mein Erbe? Hat meine Mutter nicht dort gewohnt, wenn auch nur kurz? Ach, arme Maman – was mußte sie unter den steifen, arroganten Leuten in der kalten Pracht dieses Mausoleums auszustehen gehabt haben!*

Allmählich verdrängte Zorn den Kummer über die harsche Zurückweisung, die sie gerade erfahren hatte. Sie wollten sie also nicht anerkennen und darauf beharren, daß ihre Mutter nichts anderes als eine Hure gewesen sei. Nein und nochmals nein! Sie würde sich das nicht gefallen lassen. Geistesabwesend kratzte sie an den Matschflecken herum, die ihr Kleid verunzierten. Sie würde eine Möglichkeit finden, sich zur Wehr zu setzen – wenn sie auch noch keine Vorstellung davon hatte, wie die aussehen sollte.

Celeste war nicht so zuversichtlich, als Kyla ihren Bericht über ihren mißglückten Besuch heraussprudelte. Statt dessen schaute sie ihre Patentochter nachdenklich an und erklärte ihr, daß die Aussichten ausgesprochen schlecht seien.

»Der Herzog ist ein mächtiger Mann, Kyla.«

»Aber es ist noch nicht alles verloren, Tante Celeste.«

Celeste seufzte leise. Armes Kind. Sie ähnelte Faustine so sehr, daß es manchmal beinahe schmerzlich war, sie anzuschauen. Doch Kyla hatte nicht nur die ätherische Schönheit ihrer Mutter geerbt, sondern auch die große innere Stärke, die ihre Mutter befähigt hatte, die Greuel der Revolution zu überstehen. Die folgenden Ereignisse hatten ihr diese Stärke allerdings allmählich entzogen, bis sie schließlich nur noch ein Schatten des lebhaften Mädchens war, das Celeste in Frankreich gekannt hatte. Edward Riverton, der *feige* Duke of Wolverton, hatte sie mit seinem Verrat beinahe umgebracht. Und das Geld, das man ihr für die Unterzeichnung der verdammten Papiere versprochen hatte, war nie gezahlt worden, und so hatte sie in ihrer Verzweiflung nur einen Ausweg aus ihrer mißlichen Lage gesehen. Es war nur ein Trick gewesen, eine Lüge, um sie dazu zu bringen, ihr Schicksal zu besiegeln, den Erben von Wolverton als Ehemann und Vater ihres gemeinsamen Kindes von allen Verpflichtungen zu entbinden.

Wenn das nicht gewesen wäre, hätte Faustine England niemals verlassen und als *Dienstmagd* nach Indien gehen müssen. Gott sei Dank für Piers van Vleets gutes Herz! Er hatte Faustine bei sich aufgenommen, als sie so krank in Bombay ankam, daß sie auf einer Trage von Bord gebracht werden mußte, und alle dachten, sie würde sterben und ihr kleines Mädchen als Waise zurücklassen. Piers van Vleet hatte sie gesund gepflegt und sich in die zarte Schönheit verliebt – so sehr, daß er sie heiratete und auch ihre kleine Tochter ins Herz schloß.

Vor langer Zeit hatte Celeste Faustine Auberge etwas versprochen, ihr geschworen, daß sie, was in ihrer Macht stehe, tun würde, um ihre kleine Tochter zu beschützen – und sie hielt sich daran. Hatte sie England trotz ihrer großen Angst vor Wasser nicht sofort nach dem Erhalt von Piers van Vleets Brief verlassen? *Kein* Opfer war zu groß für Faustines Tochter, die schöne Kyla, die ihrer Maman so ähnlich sah. Ja, sie würde für Faustines Tochter tun, was sie konnte – auch im Kampf gegen die mächtigen Wolvertons.

»Tante Celeste – was weißt du über den neuen Herzog von Wolverton?« fragte Kyla, die mit abgehackten Schritten im Salon herumwanderte und dabei mit hektischen Bewegungen alle möglichen Nippes aufnahm und wieder hinstellte.

Mit leicht gerunzelter Stirn berichtete Celeste, was sie über ihn gehört hatte: »Er ist ein Abenteurer aus den Kolonien, ein Mann, der in England geboren wurde, sein Land jedoch zugunsten seiner Wahlheimat im Stich ließ. Genauer gesagt, war es sein *Vater*, der seiner Wahlheimat den Vorzug vor England gab. Aber damals wußte Colby Banning auch nicht, daß er eines Tages den Titel und Besitz der Wolvertons erben würde, denn er war nur ein entfernter Cousin, und außerdem war der Herzog, dein Vater, noch jung genug, um einen männlichen Erben zeugen zu können, als Colby England den Rücken kehrte. Er muß erst, als sich zeigte, daß Edward Riverton nur Töchter zeugte, begriffen haben, daß eines Tages er Namen und Besitz der Wolvertons erben würde. Daraufhin, wurde mir erzählt, zog er sei-

nen Sohn in diesem Sinne auf, schickte ihn in England auf die Schule und in dem Umfang auf Bildungsreise, wie es Napoleons Schreckensregiment in meiner schönen Heimat gestattete. Ach, mein armes Frankreich – wie hat es gelitten.«
Sie verfiel in Schweigen, als Bilder aus der Vergangenheit sie einholten – doch dann schüttelte sie energisch den Kopf. Genug davon – sonst würde sie sich nur wieder in Kummer verlieren. Sie zuckte leicht mit den Schultern und nippte an ihrem Tee, bevor sie fortfuhr: »Colby Banning tat alles für seinen Sohn, was englische Gentlemen für ihre Söhne taten.«
Sie machte eine Pause, dachte über ein anderes ungeheuerliches Gerücht nach, das sie gehört hatte und beugte sich vor und sagte, die Stimme senkend: »Es heißt – aber natürlich weiß ich nicht, wieviel daran wahr ist, und es erscheint mir eigentlich auch gänzlich unmöglich –, daß Brett Bannings Mutter eine dieser rotbraunen Eingeborenen war. Aber ich kann mir das wirklich nicht denken. Ich meine, Colby Banning war ein ungebärdiger Bursche, hatte keinerlei Achtung vor Konventionen, aber ich glaube, daß nicht einmal *er* so weit gegangen wäre, ein Eingeborenenmädchen zu heiraten. Es hat allerdings einiges Gerede in dieser Richtung gegeben, denn er hat sie mit hierhergebracht. Soviel ich hörte, war sie schön und exotisch, eher wie eine Spanierin aussehend. Sie gingen nach Amerika zurück, weil sie hier so unglücklich war, weißt du. Ich war damals noch nicht hier, aber Lady Pemberton erzählte es mir – und Alice irrt sich im allgemeinen nicht. Sie hatte sie kennengelernt und sagte, sie habe mit einem starken Akzent gesprochen und sei sehr schüchtern gewesen, aber nett. Ihre Manieren hätten allerdings zu wünschen übrig gelassen – aber was kann man von Bewohnern einer Kolonie erwarten? Nun ja, alles, was ich dir da erzähle, beruht auf Hörensagen. Jedenfalls ging Colby nach Amerika

zurück, und wie sich herausstellte, war ihm kein einziger Tag als Herzog vergönnt, denn er starb vor Edward, und so oblag es schließlich seinem Sohn, die Nachfolge anzutreten.«
»Was er mit Freuden getan zu haben scheint«, bemerkte Kyla spitz. »Es leuchtet mir durchaus ein, daß dieser Mann der Sohn eines Barbaren ist, denn seine Umgangsformen lassen jede Kultur vermissen.«
Und doch ... Celeste lächelte. Und doch hieß es, daß Breton Colby Banning alles andere als ein begeisterter Herzog sei. Es war kein Geheimnis, daß seine kürzliche Übernahme des Titels nicht an erster Stelle seiner Interessen stand. Wie damals sein Vater, hatte er gewissen Kreisen deutlich zu verstehen gegeben, daß er Amerika England vorziehe. Er wolle seine Cousinen möglichst schnell nacheinander verheiraten und dann wieder in die Kolonien zurückkehren, wo er Land besitze.
Eine Idee keimte in Celeste auf. Ein Herzog wider Willen, ein amerikanischer Emporkömmling, würde es sicherlich nicht schätzen, wenn die Heiratschancen seiner Cousinen durch Klatsch gemindert würden – denn so war das nun einmal in der Gesellschaft. Wußte sie das nicht selbst nur zu genau? Die englische Gesellschaft hatte französische Flüchtlinge nur in die Arme geschlossen, wenn sie adlig waren, hatte sich die Lebensart, Mode und Gewohnheiten derer, die einmal Frankreich regiert hatten, zu eigen gemacht. Das war für viele Angehörige der Aristokratie die Rettung gewesen. Auch für sie selbst. Guter Reginald. Er hatte viel für sie getan, indem er sie heiratete und sie gut versorgt bei seinem Tod zurückließ – aber die Engländer sprachen sie mit Comtesse du Bois an und nicht mit dem weniger bedeutenden Titel einer englischen Baroness.
Titel waren wichtig, aber selbst der Hauch eines Skandals genügte schon, um die Hoffnungen einer jungen Lady auf eine

standesgemäße Heirat zu begraben. *Ja ... das wird wunderbar klappen, wenn ich Kyla dazu überreden kann, mitzumachen ... aber warum sollte sie sich weigern? Schließlich ist es zu ihrem Besten ...*
Celeste erhob sich aus dem Sessel am Kamin und ging zu Kyla hinüber, die jetzt am Fenster stand und auf die Straße hinunterstarrte. »*Ma petite* – ich habe eine Idee.«
»Wirklich, Tante?« Kyla wandte sich ihr zu, und das Licht des wolkenverhangenen Tages spielte über ihr Gesicht, ließ ihre langen Wimpern glänzen und das Blaugrün ihrer Augen leuchten. Ihre geraden Brauen hoben sich leicht, und eine zarte Röte verlieh ihrem Gesicht zusätzlichen Zauber. »Was ist dir eingefallen, um mir in meiner Lage zu helfen?«
»Ich habe eine Freundin, Ondine – Lady Rushton, wie sie jetzt heißt. Sie ist mit einem reizenden Mann verheiratet, dem Earl of Rushton, und nimmt einen wichtigen Platz in der Gesellschaft ein. Wenn Lady Rushton jemanden billigt, dann wird diese Person akzeptiert.«
»Hast du vor, mich in die Gesellschaft einzuführen? Ich habe keinen Namen, keine Position ...«
»Aber das stimmt doch nicht. Du bist ... laß uns mal sehen ... die Tochter eines Marquis, der den Greueln der Revolution zum Opfer fiel ... ja, das ist gut – und nicht einmal gänzlich unwahr, denn immerhin war dein Großvater ein Marquis und dein leiblicher Vater ein Herzog. Und die Herkunft deiner Mutter war über jeden Zweifel erhaben. Daß der üble Riverton ihren Namen später in den Schmutz zog, steht auf einem anderen Blatt.«
»Soll ich denen, die neugierig genug sind, nachzufragen, etwa die ganzen häßlichen Einzelheiten *meiner* Herkunft erzählen?« Kyla schüttelte so heftig den Kopf, daß die hellblonden Ringellöckchen zu beiden Seiten ihres Gesichts ihre Wangen kitzelten.

»Ich weiß, daß du mir helfen möchtest, Tante – aber das würde ich niemals tun.«

»Nein, nein – du verstehst mich falsch!« Celeste zerrte, während sie angestrengt nachdenkend auf und ab ging, ihr Spitzentaschentuch in den Händen hin und her, bis es nur noch ein ausgefranster Lumpen war. »Siehst du die Möglichkeiten nicht? Der Herzog legt keinen Wert auf einen Skandal, habe ich recht?«

»Damit hast du *sehr* recht«, erwiderte Kyla trocken. »Er hat mir mit Konsequenzen gedroht, falls ich in der Öffentlichkeit auch nur ein Wort über meine Situation verlöre.«

»Dann wäre er sicherlich höchst beunruhigt, wenn ihm zu Ohren käme, daß eine gewisse, schöne, junge Dame in London eingetroffen sei, die Tochter eines Herzogs, dessen Namen sie zwar nicht nennt, Andeutungen jedoch zu der Überlegung Anlaß geben, *ob es vielleicht Wolverton sein könnte.*«

»Ich verstehe noch immer nicht ...«

»Überlaß nur alles mir. Ich habe einen hübschen, kleinen Plan, der mir recht erfolgversprechend erscheint. Natürlich werden wir alle Möglichkeiten ausschöpfen, bevor wir etwas mit großen Konsequenzen unternehmen – aber das ist unsere Trumpfkarte. Und dieses Damoklesschwert werden wir über Wolvertons Kopf hängen, bis er nachgibt.«

»Der Herzog scheint mir kein Mann zu sein, der schnell aufgibt, Tante. Ich habe ihn als unerbittlich erlebt.«

»Nun ja – wir werden sehen. Ich glaube, wenn wir es klug anstellen, können wir es vielleicht doch schaffen, *ma petite.*«

Kyla lächelte, aber sie wirkte nicht im mindesten überzeugt, und auch Celeste gestand sich im stillen ihre Zweifel ein. Aber einen Versuch war es wert – und außerdem fiel ihr nichts ein, was sie sonst hätten tun können.

Kapitel 3

»*Unglaublich*, sage ich Ihnen!« Die Stimme und der unter chinesischer Seide und Brüsseler Spitze verborgene Busen der verwitweten Herzogin von Wolverton bebten vor Zorn.

Brett warf ihr einen kurzen Blick zu und widmete sich dann wieder dem Brief in seiner Hand. »Ich werde mich darum kümmern, Madam.«

»Mein Gott! Man stelle sich vor, daß sie anzudeuten wagt ... wußten Sie, daß Lady Rushton tatsächlich den Eindruck gewonnen hat, daß Miss van Vleet möglicherweise die Tochter eines englischen Herzogs und einer französischen Marquise ist? Wie es scheint, ist ihr irgendwelches Gerede zu Ohren gekommen ... hören Sie mir überhaupt zu, Brett? Stört es Sie denn gar nicht, daß meine Töchter – Edwards *legitime* Kinder – die Bemühungen dieses ... dieser *Person*, unsere Familie zu verunglimpfen und unsere guten Namen zu zerstören, schmerzlich zu spüren bekommen werden? Sollte sie öffentlich verkünden, daß Edward ihr Vater war, werden wir zum Gespött von ganz London und können uns in keinem respektablen Haus mehr sehen lassen. Es sind nur noch ein paar Wochen bis zum Beginn der Saison, und Arabella und Anna sollen dieses Jahr in die Gesellschaft eingeführt werden. Wie kann ich auf standesgemäße

Bewerber um ihre Hand hoffen, wenn wir der Gegenstand hinter vorgehaltener Hand verbreiteter Klatschgeschichten sind? Ich bin überzeugt, daß keine der Patroninnen – nicht einmal Lady Cowper, mit der ich befreundet bin – ihnen Eintrittskarten für Almack's gewährt, wenn der Verdacht besteht, daß irgendeine Verbindung zwischen ihnen und diesem verachtungswürdigen, infamen, schrecklichen Mädchen existiert, das es wagt … mir ist schwindlig – ich glaube, ich werde ohnmächtig …«

Brett musterte sie mit einem finsteren Blick. Er hätte es sehr begrüßt, wenn sie tatsächlich einen Ohnmachtsanfall erlitten und ihm damit ein paar Augenblicke gesegneten Friedens geschenkt hätte, doch er wußte aus Erfahrung, daß damit nicht zu rechnen war. Den Brief auf den Tisch werfend, stand er auf und fuhr sich gereizt mit der Hand durch die Haare.

»Großer Gott, Tante Beatrice – es kann doch niemand so töricht sein, Miss van Vleets Worten irgendwelchen Glauben zu schenken.«

»Ach, Sie verstehen das nicht«, jammerte seine Tante und sank mit einem leisen Stöhnen und flatternden Wimpern, was ihn beides ungerührt ließ und absolut nicht die Neigung in ihm weckte, ihr zu helfen, auf das Sofa. Es war ihm klar, daß sie nur ihm diese Schwächezustände vorspielte – ansonsten war sie stark wie ein Faustkämpfer. Nach ein paar Sekunden öffnete sie die Augen und beäugte ihn verärgert. »Aber wie sollten Sie auch? Sie sind nicht in England aufgewachsen und sich demzufolge nicht über die Bedeutung des Rufes im klaren, den jemand genießt. Ein einfaches Gerücht kann ein Leben zerstören. Ein verächtliches Wort aus dem Munde einer wichtigen Persönlichkeit kann die Heiratschancen eines jungen Mädchens ins Bodenlose fallen lassen.«

»Das finde ich ebenso dumm wie befremdlich. Aber ich hatte

nicht bedacht, daß so viele Ihrer Bekannten nichts Besseres zu tun haben, als sich mit dem Leben anderer zu befassen.«

»Es könnte nicht schaden, wenn Sie sich diesen Zeitvertreib ebenfalls zueigen machten, Brett«, entgegnete die Witwe spitz. »Schließlich debütieren Arabella und Anna in diesem Jahr und können es nicht brauchen, für ebenso kulturlose Kolonisten gehalten zu werden wie ...«

»Wie ich?« sagte er leise, als sie abbrach und errötend begriff, daß sie ihn beleidigt hatte. »Keine Sorge, Tante Beatrice – ich werde Sie nicht zum Duell fordern, denn Sie haben ja nicht ausgesprochen, auf welchen Kolonisten sich Ihr Vergleich bezog.«

Die Röte wich teigiger Blässe, und sie befingerte nervös ihr Perlenhalsband. »Nein, nein, natürlich würden Sie das nie tun – ich verstehe vollkommen, warum Sie sich gezwungen sahen, zu einer so schrecklichen Maßnahme zu greifen. Ein Glück, daß Sie ihn nur verwundet haben – da hatte das Schicksal die Hand im Spiel.«

»Wenn ich ihn hätte erschießen wollen, wäre er tot, Madam. Ich wollte Iversham nur mit ein bißchen Blut veranlassen, in Zukunft sorgfältiger auszuwählen, wen er beleidigt. Es schadete nicht, auf diesem Wege gleich allen anderen, die sich bemüßigt fühlen könnten, sich in wenig schmeichelhafter Weise über meine Herkunft auszulassen, einen Warnschuß zu verpassen, meinen Sie nicht auch?«

Leicht amüsiert über ihre gestammelten Beteuerungen, daß *sie* ja ganz anders von ihm denke, schenkte Brett ihrem Bemühen darum, sich elegant aus der Affäre zu ziehen, kaum Beachtung. »Ich weiß, daß Sie eine anständige Erziehung genossen, gute Schulen besucht und die für einen jungen Mann notwendige Bildung vermittelt bekommen haben – aber da gibt es diese schrecklichen Menschen, die Sie nicht so gut kennen wie ich,

und sie sind zum großen Teil sehr einflußreich und könnten den Hoffnungen Ihrer Cousinen auf eine standesgemäße Heirat ernsthaft schaden ... Brett! Hören Sie mir überhaupt zu?«
Er schenkte Beatrice, der Witwe seines Cousins dritten Grades, einen kurzen Blick. »Ich bin mir durchaus über die Situation im klaren, Madam. Ihre Töchter werden debütieren und ganz ohne Zweifel genügend Eintrittskarten für Almack's bekommen oder wo immer sie sonst meinen hingehen zu müssen.«
Beatrice schniefte. »Es ist das mindeste, was man für die armen Lämmchen tun kann. Versetzen Sie sich doch mal in ihre Lage, Brett. Da haben sie jahrelang so große Hoffnungen gehegt, und dann stirbt ihr Vater, und plötzlich ist die Erfüllung all ihrer Erwartungen in Frage gestellt. Wie Edward uns das antun konnte – uns in so ärmlichen Verhältnissen zurücklassen, meine ich. Er wußte schließlich, daß er eines Tages sterben würde. Ich kann mir nicht erklären, daß er nicht besser vorgesorgt hat.«
»Ihr Mann war ein Taugenichts, Madam.« Als Brett die Empörung in ihren Augen las, zog er spöttisch eine Braue hoch. »Das wissen Sie doch genau – da können Sie sich noch so bemühen, den gegenteiligen Eindruck zu erwecken. Wenn er das Erbe Ihrer Kinder nicht verspielt hätte, wäre ich zweifellos nicht gezwungen gewesen, so viel meines eigenen Geldes in dieses riesige Museum von einem Haus zu stecken. Ich hätte es gleich verkaufen sollen, anstatt Ihnen zu gestatten, mich zu überreden, es zu behalten. Es ist ein verdammt teures Ungetüm – ganz im Gegensatz zu Ridgewood.«
Die Herzogin erbleichte. Mit zitterenden Händen führte sie ein spitzengesäumtes Taschentuch an die Nase – und dann kam plötzlich wieder ihre gewohnte Art durch, als sie in scharfem Ton sagte: »Es ist unser *Zuhause!* Die letzten Ergänzungen hat Robert Adam entworfen, und vor ihm ...«

»Bitte! Ersparen Sie mir die endlose Aufzählung der Architekten, die diese Scheußlichkeit geschaffen haben.«

»Ich nehme an, *Sie* ziehen niedrige, häßliche Gebäude aus Lehm und Flechtwerk vor, mit Kühen im Park und Füchsen, die den Mond anbellen.«

Bretts Lippen verzogen sich zu einem angedeuteten Lächeln. »Kojoten, Madam«, korrigierte er sie. »Vierbeinige Jäger. Und es ist nicht Lehm, es sind Lehmziegel. Und Sie haben recht – ich ziehe ein solches Haus vor. Es ist nicht so zugig und unwirtlich. Aber darum geht es jetzt gar nicht. Es ist mein Geld, das es Ihnen ermöglicht, hier zu wohnen. Glauben Sie mir – ich bin genau so daran interessiert wie Sie, Ihre Töchter anständig zu verheiraten, denn ich habe nicht den Wunsch, sie bis in alle Ewigkeit zu unterhalten.«

Beatrice musterte ihn abschätzend, und ihr schlauer Blick strafte die Rolle der hilfsbedürftigen Frau, die sie ihm noch immer vorspielte, Lügen. »Warum in aller Welt hat Ihr Vater darauf bestanden, wieder nach Amerika zurückzugehen? Das Leben dort scheint eine unheilvolle Wirkung auf seinen Sohn gehabt zu haben. Natürlich wußte niemand, daß *Sie* eines Tages der Erbe sein würden. Nun – ich denke, es liegt daran, daß Sie gewohnt sind zu sagen, was Sie denken, Brett – aber ich finde es im höchsten Maße befremdend, wenn Sie solche Dinge sagen.«

»Was meinen Sie? Daß ich keine Lust habe, vier alten Jungfern bis an ihr Lebensende Nadelgeld zu zahlen? Das sollte Sie nicht annähernd so befremden wie die Vorstellung, mein Geld mit einer dahergelaufenen Abenteurerin mit Illusionen von Ruhm und Reichtum im Kopf zu teilen. Und um Ihre vorherige Frage zu beantworten: Ja, ich habe die Absicht, mich bei erster Gelegenheit mit Miss van Vleet zu befassen.«

Allein die Erwähnung des Namens beschwor das Bild von blaugrünen Augen herauf, die ihn aus einem vollkommenen, ovalen Gesicht mit unsicherer Arroganz anstarrten. Schön gezeichnete, helle Brauen waren über dicht und lang bewimperten Lidern hochgeschnellt wie Vogelschwingen. Sie vermittelte einen seltsamen Eindruck, diese Mischung aus edlen Gesichtszügen und eine geradezu provozierende Sinnlichkeit ausstrahlenden Augen, die sagten, daß sie alle Geheimnisse des Lebens enträtselt hatten. Das Gesicht einer Heiligen und die Augen einer Hure …

Er verfluchte sie – und das nicht zum erstenmal. Seit sie mit ihrem ungeheuerlichen Anspruch in Ashleigh Manor erschienen war, erstand ihr Bild mit enervierender Häufigkeit vor seinem geistigen Auge.

Beatrice lehnte sich in die brokatbezogenen Kissen des Sofas zurück. »Ausgezeichnet, Brett«, sagte sie mit einem zufriedenen Lächeln. »Ich höre mit Erleichterung, daß Sie Schritte unternehmen werden, um uns vor Beginn der Saison von dieser unverschämten Person zu befreien.« Sie erschauerte graziös, doch ihre Stimme hatte einen stählernen Unterton, als sie laut dachte: »Ich frage mich, wie sie es geschafft hat, sich so schnell bei Lady Rushton Gehör zu verschaffen.«

Diese Überlegung nötigte ihm kein besonderes Interesse ab, zumindest nicht in einem Augenblick, da es etwas Wichtigeres zu bedenken gab, und so schob er das Thema Kyla van Vleet beiseite und konzentrierte sich auf eine dringendere Angelegenheit – die Nachricht, die Reade ihm vor einer Stunde überbracht hatte. Eines seiner Silberschiffe war, von Amerika kommend, vor Kubas Küste von Piraten aufgebracht worden. Das war nichts Ungewöhnliches, kam aber meist sehr ungelegen – diesmal jedoch befanden sich auch wichtige Papiere an Bord. Und er hatte keine Ahnung, was ein lebenswichtiges Dokument wie die Besitzurkunde seiner produktivsten Silbermine auf einem seiner Schiffe zu suchen hatte. Die Santa-María-Mine warf jeden Tag zwei Tonnen Rohmetall ab – eine gute Geldanlage, und eine, die dazu angetan war, das Interesse übler Zeitgenossen zu wecken. Sein Vater hatte die Mine schon vor langer Zeit entdeckt, aber so hochwertiges Silber holten sie erst seit ein paar Jahren heraus. Normalerweise lag die Besitzurkunde im Safe einer örtlichen Registratur – was, zum Teufel, machte sie auf einem seiner Schiffe? Und was noch wichtiger war – wo befand sie sich jetzt? Ja, er hatte wirklich größere Sorgen als diese Glücksritterin Kyla van Vleet, aber er wollte verdammt sein, wenn er der kleinen Abenteurerin auch nur einen einzigen Penny gäbe. Er würde ihren Anspruch in aller Eile aus der Welt schaffen und sich dann den wirklich wesentlichen Dingen zuwenden.

Kyla stand an einem Fenster der ersten Etage des eleganten Hauses in der Curzon Street. Unten rollten Kutschen über die gepflasterte Straße, und die Vorgärten der eleganten Herrenhäuser waren mit ordentlichen Zäunen eingefaßt. Nur ein paar Blocks entfernt, pulsierte Londons Großstadtherz, war es so schmutzig und laut, wie Kyla es bei ihrer Ankunft erlebt hatte – aber hier war es ruhig, herrschte eine beinahe ländliche Atmosphäre. Doch das würde sich allzubald ändern, denn es entstanden ständig neue Baustellen. Die Stadt glich einem Moloch, der bald auch die beschaulichen Wohnsitze der Reichen verschlingen würde. Kyla lehnte die Stirn an das dicke, kühle Glas. Ihr Atem beschlug die Scheibe.

»Ah, *ma petite* – da bist du ja. Hast du den Ausritt im Hyde Park mit Lady Rushton genossen?« zwitscherte Celeste. »Sie kennt sich in London bestens aus. Was für ein Glück, daß ich so gut mit Ondine befreundet bin, denn als Frau eines Earls ist sie eine Säule der Londoner Gesellschaft. Die Beziehung ist ein wahrer Segen, findest du nicht auch?«

Kyla hatte sich umgedreht und beobachtete mit einem leisen Lächeln, wie Celeste mit exquisiten Stoffen über dem Arm auf sie zukam. Sie sah eher wie eine Näherin aus als wie eine Dame von hohem Rang. »Ja, Tante – es war ein schöner Tag für einen Ausritt, und wir trafen viele interessante Leute, aber ich mußte die ganze Zeit daran denken, wie schnell sich alles ändert.«

»Aha.« Celeste warf ihr einen seltsamen Blick zu, so daß Kyla das Thema nicht vertiefte, sondern sich in ein ausführliches Gespräch über die Vorzüge von farbiger Seide gegenüber Musselin und sogar Satin und Samt verwickeln ließ.

»Bischofsblau«, entschied Celeste am Ende. »In Seide natürlich. Der Stoff wird deine körperlichen Vorzüge aufs Beste betonen. Du hast so eine hübsche Figur – schlank und doch weiblich genug, um die Blicke der Männer auf dich zu ziehen ... du brauchst nicht zu erröten, *ma petite* – du weißt doch selbst sehr gut, daß es so ist. Und wir wollen deine Schönheit schließlich nicht unter den Scheffel stellen.«

Kyla ließ es zwar geschehen, daß ihre Patentante eine Bahn blauer Seide um ihre Schultern drapierte, doch es schwang ein Anflug von Bitterkeit in ihrer Stimme mit, als sie fragte, ob das nicht verlorene Liebesmüh sei. »Ich werde nie in die vornehmsten Häuser eingeladen werden, nie mein Erbe beanspruchen können. Ich gehöre nicht dazu.«

Celeste schaute sie bestürzt an. »Aber das stimmt doch gar nicht, *ma petite*. Dein Vater war ein Herzog und deine Mutter die Tochter eines Marquis. Deine Herkunft ist makellos.«

»Du weißt genauso gut wie ich, daß ich zu einer unerwünschten Person werde, sobald auch nur die Spur eines Skandals mit meinem Namen in Verbindung gebracht wird. Dann bin ich eine

Ausgestoßene, und niemand von Rang wird mich empfangen.«
Celeste schöpfte tief und bekümmert Atem. »Ja, das ist wahr. Und sie werden sich nicht daran erinnern, daß deine Mutter einmal eine Herzogin war, sondern nur daran, daß sie von ihrem Mann verstoßen wurde und danach ...«
»Und danach eine Kurtisane«, beendete Kyla den Satz. »Ja – genau das wird ihnen einfallen, wenn sie hören, wer ich bin, Tante Celeste. Warum machen wir dieses Theater?«
»Das habe ich dir doch erklärt: Um den vermaledeiten Herzog zu zwingen, dir zu geben, was dir zusteht.«
»Sogar unsere Anwälte haben keine große Hoffnung, daß er zustimmen wird. Sie sagen, er sei aus Amerika und schere sich nicht um Konventionen oder Besitzansprüche. Ich glaube gern, daß er ein Barbar ist.« Sie erschauerte leicht, als sie sich an die stahlgrauen Augen erinnerte und an das häßliche Lächeln, das wie das Zähnefletschen eines Hundes wirkte, der eine Beute gestellt hatte. Nein, dieser Mann würde sich zu nichts zwingen lassen – zumindest nicht mit den Methoden, die Tante Celeste und Lady Rushton für erfolgversprechend hielten.
»Es mag ja sein, daß der Herzog sich nicht darum schert, aber die Herzogin tut es ganz sicher.« Celeste zog die Seidenbahn mit einer geschickten Handbewegung schwungvoll von Kylas Arm. »Sie wird ihm in den Ohren liegen, bis er begreift, daß er dich irgendwie aufhalten muß – und dann, *ma petite,* wirst du ihm dein Ultimatum stellen. Wenn der Zeitpunkt richtig gewählt ist, wird er nachgeben.«
»Und mich als legitime Erbin anerkennen?« Kylas Mund verzog sich zu einem sarkastischen Lächeln. »Ich bezweifle, daß er sich von dem Gerede der Leute beeinflussen lassen wird.«
»Es geht mir im Augenblick gar nicht so sehr um dein Erbe, als vielmehr um das Geld, das dir zusteht – die Abfindung, die Fau-

stine zugesagt wurde, die sie jedoch nie bekam. Ach, das arme Mädchen, auf sich selbst angewiesen, schwanger und mittellos ... aber genug davon. Das alles ist dir hinreichend bekannt und bedarf keiner Wiederholung.«

Celeste senkte den Blick und beschäftigte sich erneut mit der blauen Seide. Kyla runzelte die Stirn. Manchmal verheimlichte ihre Patentante ihr Dinge – nicht aus bösem Willen, sondern um sie zu schonen, doch oft war es verwirrend für sie, irgendwann Tatsachen zu erfahren, von denen angenommen wurde, daß sie damit vertraut war.

»Tante Celeste – wer hat sich Mamans angenommen, als sie plötzlich ganze allein und schutzlos dastand?«

»Dieses Thema wollen wir jetzt nicht behandeln, mein Schatz. Laß uns lieber mal sehen, wie dieses Blau zu deinen Augen paßt ... nein, das ist ungeeignet. Zu blaß zu deinen leuchtenden Augen ...« Als sie Kylas durchdringenden Blick sah, biß sie sich auf die Lippe und schaute auf den Korb mit den Seidenmustern hinunter. »Lies Faustines Tagebücher«, sagte sie unwillig.

»Das habe ich schon getan – aber sie hat keine Namen genannt – es gibt nur Initialen. Als wollte sie sie vergessen, weißt du. Ich habe ja einige Erinnerungen, doch die sind zu vage – und ich weiß, daß es nicht Papa Piers gewesen sein kann, der sich ihrer annahm. Nicht gleich.«

Celeste seufzte tief und legte die Stoffmuster in den Weidenkorb zurück. Feine Linien führten wie zarte Sonnenstrahlen fächerartig zu ihren Schläfen, und wenn sie wie jetzt die Stirn runzelte, vertieften sich die Falten in ihren Mundwinkeln.

»Ich werde Tee bringen lassen, und dann sprechen wir darüber. Vielleicht solltest du einige Dinge wirklich erfahren – allerdings ist das alles schon so lange her, daß ich hoffte, es würde dich gar nicht interessieren.«

Kyla sank mit zitternden Knien auf einen Stuhl. In ihrer Kehle bildete sich ein Kloß. Es gab so vieles in ihrer Vergangenheit, woran sie sich nicht erinnerte. Oh, einiges war noch in ganz deutlichen Bildern vorhanden – Spaziergänge im Park, bei denen sie übermütig neben Faustine her hüpfte und lachte, als ihr Haarband sich löste und vom Wind fortgetragen wurde, Kutschfahrten mit Maman und immer auch mit einem Mann, der mit ihrer wunderschönen Mutter lachte und sie voller Bewunderung betrachtete. Und dann war da noch ein anderer Mann. Der war nicht so nett, bereitete ihr Angst und Unbehagen. Aber nach dieser langen Zeit verschmolzen die Bilder zu einem solchen Durcheinander von Eindrücken, daß sie sie nicht voneinander zu trennen vermochte. Sie erinnerte sich an das Schiff, auf dem sie nach Indien gefahren waren, und daran, daß Maman so krank gewesen war, wie Celeste es immer auf dem Wasser wurde. Und dann hatte sie noch undeutliche Erinnerungen an tumultartigen Lärm und Männer mit Turbanen, die ihr damals so merkwürdig erschienen waren … die Sonne sengte und Maman war immer kränker geworden … und dann war Papa Piers gekommen, dessen freundliches Gesicht ihr mit der Zeit so lieb und teuer geworden war.

Sally kam mit dem Tee. Nachdem das Mädchen wieder gegangen war, beugte Kyla sich über ihrer Tasse vor und schaute ihre Tante eindringlich an. »Maman hat Papa Piers nicht in England kennengelernt, oder?«

Celeste rutschte unbehaglich auf ihrem Stuhl hin und her. »Nicht direkt. Sie hatte Kontakt über die DAILY TIMES zu ihm bekommen.«

Kyla starrte ihre Patentante entgeistert an. »Durch die *Zeitung?*« Ein Verdacht keimte in einem dunklen Winkel ihres Kopfes auf, doch sie konnte sich nicht überwinden, ihn ans

Licht zu zerren, denn sie hatte das Gefühl, wenn sie ihn ausspräche, gewönne er Gestalt, würde zu Realität. Aber dann erwies sich ihre Vorsicht als unbegründet, denn die Geschichte sprudelte regelrecht aus Celeste heraus wie klares Quellwasser, das in einem Bachbett über flache Steine dahineilt.

»Sie war von Piers engagiert worden, der suchte eine Frau, die ihm den Haushalt führte. Er setzte eine Annonce in die TIMES ... Deine Mutter war so verzweifelt, und ich hatte Reginald noch nicht und war nicht in der Lage, ihr zu helfen ... du warst nicht einmal vier Jahre alt, Kyla, noch so klein, und sie hatte Angst, daß du auf der Straße enden würdest oder noch schlimmer – in die Hände von Männern fallen wie jenen ... jenen, die bei den Kupplerinnen in Covent Garden ein und aus gehen ... es gibt Männer, die eine Vorliebe für kleine Mädchen haben ... Faustine konnte den Gedanken nicht ertragen, daß du solchen Männer ausgeliefert sein könntest wie sie es gewesen war, und so beschritt sie den Ausweg, den ihr die Lektüre der Zeitung bescherte: Sie bewarb sich bei Piers van Vleet. Aber als sie in Indien ankam, war sie zu krank, um die Stellung antreten zu können. Da er ein so gutherziger Mann war, nahm er sie trotzdem in seinem Haus auf und sorgte für ihre Genesung – vielleicht hat er sich auch gleich in sie verliebt –, und als es ihr wieder gut ging, übernahm sie wie vereinbart die Führung des Haushalts, und er schwor, für dich zu sorgen – und das hat er auch getan, bis ...«

»Bis zum Niedergang seiner Firma, und er bankrott war.« Sie atmete tief ein. »Er sagte, ich solle die Tagebücher meiner Mutter lesen und Anspruch auf mein Erbe erheben, da ich damit vielleicht ein besseres Leben führen könnte als das, welches er mir zu bieten habe.«

»Ja. Er schilderte mir seine Lage, als er mich bat, dich nach England zurückzuholen. Auch ich hatte Faustine versprochen, mich um dich zu kümmern.«

»Ich habe so viele Schutzengel – wie sollte es mir je an etwas fehlen?« Kyla stand so abrupt auf, daß Tee aus ihrer Tasse in die Untertasse und von dort auf den Boden schwappte. Sie hatte nicht so verbittert klingen wollen – aber es schien, als wende sich all das Gute in ihrem Leben zum Schlechten. Armer Papa Piers! Er war so verzweifelt gewesen, als sein geschäftlicher Ruin es ihm unmöglich machte, sein Versprechen einzuhalten, und so hatte er ihr alles Geld gegeben, das er entbehren konnte, und sie mit Celeste nach England geschickt, weil er glaubte, das sei das Beste für sie. Und jetzt war sie hier, und die Flamme der Hoffnung, die sie kurze Zeit gehegt hatte, war erloschen, gelöscht vom eisigen Hauch der bösartigen Weigerung des Herzogs von Wolverton, ihren Anspruch anzuerkennen.

Kyla schaute ihre Patin mit einem schwachen Lächeln an. »Du hast recht. Verzeih mir – es war nur ein vorübergehender Zweifel. Ich werde weiterkämpfen, alles tun, um den abscheulichen Herzog dazu zu zwingen, die Rechte meiner Mutter anzuerkennen und mir zu geben, was mir zusteht.«

Erleichterung erhellte Celestes Züge. »Es ist deine einzige Rettung, *ma petite.*«

»Das habe ich begriffen. Es ist nicht der eigene Charakter, der zählt, sondern der Charakter der Familie, aus der man stammt. Es erscheint mir sehr merkwürdig, nach dem Tun anderer beurteilt zu werden, anstatt nach dem eigenen.« Kyla lächelte ironisch. »Aber ich muß zugeben, daß es in Indien genauso war – besonders bei den Engländern. Die hochwohlgeborene Gesellschaft ist unbarmherzig.«

»Ja, meistens«, bestätigte Celeste und setzte mit ihrem typischen Schulterzucken hinzu: »Aber da hat sich nicht viel geändert – weder in England noch in Frankreich. In Frankreich ... ah, was war das für eine Pracht am französischen Hof, *ma petite,* unnachahmlich in Eleganz und Lebensart ... und das alles ist auf ewig vom Angesicht der Erde verschwunden, hinweggespült mit dem Blut meiner Freunde und Verwandten ...«

Die Falten in ihrem Gesicht wirkten plötzlich viel tiefer, und Kyla wußte, daß ihre Patentante für den Rest des Tages in düsterer Stimmung versinken würde, wie es immer der Fall war, wenn sie sich an die Zeiten des Wohlstandes, an den französischen König und seine schöne, unglückliche, kühne Königin erinnerte. Kyla hatte die Geschichten schon oft gehört – Faustine hatte sie ihr erzählt und sie mit sehnsüchtigen Seufzern und Lächeln begleitet. Nur einmal hatte sie die Revolution erwähnt und die Guillotine, die Zeit, als die Welt, wie sie sie kannte, unwiderruflich zerstört wurde. Danach war Faustine nach England gekommen und hatte den Mann kennengelernt, der sie ein zweites Mal zur Flucht trieb – aber von ihm hatte sie nie gesprochen. Kein einziges Mal.

Bis Papa Piers ihr die Teakholzschatulle gab, hatte Kyla nichts gewußt von James Edward George Riverton, Herzog von Wolverton und Vater. Arme Maman. Wie mußte sie gelitten haben – zuerst unter der Ablehnung seiner Familie und dann unter dem schrecklichen Verrat ihres Mannes, der sie verstieß. Ja – es war gerechtfertigt, zu beanspruchen, was ihrer Mutter vorenthalten worden war. Auch nach all diesen Jahren. Es war an der Zeit, das an Faustine geübte Unrecht zu ahnden.

Kapitel 4

Es war dunkel geworden, und die entlang der Curzon Street wie Glühwürmchen leuchtenden Flämmchen der Straßenlaternen erinnerten Kyla, die am Fenster stand, an glücklichere Tage in Indien, als ihre Mutter noch lebte und Unglück nur anderen Menschen zustieß.

Celeste saß, leise eine französische Ballade vor sich hin summend, am Kamin und starrte mit düsterer Miene in die Flammen, wobei sie immer wieder an ihrem Tee nippte, den sie mit reichlich Brandy verfeinert hatte. Wenn sie in dieser Stimmung war, blieben sie zu Hause und empfingen auch keine Gäste.

Kyla verließ ihren Platz und begann ziellos herumzuwandern, nahm ein Buch zur Hand, legte es jedoch wieder weg, denn sie war zu nervös zum Lesen und zu zerstreut, um sich auf ein Thema konzentrieren zu können. So viele Dinge gingen ihr durch den Kopf – Erinnerungen, Hoffnungen, Ängste. *Wie* hatte sie auch nur einen Moment lang glauben können, daß es möglich sein würde? Die Herzogin war eiskalt und hochmütig, und der Herzog – *bon Dieu,* der Herzog! Manchmal, abends, wenn sie im Bett lag und der Schlaf, das süße Vergessen, sich nicht einstellen wollte, dachte sie an ihn, doch dann war sein Blick nicht feindselig, wie sie es erlebt hatte, sondern voller Bewunderung und Zuneigung. Natürlich war das ein unerfüllbarer Wach-

traum, denn der Herzog war kein Mann, der seine Meinung ändern und eine junge Frau, die er für eine Abenteurerin hielt, mit offenen Armen aufnehmen würde.
Ihr Rundgang führte sie wieder am Fenster vorbei, und sie zog den Vorhang beiseite und schaute auf die jetzt naßglänzende Straße hinunter. Nieselregen versah die Straßenlaternen mit in allen Spektralfarben schimmernden Aureolen. Eine Kutsche kam die Straße heraufgefahren. Das Licht spiegelte sich in dem geprägten, schwarzen Leder des vornehmen Gefährts. Kyla beobachtete ohne großes Interesse, wie das Fahrzeug langsamer wurde und schließlich vor dem Haus hielt. Ein livrierter Lakai sprang vom Trittbrett herunter und öffnete dem Fahrgast die Tür. Das Wappen war in dem spärlichen Licht zu erkennen.
Wolverton. Er stieg mit träger Grazie aus, seine hochgewachsene Gestalt ließ keine Verwechslung zu.
Kyla ließ den Vorhang fallen und drückte sich in jäh aufsteigender Panik an die Wand. Ihr Herz schlug wie ein Hammer gegen ihre Rippen. Hilfesuchend schaute sie zu Celeste hinüber – doch ihre Patin saß ganz in sich versunken da, verloren für die Welt. Warum mußte sie ausgerechnet heute in Erinnerungen schwelgen?! *Aber warum bin ich eigentlich so nervös? Entspricht dieser Besuch nicht genau meinen Wünschen? Natürlich! Daß er hergekommen ist, heißt zumindest, daß mein Anspruch ihn beschäftigt, doch es kann natürlich sein, daß Zorn ihn hergetrieben hat.*
Aber das bräuchte ihr keine Sorge zu bereiten. Was sie beanspruchte, war nur ihr Recht, nicht wahr? Natürlich. Und sollte er sich auch nur andeutungsweise abfällig über ihre Mutter äußern, würde sie ihm die Tür weisen, wie einst er.
O Gott – wie sah sie aus?
Kyla stürzte zum Spiegel. Aus ihrer Haarkrone hatten sich

Strähnen gelöst, ringelten sich um ihr Gesicht, und sie war so blaß! Hastig zwickte sie sich in die Wangen und biß sich auf die Lippen, um ihnen Farbe zu verleihen, strich die Falten ihres Tageskleides glatt, das sie noch immer anhatte. Sie würde ihm nicht die Ehre erweisen, sich etwas festlicher zu kleiden – sonst dächte er am Ende noch, sie messe seinem Besuch Bedeutung bei. *Nein – er soll sehen, wie wenig* seine *Meinung interessierte,* dachte sie. *Er soll* wissen, *daß er für mich von keinerlei Interesse ist.*

Ein leises Klopfen an der Tür riß ihren Blick von ihrem Spiegelbild los. Sie drehte sich um, wobei sie Celeste mit einem kurzen Blick streifte, die jedoch nichts gehört zu haben schien. Auf Kylas »Ja, bitte« hin erschien Sally, deren hübsches, rundes Gesicht vor Aufregung glühte.

»Miss – Sie haben Besuch. Einen *Herzog!* Er heiße Wolverton, soll ich Ihnen sagen – und, daß er Sie bittet, ihm unten im Salon das Vergnügen Ihrer Gesellschaft zu gewähren.«

»Teile dem Herzog mit, ich sei indisponiert und dürfe nicht gestört werden.«

Sally starrte sie entsetzt an. »O Miss – sind Sie sicher? Soll ich ihm das wirklich sagen?«

»Ja, das sollst du. Er wird natürlich darauf bestehen, mich zu sehen. Dann kommst du wieder herauf, um es mir auszurichten. Jetzt lauf hinunter. Und benimm dich nicht wie eine dumme Gans – er wird dich nicht fressen.«

Dessen man nicht sicher sein konnte, dachte Kyla, als sie zum Kleiderschrank ging und ein Umschlagtuch aus Kaschmir herausholte. Es war weich und warm und verhüllte sie von den Schultern bis zu den Knöcheln, als sei sie schon zum Schlafengehen gerichtet. Ein leises Lächeln umspielte ihre Lippen. Wenn sie ihn richtig beurteilte, würde er ein Nein nicht als Antwort gelten lassen, und so wartete sie gespannt darauf, daß Sally zurückkäme, um sie in den Salon hinunter zu holen.

Ein paar Sekunden später klopfte es erneut – diesmal jedoch so heftig, daß Kyla schon einen Tadel für Sally auf den Lippen hatte, doch dann flog die Tür auf, und sie sah erschrocken den Herzog im Rahmen stehen. Bei ihrem Anblick hoben sich seine Brauen, und ein kritischer Blick wanderte über ihre Erscheinung. Das Lampenlicht spielte über sein dunkles Haar und Gesicht und verlieh ihm ein erneutes Mal etwas Unheimliches.

»Sie sehen nicht sehr indisponiert aus, Miss van Vleet«, stellte er sarkastisch fest.

»Wie können … wie können Sie es *wagen*, Sir!« Sie raffte ihr Umschlagtuch am Hals zusammen und starrte ihn mit einer Mischung aus Zorn und Nervosität an. Im Hintergrund nahm sie verschwommen Sally wahr, die händeringend auf und ab lief und leise schnüffelnde Laute von sich gab wie ein Hund, der eine Witterung aufgenommen hatte.

Die Tür geöffnet lassend, durchmaß Wolverton mit großen Schritten den Raum, blieb dicht vor Kyla stehen und schaute mit wütend zuckenden Mundwinkeln auf sie hinunter. »Ich schätze es nicht, angelogen zu werden, Miss van Vleet.«

»Ach, tatsächlich?« Sie hob angriffslustig ihr Kinn. »Ich auch nicht – aber Sie haben gesagt, Sie wüßten nichts von einem gemeinsamen Kind von Edward Riverton und Faustine Auberge.«

»Ich sagte, es gebe keinen Beweis dafür – und den gibt es auch nicht.«

»Und schon wieder lügen Sie, Sir! Ich stehe vor Ihnen!«

Ein gefährliches Glitzern trat in seine Augen, und plötzlich waren sie nicht mehr rauchgrau, sondern rußschwarz und unheilverkündend. »Wenn Sie einen Beweis haben, dann legen Sie ihn mir vor, Miss van Vleet. Wenn nicht, dann beenden Sie dieses Spiel, bevor Sie sich in mißliche Umstände hineinmanövrieren.«

In dem dringenden Wunsch, Abstand zwischen sich und ihm zu schaffen, trat sie, den Eindruck erweckend, nur den Docht einer flackernden Kerze beschneiden zu wollen, ein paar Schritte zur Seite. Tante Celeste starrte unverwandt ins Feuer. Nichts deutete darauf hin, daß sie etwas um sich herum wahrnahm. Sie schien völlig in Gedanken versunken zu sein. Mit ruhiger Hand nahm Kyla die winzige Schere und beschnitt den Docht, und als die Flamme sich beruhigt hatte, schaute sie den Herzog über das hell leuchtende Oval hinweg an.

»Sie müssen mir verzeihen, daß ich Ihre Drohung nicht als besonders einschüchternd empfinde, Euer Gnaden. Nachdem ich mich erniedrigt habe, Sie um meine gesetzliche Anerkennung zu bitten, ist sie viel zu vage, um mich zu schrecken.«

»Zu vage?« Wolverton kam ihr erneut so nahe, daß sie die Hitze spürte, die sein muskulöser Körper abstrahlte, und einen schwachen Duft von Leder und Whiskey roch – eine starke Mischung. »Dann lassen Sie mich deutlicher werden. Wenn Sie London augenblicklich verlassen, werden Sie nichts zu erdulden haben außer dem Wissen, daß Ihr kleiner Plan, Geld von mir zu erschwindeln, gescheitert ist.«

»Und wenn ich mich entschließe zu bleiben?« Sie lächelte, als sie sah, wie seine Augen schmal wurden, zu wütend über seine hochmütige Art, um darauf zu achten, was sie sagte oder tat. »Ich habe Freundschaften hier geschlossen.« Sie deutete mit einer schwungvollen Geste in Richtung Straße, die die Fransen an ihrem Umschlagtuch flattern ließ. »Ich bin schon zu einigen Anlässen eingeladen worden. Natürlich könnten Sie meinen guten Ruf zerstören, wenn Sie es darauf anlegten.«

»Madam, das ist das mindeste, was ich tun werde, wenn Sie auf der Durchsetzung Ihres Planes beharren.«
»Tatsächlich?« Mit einem harten Auflachen und zornglühenden Wangen zuckte Kyla wegwerfend mit den Schultern. »Dann werde ich eine Ausgestoßene in erlesener Gesellschaft sein. Wie traurig. Aber wenn Sie sich entschließen, in unfreundlicher Weise gegen mich vorzugehen, werde ich mich natürlich wehren und gewissen Leuten erzählen, daß der verstorbene Herzog von Wolverton mein Vater war und wie er seine arme Frau verstieß und sie und das gemeinsame Kind dem Hungertod in Londons Straßen auslieferte. Arme Maman. Ich *habe* den Beweis, wissen Sie. Die Heiratsurkunde ist unbestreitbar echt, Euer Gnaden, auch wenn Sie das vielleicht nicht glauben wollen.«
»Wie Sie genau wissen, wurde die Ehe annulliert. Ihrer Mutter war Geld offenbar wichtiger als mein Cousin, denn sie nahm es sofort, als es ihr angeboten wurde. Aber was hätte man von einer Hure auch anderes erwarten sollen. Es war gut, daß die Familie sich ihrer entledigen konnte – sie war eine Schande für die Wolvertons.«
Dieses vernichtende Urteil trieb Kyla erneut die Zornesröte ins Gesicht, und es gelang ihr nur mit größter Mühe, ihre Wut unter einem kleinen, gleichgültigen Schulterzucken zu verbergen. »Wenn das Ihre Meinung ist, wird es Sie betrüben zu hören, daß die Tochter Ihres Cousins erwägt, eine Zyprerin zu werden, so nennt Ihr doch in England die leichten Mädchen, nicht wahr, Hoheit? Ja, vielleicht ist das gar keine dumme Idee. Soviel ich weiß, war Maman sehr begehrt. Immerhin war sie eine französische Marquise, in die Aristokratie hineingeboren und gewaltsam und ohne ihre Schuld daraus entfernt. Wäre es nicht pikant, wenn Sie diese reizende Geschichte beim Glücksspiel bei White's hören würden? Die Tochter des verstorbenen Herzogs

von Wolverton und einer französischen Emigrantin gewährt jenen, die es sich leisten können, ihre Gunst – vielleicht werden Ihre Spielpartner sich gegenseitig überbieten oder Wetten darüber abschließen, wer von ihnen mich als erster haben wird. Denn mein Preis wird sich in schwindelnden Höhen bewegen, das kann ich Ihnen versichern.«

Während sie sprach, wurden Wolvertons Augen immer dunkler, seine Lippen immer verkniffener, und seine Kiefermuskeln spielten. Kyla stieß ein zorniges Lachen aus, doch es wurde jäh von einem erstickten Schmerzenslaut abgelöst, als der Herzog sie grob am Handgelenk packte. Er zog sie zu sich heran, und sie ersparte sich jegliche Gegenwehr, denn sie hätte keine Chance gehabt, sich zu befreien und wollte sich nicht lächerlich machen. Statt dessen blickte sie so hochmütig sie konnte in sein Gesicht hinauf, während sie die Hitze, die von seinen Schenkeln ausging, sogar durch ihr Kaschmirumschlagtuch, den Musselinrock und die Unterröcke spürte.

»Von Frauen Ihrer Sorte bekommt man sechs für einen Shilling. Drohen Sie mir nicht, Miss van Vleet – und Sie sollten mich auch nicht herausfordern, denn ich bin nicht leicht einzuschüchtern.«

Obwohl sich in ihrer Hand bereits das Blut staute, machte sie noch immer keinen Versuch, sich seinem Griff zu entwinden, sondern funkelte ihn wütend an. »Lassen Sie mich sofort los, sonst ...«

»Sonst *was?* Wollen Sie vielleicht schreien?« Ein Winkel seines harten Mundes verzog sich zu einem haßerfüllten Lächeln. Er hielt sie so fest an sich gepreßt, daß sie den Druck seines maskulinen, schlanken Körpers wie eine lodernde Flamme durchfuhr. Er roch nach Regen, und in seinen schwarzen Haaren glitzerten winzige Tropfen.

»Nein – schreien halte ich nicht für sinnvoll, Euer Gnaden.« Ihre beherrschte Stimme ließ nichts von dem Gefühlstumult ahnen, der in ihrem Innern tobte. »Es gibt andere Möglichkeiten, einen Mann wie Sie zu bekämpfen.«

»Aha – und die kennen Sie zweifellos allesamt, kleine Katze.« Seine Hand glitt an ihrem Arm hinauf und packte sie, den zarten Puffärmel unter dem Umschlagtuch rücksichtslos zerdrükkend, an der Schulter. »Ich habe Erfahrung mit Frauen wie Ihnen.«

»Ich bezweifle nicht, daß Sie Erfahrung mit Frauen haben – aber mit keiner wie *mir,* Euer Gnaden.«

»Da irren Sie sich gewaltig.«

Ehe sie sich's versah, neigte er den Kopf, und sein Mund stürzte sich auf den ihren wie ein Raubvogel auf eine Beute und zwang sie mit seiner brutalen Zunge, ihn zu öffnen. Mit der freien Hand griff er in die Krone auf ihrem Kopf und schüttelte sie, bis die Nadeln darin zu Boden rieselten und die Flechten sich in einer seidigen Flut über ihren Rücken ergossen. Ihre Hände waren zwischen ihrer beider Körper gefangen, und sie stemmte sie gegen seine Brust und versuchte ihn wegzustoßen, doch es gelang ihr nicht. Er hielt sie an sich gepreßt, und sein Mund folterte den ihren, bis eine seltsame Mattigkeit von ihr Besitz ergriff und ihr Widerstand erlahmte. Ihre Knie begannen zu zittern, und das Blut schoß wie ein heißer Strom durch ihre Adern und brachte ihre Haut zum Glühen, und in sein Hemd gekrallt, weil sie fürchtete, ihre Beine würden nachgeben, spürte sie seinen Herzschlag unter ihren Fingern und hörte den ihren wie Donner in ihren Ohren dröhnen. *Mon Dieu* … was machte er mit ihr? Es war verwirrend … sie hatte so etwas noch nie erlebt, noch nie ein solches Ziehen in ihrem Leib und ein solches Pulsieren zwischen ihren Beinen empfunden, eine so merkwürdi-

ge, gleichermaßen beängstigende und sinnliche Erregung verspürt.
Als er sie schließlich freigab, mußte sie sich an seinem Arm festhalten, um nicht zu Boden zu sinken. Triumph leuchtete in seinen Augen, und sein Mund verzog sich zu einem zufriedenen Lächeln. »Sie sehen – ich kenne Sie besser, als Sie glauben, Miss van Vleet. Geben sie Ihre haarsträubenden Ansprüche auf, und verlassen sie England ohne Aufsehen.«
Sie straffte sich und wischte mit dem fransenbesetzten Rand ihres Umschlagtuchs die Spuren seines Mundes von ihren Lippen. »Ihre Familie hatte keinerlei Skrupel, meine Mutter ohne einen Penny vor die Tür zu setzen – aber *ich* werde mir das nicht gefallen lassen. Die Tochter eines Herzogs sollte über ein entsprechendes Vermögen verfügen können, meinen Sie nicht, Euer Gnaden?«
»Der Teufel soll Sie holen!«
Hinter ihm schauten mit ängstlichen Gesichtern die Haushälterin und ein Diener in den Raum. Sally mußte sie alarmiert haben, weil sie Ärger kommen sah. Wolverton drehte sich um, forderte die beiden mit einem drohenden Blick auf, aus dem Weg zu gehen, und stolzierte auf die Tür zu. In der Öffnung drehte er sich noch einmal zu Kyla um, und in seinem Blick lag eine solche Grausamkeit, daß ihre Knie nachgaben und sie sich an die Rückenlehne eines Stuhles klammern mußte, um nicht niederzusinken. »Ich bin noch nicht fertig mit Ihnen, Miss van Vleet.«
»Ich mit Ihnen auch nicht, Euer Gnaden.«
Wolverton machte auf dem Absatz kehrt und drängte sich an dem unbehaglich dreinblickenden Lakai vorbei. Kyla stand, unfähig, sich zu rühren, hinter dem Stuhl und lauschte den wütenden Schritten des Herzogs auf der Treppe und dem scharfen Knall, mit dem die Tür hinter ihm ins Schloß krachte. Ihr Blick

schwenkte zu Mrs. Peach, der Haushälterin, die sich mit angstvoll aufgerissenen Augen an den Türrahmen klammerte.

»Geht es Ihnen gut, Miss?«

Großer Gott – wieviel hatten sie gehört? Sie nickte. »Ja – mir fehlt nichts. Bitte vergessen Sie die Szene, deren Zeuge Sie gerade wurden. Der Herzog hat mich verkannt – aber ich denke, jetzt hat er das begriffen.«

»Ich fürchte, Sie haben sich ihn zum Feind gemacht.«

Kyla nickte wieder. »Er wollte es nicht anders.«

Endlich kam Leben in Celeste. Sie schaute von ihrer Teetasse auf. »Unterschätze diesen Feind nicht, *ma petite*«, sagte sie mit zitternder Stimme. »Der Mann ist gefährlich. Vielleicht sollten wir die Angelegenheit lieber auf sich beruhen lassen.«

»Nein. *Nein!* Du hast selbst gesagt, daß ich die Rechte meiner Mutter einfordern soll. Ich würde es mir nie verzeihen, wenn ich die Schändung ihres guten Rufes ungeahndet ließe.« Fröstelnd bückte sie sich, um das Umschlagtuch vom Boden aufzuheben, das von ihren Schultern geglitten war, ging zu ihrer Patin hinüber und kniete sich vor ihren Sessel. Die braunen Augen, die ihren Blick erwiderten, waren tränenfeucht, aber nicht so verhangen wie sie erwartet hatte. »Ich darf jetzt nicht aufgeben, Tante. Daß er sich hierher bemüht hat, zeigt mir, daß er beunruhigt ist.«

»Er ist gekommen, um dich zu warnen, Kind.« Celeste seufzte und stellte mit einer zitternden Hand, die das Porzellan leise klirren ließ, ihre Tasse auf das Tischchen neben sich. Schwacher Brandyduft stieg daraus auf. Sie streckte die Hand aus und umfaßte Kylas Kinn. »Du bist ebenso schön wie Faustine, und du hast die Stärke geerbt, die sie befähigte, allen Schicksalsschlägen, die ihr widerfuhren, zu begegnen – aber verwechsle diese Stärke nicht mit Macht. Der Herzog hat große Macht, und wenn er sich dazu entschließt, kann er dich vernichten. O mein Gott – wir hätten diesen Kampf gar nicht erst aufnehmen dürfen!« Sie ließ die Hand in den Schoß fallen, lehnte sich zurück und schloß die Augen.

Kyla nahm ihre Hand in ihre beiden und streichelte die zarte Haut, durch die blau die Adern schimmerten, mit kreisenden Bewegungen. »Aber ich *habe* ihn aufgenommen, und nun kann ich keinen Rückzieher mehr machen. Ich muß das durchstehen.«

Kapitel 5

Die Spätnachmittagssonne kam hinter einer Wolke hervor, warf lange, an knochige Finger erinnernde Schatten in die Durchgänge zwischen den Häusern der St. James Street und legte sie auf Fensterbretter und in Türnischen wie zum Schlaf zusammengerollte Katzen. Brett stürmte, immer zwei Stufen auf einmal nehmend, die Treppe zu White's hinauf. Seine Laune war ebenso übel wie Kyla van Vleets Drohung. Zum *Teufel* mit ihr! Er hatte gleich am Morgen nach seinem Besuch bei ihr Edwards Anwalt aufgesucht und ihn gebeten, festzustellen, was an ihrer lächerlichen Behauptung dran sei, daß sie die Erstgeborene seines Cousins und dessen legitime Tochter sei. Und nun kam er, zwei Tage danach, gerade von diesem Anwalt, der ihm gestanden hatte, daß er von ihrer Behauptung gewußt habe, es aber – Narr, der er war – nicht für erwähnenswert gehalten habe, da Faustine mit ihrer Unterschrift auf alle Rechte verzichtet habe.

Brett fluchte unterdrückt. Warum war er überhaupt noch in England? Er wäre viel lieber in Amerika, wo er hingehörte. Dort fühlte er sich wohl. Das Land jenseits des Mississippi gehörte erst seit kurzem zu den Vereinigten Staaten, war 1803 durch den Ankauf von Louisiana hinzugekommen und noch größtenteils unbesiedelt. Erst kürzlich hatte es wieder Ärger um das Grenzgebiet gegeben, da sowohl Spanien als auch Mexiko Anspruch darauf erhoben, und es wurde zunehmend von amerikanischen Abenteurern aufgesucht, die unerschrocken genug waren, um sich weder von Spanien noch von Mexiko einschüchtern zu lassen.

Tejas. Das gefiel ihm. Die Ursprünglichkeit dieses Landstriches, seine Weite – dort konnte ein Mann sein Glück machen, wenn er keine Mühe scheute. Er vermißte seine Heimat, die sengende Sonne, die trockene Hitze. Hier regnete es fast jeden Tag, und wenn der Himmel einmal blau war, dann nur so kurz, daß die Sonne vor dem nächsten Guß kaum Zeit hatte, die Nässe aufzusaugen.

Als er den Spielsaal von White's betrat – woher *wußte* sie, verdammt noch mal, daß er hier Stammgast war? –, hatte seine Stimmung sich noch nicht gebessert. Barry Baylor – Viscount Kenworth und vierter Sohn des dritten Earls of Montgramercy – begrüßte ihn mit einer hochgezogenen Braue und einem spöttischen Lächeln.

»Na, na, Wolverton – so finster heute? Haben Sie Ärger mit einem Mädchen?«

»So ist es in der Tat.« Die meiste Zeit amüsierte das lose Mundwerk des jungen Spundes Brett, doch es gab auch Momente, da er ihn eher enervierend als unterhaltsam fand. Barry besaß die seiner Klasse eigene Weltgewandtheit, doch ohne die üblicherweise damit einhergehende Überheblichkeit, was Brett als äußerst wohltuend empfand.

Barry lachte leise. »Ich würde die Frau, die es geschafft hat, dem gefährlichen Herzog die Fassung zu rauben, gerne kennenlernen – oder weilt sie nicht mehr unter den Lebenden?«

»Ihre Heiterkeit ist unangebracht, Kenworth!« Brett winkte einen Kellner heran und nahm den kleinen Brandy mit, als er durch den Raum wanderte. Rauchschwaden hingen in der Luft, und zahlreiche Dandys bevölkerten den Spielsaal, saßen an mit grünem Filz überzogenen Tischen, lümmelten auf Ledersofas, tummelten sich, wenn sie Beau Brummels berühmtem Zirkel angehörten, in dem auf die St. James Street hinausgehenden, gerundeten Erker.

»Ja, ja, ich bin ein wenig vorlaut«, stimmte Barry fröhlich zu, ohne sich um die Zurechtweisung zu scheren. »Aber es ist allgemein bekannt, daß Sie sich nicht einmal von den Vornehmsten der Vornehmen etwas gefallen lassen – eine Tatsache, die Ihnen den Neid einiger Herren eingebracht hat, die der spitzen Zunge eines hübschen, weiblichen Wesens nichts entgegenzusetzen wissen.«

»Und doch bezeichnen Sie sie als Männer.« Brett hob spöttisch eine Augenbraue, und Barry grinste.

»Wie gewöhnlich haben Sie den Nagel auf den Kopf getroffen, Wolverton – doch die Betroffenen würden Ihrer Ansicht sicher nicht zustimmen. Spielen Sie heute abend?«

Brett zuckte mit den Schultern, nippte an seinem Brandy und tauschte ein herzliches Begrüßungsnicken mit Brummels engem Freund, Lord Alvanley, als dieser bei ihnen stehenblieb.

»Wolverton! Brummel läßt Ihnen ausrichten, daß im Erker noch ein Platz frei ist.« Brett zeigte nur mit dem Heben einer Braue, was er von Beaus spontaner Einladung hielt. »Ich glaube, der Schnitt Ihres Rockes wird sehr bewundert.«

»Tatsächlich? Ich trage ihn mehr aus Bequemlichkeit als aus modischen Erwägungen, aber es freut mich zu hören, daß er Zustimmung findet.« Als Alvanley seinen Weg zu den Spieltischen fortsetzte, drehte Brett sich amüsiert um und nickte in Brummels Richtung. Die dort Versammelten waren kein übler Haufen, aber ein wenig zu geckenhaft. Er schätzte Beau Brummels scharfen Verstand und auch seine Leidenschaft für Sauberkeit, doch was sein Auftreten als Botschafter der Mode betraf, so fand er es ein wenig zu großtuerisch und übertrieben. Aber schließlich interessierte es ihn gar nicht wirklich, ob seine Kleidung Billigung fand – oder ob er selbst Billigung fand. Barry hatte einmal gesagt, daß es genau diese Gleichgültigkeit war, die einigen der Herren gefiel.

»Sie sind gerade arrogant genug, um jemanden zu schätzen, der noch arroganter ist«, bemerkte Barry mit einem ironischen Zucken der Mundwinkel und dem gewinnenden Lächeln, das seine Gläubiger bislang davon abgehalten hatte, ihn in den Schuldturm werfen zu lassen.

Jetzt ließ Barry den Blick bedauernd durch den Raum wandern und gestand, daß seine Taschen wieder einmal so gut wie leer seien. Mit einem unbekümmerten Schulterzucken meinte er: »Ich hatte gestern eine Pechsträhne und verlor alles an Haywort. Heute abend geht nichts bei mir.«

»Ich habe Ihnen schon einmal gesagt, daß Sie zu vorsichtig spielen. Wenn Sie setzen müssen, tun Sie, als käme es Ihnen gar nicht darauf an, ein Vermögen zu verlieren.«

»Das kann einer leicht sagen, der tatsächlich ein Vermögen besitzt«, gab Barry zurück. »Aber mir ist es verdammt unangenehm, mit dem Hut in der Hand vor meinen Vater hintreten und um einen Vorschuß auf mein Unterhaltsgeld bitten zu müssen. Der alte Herr hockt auf seinem Geld wie die Henne auf ihren Eiern …« Barry brach ab, runzelte die Stirn und schaute neugierig zu Brett auf. »Sagen Sie mir die Wahrheit, Wolverton – ist Prinny wirklich wegen eines Darlehens an Sie herangetreten? In ganz London wird getuschelt, daß er jemanden mit der Bitte um Geld zu Ihnen geschickt habe.«

Brett nippte erneut an seinem Brandy und blickte mit hochgezogenen Brauen über den Rand seines Cognacschwenkers auf Barry herab, bis dieser errötete und murmelte, daß es ihn ja gar nichts angehe, er nur das Gerücht gehört habe …

»Sie haben recht – es *geht* Sie nichts an. Aber Sie wissen, daß der Prinz und ich uns kennengelernt haben, weil er begierig darauf war, etwas über gewisse Vorgänge in New Orleans zu erfahren, die sein Interesse geweckt hatten. Und was das angebliche Darlehen betrifft, so handelte es sich um eine Spende zur Finanzierung der Verschönerungsmaßnahmen in Brighton.«

»Sie meinen doch nicht den Pavillon – diese Beleidigung für jedes Auge? Ich hörte, er sehe aus wie eine Miniaturausgabe von Saint Paul. Er muß Sie in einem schwachen Moment erwischt haben.«

»Ich hatte einen entsetzlichen Kater und hätte ihm sogar die doppelte Summe gegeben, wenn ich seinen frettchengesichtigen Sekretär dadurch schneller losgeworden wäre.«

»Natürlich trifft es keinen Armen – aber wenn ich eine Silbermine in Amerika besäße, würde es mir nicht im Traum einfallen, Geld in eine chinesische Pagode in einem Badeort wie Brighton zu investieren.«

»Ich habe in den Prinzen investiert – nicht in eine architektonische Abartigkeit«, korrigierte Brett leise.

Diese Eröffnung traf Kenworth unvorbereitet, und er brauchte einen Moment, um all die darin enthaltenen Andeutungen zu erfassen. Dann grinste er. »Sie sind nicht blöde – weiß Gott nicht.«

»Danke für das Kompliment.« Brett betrachtete Kenworth mit einem leisen Lächeln. Er war nur vier Jahre älter als Barry, doch was die Lebenserfahrung anging, war er ihm Jahrzehnte voraus. »Ihre Ausdrucksweise läßt sehr zu wünschen übrig. Wenn Sie nicht aufpassen, wird es bald heißen, daß die Gesellschaft, die Sie pflegen, zu sehr auf Sie abfärbe.«

»Die Aussicht schreckt mich nicht – ich könnte mir keine angenehmere Gesellschaft vorstellen.«

»Lassen Sie das nicht bekannt werden – sonst hält man Sie am Ende auch noch für einen Bauerntölpel.«

Kenworth zuckte ungerührt mit den Schultern. »Man hat schon schlimmeres über mich gesagt.«

»Über mich auch.«

»Aber nicht ins Gesicht – nicht nach dem Duell mit Iversham. Er hat ja den Kürzeren gezogen, aber ich hörte, daß er verdammtes Glück hatte. Zwei Zentimeter weiter in die andere Richtung, und er wäre jetzt eine Leiche.«

»So ist es – aber wie die Dinge liegen, wird er es wohl überstehen. Eine Schulterwunde ist für gewöhnlich nicht tödlich, wenn sie fachgerecht behandelt wird.«

Kenworth schaute ihn neugierig an und dann weg, nickte einem seiner Jagdgefährten zu und wandte sich wieder an Brett. »Sie sind ein guter Schütze – aber was hätten Sie getan, wenn Sie das Ziel verfehlt hätten? Wenn Sie Iversham getötet hätten?«

»Seinen Tod als Satisfaktion akzeptiert – was sonst?«

Barry zuckte mit den Schultern. Er wirkte leicht fassungslos. »Sie sind ein verdammt harter Bursche, Brett – aber Duelle werden heute als ernstes Vergehen geahndet, wissen Sie.«

»Sie sind ja auch eine ernste *Sache* – immerhin schießen dabei zwei Männer aufeinander. Aber Iversham ließ mir gar keine Wahl. Ich versuchte, ihn zu warnen, doch er wollte nicht auf mich hören. Gehen wir auf ein anständiges Spiel zu Arthur's oder Graham's?«

Barry schaute einen Moment verdutzt drein, dann grinste er. »Ja – es ist wohl Zeit für einen Themawechsel. Arthur's wäre nicht schlecht – aber ich habe nicht mehr viel Bares und werde wahrscheinlich sehr schnell aus dem Spiel sein.«

Zu seinem Kummer behielt er recht. Brett jedoch hatte eine Glückssträhne und verließ den Tisch erst spät am Abend, als er sich zu langweilen begann und einer der anderen Spieler so betrunken war, daß er den Überblick verlor und Streit anfangen wollte.

Als er den Raum verließ, sah er Barry in einem Sessel auf ihn warten. »Machen Sie ein Nickerchen, Kenworth?« fragte er erstaunt.

Barry zuckte mit den Schultern und stand auf. »Um die Zeit bekommt man in diesem Teil der Stadt kein Gefährt mehr, und ich dachte ...«, er war sichtlich verlegen, »... daß Sie mich vielleicht zu Hause absetzen könnten. Natürlich nur, wenn Sie nichts anderes vorhaben.«

»Nichts, das nicht warten könnte.«

»Guter Gott«, murmelte Kenworth, an ihm vorbeischauend, »wenn das nicht dieses verkommene Subjekt höchstpersönlich ist – Lord Brakefield, Earl of Northwick. Was will der denn *hier?* Dieses Etablissement müßte ihm doch eigentlich viel zu zahm sein.«

Brett schaute auf. Er kannte Brakefield, hatte ihn vor Jahren kennengelernt und gleich auf den ersten Blick nicht gemocht. Es hieß, daß er in unappetitliche Affären verwickelt sei, und seine Gesichtszüge legten beredtes Zeugnis von seinem auschweifenden Lebenswandel ab.

Barry stöhnte. »Er hat uns gesehen – er kommt *her!* Wie, zum Teufel, kann ich ihm aus dem Weg gehen?

»Schützen Sie eine Krankheit vor – wie ich hörte, hat Brakefield eine panische Angst vor jeder Art von Krankheit.«

»Sie machen sich über mich lustig – aber ich sage Ihnen, der

Mann ist unerträglich. Ich bekomme Gänsehaut in seiner Gegenwart. Die Gerüchte über ihn sind ... sind äußerst schändlich.«
»Ja, er ist einer von Englands schlimmsten Söhnen – ein übler Schurke.« Brakefield blieb vor ihnen stehen und deutete eine Verbeugung an.
Unter fragend hochgezogenen Brauen wurden sie von merkwürdig trüben, farblosen Augen gemustert, und die Winkel des schmalen Mundes zuckten, als habe er gerade einen schlüpfrigen Witz gehört. »Wolverton. So sehen wir uns wieder. Es ist lange her, daß ich Sie gesehen habe. Tut mir leid wegen Ihres Vaters. Wir beide haben uns ja lange gekannt.«
»Ich wußte nicht, daß Sie mehr mit meinem Vater verband als eine flüchtige Bekanntschaft, Lord Brakefield.«
»Ach nein? Nun – er hat es Ihnen gegenüber vielleicht nicht erwähnt, aber wir haben früher einmal Geschäfte miteinander gemacht. Doch das liegt viele Jahre zurück, und als ich bei meiner Investition dramatische Verluste erlitt, trennten wir uns in gegenseitigem Einvernehmen.«
»Ich finde es höchst seltsam, daß mein Vater mir nie von einer geschäftlichen Verbindung mit Ihnen erzählt hat.«
»Vielleicht wollte er Ihnen seine Fehlschläge nicht offenbaren, sondern nur seine Erfolge.« Northwicks Augen schwenkten zu Barry und verengten sich ein wenig. »Ah – und Kenworth! Es überrascht mich etwas, Sie nach Ihrem gestrigen ausgedehnten Besuch bei White's heute hier zu sehen.
Als Barrys Gesicht sich aus Zorn über die Erwähnung seines Spielverlustes rötete, ging Brett mit einer provozierenden Bemerkung dazwischen: »Verwunderlich, daß Sie bei White's verkehren, anstatt bei Brooks' oder in der Pigeon Hole, Northwick. Sind Sie zum Tory konvertiert?«

Brakefield schnaubte. »Was bringt Sie darauf, daß ich ein Whig sei, Sir?« fragt er. Bretts Bemerkung hinsichtlich der Spielhölle übergehend.
»Die Gesellschaft, mit der Sie sich umgeben. Nicht, daß ich mich daran stören würde. Brougham und Grey sind ganz gewiß faszinierende Persönlichkeiten mit höchstkarätigen Verbindungen. Ich gratuliere Ihnen zu Ihrem taktischen Weitblick.«
»Wirklich? Seltsam. Heutzutage ist, ein Whig zu sein, für kaum jemanden ein Grund beglückwünscht zu werden.« Brakefields farblose, an Fensterglas erinnernde Augen, musterten Brett genauer. »Ich hätte nicht gedacht, daß Sie sich für die traditionellen politischen Parteien interessieren.«
Brett zuckte mit den Schultern. »Ich finde, daß die Überzeugung eines Mannes eher auf Umsturz als auf Tradition fußt. Was ich für unakzeptabel halte, lehne ich ab.«
»Aha – so wie die Kolonien England ablehnten. Ich verstehe. Wie aufschlußreich. Sollen wir uns auf weitere Aufstände gefaßt machen?«
»Heben Sie die Corn Laws auf – dann werden Sie sehen, ob gutgenährte Menschen noch die Neigung haben, einen Aufruhr anzuzetteln.«
»Die Corn Laws wurden erlassen, um das Sinken der Preise und eine daraus folgende Überschwemmung Englands mit billigem Getreide zu verhindern. Der Aufstand im letzten Jahr war dumm und zwecklos – ein unüberlegter Protest von Revolutionären ohne eine klare Vorstellung von zu ihrem Wohle erlassenen Gesetzen.« Lord Brakefields buschige Brauen senkten sich herab. »Sind Sie einer von denen, die mit launigen Sprüchen die Autorität der Regierung zu untergraben versuchen, Wolverton?«
»Sind Sie einer von denen, die eine Menge Geld an diesen Ge-

setzen verdienen? Die Idee, die Preise durch begrenzte Importe in England hoch zu halten, ist an sich nicht schlecht, aber sie zwingt die Fabrikanten, höhere Löhne zu zahlen, was nicht nur zu Entlassungen führt, sondern den entlassenen Arbeitern auch die Möglichkeit nimmt, den höheren Brotpreis zu bezahlen. Haben Sie einen der Schlüsselfaktoren vergessen, die zum Sturz des französischen Regimes führten? Wenn die Massen hungern, werden sie rebellisch.«

Brakefield beantwortete diesen Hinweis mit einem wegwerfenden Fingerschnippen. »Dies ist nicht Frankreich. Napoleon hat bei Waterloo in Wellington seinen Meister gefunden, und England geht es sogar unter der Herrschaft des Regenten gut. Die Parallelen, die Sie da ziehen, grenzen ans Lächerliche.«

»Nichtsdestotrotz müssen die Corn Laws irgendwann außer Kraft gesetzt werden, sonst wird keine Ruhe einkehren.«

»Oje – meinen Sie, der Pöbel wird versuchen, unsere Häuser in Brand zu stecken?« Brakefields Mund verzog sich zu einem spöttischen Grinsen. »Ich denke, wir würden ihren Plan schon lange vor ihrer Ankunft erkennen – an dem Gestank, der diesen ungewaschenen Kreaturen vorauseilt.«

»Wolverton hat recht«, sagte Barry plötzlich. »Ich habe die Aufstände in den Midlands vor ein paar Jahren nicht vergessen, die Luddite-Revolten, wo die Zerstörer der Maschinen in der ganzen Gegend Angst und Schrecken verbreiteten. Berittene Polizei war nötig, um sie in Schach zu halten, und die Hälfte der nördlichen Grafschaften glich eine Zeitlang Militärlagern. Den letzten Aufstand gab es achtzehnhundertzwölf, glaube ich – und immer waren Arbeitslosigkeit und hohe Lebensmittelpreise die Zündfunken. Als nächstes werden sich die Bergleute oder die Weber erheben.«

»Oder vielleicht die Putzmacherinnen – mit Hutnadeln und

tödlichen Federn bewaffnet?« spottete Brakefield voller Verachtung. »Ich denke, ihr jungen Stutzer würdet es sehr viel betrüblicher finden, wenn Fribourg und Treyer ihre Pforten schlössen und ihr keinen Schnupftabak mehr hättet.«

»Machen Sie nicht den Fehler, mich mit den Dandys aus Ihrem Kreis in einen Topf zu werfen, Northwick.«

Brakefield warf Brett einen kurzen, erschrockenen Blick zu, bevor er leichthin mit den Schultern zuckte. »Nein – man würde Sie niemals als Stadtmenschen klassifizieren. Auf die Gefahr hin, mir Ihren Zorn zuzuziehen – Sie haben immer noch etwas von einem *Bauern.*«

»Besser als von einem Libertinisten, würde ich sagen«, lächelte Brett in Brakefields kalte Augen hinein. »Wenn Sie mich jetzt entschuldigen wollen, Sir – ich habe noch eine Verabredung und muß mich verabschieden.«

Er wandte sich an Barry, der Lord Northwick angewidert anstarrte, und machte ihm den Vorschlag, ihn zu einer geschlossenen Gesellschaft zu begleiten. »Meine Tante wird da sein und einige der diesjährigen Debütantinnen. Lady Sefton führt ein paar ihrer Schützlinge für die kommende Saison vor.«

»Ich rate Ihnen, sich eine gutbetuchte Frau zu suchen, damit Sie nicht mehr ständig zu Geldverleihern gehen müssen, Kenworth«, murmelte Brakefield gehässig.

»Ich verwahre mich gegen diese Unverschämtheit, Sir«, gab Barry zurück, der sich zu seiner vollen Größe aufgerichtet hatte und vor unterdrückter Wut bebte. »Wenn Sie dabeibleiben, kann ich nur daraus schließen, daß Sie eine Auseinandersetzung provozieren wollen.«

»Du meine Güte – entdecke ich da tatsächlich ein Feuer unter dieser laschen, äußeren Erscheinung, junger Kenworth?« Brakefields Lächeln war eher eine Grimasse. »Vielleicht sollte

ich Sie darauf hinweisen, daß ich schon drei Männer in Duellen getötet hatte, als Sie noch in ihren Windeln lagen.«
Brett legte besänftigend die Hand auf Barrys Arm. »Erweisen Sie Northwick nicht die Ehre, sein Verhalten ernstzunehmen. In seinem fortgeschrittenen Alter hat er zweifellos die guten Manieren vergessen, die man ihm als Kind beigebracht hat.«
Brakefields Brauen schnellten hoch, und seine farblosen Augen verengten sich zu schmalen Schlitzen. »Sie wollen sich mich doch bestimmt nicht zum Feind machen – und schon gar nicht um eines so halbgaren Bürschchens willen.«
»Was ich will oder nicht, müssen Sie schon mir überlassen.« Ein hartes Lächeln umspielte Bretts Mund, als er die Überraschung und den Zorn des Earls registrierte. »Ich mag ein Bauer sein, aber darum lasse ich einem alternden Lebemann noch lange kein flegelhaftes Benehmen durchgehen.«
Lord Northwick starrte ihnen haßerfüllt nach, als sie Arthur's Spielsalon verließen. Nächtliche Schatten hockten in den Hausecken der St. James Street, die von Gaslaternen und dem Licht erhellt wurde, das aus den Fenstern der Clubs fiel, in denen die Gesellschaft noch immer tagte. Kenworth war atemlos vor Zorn, als Brett ihn in Wolvertons Kutsche schob, und sein Gesicht war ebenso rot wie die Samtpolster, auf die er sich mit wutverzerrten Zügen fallen ließ.
»Was für ein elender Bastard! Ich sollte ihn fordern, Wolverton – das sollte ich wirklich.«
Um Northwick machte Brett sich keine Sorgen, aber Barry war noch jung und hitzköpfig genug, um sich in ernste Schwierigkeiten zu bringen, wenn er nicht aufpaßte.
»Lassen Sie es gut sein, Barry – Männer wie Northwick werden sich irgendwann selbst zum Verhängnis.«
»Das geht mir nicht schnell genug«, knurrte Barry mit finsterer

Miene. Das Licht einer der Kutschlampen spielte über sein Gesicht, und in dem Wechsel von Hell und Dunkel entdeckte Brett mehr als verletzten Stolz in Kenworth' Ausdruck. Er runzelte die Stirn.

»Hinter Ihrer Abneigung steckt mehr als der Wortwechsel von eben. Was ist es?«

Nach einer Minute angespannten Schweigens, in der er aus dem Fenster starrte, nickte Kenworth knapp. »Ja, es steckt mehr dahinter. Northwicks Unverschämtheiten mögen mich ärgern – aber was mich wirklich gegen ihn aufbringt, sind seine Marotten.«

»Marotten? Wie die längst aus der Mode gekommenen Schönheitspflästerchen, unter denen er seine Pockennarben verbirgt?«

»Nein, ich meine … *wirkliche* Marotten. Abartigkeiten. Er war stets ein Schurke und ein Wüstling, doch es ranken sich immer Gerüchte um eine bestimmte Sorte Männer, und ganz besonders um solche, die sich leicht Feinde machen. Sicher – Northwick hat sich ein gerüttelt Maß an Feinden gemacht, aber ich weiß, daß einige der schlimmen Gerüchte der Wahrheit entsprechen.« Er zog sein Schnupftabakdöschen heraus und wollte eine Prise nehmen, doch dann erinnerte er sich anscheinend an Northwicks boshafte Bemerkung über seine Tabakabhängigkeit, denn er steckte es wieder weg. Er beugte sich vor und paßte sich den Schaukelbewegungen an, mit denen die Kutsche über das Kopfsteinpflaster rumpelte, als er leise sagte: »Lord Brakefield brüstet sich damit, in seinem Hurenstall auch junge Mädchen zu halten.«

»Ich nehme an, Sie meinen gegen deren Willen.«

»Zum Teil. Allerdings gibt es auch verzweifelte Männer und Frauen, die in ihrer Not ihre Töchter an so verderbte Unholde wie ihn verkaufen. Mein Gott – ich *weiß*, was er getan hat, aber ich kann es nicht beweisen!«

»Hören Sie auf, um den heißen Brei herumzureden, Barry!« Kenworth lehnte sich aufstöhnend zurück und preßte die Faust an seine Stirn. »Junge Mädchen, Brett – *junge* Mädchen! Kleine unschuldige Kinder mit frischen Gesichtern, vier-, fünf-, sechsjährige Mädchen sind einfach verschwunden.«

Brett sah ihn stirnrunzelnd an. »Sie sprechen von einem Angehörigen des Hochadels, Barry. Nicht, daß sein Titel ihn zu einem Heiligen machte – aber würde ein so hochrangiger Mann das Risiko eingehen, sich irgendwann für solche Untaten verantworten zu müssen?«

»Von welchem Risiko reden Sie? Daß verarmte Frauen ihre Kinder in Covent Garden zum Verkauf anbieten, ist heutzutage doch keine Seltenheit.«

»Ja – aber als Schankgehilfen oder Schornsteinfeger oder zum Milch austragen – nicht zu den Zwecken, für die Ihrer Aussage nach Northwick sie mißbraucht.« Barrys Gesicht drückte abgrundtiefen Ekel aus, und Brett schüttelte den Kopf. »Wenn stimmt, was Sie sagen, dann sollte man ihn anzeigen.«

»Wer? Sie? Ich? Wir haben keine Beweise.« Er fuhr sich mit der Hand durch die Haare. Die wirren Locken, die ihm danach sofort wieder in die Augen fielen, verliehen ihm ein jungenhaftes Aussehen. »Es gibt keine Beweise, nicht einmal ... Leichen ... um ihn zu überführen.«

»Woher, zum Teufel, wissen Sie das eigentlich alles?«

Barry starrte mit einem gequälten Ausdruck auf seine Hände hinunter. Die Straßenlaternen, an denen sie vorbeifuhren, ließen in regelmäßigen Abständen Licht über sein Gesicht huschen. »Ich weiß es, weil ich eines Abends dort war«, murmelte er so leise, daß Brett ihn kaum verstehen konnte. „Es war ... vor ein paar Monaten. Ich war voll bis zum Stehkragen und wußte gar nicht, wie mir geschah. Jedenfalls ging ich mit ihm. Die Erinnerung ist nur sehr nebelhaft, aber ich weiß, daß ein kleines Mädchen da war. Blond. Winzig. Völlig verängstigt. Ich wollte ihr helfen, sie von dort wegbringen, aber … o Gott!« Er schloß die Augen. »Als ich aufwachte, war er verschwunden und die Kleine ebenfalls«

Seine Stimme verlor sich, und Brett hatte Mühe, die in ihm aufsteigende Übelkeit niederzukämpfen. Illegale Geschäfte waren *eine* Sache – aber dies? Northwick war noch viel verderbter als er gedacht hatte. Kein Wunder, daß der junge Kenworth ihn so sehr haßte.

»Wenn Ihre Geschichte wahr ist, Barry, müssen wir einen Weg finden, Northwick vor Gericht zu bringen.«

Kenworth lachte leise und bitter auf. »Ich glaube, er ist Satans Sohn. Bislang war noch niemand in der Lage, ihn wegen irgend etwas vor Gericht zu bringen – er ist zu vorsichtig.«

»So vorsichtig finde ich ihn gar nicht. Wenn er es wäre, hätte er Sie seinerzeit nicht mitgenommen. Wirklich vorsichtige Männer lassen niemanden bei ihren perversen Handlungen zusehen – es sei denn, sie sind sich der Teilnahme des Eingeladenen sicher. Oder dessen Schweigens.«

Barrys Gesicht nahm eine ungesunde Blässe an. Er starrte aus dem Fenster. »Ich schulde ihm Geld.«

»Also glaubt er, Sie damit zum Schweigen zwingen zu können.«

»Ja.« Barry fuhr sich ein zweites Mal mit der Hand durch die blonden Locken. »Er läßt keine Gelegenheit aus, mich daran zu erinnern. Daher vorhin auch der boshafte Hinweis auf die Geldverleiher.«

»Wieviel schulden Sie ihm?« Als Barry errötete und die Lippen aufeinanderpreßte, wußte er, daß es sich um eine große Summe handelte. »Wieviel?« fragte er wieder, diesmal energischer.

»Vierzehntausend Pfund.«

»Sie dummer Junge – was, zum Teufel, hat Sie mit einer so horrenden Summe in die Kreide gebracht, und ausgerechnet bei einem Mann wie Northwick?«

»Pharao.« Er zuckte mit den Schultern. Die Hände auf seinen Knien waren zu Fäusten geballt. »Ich war gezwungen, ihm meine Schuldscheine zu geben, bis ich meinen Vater um einen Vorschuß auf meinen Jahresunterhalt bitten könnte. Mein Vater lehnte mein Ansinnen mit ein paar sehr deutlichen Worten ab, die keinen Zweifel daran ließen, daß sein Entschluß unwiderruflich war. Er sagte, er sehe mich lieber in Tanger oder Newport, als mir auch nur einen Shilling zur Bezahlung weiterer Spielschulden zu geben.«

»Sie bekommen das Geld von mir.«

Barry starrte ihn mit aufgerissenen, in der dunklen Kutsche tiefschwarz wirkenden Augen an. »Wolverton ... Brett, mein Gott ... ich hatte doch niemals die Absicht anzudeuten ... Sie können unmöglich ...«

»Ich kann und ich werde. Es ist besser, als Northwick weiter zu gestatten, Ihre Schulden wie ein Damoklesschwert über ihren Kopf zu hängen. Ich kann es mir leisten – obwohl eine gewisse junge Dame mein Vermögen, wenn sie ihren Kopf durchsetzte, erheblich vermindern könnte.«

Barry ließ sich wie betäubt in die Plüschkissen der herzoglichen Kutsche sinken und schüttelte den Kopf. »Es ist Ihnen tatsächlich gelungen, mich aus der Fassung zu bringen. Da sitze ich hier und schildere Ihnen meine mißliche Lage – und Sie erklären mir, daß Sie für mich tun wollen, wozu mein Vater nicht bereit war.« Er lachte laut und mißtönend. »Aber ich kann das natürlich nicht annehmen – erstens aus Prinzip, und zweitens, weil ich bald das Gefühl hätte, Ihnen aus dem Weg gehen zu müssen, weil ich das Darlehen nicht schnell zurückzahlen könnte. Ich möchte Sie lieber als Gesellschafter behalten, Brett.«

»Ich verkaufe meine Gesellschaft nicht – nicht einmal für vierzehntausend Pfund.« Wolvertons spöttischer Ton ließ Barry aufhorchen. »Ich habe Ihnen das Geld ohne Bedingungen angeboten. Nehmen Sie es an. Ich versichere Ihnen – die Genugtuung, daß Northwick Sie nicht mehr unter Druck setzen kann, ist mir diese Ausgabe mehr als wert. Allerdings würde ich zu gerne sein Gesicht sehen, wenn Sie Ihre Schulden bei ihm bezahlen.«

Barry lachte leise. »Das läßt sich arrangieren. Ah, wir sind bei meinem Haus angelangt ... aber ich dachte ... es gibt gar keine Abendgesellschaft, stimmt's?«

»Irgendwo wahrscheinlich schon – aber keine, zu der es mich hinzieht.«

Barry schüttelte lachend den Kopf. »Wollen wir dann nach Vauxhall weiterfahren? Mr. James Hook tritt heute abend auf, und wir könnten etwas essen.«

»Und elf Shillings für zwei Hühnchen bezahlen, die nicht größer sind als meine Faust, und für ein Stück Schinken, das nicht länger als mein Daumen ist? Davon wird ja keine Katze satt.«

»Das ist richtig. Um die Wahrheit zu sagen – ich möchte Madam Saqui sehen. Sie klettert einen Mast hinauf und balanciert auf einem Hochseil durch ein bengalisches Feuer – und das alles nur mit Flitter und Straußenfedern bekleidet! Ich habe gehört, ihre Darbietung sei in jeder Hinsicht bemerkenswert.«

»Diesen Genuß werde ich Ihnen allein überlassen, Kenworth – ich habe noch eine Verabredung.«

Barry grinste. »Mit einer Dame, wette ich. Sei's drum. Am Dienstag abend müssen Sie zu Lady Seftons Soiree, um Ihre Cousinen in die Gesellschaft einzuführen, habe ich recht? Oder haben Sie vor, sich, wenn irgend möglich, davor zu drücken?«

»Ich werde Sie zweifellos dort wiedersehen, obwohl ich weiß Gott lieber Madame Saquis Auftritt genießen würde als mir einen ganzen Abend lang von beflissenen Müttern reizlose Töchter präsentieren zu lassen.«

»Armer Wolverton. Aber ein Mann Ihres Ranges und Vermögens muß ab und zu einmal leiden, damit wir anderen uns besser fühlen.«

Bretts Antwort fiel sehr drastisch aus, und Kenworth lachte noch, als Wolvertons Kutsche schon wieder anfuhr. Doch er hätte die Wette verloren – Brett war nicht mit einer Frau verabredet. Als der Herzog dem Kutscher das gewünschte Ziel nannte, schaute ihn dieser mit großen, zweifelnden Augen an

»Ist das Ihr Ernst, Euer Gnaden? Das ist ein besonders gefährliches Viertel ...«

»Es *ist* mein Ernst. Ich werde an der Ecke Lisle Street von einem Herrn erwartet.«

Die Lisle Street lag in einer Gegend, in der sich Angehörige der Oberschicht für gewöhnlich nicht verabredeten, doch für Brett war sie in diesem Fall der ideale Treffpunkt. Als die Kutsche anhielt, löste sich eine schattenhafte Gestalt aus der Finsternis einer unbeleuchteten Gasse und trat dicht vor das Fenster der Kutsche. Brett öffnete schwungvoll die Tür, und ein übler Gestank verpestete die Luft, als der Mann einstieg.

»'nabend, Herr.«

»Haben Sie die Information, Watley?«

»Halten Sie mich für beschränkt, Herr? Erst den Kies!«

Brett zog einen kleinen Beutel aus der Tasche, schüttelte ihn

leicht, was ein vielversprechendes Klimpern auslöste, und sah im Licht der Laterne ein gieriges Lächeln auf Watleys abstoßender Fratze erscheinen, als er die Hand danach ausstreckte.
»Nicht so hastig – erst will ich hören, was Sie in Erfahrung gebracht haben, Mr. Watley.«
»Ich bin kein Einfaltspinsel, der sich übers Ohr hauen läßt, Herr. O nein, Sir – nicht Johnny Watley. Aber wenn ich Sie mir so ansehe in Ihrem feinen Zwirn, dann glaube ich, daß da wirklich Kies drin ist...« Er beugte sich vor, und fauliger Atem schlug Brett entgegen. »Sie hatten recht mit Ihrer Vermutung, daß die Papiere schnellstens verkauft würden, Herr. Sie wurden einem verdammten Earl gebracht, der sie sich so schnell schnappte wie der Frosch die Fliege.«
»Wissen Sie den Namen dieses Earls?«
Bretts freundlicher Tonfall verleitete Watley offenbar zu der Hoffnung, einen Sonderbonus herausschlagen zu können, denn er zuckte mit den Schultern – doch als er dann in Bretts Gesicht sah, beeilte er sich mit der Antwort. »Brakefield.«
»Brakefield? Sind Sie sicher?«
Watley grinste spöttisch. »Das Raubvogelgesicht und die Stachelbeeraugen kann man nicht verwechseln. Er war es – und er steckt bis zum Hals in der Sache drin. Er ist mit allen Wassern gewaschen, macht vor allem Geschäfte als Geldverleiher, aber er soll fast abgebrannt sein, einen Haufen Schulden haben. Es heißt, er habe die Papiere stehlen lassen. Sie waren im Besitz eines Piraten aus den Kolonien! Er sagt, sie seien ein Vermögen wert, aber das glaube ich nicht.«
Brett lächelte und legte den Geldbeutel in Watleys ihm erneut auffordernd entgegengestreckte Hand. »Da irren Sie sich – *mir* sind sie tatsächlich ein Vermögen wert. Können Sie sie mir beschaffen?«

Watleys Kiefer sackte nach unten, und er schüttelte langsam den Kopf. »*Stehlen?* Einem so gefährlichen Kerl wie dem? Da hinge ich noch am selben Tag am Galgen!«
»Nicht, wenn Sie genügend Geld für eine weite Reise hätten.« Brett beobachtete den Kampf zwischen Habgier und Angst auf Watleys Gesicht und beschloß nach ein paar Sekunden, ihm die Entscheidung zu erleichtern: »Ich zahle Ihnen tausend Pfund.«
»Grundgütiger! Die Papiere müssen Ihnen ja wirklich eine Menge wert sein.«
»Allerdings – sie gehören mir nämlich. Im Gegensatz zu dem Mann, in dessen Händen sie sich augenblicklich befinden, habe ich das Geld, um sie mir wiederbeschaffen zu lassen. Sind wir im Geschäft?«
»Und ob wir das sind! Aber ich brauche Zeit.«
»Eine Woche.«
»Eine Woche? Allmächtiger, Herr – das kann ich unmöglich...«
»Dann eben zwei Wochen. Werden Sie es schaffen?«
Watley überlegte nicht lange. »Ja, Herr«, nickte er. »Für das Geld schaffe ich es.«
Brett lächelte.

Wolverton starrte durch das Kutschenfenster auf die lange Reihe prächtiger Kaleschen vor dem Haus der Seftons. Straße und Zufahrt waren fast taghell erleuchtet. Er fluchte leise und sagte, als Kenworth ihm einen fragenden Blick zuwarf: »Ich bin nur froh, daß Tante Beatrice und ihre Töchter schon früher gefahren sind. Ich glaube, der Abend wird tödlich langweilig, und es sind für meinen Geschmack auch viel zu viele Leute hier. Ich hätte doch zu White's gehen sollen – da wäre es ruhiger.«
»Aber Sie müßten auf weibliche Gesellschaft verzichten. Die Sefton ist ganz nett, nicht so steif wie die Jersey oder diese

furchteinflößende Mrs. Drummond Burrell, und ich nehme an, daß wir heute abend doch eher Schönheiten zu sehen bekommen als Blaustrümpfe.«

Amüsiert über Barrys engagiertes Plädoyer zugunsten des Debütantinnenabends gab Brett seinem Kutscher die Anweisung zu warten und folgte Kenworth dann, von einem livrierten Diener mit tiefer Verbeugung hereingebeten und angekündigt, in Lady Seftons schönes Haus.

»Wir machen eine hervorragende Figur«, bemerkte Barry. »Eine ganz *ausgezeichnete* Figur. Lady Sefton wird entzückt sein, da bin ich sicher.«

»Zweifellos.« Brett suchte den Raum nach der Gastgeberin und seiner Tante ab, um ersterer seine Aufwartung zu machen und sich bei zweiterer sehen zu lassen, um dann wieder verschwinden zu können. Er haßte solche Feste, die vielen Menschen, die Scheinheiligkeit. Hunderte von Kerzen erhellten die Eingangshalle, spiegelten sich in Kristall, Silber und goldener Einrichtung, verliehen den um den Hals getragenen, an Ohren baumelnden und an Kleidern steckenden, protzigen Juwelen zusätzliches Feuer.

Da er Lady Sefton nirgendwo entdecken konnte, machte er auf dem Absatz kehrt und umrundete eine riesige, eingetopfte Palme. Gleich dahinter stand, mit dem Rücken zu einem seidenen Wandbehang, eine blonde, von Bewunderern belagerte Frau, deren wohlklingendes, leises Lachen seine Aufmerksamkeit erregte, und als einer der Männer den Kreis verließ, konnte er sie genauer sehen.

Kyla van Vleet.

Seine Kiefermuskeln verkrampften sich. In dem hautengen, blauen Kleid, das ihre verführerischen Rundungen betonte, mit Saphiren an Ohren und Hals und der entspannten Selbstverständlichkeit ihres Auftretens vermittelte sie den Eindruck, in diese Kreise hineingeboren worden zu sein – aber er wußte es besser. Sie war die geldgierige Tochter einer Hure, die nach ihrer eigenen Aussage beabsichtigte, ihre Mutter zu überflügeln, indem sie ihre Gunst nur den reichsten Männern gewährte …

Kyla lächelte den Mann zwar an, der gerade mit ihr sprach, und täuschte mit einer in gespieltem Erstaunen hochgezogenen Augenbraue Interesse an dem vor, was er ihr erzählte, doch Brett sah auf den ersten Blick, daß sie mit ihren Gedanken ganz woanders war. Der junge Mann jedoch war so hingerissen, daß er sie, ohne es zu merken, weiter in einer Weise anschwärmte, die Bretts Beherrschung eine harte Prüfung auferlegte. Der *Teufel* sollte diese schöne, durchtriebene Hexe holen …

In diesem Moment löste sie die Augen von dem blassen Gesicht des schlanken jungen Mannes, der mit solcher Inbrunst auf sie einredete, und ihr blaugrüner Blick fiel auf Brett. Das angedeutete Lächeln, das ihren schöngeschwungenen Mund umspielte, gefror, und einen Sekundenbruchteil flackerte Panik über ihre feingeschnittenen Züge. Sie war zweifellos erschrocken, ihn hier zu sehen. Ihre Lippen öffneten sich, ihre Augen weiteten sich, und als ihren plötzlich kraftlosen Fingern der Fächer entglitt – was ihrem jungen Anbeter Gelegenheit gab, ihr einen Dienst zu erweisen, indem er ihn aufhob und ihn ihr mit einem schwungvollen Kratzfuß wieder überreichte – war offensichtlich, daß seine Anwesenheit sie aus dem Gleichgewicht brachte. Ein leises, spöttisches Lächeln zuckte in Bretts Mundwinkeln, als er ihren Blick ohne zu blinzeln erwiderte, und seine hochgezogene Braue wies sie darauf hin, daß er wußte, wer und was sie in Wirklichkeit war, und daß sie sich in teure Seide hüllen und mit kostbarem Schmuck behängen konnte, soviel sie wollte, unter dieser aufwendigen Verkleidung jedoch immer eine habgierige Abenteurerin bleiben würde. Offenbar deutete sie seinen Ausdruck richtig, denn eine zarte Röte überspülte plötzlich ihr Gesicht und ließ die blaugrünen Augen unter den dichten, langen, herrlich geschwungenen, dunkelbraunen Wimpern noch strahlender leuchten. Es war eine Schande, daß Schönheit selbst über solche Falschheit hinwegzutäuschen vermochte – aber so war es. Nichts in London war wirklich so, wie es schien. Gobelins verbargen faulendes Holz oder morsche Ziegel, und die Männer und Frauen maskierten ihre Verderbtheit mit Puder und Schminke.

Wie Kyla van Vleet.

Brett noch immer unverwandt anstarrend, gestattete Kyla dem jungen Mann, ihr den Fächer in die offene Hand zu legen, die leicht zitterte, doch sie schien ihre Fassung zurückzugewinnen, als sie ihren Blick von Brett losriß und auf ihren Bewunderer richtete. Brett konnte nicht hören, was sie sagten, doch er sah, daß sie den Worten des jungen Mannes auch jetzt nicht so aufmerksam lauschte, wie er in seiner Begeisterung glaubte. Er lächelte. Dies war vielleicht eine ausgezeichnete Gelegenheit, seiner Aufforderung an sie, London zu verlassen, Nachdruck zu verleihen.

Kapitel 6

Wolverton! Ausgerechnet hier – und mit Mord im Blick! Was suchte er auf einer Soiree von Lady Sefton? Er erschien ihr nicht wie ein Mann, der solche gesellschaftlichen Ereignisse genoß ... doch dann fiel ihr sein brutaler, schmerzhafter Kuß ein, und sie kam zu dem Schluß, daß er völlig anders war als alle Männer, die sie bisher kennengelernt hatte. O Gott – er kam auf sie zu!

Entsetzt riß sie ihre Augen von den seinen los und wandte sich wieder dem jungen Mann zu, der sich ihr schon kurz nach ihrer Ankunft mit Tante Celeste und Lady Rushton an die Fersen geheftet hatte. Hoffnung strahlte ihr aus den ernsten, glänzenden, braunen Augen in dem netten, runden Gesicht über der kompliziert geknoteten Krawatte entgegen.

»Miss van Vleet – Sie sagten, daß Sie später einmal mit mir tanzen?«

Kyla blinzelte und musterte Hargreaves genauer, der wirklich ganz nett war, aber noch sehr jung und viel zu ernst. Doch im Augenblick kam er ihr als Ablenkung, die sie brauchte, wie gerufen.

Sie tippte ihm spielerisch mit ihrem zusammengelegten Fächer auf den Ärmel und mimte die Gekränkte. »Später? Mein lieber Herr – ich bin bestürzt. Ich habe Sie nicht für einen

Mann gehalten, der mit der Aufmerksamkeit einer Frau spielt.«

»Aber ... warum ... auf mein Wort, Miss van Vleet – es lag nicht in meiner Absicht ...« Er wußte nicht, was er sagen sollte, sah verwirrt und bekümmert aus, und Kyla lächelte.

Züchtig die Lider senkend, murmelte sie: »Ich dachte, Sie würden mich um den *nächsten* Tanz bitten, Sir.«

»Aber natürlich! O ja, Miss van Vleet – ich hatte nur gedacht, Ihre Tanzkarte sei bereits voll ... Bitte! Erweisen Sie mir die Ehre!« Er gewann seine Fassung zurück und reichte ihr den Arm, wie es ihm zweifellos seine Tanzlehrer beigebracht hatten, und Kyla legte leicht die Fingerspitzen auf seinen Ärmel und ließ sich von ihm auf die Tanzfläche führen, wo sie in der Masse der Tänzer unterzutauchen hoffte, die bereits die gesetzten Schritte eines Menuetts ausführten.

Peter, Lord Hargreaves, war der Sohn eines reichen Mitglieds des Hochadels, und Lord Twilby, sein Vater, war sehr stolz auf seinen einzigen Erben. Aber Peter war noch so jung, ein Jahr jünger als sie, wirkte jedoch so unreif auf sie, daß Kyla an sich halten mußte, um ihm nicht zu bedeuten, sich ins Kinderzimmer zu trollen. Er war nett, aber für ihren Geschmack viel zu beflissen und hartnäckig, und sie war überhaupt nur hergekommen, weil Celeste und Ondine ihr erklärt hatten, daß das ein absolutes *Muß* sei und Lady Seftons Wohlwollen einem alle Türen öffne – sogar zu den begehrten Almack's Assembly Rooms. Einige der anwesenden Männer hatten ihr bereits den Beinamen ›Die Unvergleichliche‹ gegeben, was sie eher amüsant als schmeichelhaft fand. Tante Celeste hingegen meinte, daß er ihrer Schönheit und ihrem Auftreten gerecht werde und durchaus hilfreich sein könnte.

Und jetzt war Wolverton hier. *Hier,* wo sie ihn nie zu sehen erwartet hätte, auf einer Soiree, die für die Debütantinnen als Auftakt für ihre erste Saison veranstaltet wurde. War er auf der Suche nach einer Braut?

Wie schrecklich es gewesen war, ahnungslos aufzublicken und zu sehen, wie er von der anderen Seite des Raumes her finster zu ihr herüberschaute. Er bewirkte, daß sie sich verletzlich fühlte und seltsam ruhelos, in ihrem Innern ein Tumult herrschte, als habe er sie gerade wieder geküßt. Wo war Tante Celeste? Sie hatte doch gerade noch neben ihr gestanden ... ach, ja, sie hatte gesagt, sie wolle sich ein Glas Punsch holen. Sogar Ondine hatte sie verlassen, sich im Gedränge verloren, und nun war sie ganz allein, schutzlos jedem Angriff ausgeliefert. Natürlich war sie auch mit einem bestimmten Ziel hierhergekommen – nicht so sehr, um einen Mann zu finden, sondern um Zugang zu den Kreisen zu gewinnen, in denen die verwitwete Herzogin verkehrte. Sie war sicher, daß Euer Gnaden sich auf ihre Seite schlagen würde, denn die Herzogin wollte ihre Töchter an den Mann bringen, und demzufolge würde sie alles tun, um einen Skandal zu vermeiden. Sicherlich wäre sie dafür gerne bereit, Kyla eine beträchtliche Summe zuzugestehen.

Kyla lächelte geistesabwesend, als Hargreaves sich entschuldigte, weil er ihr auf den Fuß getreten war, und ließ sich ein weiteres Mal von ihm an der Reihe entlangschwenken, wobei ihre Füße ganz von selbst die richtigen Schritte machten, während sie sich in Gedanken mit ernsteren Dingen befaßte.

Erpressung. Ein häßliches Wort und eine noch häßlichere Vorstellung, doch manchmal beschlich sie das Gefühl, daß sie genau das praktizierte. Aber war es wirklich Erpressung, daß sie durchsetzen wollte, von der Familie ihres Vaters als rechtmäßige Erbin eingesetzt zu werden und Faustine die Anerkennung zuteil würde, die ihr schon vor vielen Jahren zugestanden hätte? *Nein,* dachte sie rebellisch. *Maman ist zwar inzwischen tot, aber wenn ich Edward Rivertons Familie dazu zwingen kann, zuzugeben, daß er vor dem Gesetz mit Maman verheiratet war, dann hätte ich das Gefühl, daß ihr wenigstens* jetzt *eine gewisse Wiedergutmachung für das widerführe, was sie ihr angetan haben ...*

Und als sie sich an Wolvertons bösartige Unterstellung erinnerte, ihre Mutter könne sich bei der Festlegung der Vaterschaft ›vertan‹ haben, schwanden auch ihre letzten Bedenken. Selbstverständlich war es fair, alle nötigen Register zu ziehen, um ein befriedigendes Ergebnis zu erzielen. Warum sollte sie es nicht tun, nach allem, was Faustine hatte erdulden müssen?

Dankenswerterweise war, als der Tanz endete und der junge Hargreaves sie bei ihrer Patin ablieferte, nichts von Wolverton zu sehen. Kyla entspannte sich ein wenig und nahm dankbar ein Glas Punsch von ihrem Bewunderer entgegen, bevor Celeste ihm mit einem eindringlichen Blick bedeutete, sich zu entfernen.

»Es gehört sich nicht, daß ein Mann einer Dame soviel Aufmerksamkeit schenkt«, erklärte sie, als Hargreaves ihrer stummen Aufforderung mit größtem Bedauern folgte. »Das gibt nur Gerede, und wir können es uns nicht leisten, daß lose Zungen über dich herziehen, wenn wir ...«

Kyla brachte ihre Tante jäh zum Schweigen, indem sie ihr die Hand auf den Arm legte und schmerzhaft zupackte. »Er ist hier, Tante.«

»Er? Hier? Wer?«

Celestes Verständnislosigkeit drängte ihr ein Lächeln auf, doch sie unterdrückte es sofort, denn sie fürchtete, wenn sie sich auch nur einen Augenblick echter Erheiterung gestattete, würde dieser in einen Lachkrampf ausarten, der unerwünschte Aufmerksamkeit erregen würde. Voller Stolz auf ihre Beherrschung hörte sie sich mit ruhiger Stimme antworten: »Wolverton.«

»Hier? *Bon Dieu!* Wolverton! O mein Gott!« Celeste klappte aus dem Handgelenk heraus ihren Fächer auf und fächelte sich mit bemalter Seide und Spitze hektisch Luft zu. »Was sollen wir tun?«

»Ihm aus dem Weg gehen. Er hatte Mord im Blick, und ich traue ihm jederzeit zu, daß er, wenn wir ihm gegenüberträten, eine Szene vom Zaun brechen würde, die mir jede Chance nähme, mein Ziel zu erreichen.« Kyla atmete tief durch, um ihre Nervosität zu bezähmen. Es stimmte – Wolverton hatte tatsächlich Mord im Blick gehabt, als er sie mit seinen silbergrauen Augen musterte, die sich wie Dolche in die ihren gebohrt hatten. Und sein dunkelhäutiges, gutgeschnittenes Gesicht hatte ihr Spott, Überheblichkeit und Verachtung entgegengeschleudert. Diese dunkle Hautfarbe und die dunklen Haare zu den hellen Augen – das war nicht normal. Eine Verirrung der Natur. Befremdlich. Vielleicht war seine Mutter ja tatsächlich eine Eingeborene, wie es hieß – das würde erklären, warum er sich wie ein Wilder gebärdete. Mein Gott – warum raubte ihr der bloße Gedanke an diesen Mann die Fassung? Oder die Erinnerung an seinen Kuß? Wenn er in der Nähe war, fühlte sie sich hilflos wie ein Kind, und sie wollte auf keinen Fall einen Skandal riskieren.

Als eine Stunde verging, ohne daß er sich sehen ließ, keimte die Hoffnung in Kyla, daß er die Soiree zugunsten einer der Spelunken, in denen er verkehrte, verlassen hätte. Sie hatte in der letzten Woche viel über Wolverton gehört – hauptsächlich beim Tee, wo die Damen die köstlichsten skandalösen Dinge über fast jeden tuschelten, der in London etwas zählte – und Breton Colby Banning schien ihr Lieblingsthema zu sein. Die Gerüchte

über ihn trieben die erstaunlichsten Blüten, eine unwahrscheinlicher als die andere.
Es hieß, er halte sich eine Geliebte – oder habe sich bis vor kurzem eine gehalten und die Dame dann mit einem hübschen Häuschen auf dem Lande und einem netten Abschiedsbrief abgefunden.
»Eine *herzlose* Art, eine Beziehung zu beenden, wenn Sie mich fragen«, hatte Lady Warbritton geseufzt, »wie schmutzig sie auch gewesen sein mag. Natürlich muß man bedenken, daß der Herzog aus den Kolonien kommt, und dort haben sie bedeutend weniger Anstand als wir hier. Er ist zwar in diesem Land geboren worden und hat ein immenses Vermögen geerbt, aber ...«
»Aber man muß zugeben«, fiel Amelia Lynworth ihr ins Wort, und ihre scharfen Züge bebten regelrecht vor Erregung, »daß er so gut aussieht und so faszinierend ist, daß es letztendlich keine Rolle spielt, ob seine Mutter aristokratischer Herkunft ist oder nicht. Es hieß damals – und sie gingen ja gleich nach der Geburt des Kindes nach Amerika zurück –, daß sie eine Eingeborenenprinzessin sei, aber meine Mutter betrachtete jeden von dort von vornherein als unkultiviert und zwielichtig. Nicht, daß jemand in Colby Bannings Gegenwart irgendeine abfällige Bemerkung gemacht hätte – es war nicht ratsam, ihn zu beleidigen. Er hat ein gerüttelt Maß an Duellen hinter sich gebracht, und jetzt höre ich, daß sein Sohn wie er ist, ebenso aufbrausend und gefährlich, ganz anders als der verstorbene Herzog, dem die Karten und der Brandy über alles gingen ...«
Als die Unterhaltung auf Edward Riverton umschwenkte, hatte sich offenbar eine der Damen in der Runde daran erinnert, daß Celeste mit der unglücklichen Faustine befreundet gewesen war, denn das Thema wurde schnell fallengelassen. Kyla war das

sehr recht – sie hätte es nur mit Mühe ertragen, noch weitere Geschichten über die Wolvertons zu hören.
War es nicht schon schlimm genug, daß er keine Kosten scheute, um seine Cousinen in dieser Saison in die Gesellschaft einzuführen? Nur die beiden ältesten, denn die jüngeren wären erst in ein, zwei Jahren alt genug. Seine Cousinen – ihre Halbschwestern. Verschwendeten sie überhaupt einen Gedanken an sie? Dachten sie über die Frau nach, die ihr Vater fallengelassen hatte? Oder glaubten sie die Lügen und hielten sie für eine weitere Betrügerin, die sich das Erbe ihres Vaters erschwindeln wollte? Sie versuchte, nicht darüber nachzudenken, versuchte sich nicht darum zu scheren, daß sie sie offensichtlich nicht kennenlernen wollten und nicht im geringsten neugierig auf ihre Halbschwester waren. Vielleicht lag es ja daran, daß sie einander hatten und noch ihre Mutter, während sie niemanden mehr hatte als die liebe Tante Celeste …
»Comtesse du Bois«, holte eine weiche Stimme neben ihr sie in die Realität zurück, und sie musterte überrascht den eleganten Herrn, dessen Hinzutreten sie nicht bemerkt hatte, »es ist so schön, Sie wiederzusehen. Wie ich hörte, waren Sie eine Weile verreist.«
Celestes Fächer fächelte noch schneller, und sie erwiderte mit steifer Freundlichkeit: »Ja, Mylord – ich bin erst kürzlich aus Indien zurückgekommen, von wo ich meine Patentochter nach England zurückgeholt habe.«
»Gerade rechtzeitig zum Beginn der Saison, nicht wahr? Und Sie haben eine bezaubernde Debütantin dabei. Wird auch sie in die Gesellschaft eingeführt?« Er lächelte, aber hinter seinem Lächeln und in seinen seltsam farblosen Augen lauerte eine vage Bösartigkeit, die Kyla mit Unbehagen erfüllte, als ihre Patentante sie ihm vorstellte.

»Dies ist meine Patentochter, Miss Kyla van Vleet. Kyla – dies ist Lord Brakefield, der Earl of Northwick.«

»Kyla?« Northwicks Brauen, die seine trüben Augen wie ein buschiger Vorsprung beschatteten, hoben sich, und für einen Augenblick belebte ein hartes Glitzern seinen verhangenen Blick. »Ein ungewöhnlicher Name. Höchst ungewöhnlich – allerdings glaube ich, ihn schon einmal gehört zu haben ...«

Kyla gestattete ihm, ihre Hand zu nehmen und seinen Mund darauf zu pressen. Sie war dankbar für ihre Handschuhe, denn sie hätte seine Lippen nur sehr ungern auf ihrer Haut gespürt. Aus irgendeinem Grund löste er unangenehme Vorstellungen in ihr aus, von dunklen Schatten und einer heiseren Stimme, einem merkwürdigen Unbehagen und saurem Wein.

Sie entzog ihm ihre Hand so schnell, wie es die Höflichkeit erlaubte, nickte förmlich und murmelte eine Begrüßungsfloskel. Etwas größer als der Durchschnitt, blickte er mit einem angedeuteten, hochnäsigen Lächeln auf sie herunter, das seine schmalen Lippen beinahe gänzlich verschwinden ließ.

»Sie sind ungewöhnlich hübsch, Miss van Vleet. Das muß in der Familie liegen – Ihre Patentante war lange Zeit eine Zierde der Londoner Abendgesellschaften.«

Es lag eine leichte Provokation in seinen Worten und seinem Ton, und Celeste versteifte sich ein wenig, und ihr Blick wurde hart. »Zuviel der Ehre, Mylord. Wenn Sie uns jetzt bitte entschuldigen wollen – Lady Rushton sucht uns sicher bereits, und ich muß sie finden, bevor es zu spät wird.«

»Nicht so eilig, meine Damen.« Lord Brakefields Augen kehrten zu Kyla zurück und ruhten eine unbehagliche Ewigkeit auf ihr, und noch immer hing das schwache Lächeln in seinen Mundwinkeln. »Demnach ist Miss van Vleet der strahlende, neue Stern, den Lady Rushton uns übersättigten Junggesellen seit zwei Wochen in Aussicht gestellt hat. Sie schwor uns, daß ›Die Unvergleichliche‹ heute abend hier sein würde – und da sind Sie.«

»Ich weiß nicht, ob ich unvergleichlich bin – aber zumindest bin ich *hier.* Wenn ich jedoch nicht bald die Bekanntschaft von Lady Sefton mache, bezweifle ich, daß ich noch einmal eingeladen werde. Wenn Sie uns also entschuldigen wollen, Mylord ...«

Diesmal protestierte Brakefield nicht und deutete eine Verbeugung an, als er sie entließ, doch Kyla spürte seinen Blick auf ihrem Rücken, als sie sich entfernten, wobei Celeste sich an ihren Arm klammerte, als fürchte sie, zurückgezogen zu werden.

Kyla schüttelte sich leicht. »Brrr! Was für ein schrecklicher Mann. Er ist richtig unheimlich, findest du nicht?«

»Ja, das ist er«, bestätigte Celeste grimmig. »Ich mag ihn nicht, aber es wäre unklug, einen so mächtigen Mann wie Northwick zu brüskieren. Er hat die unangenehme Angewohnheit, sich für Zurückweisungen zu rächen, gleichgültig, ob sie real oder eingebildet sind.«

»Aber was könnte er uns denn tun?«

»Ach Kind – du mußt noch viel darüber lernen, was mächtige Männer Menschen antun können. Meine arme Faustine konnte ein Lied davon singen ... Aber nun Schluß damit. Wir werden heute abend nicht darüber nachdenken – wir haben anderes zu tun. Schau, wie fröhlich alle sind. Du mußt jetzt wirklich Lady Sefton suchen und dich ihr endlich vorstellen. Sie ist eine wirklich nette Frau und schon sehr gespannt darauf, dich kennenzulernen, nachdem Ondine ihr soviel Gutes über dich berichtet hat. Dies könnte ein Anfang für dich sein, Kyla. Wenn es dir gelänge, Wolverton genügend Geld für eine ordentliche Mitgift zu entlocken, könntest du – davon bin ich überzeugt – jeden Mann haben, den du möchtest. Und es sind so viele hier heute abend ... oh, schau – da ist einer meiner Lieblinge!« Celeste drückte Kylas Arm und deutete mit ihrem zusammengeklappten Fächer auf einen hochgewachsenen, jungen Mann mit einem gutgeschnittenen Gesicht und einem gewinnenden Lächeln, der in der Nähe der Tür stand. »Das ist Barry – Lord Kenworth. Leider nicht der Erbe seines Vaters, des Earls, aber ein reizender Junge. Ich habe ihn stets als höflich und offen erlebt, und wenn er auch manchmal ein wenig ungebärdig ist – nun, Männer müssen sich die Hörner abstoßen, und irgendwann wird der junge Kenworth einer glücklichen Frau ein guter Gatte sein. Und wer weiß – er könnte eines Tages vielleicht doch noch zum Erben avancieren, falls sich so etwas wie ein *tragischer* Unfall ereignen sollte oder ein ansteckendes Fieber die Erbfolge ändern ...«

Kyla lachte leise. »In dir schlummern ja ungeahnte Talente, Tante. Vielleicht hättest *du* dem armen Prinny eine Frau besorgen sollen. Dann wäre er jetzt nicht so unglücklich, und der König weniger ... strapaziert.«

»Das bezweifle ich. Der Prinz ist ausgesprochen dickköpfig und sein Vater ausgesprochen unnachgiebig. Es mußte zu einem Desaster kommen, aber ich hätte nicht gedacht, daß es so schlimm käme, daß der arme König als Irrer weggesperrt und der Prinz ein verschwenderischer Regent würde. Komm, laß uns in diese Richtung gehen – vielleicht bemerkt Kenworth uns ja. Sprich erst mit ihm, nachdem ich dich vorgestellt habe – und spiele die Gleichgültige. Das weckt immer das Interesse eines Mannes.«

Sie würde die Gleichgültigkeit nicht spielen müssen. Nicht, daß Kenworth nicht ansprechend genug war, aber Kyla konnte, obwohl er nirgends zu sehen war, nicht vergessen, daß Wolverton ebenfalls hier war. Oder war er gegangen?

Als sie bei Kenworth ankamen, verharrte Celeste, weil er sich zu jemandem umdrehte, dem er sie vorstellen wollte, und Kyla dachte einen Moment lang, es sei Wolverton, und ihr Herz schlug plötzlich bis zum Hals – doch wie sich herausstellte, war es die verwitwete Herzogin, und der ahnungslose Kenworth setzte zur Vorstellung an, als hätten sie einander noch nie getroffen. Kyla schaute in die eiskalten Augen der Herzogin und hob als Reaktion auf die Verachtung, die sie darin las, instinktiv das Kinn.

»Sparen Sie sich das, Lord Kenworth«, unterbrach die Witwe den jungen Mann frostig. »Ich habe Miss van Vleet bereits kennengelernt und betrachte das als ein einzigartig unerfreuliches Erlebnis.«

Kenworth schaute mit weit aufgerissenen Augen und leicht geöffnetem Mund entsetzt von der Herzogin zu Tante Celeste.

»Das tut mir sehr leid für Sie, Euer Gnaden«, warf Celeste mit ruhiger Stimme ein. »Meine Patentochter hat den Beinamen ›Die Unvergleichliche‹ verliehen bekommen – eine Ehre, die nur wenigen zuteil wird. Sind Ihre Töchter heute abend auch hier? Ich habe in letzter Zeit kaum etwas über sie gehört ...«

Das war eine geschickt verbrämte Beleidigung, und die Herzogin erstarrte und funkelte Celeste wutentbrannt an. Kyla stand bestürzt daneben – und in diesem Augenblick trat Wolverton zu ihnen.

»Guten Abend, Tante Beatrice. Wie Sie sehen, habe ich mein Versprechen, nachzukommen, eingehalten. Wir treffen uns ja schon wieder, Miss van Vleet«, sagte er, sich ihr zuwendend, und musterte sie so schamlos, daß sie das Gefühl hatte, entkleidet zu werden, und den Impuls unterdrücken mußte, die Arme zu verschränken, um wenigstens ihre Brüste zu bedecken.

»So ist es, Euer Gnaden.« Sie spürte Kenworths neugierigen

Blick und hörte Celeste einen Laut ausstoßen, der wie ein leiser Seufzer klang. »Ich bedauere, daß wir nicht länger verweilen können …«

»Unsinn.« Ohne sie aus den Augen zu lassen, legte er besitzergreifend die Hand auf ihren Arm und zog sie einen Schritt vorwärts. »Ich glaube, Ihre Patin hat Ihnen die Erlaubnis gegeben, mit mir zu tanzen.«

Celeste murmelte etwas Unverständliches und schaute Kyla mit großen, bestürzten Augen an. »Ich … ich …«

»Sie müssen sich irren, Euer Gnaden.« Kylas Herz schlug so laut, daß sie fürchtete, er hätte sie bei dem Lärm nicht verstehen können, doch offenbar war es möglich gewesen, denn er schüttelte mit dem kleinen, seltsamen Lächeln in den Mundwinkeln, das sie schon kannte, entschieden den Kopf.

»In diesem Fall kann ich mich nicht gerirrt haben, Miss van Vleet, denn ich tanze so gut wie nie.«

Bevor sie mehr tun konnte als einen unzusammenhängenden Protest zu stammeln, hatte er sie schon mit sich auf die Tanzfläche gezogen, und wenn sie keine peinliche Szene riskieren wollte, mußte sie sich ihrem Schicksal fügen. Zornig und wie immer in seiner Gegenwart nicht sie selbst, spürte sie in dem Moment seinen Arm um ihre Taille, als sie erkannte, daß die Kapelle einen Walzer spielte. Einen *Walzer!* Kein Menuett, nicht einmal einen Contredanse. Nein, einen Walzer, der sie zwang, zu ertragen, daß sein Arm sie umfaßte und ihre Körper einander so nah waren, daß kaum Raum zum Atmen blieb. Zumindest kam es ihr so vor, obwohl die Etikette vorschrieb, daß die Tanzenden einen sichtbaren Abstand voneinander einhielten. Andernfalls drohte ihnen wegen Schamlosigkeit die Ächtung. Der Walzer hatte erst vor kurzem Eingang in die Gesellschaft gefunden. In dem steifen Ambiente von Almack's war er allerdings nach wie

vor verpönt. Der Regent hatte ihn jedoch abgesegnet, und so war er zu dem beliebtesten Tanz geworden.
Auf der Tanzfläche drängten sich die Paare, und über ihnen brannten Hunderte von Kerzen in den von der hohen Decke herabhängenden Kristallüstern, und beides miteinander erzeugte eine stickige Hitze.
Steifbeinig, ohne die übliche Grazie und Freude, mit der sie sonst die Walzerschritte setzte, hielt Kyla ihr Gesicht abgewandt, während Wolverton sie im Kreis herumschwenkte. Er bewegte sich leichtfüßig, graziös und sicher, doch sie fühlte sich von seinem Körper erdrückt, obwohl er sie nur ganz locker im Arm hielt. Er war im Gegensatz zu vielen anderen der Herren nicht parfümiert, aber er verströmte einen Duft von Sauberkeit, und seine Kleidung war schlicht und untadelig – der Gipfel des guten Geschmacks. Irgendwie machte das alles noch schlimmer.
»Bei unserer letzten Begegnung waren sie sehr viel gesprächiger, Miss van Vleet. Haben Sie mir heute abend gar nichts zu sagen?«
»Nichts, was Sie gerne hören würden, Euer Gnaden.«
Er lachte leise und spöttisch, und sie haßte ihn dafür. »Ich hatte recht. Die Tünche ist nur sehr dünn – unter der Maske aus Schönheit, Wohlerzogenheit und Eleganz schlägt das Herz eines gewöhnlichen Frauenzimmers.«
»Sprechen Sie nicht mit mir, als sei ich eine Ihrer abgelegten Geliebten!« fuhr sie ihn mit von Zorn gelöster Zunge an. »Ich dulde das nicht!«
»Ach, nein?« Er schwenkte sie herum, wobei er sie sehr viel näher zu sich heranzog, als die Etikette gestattete, bis sein schlanker, muskulöser Körper den ihren in Flammen setzte und sie atemlos ihrer Reaktion ausgeliefert in dem Arm lag, mit dem er sie fast brutal an sich preßte. »Ich denke, Sie werden dulden

müssen, was immer ich Ihnen zu sagen habe. Es bleibt Ihnen gar nichts anderes übrig – jedenfalls nicht, wenn Sie wirklich vorhaben, ihren lächerlichen Anspruch weiterzuverfolgen. Denn wenn Sie hier eine Szene machen, Miss van Vleet, zerstören Sie sich damit jede Chance auf ein Erreichen Ihres Zieles. Ich kann Ihnen versichern, daß mein Ruf nicht darunter leiden würde – aber Sie könnten Ihre Hoffnungen begraben.«

Seine Stimme klang zornig, und er hielt sie so fest, daß sie kaum atmen oder denken konnte und wie eine Stoffpuppe in seinem Arm hing, während er sie zu Mozartklängen mit fließenden Bewegungen über die auf Hochglanz polierte Tanzfläche führte. Sie nahm die Musik und die entrüsteten Mienen der Leute um sie herum nur undeutlich war. Oh – warum tat er das?

Den Kopf neigend sagte er mit zusammengebissenen Zähnen: »Falls Sie vorhaben sollten, etwas mit Kenworth anzufangen, seien Sie gewarnt: Ich bin mit ihm befreundet und würde mich eher dazu überwinden, Sie zur Mätresse zu nehmen, als zuzulassen, daß Sie einem anständigen, jungen Mann das Herz brechen.«

Weil das so weit von der Wahrheit entfernt war, und weil er ganz selbstverständlich davon ausging, daß sie lieber eine Mätresse sei als eine Ehefrau, ließ Kyla alle Höflichkeit beiseite.

»Sie selbstgefälliger, arroganter Arsch!« zischte sie. »Ich bevorzuge einem *Mann,* keinen unzivilisierten Babaren ohne Manieren. Ich habe die Freiheit, mir den Mann auszusuchen, den ich will, wie Sie es auszudrücken beliebten, und ich bin bereit, auf die Bibel zu schwören, daß ich niemals Sie zum Liebhaber wählen werde!«

Seine silbernen Augen glitzerten gefährlich auf sie herunter. »Niemals ist eine lange Zeit – schwören Sie keinen Eid, den Sie nicht einhalten können.«

»Diesen Eid kann ich einhalten. Entlassen Sie mich. Ich weigere mich, dieses Theater weiterzuspielen – bringen Sie mich augenblicklich zu meiner Patin zurück.«

»Sehr wohl, Madam.«

Die neugierigen Gesichter der Leute ignorierend, an denen sie vorbeikamen, hielt Kyla ihren Kopf hocherhoben, und dankenswerterweise endete die Musik just in dem Augenblick, als sie die Tanzfläche verließen. Juwelen blitzten im Kerzenlicht, als die Gäste zurückwichen und eine Gasse für sie freimachten. Celeste, die noch immer bei Lord Kenworth stand, schaute ihnen mit einer bangen Frage in den Augen entgegen, während sie in ihrer Nervosität mit einem leisen Klicken der Elfenbeinrippen unaufhörlich ihren Fächer auf- und zuklappte. Sie bot einen reizenden Anblick mit ihrem flaschengrünen Seidenkleid und den funkelnden Smaragden an Ohren und Hals, während sie mit einem zittrigen Lächeln auf den Lippen darauf wartete, daß Kyla und der Herzog bei ihr ankämen.

Doch als sie sie fast erreicht hatten, dirigierte Wolverton Kyla an ihrer Patentante und Kenworth vorbei. Als sie stolperte und sich befreien wollte, schlossen sich seine Finger schmerzhaft um ihren Oberarm, und er sagte leise in spöttischem Ton: »Ich rate Ihnen mitzuspielen – es sei denn, Sie möchten den Versammelten ein Spektakel bieten, das morgen die Unterhaltungen an den Früstückstischen beherrschen würde ... guten Abend, Mylord, bitte lassen Sie uns vorbei, meine Begleiterin fühlt sich nicht wohl und braucht etwas frische Luft ... ich danke Ihnen.« Als sie noch immer von ihm wegstrebte, neigte er den Kopf so weit, daß seine Lippen ihr Ohr berührten. »Das war Lord Alvanley, ein berüchtigtes Klatschweib. Wollen Sie morgen früh stadtbekannt sein? Nein? Dann schauen Sie drein, als sei Ihren nicht gut, und stützen Sie sich auf meinen

Arm, damit Sie Ihren bislang noch intakten Ruf aufrechterhalten können.«
Wutentbrannt, aber durchaus erkennend, daß seine Worte Hand und Fuß hatten, spielte sie den gewünschten Schwächeanfall und schwankte leicht, so daß er sie beinahe tragen mußte. Als sie ins Freie hinaustraten, wo ein schief am Himmel hängender Mond dem Baumwipfel und den riesigen Blumenschalen auf dem steinernen Geländer der Veranda einen blaßgoldenen Schimmer verlieh, gab sie ihre hinfällige Pose augenblicklich auf und wandte sich ihm mit zornfunkelnden Augen zu.

Kapitel 7

Das Mondlicht spielte silbern über seine dunklen Haare und spiegelte sich in seinen hellen Augen, was seinem Gesicht etwas Unheimliches verlieh. Er strahlte nicht einmal einen Anflug von Sympathie oder Besorgtheit aus – nur eine rücksichtslose Entschlossenheit, die Kyla jäh erschauern und sich trotz der Etikette, die aus ästhetischen Gründen von einer Dame verlangte, lieber zu zittern, als sich warm anzuziehen, einen Mantel herbeiwünschen ließ. Oh, warum mußte er sie so anstarren? Sein wilder, intensiver Blick machte ihr das Atmen schwer und ihre Hände erzittern, und sie war nicht zum erstenmal geneigt zu glauben, daß seine Mutter tatsächlich eine dieser ungezähmten, amerikanischen Eingeborenen gewesen war. Kyla raffte all ihr Selbstbewußtsein zusammen, straffte ihre Schultern und sagte mit hochmütiger Stimme: »Ich schätze es absolut nicht, von einem Mann mit einer so anmaßenden Willkür ...«

»Halten Sie den Mund, Miss van Vleet.«

Dieser barsche Befehl traf sie derart überraschend, daß die zornigen Worte, die ihr auf der Zunge lagen, unausgesprochen blieben. Er stand mit dem Rücken zu den offenen Türen, die ins Haus führten, und als sie durch ihre Wimpern in sein vom Mondlicht und Laternen erhelltes Gesicht hinaufschaute, hatte

sie plötzlich Angst vor dem, was er vielleicht sagen oder tun würde.
Er erwiderte ihren Blick mit kalten, zu Schlitzen verengten Augen. »Schon besser. Wie Sie sich bestimmt erinnern, hatte ich Ihnen geraten, England zu verlassen. Jetzt *verlange* ich es. Ich werde nicht zulassen, daß Sie die Witwe meines Cousins noch einmal in der Öffentlichkeit brüskieren. Und ich werde auch nicht dulden, daß Sie einen naiven, jungen Mann in Ihr Spinnennetz locken. Sie sind zu raffiniert, um Sie in die Nähe unerfahrener, für Schönheit und Charme anfälliger junger Männer zu lassen, deren Blick nicht scharf genug ist, um unter der Schminke den wahren Charakter erkennen zu können.«
Außer sich vor Empörung holte Kyla, ohne sich in diesem Moment um die möglichen Folgen zu kümmern, zum Gegenschlag aus. »Was für ein Glück, daß *Sie* Ihre Mängel so unverhüllt präsentieren – sonst wäre ich nicht in der Lage, Ihnen zu sagen, was ich von Ihnen und Ihrer lächerlichen Beurteilung meiner Person halte. Glauben Sie, daß Sie etwas so viel Besseres sind als ich? Sicher – Sie haben mehr Geld, aber Ihr Mangel an Erziehung fällt selbst dem flüchtigsten Betrachter auf den ersten Blick auf. Ich finde es höchst amüsant, daß Sie es wagen, meine Herkunft in Frage zu stellen, während Ihre eigene ... *denken* Sie nicht einmal daran, mich noch einmal anzufassen, denn sollten Sie es tun, werde ich so laut schreien, daß ganz London auf dieser Veranda zusammenläuft!«
Mit einem leisen Fluch – sie hatte diese Worte zwar schon gehört, aber noch nie aus dem Munde eines Mannes, der vorgab, ein Gentleman zu sein – streckte Wolverton die Hand aus und packte sie so fest an dem dünnen Seidenärmel, daß er mit einem häßlichen Geräusch zerriß, als sie ihm zu entkommen versuchte. Seine Finger gruben sich in ihren Oberarm.

»Denken Sie, es würde mich stören, wenn Sie schrien? Dann irren Sie sich. Aber es wäre vielleicht peinlich für die Witwe meines Cousins, und ich werde nicht zulassen, daß Sie die Heiratschancen meiner Cousinen noch weiter mindern, als Sie es mit Ihren verlogenen Behauptungen bereits getan haben. Ich hatte Sie gewarnt, Miss van Vleet, aber Sie wollten ja nicht hören – und jetzt bestimme ich, wie es weitergeht.«
Sie zitterte vor Kälte und vor Wut über seine Worte und darüber, daß er sie mit seiner Hand, die ihren Arm wie eine Eisenklammer umschloß, auf schmerzhafte Weise in ihrer Bewegungsfreiheit einschränkte. Dabei war es eine so schöne Nacht. Ein schwacher, süßer Blumenduft lag in der Luft, und hinter Wolverton sah sie im warmen Schein der Kerzen Gäste zu einer Melodie von Liszt über die Tanzfläche wirbeln. Das Bewußtsein, so viele Menschen in ihrer Nähe zu haben, half ihr dabei, ihre Fassung zurückzugewinnen.
»Ich habe nicht die Absicht«, erklärte sie, seinem zornigen Blick ohne Furcht begegnend, »in irgendeiner Form Ihren Wünschen zu entsprechen…« Sie sollte schreien … sie *würde* gleich schreien, denn seine wilden Augen durchbohrten sie wie Dolche, und sein Mund war zu einem Strich geworden, was seinem Gesicht zusätzliche Härte verlieh – doch dann mußte sie erkennen, daß sie zu lange gezögert hatte. Mit der Blitzesschnelle einer zubeißenden Schlange riß er sie an sich und küßte sie mit einer Brutalität, die ihr den Atem raubte. Der Kuß drückte keine Zärtlichkeit aus, kein zartes Verlangen, nur eine schiere Begierde, die ihre Lippen versengte und sie schwindeln ließ.
Sie machte einen schwachen Versuch, ihn wegzustoßen, doch sein muskulöser Körper stand so fest wie ein Fels in der Brandung. Das Feuer, das die haßerfüllte Leidenschaftlichkeit seiner

Umarmung in ihr entfachte, die Kühle des Windes und das Entsetzen über ihre heftige Reaktion, die sie bis ins Mark erzittern ließen, bildeten in ihrer Gegensätzlichkeit eine Mischung, die sie einer Ohnmacht nahebrachte. Hilflos mußte sie zulassen, daß er sie an sich gepreßt hielt und mit brutaler Gewalt küßte und seine Lippen sengendheiß auf ihrem Mund, ihrer Wange und, als ihr Kopf kraftlos nach hinten sank, auf ihrer Kehle brannten.

O Gott – was tat er ihr an? Seine Hände waren so warm und rauh, gar nicht wie die weichen Hände eines Gentleman, sondern energisch und ungestüm, als er über ihr Dekolleté strich und ihr tief ausgeschnittenes Mieder herunterzog, um sie durch das dünne Hemdchen hindurch zu liebkosen. Kühle Luft und warme Hände streiften ihre kaum verhüllten Brüste, und dann fuhr er mit dem Daumen über ihre harte, seidenbedeckte Brustwarze. Er hatte sie gegen die steinerne Balustrade gedrängt, und in diesem Moment war sie dankbar dafür, denn es hatte eine seltsame Mattigkeit von ihr Besitz ergriffen, die sie unfähig machte, sich zu bewegen, geschweige denn, ihn wegzustoßen oder gegen das, was er da tat, zu protestieren.

Wolverton lachte leise. Sein Mund lag noch immer an ihrer Kehle, und sein heißer Atem strich wie eine Liebkosung über ihre Haut, als er den Kopf noch weiter neigte und seine Zunge zu ihrem Entsetzen mit ihrer schmerzenden Brustspitze zu spielen begann, womit er einen neuen Brandherd legte, die Seide durchnäßte und Kylas Knie so zittern ließ, daß sie sich unwillkürlich an ihn klammerte, um nicht niederzusinken.

Mit einer leisen, schwachen Stimme, die seltsam atemlos und ihr selbst fremd in den Ohren klang, protestierte sie ohne ernsthafte Hoffnung auf einen Erfolg: »Das können Sie nicht tun …«

»O doch, das kann ich.« Sein Mund wanderte zu ihrem Ohr, und er setzte mit einem wie tief aus der Kehle eines Raubtiers kommenden Knurren hinzu: »Und ich *werde*.«

Ihr »Nein!« geriet eher zu einem Stöhnen als zu dem beabsichtigten energischen Protest, und sie versuchte erneut, ihn wegzustoßen, stemmte mit aller Kraft die Handwurzeln gegen seine Brust – und dann wäre sie beinahe vornübergefallen, denn er ließ sie plötzlich los und trat einen Schritt zurück. Sie verlor die Balance, taumelte an die Mauer, die Haare hingen in ihre Augen, den Blick verstellend, bis es ihr mit zitternder Hand gelang, sie aus dem Gesicht zu streichen. Sie starrte ihn gebannt dabei an, als sie, durch ihre Handschuhe behindert, in ungeschickter Hast sich mühte, ihr Kleid zu richten. Wilde Entschlossenheit sprang ihr aus seinen Augen entgegen, und sie schüttelte langsam den Kopf. »O nein ...«

»O doch. Ich schätze es nicht, wenn man mir droht, und ich habe beschlossen, dieser Gefahr ein Ende zu setzen.« Er schob grob ihre Hände weg und riß ihr Mieder mit einem Ruck hoch, um sie wieder zu bedecken. »Sie kommen mit mir, Miss van Vleet – Sie kleiner Satansbraten, jetzt müssen Sie Ihren Bluff wahrmachen.«

»Meinen Bluff?« echote sie verständnislos und schüttelte den Kopf. »Ich weiß nicht, was Sie meinen.«

»Sie wissen sehr wohl, was ich meine.« Er schlang das Band, mit dem ihr Mieder eingefaßt war, mit so geübten Händen zu der ursprünglichen Schleife, als tue er dergleichen jeden Tag. »Sie haben angekündigt, daß Sie käuflich seien, Miss van Vleet, und wie das Schicksal es will, bin ich gerade auf der Suche nach einer neuen Mätresse. Sie können mir natürlich einen Korb geben, aber ich glaube nicht, daß Sie es tun werden. Newgate kann so unangenehm sein.«

»New … das *Gefängnis?* Sie müssen verrückt sein – ich habe mir nichts zuschulden kommen lassen.«

»Ich fürchte, das wird der Magistrat aber anders sehen, wenn die verwitwete Herzogin und ich ihm schildern, wie Sie uns zu erpressen versucht haben. Natürlich wird die Sache ein wenig peinlich für Tante Beatrice werden, aber es ist sehr viel besser, als Sie weiter gewähren zu lassen. Kommen Sie – meine Kutsche wartet neben dem Haus.«

Kyla war wie betäubt, und so protestierte sie nicht, als er sie über die Veranda und die Stufen hinunter dirigierte, die zur Seitenfront des Hauses führten. Zwischen den auf Kugelform zurechtgestutzten Büschen hindurch konnte sie hintereinander aufgereihte Kaleschen mit hell leuchtenden Seitenlaternen sehen und die in strahlende Helligkeit getauchte Vorderfront des Hauses und schnaubende Pferde und Lakaien in den verschiedensten Livreen. Stimmengemurmel, über Kopfsteinpflaster knirschende Räder, über Stein scharrende Hufe und die Gerüche von Pferden, Parfüm und lieblich duftenden Blumen aus dem Garten – all das stürmte, in seiner Vielfalt kaum zu bewältigen, auf Kylas Sinne ein.

Aber als sie ihre Fassung wiederfand, die herzogliche Kutsche heranrollen und einen der Lakaien heruntersteigen sah, um den Schlag zu öffnen, begriff sie plötzlich, was der Herzog im Schilde führte. Ihre Benommenheit schwand augenblicklich. Sie erkannte voller Entsetzen die ganze Tragweite seines Ansinnens.

»Sie können doch nicht … ich werde auf *keinen* Fall in diese Kutsche steigen!«

Wolverton schenkte ihr einen seiner spöttischen Blicke, und ehe sie es sich versah, hatte er sie hochgehoben, beugte sich vor und warf sie regelrecht in die Kutsche, wo sie in den weichen Kissen landete. Es bedurfte nur eines Augenblicks, bis sie ihre Balance wiedergefunden hatte, die Kutsche neigte sich leicht zur Seite, als er einstieg und sie sich gegen die Tür drückte, um ihr Schließen zu verhindern. Wolverton schlang den Arm um ihre Taille, zog sie herunter und stieß sie so heftig auf den ihm gegenüberliegenden Sitz, daß sie gegen die Rükkenlehne prallte.

»Sie haben die Wahl, Miss van Vleet«, sagte er mit gefährlich leiser Stimme. »Gehen Sie mit mir oder gehen Sie nach Newgate? Für Ihre Patin wäre letzteres wahrscheinlich eine noch größererTortur als für Sie, denn sie ist ja erheblich älter, aber ...«

»Wovon *reden* Sie?«

»Vom Gefängnis. Von Erpressung. Von einer französischen Emigrantin, die mit dem Wechselbalg meines Cousins gemeinsame Sache macht, um sich ein Erbe zu erschleichen. Muß ich noch mehr sagen?«

»Nein«, flüsterte Kyla erstickt. Sie atmete tief durch, um ihr rasendes Herz zu beruhigen, und schob die Gedanken weg, denen ins Gesicht zu sehen, sie noch nicht bereit war. Warum fühlte sie sich wie ein Tier in der Falle? Sie war zwar nicht welterfahren, wußte jedoch genug, um die Bedeutung zwischen den Zeilen seiner Drohung zu erkennen, daß allein die Andeutung einer solchen Verdächtigung genügen würde, um nicht nur ihren Ruf und den von Tante Celeste, sondern vielleicht sogar Lady Rushtons zu zerstören. Konnte sie es wagen, das zu riskieren? Aber konnte sie es andererseits wagen, auf seinen Handel einzugehen?

Als sie aus dem Kutschenfenster schaute, sah sie von der breiten Veranda sensationslüsterne Gesichter sich ihnen zuwenden, und ihr wurde klar, daß ihr Ruf bereits zerstört *war.*

Auf der dritten Stufe von oben stand, die Kutsche fixierend, Lord Alvanley, und neben ihm starrte Lord Brakefield mit ei-

nem unangenehm intensiven Blick und einem bösartigen Lächeln in den Mundwinkeln herüber.
Als sie sich mit entsetzt geweiteten Augen dem Herzog zuwandte, hob dieser lediglich eine Braue und bedeutete dem Lakaien, die Tür zu schließen. Sie fiel mit einem harten Klicken ins Schloß und besiegelte ihr Schicksal und ihre Zukunft, als die Kutsche mit einem Ruck anfuhr und Lady Seftons Soiree hinter ihr zurückblieb. Kyla ließ sich in die Kissen sinken und starrte in Wolvertons hartes, unerbittliches Gesicht.
»Mein Gott – was haben Sie mir angetan?«
Ihre Frage hing zwischen ihnen in der Luft, leise und verzweifelt, gleichermaßen flehend und anklagend. Er zuckte ungerührt mit den Schultern.
»Nur, was Sie wollten. Waren Sie nicht von Anfang an darauf aus, Miss van Vleet – auf einen reichen Beschützer? Nun – jetzt haben Sie einen. Bis morgen früh wird es in ganz London herum sein, daß Sie unter meinem Schutz stehen, und niemand wird es wagen, sich Ihnen zu nähern. Sollten Sie sich wegen irgendwelcher Schulden sorgen, so werde ich sie für Sie bezahlen.« Er streckte seine langen Beine aus, und seine Knie stießen beiderseits ihrer Beine an die Sitzbank – eine wortlose Vertraulichkeit, die unabsehbare Nebenbedeutungen einschloß. In dem durch die Fenster hereinfallenden Licht der Kutschlaternen sah sie, wie er sie unter seinen dichten Wimpern hervor gleichermaßen nachdenklich, zynisch und erwartungsvoll musterte. Was erwartete er? Daß sie zustimmte? Daß sie protestierte? Lieber Gott – was hatte sie getan? Was *konnte* sie tun?
Sie schüttelte den Kopf und flüsterte heiser: »Sie müssen mich nach Hause bringen. Meine Patentante wird sich ängstigen.«
Einer seiner Mundwinkel hob sich in einem humorlosen Lächeln. »Das bezweifle ich. Sie wird viel zu sehr damit beschäf-

tigt sein, sich die Summe auszurechnen, die sie für Sie zu erhalten erwartet.«

Jäh aufsteigender Zorn verdrängte die erstickende Verzweiflung, gab Kyla etwas von ihrer Stärke zurück. »Wie können Sie es wagen! Glauben Sie, Tante Celeste ist so etwas wie … wie eine *Kupplerin?* Ich finde diese Schlußfolgerung ungeheuerlich, denn ich habe Ihnen keinen Grund zu der Annahme gegeben, daß ich Interesse an Ihnen habe. Ich möchte mich ganz entschieden dagegen verwahren …«

»Genug!« Es war nur ein Wort, doch der kalte Befehlston, in dem er es aussprach, enthielt eine nachdrückliche Warnung.

Kyla verstummte. Wolvertons Gesicht lag im Halbschatten und wirkte in diesem unheimlichen Licht noch beängstigender, sein hochgewachsener, schlanker, muskulöser Körper wie die personifizierte Bedrohlichkeit. Sie atmete tief durch und zwang sich zu schweigen, denn das war, wie sie erkannte, im Augenblick ihre einzige Zuflucht. Es gab ihr Gelegenheit, sich zu sammeln, die Situation abzuschätzen und ihre Chancen, sich aus der Affäre zu ziehen. Oh, was würde Tante Celeste sagen, wenn sie von ihrer überstürzten Abfahrt in seiner Kutsche erführe? Er hatte recht, es *wäre* bis zum Morgen in ganz London herum – und damit konnte sie alle Hoffnungen auf eine Mitgift und eine gute Verheiratung begraben.

Sie wandte den Kopf dem Fenster zu und starrte hinaus, nahm die hellen Gaslaternen, die die Straße säumten, die Fußgänger und die anderen Kutschen, eleganten Kaleschen und Landauer, Ein- und Zweispänner und großen, offenen Wagen jedoch gar nicht richtig wahr – ihre zornigen Tränen ließen alles wie im Nebel verschwimmen.

Als sie sich wieder in der Gewalt hatte – um nichts in der Welt hätte sie ihn merken lassen, daß er sie zum Weinen gebracht

hatte –, sagte sie mit eisiger Stimme: »Ich verlange, daß Sie mich augenblicklich nach Hause bringen.«
»Ihr Wunsch ist mir Befehl.«
Unsicher schaute sie aus dem Fenster und stellte fest, daß die Kutsche durch eine ihr völlig unbekannte Gegend fuhr. Es herrschte kaum Verkehr, und die wenigen, in großen Abständen voneinander stehenden Straßenlaternen wurden nicht mit Gas betrieben. Alarmiert wandte sie sich wieder Wolverton zu. Er hatte sich, scheinbar schläfrig, in die Samtpolster zurückgelehnt, doch der Blick seiner zu Schlitzen verengten Augen war hellwach.
»Das ist nicht der richtige Weg. Wohin bringen Sie mich?«
»Sie wollten nach Hause, und ich bringe Sie nach Hause – zu *mir* nach Hause. Ich lebe lieber auf dem Land, und außerdem wird uns dort niemand stören.« Und wieder umspielte das spöttische Lächeln seine Lippen. »Sie hätten es schlechter treffen können, Miss van Vleet. Wenn Sie sich entgegenkommend zeigen, werden Sie sehen, daß ich sehr großzügig sein kann.«
Obwohl ihr guter Ruf dahin war, hatte Kyla nicht die Absicht, diesem unzivilisierten Emporkömmling zu gestatten, sie wie ein gewöhnliches Straßenmädchen zu behandeln. Sie hob in einer Weise, die ihm, wie sie hoffte, deutlich machte, daß er sich mit seiner Beurteilung ihrer Person im Irrtum befand, die Brauen, schaute ihm, all ihren Mut zusammennehmend, hochmütig in die Augen und sagte kalt: »Wenn Sie glauben, daß *Sie* mich kaufen können, dann träumen Sie, Sir.«
Er beugte sich blitzschnell vor, umfaßte ihre Handgelenke und zog mit einem so heftigen Ruck daran, daß sie mit Schwung auf seinem Schoß landete, wobei ihr dünner Seidenrock bis über ihre Schenkel heraufrutschte. Sie versuchte verzweifelt, ihn hinunterzuziehen, um wenigstens ein Mindestmaß an Anstand

zu wahren, doch er hielt sie zu fest. Zwischen seinen Schenkeln gefangen, schaute sie, vor Wut und Verlegenheit keuchend, zu ihm auf. Jetzt war weder echte noch gespielte Heiterkeit auf seinem Gesicht zu entdecken – nur rücksichtslose Entschlossenheit.

»Täuschen Sie sich nicht – ich *habe* Sie bereits gekauft. Zu *Ihren* Bedingungen. Sagten Sie nicht, Sie hätten die Absicht, die Nachfolge Ihrer Mutter als gutbezahlte Kurtisane anzutreten? Nun – ich werde Ihnen helfen, dieses Ziel zu erreichen.«

Sein Blick glitt von ihrem Gesicht abwärts zu ihren Schenkeln, die in dem Dämmerlicht im Innern der Kutsche blaß schimmerten, und sein Ausdruck veränderte sich kaum merklich. Ihre beiden Handgelenke mit einer Hand umschließend, griff er mit der anderen nach unten, um ihren Rock noch weiter hochzuziehen.

»Reizend«, sagte er leise und lachte.

Eine Welle der Scham überflutete sie, und sie wünschte inbrünstig, nicht auf ihre Tante Celeste gehört, sondern die lange Unterhose unter ihr Kleid angezogen zu haben. Ihre Patin hatte gemeint, daß sie sich unter dem hautengen Seidenkleid höchst unvorteilhaft abzeichnen würde und Kyla nur ein dünnes Hemdchen darunter tragen könne, was außerdem auch viel hübscher sei. O ja – es war wirklich viel hübscher, aber es war auch sehr kurz, und so waren ihre Beine unter der hauchzarten Seide und dem noch dünneren, fast durchsichtigen Unterrock, nackt. Und das kam jetzt Wolverton entgegen, der ihre Röcke fast bis zu ihrer Taille hochgezogen hatte und sie mit einem so selbstverständlich besitzergreifenden Blick musterte, daß sie ihm am liebsten die Augen ausgekratzt und sie aus dem Fenster geworfen hätte.

Sich wütend windend, schaffte sie es, die Beine anzuziehen, so daß sich ihre Röcke um ihre Hüften bauschten und ihre Knie ihr Halt gaben, und entwand ihm eines ihrer Handgelenke, wobei sie den Handschuh einbüßte. Sie schlug nach Wolverton, erwischte ihn an der Wange und brachte ihm mit den Fingernägeln lange blutige Striemen bei. Er stieß erneut einen lästerlichen Fluch aus, fing, als sie wieder ausholte, ihren Arm ein, packte sie an den Oberarmen und drückte sie, sein Körpergewicht nutzend, gegen die Kante der Sitzbank.

»Sie kleine Wildkatze! Es war doch *Ihre* Idee! Wollen Sie jetzt kneifen?«

Der Druck seines schweren Körpers auf ihrer Brust machte ihr das Antworten schwer. »Ich … habe … *nie* … zugestimmt … mich mit *Ihnen* einzulassen.«

»Das ist richtig – aber Nachtschattengewächsen wie Ihnen wird nicht immer der Luxus gewährt, sich ihre Kunden auszusuchen. Diesmal, meine süße, kleine Schwindlerin, habe ich Ihnen die Wahl abgenommen.«

Laternenlicht und Dunkelheit, in raschem Wechsel aufeinanderfolgend, weckten in Kyla das Gefühl, sich in einem Alptraum zu befinden, in einem Stadium zwischen Panik und glühendem Zorn. Die Dämonen ihrer Kindheit kehrten zurück und nahmen Gestalt an – Luzifer in durchsichtiger Verkleidung, teuflisch schön und rücksichtslos entschlossen … in teuere Kleider gehüllte Gefahr mit Höllenfeuer und Verdammnis in den glitzernden Augen … sie begann unkontrollierbar zu zittern.

Vielleicht lag es an dem Traum, an den Schatten, die ganz hinten im Dunkel ihrer Erinnerung lauerten und manchmal ans Licht krochen, bis sie sie wieder verscheuchte – jedenfalls hatte sie das Gefühl, schon einmal in dieser Situation gewesen zu sein. Die Atmosphäre in der Kutsche war spannungsgeschwängert, und Kylas Körper glühte seltsam erwartungsvoll, als wüßte sie, was kommen würde. Aber das tat sie nicht – oder? Sie war noch nie mit einem Mann zusammengewesen, hatte nie mehr als ein paar angedeutete Küsse gestattet. Vor langer Zeit war es allerdings einmal zu Intimitäten gekommen, als Maman Besuch von einer französischen Familie bekam, die ihren Sohn mitbrachte, der in Kylas Alter war. Sie hatte ihrer und seiner Neugier nachgegeben und zugelassen, daß er ihren Körper untersuchte wie sie den seinen untersucht hatte. Sie hatten einander nur berührt, es war eine scheue und verlegene Entdekkungsreise gewesen. Sieben oder acht Jahre waren sie damals alt, und das Leben hatte noch viel Neues zu bieten.

Seine Hände brachten sie unsanft in die Gegenwart zurück, und sie blinzelte in dem Gefühl, gerade aufgewacht zu sein, verwirrt zu ihm auf. Er packte sie mit dem Daumen und zwei Fingern am Kinn, damit sie ihr Gesicht nicht wegdrehen könnte, doch das hätte er sich sparen können, denn sie war plötzlich völlig kraftlos. Die Kante der Sitzbank grub sich in ihren Rücken, und sie fühlte sich in seinem brutalen Griff wie ein gefangener Vogel und wehrte sich nicht, als er seine Lippen zu einem heißen, schmerzhaften Kuß auf ihren Mund senkte und seine fordernde Zunge einen Tumult in ihr auslöste, der sie am ganzen Leib erbeben ließ.

Es war kein Traum – es war Wirklichkeit. Sie mußte verrückt sein – warum sonst schoß ihr Blut heiß durch ihre Adern, loderte eine Flamme in ihrem Unterleib, konnte sie nicht mehr klar denken? Nein, das durfte nicht sein! Sie mußte ihn wegstoßen, verlangen, daß er augenblicklich aufhörte, daß er sie losließe ... aber sie konnte die Erregung nicht bezähmen, die sie durchflutete, als er sie küßte oder als er sie berührte und sogar, als er ihr tief ausgeschnittenes Mieder herunterzog. Sie erschauerte, als er ihre nackte Brust liebkoste, mit den Fingern sanft an ihrer

Brustwarze zupfte, bis sie sich zu einer kleinen Rosette zusammenzog und Kyla lustvoll aufstöhnte.
Laternenlicht spielte über seine dicken, schwarzen Haare, und als er zu ihr aufschaute, lag eine seltsame Intensität in dem Blick seiner hellen Augen. Ihr Atem ging mühsam und stoßweise. Sein Verlangen ließ seinen Ausdruck fast gequält erscheinen, ätzte tiefe Falten zwischen seine Augen und machte seinen Mund zu einem schmalen Strich. In diesem Augenblick sah er wirklich wie der Barbar aus, als den sie ihn bezeichnet hatte, gefährlich und beängstigend.
Dann senkte er den Kopf wieder, und seine Zunge umkreiste ihre hochempfindliche Brustwarze mehrmals, bis er sie einsaugte und zart daran sog, bis Kyla sich hilflos und in einer Ungeduld unter ihm zu winden begann, die sie nicht deuten konnte. Ihre Hände waren frei, und sie flatterten nach oben und berührten seine festen, schwarzen Haare, seinen Hals und sogar die Kratzer auf seiner Wange – und dann umschlossen sie seine Schultern, als sie sich ihm entgegenhob, anstatt ihm entkommen zu wollen, als der Wunsch, sich zu wehren oder auch nur zu protestieren, sich in plötzlicher willenloser Hingabe in Nichts auflöste.
Undeutlich nahm sie wahr, daß das Geräusch der Kutschenräder und des Hufschlags der Pferde sich veränderte, als die Kalesche mit hoher Geschwindigkeit eine ungepflasterte Straße entlangrumpelte, was die leicht gebaute Kutsche heftig schwanken und ächzen ließ, und das alles miteinander weckte die Illusion einer Fahrt durch eine menschenleere Welt, in der es nur sie beide gab.
Sie schloß die Augen und wußte, daß sie verloren war, sich nicht aus diesem brodelnden Meer unbekannter Gefühle zu retten vermochte, die sein Mund und seine Hände in ihr auslösten. Als

sie nur noch ein bebendes, verwirrtes Bündel von Emotionen war, setzte er sich plötzlich auf, zog sie neben sich auf die Sitzbank und richtete ihr Mieder und ihre Röcke. Dann ließ er sie los und lehnte sich zurück. Seine Erregung trat in seinem enganliegenden, rehbraunen Beinkleid deutlich zu Tage.
»Ich möchte den Lakaien kein Schauspiel bieten«, erklärte er mit gepreßter, heiserer Stimme. »Wir sind bald da, und so lange kann ich noch warten.«
Sie fröstelte. Die Kutsche ruckte und schwankte. Sie hatten die Lichter von London hinter sich gelassen, und die hoch oben am Fahrzeug angebrachten, kleinen Laternen erhellten das Innere nur sehr spärlich. Dumpfe, windgeschwinde Hufschläge brachten sie ihrem Verderben unaufhaltsam näher. Sie hatte nicht geahnt, daß Männer küßten wie er es getan hatte, als er allein mit seiner Zunge von ihr Besitz ergriff. Und, was noch schlimmer war – sie hatte nicht geahnt, daß sie so schnell und bedingungslos kapitulieren würde.

Kapitel 8

Verdammt! dachte Kenworth mit einer Mischung aus Entsetzen und Bewunderung – er hat es tatsächlich gewagt! Und noch dazu unter den Augen eines der größten Schwätzer von London! Lord Alvanley schaute regelrecht verzückt drein, als er ein imaginäres Stäubchen vom Ärmel seines Rocks schnippte und zu Barry aufblickte. Er hob affektiert sein Monokel ans Auge und ließ den Blick durch den Raum wandern. Dann wandte er sich mit einem trägen, mißbilligenden Schulterzucken wieder an Barry.

»Eine höchst aufschlußreiche Szene, Kenworth«, meinte er. »Ich habe keinen Protestlaut von der Lady gehört, als Wolverton sie so schwungvoll in die Kutsche beförderte. Das Geld ist ihr offenbar doch wichtiger als ihr Ruf – aber ist das nicht meistens so? Erstaunlich, wie leicht man manche Frauen kaufen kann.«

»Vielleicht war der Lady nicht wohl – oder Sie haben sie verwechselt.«

»Auf keinen Fall. Northwick stand neben mir – er hat es ebenfalls gesehen. Ich hatte selbst ein Auge auf sie geworfen, denn sie ist wirklich ein besonders reizendes Ding. Wenn ich gewußt hätte, daß sie keinen Ehemann, sondern einen Käufer sucht, hätte ich vielleicht ein Gebot gemacht – aber wie es scheint, erfahre ich solche Dinge immer als letzter.«

Alvanley seufzte theatralisch, zog eine Schnupftabakdose heraus und klappte sie mit einem graziösen Schwung seines Handgelenks auf. Als Angehöriger des harten Viererkerns um Prinny genoß Lord Alvanley noch immer dessen Gunst, obwohl sein enger Freund Brummel sich drei Jahre zuvor mit dem Prinzen überworfen hatte, und die beiden immer noch nicht wieder miteinander sprachen. Es hieß, Brummels Schulden seien so hoch, daß er möglicherweise aus England fliehen müßte, denn seit er sich die Gunst des Regenten verscherzt hatte, waren seine Gläubiger nicht mehr so rücksichtsvoll.
Heute erschien es ihm unverständlich, doch Barry hatte früher eine Aufnahme in diese exklusive Gruppe angestrebt. Vor kurzem war er zu dem Schluß gelangt, daß es ihm bedeutend besser gefiel, sich am Rande dieses illustren Kreises zu bewegen. Oberflächlich betrachtet waren die Dandys eine feine Gesellschaft, doch wenn man ihnen näher kam, entpuppten sie sich hier und da als ausgesprochen unangenehme Zeitgenossen. Damit hatte Wolverton recht. Als er Barry Alvanley jetzt ansah, tat er es mit sehr viel weniger Ehrfurcht als einst, und als er sprach, lag eine unüberhörbare Schärfe in seinem Ton.
»Wolverton mag ein Draufgänger sein, Alvanley – aber soviel ich weiß, ist er kein Libertinist wie Northwick.«
Alvanley schnaubte verächtlich. »Dafür würde ich an Ihrer Stelle nicht die Hand ins Feuer legen. Er mag ein Herzog sein, doch die weltmännischen Manieren, die er sich angeeignet hat, sind nur eine dünne Tünche für seine – zumindest von einer Seite – primitive Herkunft und entsprechende Erziehung. Ich kann mir nicht erklären, daß Colby Banning nach Amerika ging, obwohl er um die Möglichkeit wußte, daß sein Sohn eines Tages Wolverton erben würde. Nun ja – man steckt nicht drin in diesen Exzentrikern, sage ich immer. Wenigstens hat Wolverton

heute abend zu unserer Unterhaltung beigetragen – und wenn meine Informationen korrekt sind, dann wird er das noch weiter tun, denn er hat sich da ja wohl eine Verwandte angelacht.«

»Was soll das heißen?«

»Mein lieber Junge – erzählen Sie mir nicht, daß Sie das nicht wissen ... nein, Sie wissen es offenbar tatsächlich nicht. Das ist erstaunlich. Dem neuesten Ondit zufolge ist die schöne, junge Dame, die Wolverton gerade so spektakulär entführt hat, keine andere als die Tochter seines verstorbenen Cousins. Damit wäre sie ... was? Seine Cousine vierten Grades? Fünften? Weit genug entfernt, um es statthaft zu machen, aber nahe genug, um Gesprächsstoff zu liefern ... entschuldigen Sie mich – ich sehe Lady Jersey nach mir winken. Zweifellos möchte sie die pikanten Details hören – wenn es um so etwas geht, wenden sich immer alle an mich.«

Barry starrte Lord Alvanley nach, als dieser sich den Weg durch die Menge bahnte. Die Musik hatte kaum eine Chance gegen das Getuschel der Gäste, als sie dieses aufregende Gerücht über Wolverton und seine offensichtlich neue Mätresse diskutierten. Für einen Mann, der eine ausgesprochene Abneigung gegen Skandale hegte, dachte Kenworth spöttisch, hatte er für eine beachtliche Sensation gesorgt. Was, zum Teufel, hatte er sich dabei gedacht, eine Lady auf eine solche Weise zu entführen – und vor allem angesichts des Geraunes, daß sie die Tochter seines Cousins sei? Zugegeben eines entfernten Cousins – aber jetzt bekam das Gerücht Flügel.

Wie es schien, war Northwick dazu entschlossen, seinen Teil dazu beizutragen, denn er blieb mit einem angedeuteten Lächeln bei Barry stehen. »Sie sind so blaß um die Nase, Kenworth. Macht es Ihnen Kummer, daß Ihr Idol von seinem Sockel gestürzt ist?«

»Ich verwahre mich gegen Ihren Ton und Ihre Andeutung, Mylord. Wolverton und ich sind gute Bekannte, aber ich verehre ihn nicht.«
»Hört, hört.« Das Lächeln des Earls wandelte sich zu einem spöttischen Grinsen über Barrys Steifheit. »Wäre es nicht eine Tragödie, wenn er eines Vergehens wie Inzest angeklagt würde?«
»Ich bitte Sie, Sir! Was reden Sie da? Es ist wohl kaum eine inzestuöse Handlung, Miss van Vleet in seiner Kutsche mitzunehmen – aber selbst eine intime Beziehung wäre nicht verwerflich, da sie keine nahe Verwandte von Wolverton ist.«
»Nein?« Northwicks Grinsen wurde breiter. Er nahm gemächlich eine Prise Schnupftabak, nieste in ein mit seinem Monogramm besticktes Taschentuch, klappte die kleine Emailledose wieder zu und schob sie in seinem Ärmel zurück. »Wie naiv Sie sind, Kenworth – ich hätte Sie für klüger gehalten. Inzwischen ist es in ganz London herum – oder wird es sehr bald sein, das versichere ich Ihnen –, daß Miss van Vleet die Cousine des Herzogs ist. Wußten Sie das nicht?«
»Ich hab das Gerücht gehört, aber ich würde mich niemals an seiner Verbreitung beteiligen. Es überrascht mich, daß Sie es weitertragen.«
»Daß ich es weitertrage?« Northwick lachte leise. »Sie dummer Junge – ich habe es in die Welt gesetzt! Sie sind ein solcher Einfaltspinsel. Ich muß zugeben, daß ich sehr lange gebraucht habe, um die Verbindung zu erkennen, wenn man bedenkt, daß ich eigentlich gleich, als ich den Namen der jungen Dame hörte, hätte draufkommen müssen – aber ich erkannte die Wahrheit tatsächlich erst, als ich sie *sah*.«
Barry war sich bewußt, daß er ihm überhaupt nicht hätte zuhören sollen, doch der aufrichtige Ton, in dem Northwick seine

Überzeugung darlegte, ließ ihn verweilen. Und der Earl schien das genau zu wissen, denn er lächelte siegessicher.
»Lassen Sie mich Ihnen eine Geschichte erzählen, Kenworth, eine kleine Geschichte aus der Vergangenheit, ziemlich kurz und schmutzig, aber eine, die jetzt ein Ende gefunden hat. Es war vor siebzehn Jahren, um genau zu sein, aber ich habe mich bis heute immer wieder gefragt, was wohl aus ihr geworden sein mochte. Sie war eine französischen Emigrantin, ein reizendes Geschöpf, zart und blond – und recht entgegenkommend. Wie es scheint, war der Mann, von dem sie behauptete, daß er ihr Gatte sei, anderer Meinung, denn sie wurde, wie es vielen Frauen zu ihrem Leidwesen geschieht, vor die Tür gesetzt. Sie hatte ein Kind, ein schönes, kleines Mädchen namens Kyla. Ich habe den Namen nie vergessen, denn er war ebenso ungewöhnlich wie das Kind selbst ... Sie wissen doch, daß ich hübsche, kleine Mädchen vergöttere, nicht wahr, Kenworth?«
Barry war zutiefst abgestoßen von der Unbekümmertheit, mit der Lord Brakefield sich zu seiner Abartigkeit bekannte, von der Gleichgültigkeit, was die Meinung anderer Menschen über ihn anging. »Mylord«, sagte er mit einer steifen Verbeugung, »die Wendung, die dieses Gespräch genommen hat, mißfällt mir ganz entschieden. Sie werden verzeihen, wenn ich mir Ihre Geschichte nicht zu Ende anhöre.«
Northwick lachte, und plötzlich trat ein Leuchten in seine farblosen Augen, das an eine Kerze in einem ansonsten leeren Fenster erinnerte. »Aber natürlich werde ich Ihnen verzeihen, denn Ihre Verweigerung beruht auf Unkenntnis und nicht auf Unhöflichkeit. Aber merken Sie sich meine Worte, Kenworth – Ihr Freund Wolverton wird sich bald wünschen, nicht so überstürzt gehandelt zu haben. Es könnte seine gesellschaftliche Ächtung zur Folge haben.«

»Solange *Sie* akzeptiert werden, Mylord, bezweifle ich ernsthaft, daß ein Skandal – falls es denn ein solcher sein sollte – wie der von heute abend Wolverton den Zutritt zu den allerbesten Häusern kosten könnte. Ich habe plötzlich das dringende Bedürfnis nach frischer Luft und vielleicht sogar frischen Kleidern. Gute Nacht, Sir.«

Barry drehte sich auf dem Absatz um und stolzierte davon, wobei er Northwicks Blick wie eine Brandwunde auf seinem Rücken spürte. Er hatte sich den Mann natürlich zum Feind gemacht, doch das scherte ihn in diesem Moment nicht. Mein Gott – der Kerl machte ihn krank. Der ganze Abend war verdorben, und Barry verspürte unvermittelt den übermächtigen Wunsch, dem Getümmel zu entfliehen, dem Stimmengemurmel, sogar der Musik, die in seinen Ohren auf einmal wie mißtönender Lärm klang und nicht mehr wie die harmonischen Tonfolgen von Bach.

»Mylord Kenworth! Warten Sie!« Die Stimme erreichte ihn, als er gerade die Eingangstür hinter sich zumachen wollte, und Barry drehte sich unwillig um. Die Comtesse du Bois kam, sich durch die Menge drängend, zielstrebig auf ihn zu. Unbehagen stieg in ihm auf. Was könnte er dieser offenbar verstörten Frau sagen, das nicht übermäßig grausam oder deutlich klänge?

Tiefe Sorgenfalten beiderseits des Mundes ließen das an sich hübsche Gesicht alt und hager wirken. »Mylord«, sagte sie mit schwacher, atemloser Stimme, »haben Sie Miss van Vleet gesehen? Ich habe gehört … aber natürlich ist das völlig ausgeschlossen – sie würde sich *niemals* so skandalös verhalten … haben Sie sie gesehen?«

Er schüttelte bedauernd den Kopf. »Nein – leider nicht.«

»Und Wolverton – haben Sie *den* gesehen? Wie ich hörte, sind Sie beide gemeinsam gekommen … ist er noch hier?«

Wieder schüttelte er bedauernd den Kopf. »Nein, Madam – ich muß Sie enttäuschen. Er ist nicht mehr da.«
»*Mon Dieu!*« Celeste hob ihre zitternde Hand, als suche sie Halt, doch dann faßte sie sich und straffte ihre Schultern. »Aha. Ich danke Ihnen, Mylord. Ich werde Lady Rushton fragen. Ondine wird sie nach Hause geschickt haben, denn sie hatte vorhin über Kopfschmerzen geklagt. Ich hin sicher, daß das des Rätsels Lösung ist.«
Barry akzeptierte die Begründung für Kylas überstürztes Verlassen des Festes mit einer leichten Verbeugung. »Ja, so wird es sein. Ich bin überzeugt, Sie werden sie zu Hause vorfinden. Soll ich Ihre Kutsche vorfahren lassen?«
»Nein, danke – ich muß erst noch mit Ondine sprechen ...« Sie war immer noch blaß und immer noch sichtlich beunruhigt, doch sie nickte höflich, drehte sich um und bahnte sich hocherhobenen Hauptes ihren Weg durch die Menge, ohne sich um die aufdringlichen Blicke der Neugierigen und Grausamen zu kümmern.
Er ging hinaus, wo die Luft angenehm kühl und frisch und mit dem zarten Duft frühblühender Blumen durchsetzt war. Der Abend hatte sich zu einem höchst unerfreulichen Erlebnis entwickelt.

Die Tore von Ridgewood waren geschlossen und zugesperrt, der Torwächter wurde aus dem Bett geholt, um ihnen zu öffnen, wobei er sein Erstaunen über die Ankunft des Herzogs zum Ausdruck brachte.
»Keiner hat mir etwas gesagt«, hörte Brett ihn sagen, während er an dem riesigen Eisenschloß mit den Schlüsseln hantierte, die ein fast ebenso lautes Klirren wie das der Geschirre der erschöpften Pferde verursachten, die es kaum erwarten konnten,

von ihrem Joch befreit zu werden und ihr Futter fressen zu können.

Schließlich schwangen die Torflügel mit einem lauten Quietschen auf, und die Kutsche rollte, kurz von dem Licht der Laternen auf den steinernen Pfosten erhellt, hindurch.

Brett musterte Kyla. Sie saß ihm kerzengerade gegenüber und starrte aus dem Fenster. Irgend etwas in ihrer Haltung beschwor Bilder einer wilden Szene herauf, was ihn zu dem Rat veranlaßte: »Benehmen Sie sich wie eine Lady, und Sie werden als solche behandelt werden. Ich dulde in Gegenwart meiner Bediensteten keine Szenen.«

Sie wandte sich ihm zu. »Ach, nein? Was wollen Sie tun, wenn ich ›Vergewaltigung‹ schreie, Hoheit? Mich schlagen? Mich erschießen?«

»Versuchen Sie es, und Sie werden die Antwort schnell bekommen.« Verärgert beugte er sich vor. »Wenn Sie Bedenken haben – es ist noch nicht zu spät für einen Rückzieher. Aber ich warne Sie – das Gefängnis ist ein sehr ungemütliches Heim.«

»Das klingt, als sprächen Sie aus Erfahrung.«

»Vielleicht tue ich das ja.« Als er ihren zweifelnden Blick sah, lachte er rauh. »Ich glaube nicht, daß Sie sich in Newgate wohl fühlen würden. Es ist kalt und feucht, und die einzigen Männer, die Ihnen dort Vergünstigungen gewähren könnten, würden dafür mehr als ein Flattern langer Wimpern und leere Versprechungen erwarten.«

»Sie wissen schon, daß das Erpressung ist.«

»Und wie würden Sie Ihre Bemühungen bezeichnen, mir Ihr Stillschweigen zu verkaufen? Als freundschaftliche Geste? Kaum. Aber tun Sie sich keinen Zwang an – jetzt können Sie erzählen, was Sie wollen, denn nach heute abend wird Ihnen niemand mehr glauben.«

»Das ist mir durchaus klar.«
Ihre schroffe Antwort wurde beinahe vom Knirschen der über groben Kies rumpelnden Räder übertönt, und die Kutsche neigte sich, als einer der Lakaien heruntersprang, um die Tür zu öffnen. Ein zweiter lief die steile Steintreppe hinauf und klopfte an das Portal, um die überraschende Ankunft seines Herrn zu melden.
Lampen erhellten die Front des Hauses, streckten lange Lichtfinger über die Veranda und die Wendelstufen, die beiderseits zu der geschwungenen Auffahrt herunterführten. Brett stieg aus und wandte sich Kyla zu, um ihr herunterzuhelfen, umfaßte ihre Taille, statt ihre ausgestreckte Hand zu ergreifen. Sie warf ihm einen feindseligen Blick zu, warf ihm hoheitsvoll ihr Kinn entgegen, als er sie auf die Füße stellte und losließ. Er fragte sich, wie ihre Mutter wohl wirklich gewesen sein mochte, ob sie den gleichen Hochmut einer Krone gleich auf dem hellblonden Kopf getragen hatte? War Faustine tatsächlich die durchtriebene Hure gewesen, als die man sie ihm geschildert hatte? Alle Beweise sprachen dafür, doch es gab Momente wie diesen, da ihm Zweifel kamen. Kyla besaß eine angeborene Selbstsicherheit, wie sie für gewöhnlich nur bei Aristokraten zu finden war.
Er erkannte sie, weil sie ihm selbst eigen war, er dazu neigte, arrogant und tyrannisch zu sein und äußerst unsanft mit Leuten zu verfahren, die sich ihm in den Weg stellten. Seine Mutter hatte das oft beklagt, aber gleichzeitig als Entschuldigung für ihn angeführt, daß er diese Eigenschaft von seinem Vater geerbt habe. Vielleicht hatte sie recht. Dieser Wesenszug gefiel ihm nicht – und damit, daß er dies erkannte, war er seinem Vater immerhin ein Stück voraus.
Miss Kyla van Vleet, die in ihrem zerrissenen, blauen Seiden-

kleid und der aufgelösten Frisur, die ihr Gesicht in bezaubernder Weise mit weichen, hellblonden Locken umrahmte, mit hocherhobenem Kopf vor ihm stand, sah aus, als hätte sie niemals irgendwelche Zweifel an dem, was sie tat. Nur im Angesicht der Vergeltung hatte sie geschwankt – und jetzt war der Augenblick der Abrechnung gekommen.
Es ärgerte ihn, sich eingestehen zu müssen, daß er sie begehrte – das tat er bereits seit ihrer ersten Begegnung, als sie sich geweigert hatte, Tante Beatrice gegenüber auch nur einen Zentimeter zurückzuweichen, und auf die alte Vettel gefeuert hatte wie ein Veteran. Es war eine fabelhafte Vorstellung gewesen.
Aber eine nutzlose.
Er nahm ihren Arm und zog sie mit sich die Stufen zu dem von schweren Säulen flankierten römischen Portikus. Die Tür hatte sich geöffnet, und er sah Mrs. Wilson darin stehen, ein wenig müde, aber recht gefaßt. Offenbar war Godfrey wieder einmal fort, wie es häufig geschah, wenn Brett in London blieb.
»Guten Abend, Euer Gnaden«, begrüßte Mrs. Wilson ihn völlig ruhig, als sie ins Haus traten. »Wir hatten Sie heute nicht erwartet.«
»Ich brauche heute abend nicht viel, Mrs. Wilson – ein Feuer in meinem Schlafzimmer und ein kalter Imbiß genügen.«
»Sehr wohl, Euer Gnaden. Tilly ist schon hinaufgegangen, um Feuer zu machen, und glücklicherweise ist das Bett schon frisch hergerichtet, da Sie ja diese Woche kommen wollten.« Sie hob die Hand, und ein Mädchen eilte herbei. Sie sah verschlafen und zerzaust aus, war jedoch wach genug, um eifrig zu nicken, als ihr aufgetragen wurde, ein Tablett mit kaltem Brathühnchen und Käse herzurichten. »Und auch etwas von dem Obst, das heute geliefert wurde, Susan.« Mrs. Wilson wandte sich wieder

Brett zu, wobei sie tunlichst vermied, Kyla zur Kenntnis zu nehmen, da sie nicht vorgestellt worden war. »Ist das alles, Euer Gnaden?«
Es war offensichtlich, daß sie gerne gefragt hätte, ob sie noch ein zweites Zimmer herrichten solle. Brett nickte knapp. »Das ist alles, Mrs. Wilson – danke.«
»Sehr wohl, Euer Gnaden.«
Wenn es Kyla kränkte, ignoriert zu werden, so ließ sie es sich nicht anmerken, und es erfolgte auch kein Protest, als er sie durch die große Eingangshalle mit dem Marmorfußboden zu der Freitreppe geleitete, die in einem eleganten Schwung nach oben führte. Topfpalmen und riesige Statuen ragten im Dämmerlicht auf und warfen im Schein der wenigen Nachtlampen unheimliche Schatten. Ihre Schritte hallten unnatürlich laut durch die mit dem Geruch von zitronigem Bienenwachs und Kerzen geschwängerte Düsternis.
Oben verschluckten dicke Teppiche ihre Schritte, die Tür zu seinem Zimmer stand offen, das herausfallende Licht malte ein helles Rechteck in den Korridor. An der Tür blieb Kyla wie angewurzelt stehen und stieß einen nicht zu deutenden Laut aus.
»Bedenken, Miss van Vleet?«
Sie antwortete nicht, trat aber mit hocherhobenem Kopf und steifem Rücken an ihm vorbei hinein. Das Dienstmädchen war noch immer im Zimmer, kniete vor dem Kamin und fachte das Feuer mit Papierfetzten an. Als die Flammen hochzüngelten, schürte sie es, bis es hoch aufloderte, und stellte dann die Feuerböcke und die Holzschwinge wieder an ihren Platz, wobei sie es sorgfältig vermied, ihren Herrn oder dessen Gast direkt anzusehen.
Bereits seine Schleife lösend, nickte Brett kurz, als sie ihm eine kürzere Version von Mrs. Wilsons Willkommen entbot und

dann an ihm vorbei hinaushastete, als sei sie heilfroh, verschwinden zu dürfen. Kyla stand in der Tür und starrte mit lokker vor sich gefalteten Händen ins Feuer.

»Wenn Sie näher herangehen, ist es wärmer«, bemerkte er trokken, und sie schaute zu ihm auf.

»Ja.«

Ihre plötzliche Wortkargheit ärgerte ihn ebenso wie ihre frühere Schwatzhaftigkeit, und er riß sich den Binder mit einer gereizten Bewegung vom Hals und warf ihn auf einen brokatbezogenen Stuhl. Ein Stiefelknecht befreite ihn kurz nacheinander von seinen glänzenden Stiefeln. Dann stolzierte er an ihr vorbei zu einem Intarsientischchen, auf dem Kristallkaraffen und -gläser standen, und goß reichlich Brandy in zwei der Gläser.

»Französischer Brandy«, sagte er, ihr eines davon reichend. »Der müßte Ihnen schmecken.«

Sie schaute auf die bernsteinfarbene Flüssigkeit hinunter, in der sich die Kerzenflammen einer Wandlampe wie kleine goldene Zungen spiegelten. Ihre Hände zitterten leicht, als sie mit der Miene einer zum Tode Verurteilten zögernd daran nippte.

»Herrgott noch mal«, schnauzte er. »Wenn Sie weiter wie ein getretener Hund dreinschauen, ändere ich vielleicht meine Meinung.«

»Es ist erfreulich zu hören, daß es einige Geschöpfe gibt, die ihr Mitgefühl erregen.« Sie schaute ihm geradewegs in die Augen – kühl und herausfordernd und verführerisch provokant.

»Wollen Sie damit sagen, daß es *Ihnen* zustünde? Ich schenke mein Mitgefühl denen, die es verdienen, Miss van Vleet – nicht Erpressern.«

»Es würde mich brennend interessieren, wen Sie Ihres Mitgefühls als würdig erachten – und wie lang die Liste der Begünstigten ist.«

»Sie stehen jedenfalls nicht darauf.« Er hatte sein Hemd aufgeknöpft und die Kragenspitzen entfernt, die er auf denselben Weg schickte, den vorher die Schleife genommen hatte. Als er Kyla angewidert musterte, sah er den wachsamen Ausdruck in ihren Augen, die angstvolle Erwartung, als rechne sie damit, daß er sich im nächsten Augenblick auf sie stürzen und ihr die Kleider vom Leib reißen würde. Der Gedanke war reizvoll. Sie war bezaubernd und mit ihren wirren Haaren, die ihr Gesicht umspielten, als sei sie gerade aus dem Bett eines Mannes gekommen, und dazu einluden, die seidigen Strähnen durch die Finger gleiten zu lassen und sie wie mattes Gold darauf schimmern zu sehen, unendlich verführerisch. Er trat auf sie zu und bemerkte, wie ihr Blick augenblicklich schärfer und ihr Atem schneller wurde. Als er vor ihr stehenblieb, sah er an ihrem Halsansatz den Puls hämmern.

»Ich habe noch eine andere Liste, Miss van Vleet, und die wäre sehr viel passender für Ihren Namen. Aber wir sollten nicht so förmlich miteinander umgehen.« Er lächelte, als sie scharf die Luft einsog, als er den Finger in den Brandy tauchte und dann ihre Lippen damit nachzeichnete. »Da wir uns ja gleich näher kennenlernen, werde ich dich Kyla nennen, und du mich Brett.«

Ihre Zungenspitze kam herausgeschossen und leckte den Brandy von ihren Lippen, ehe er ihr Kinn erreichte. »Ich will Sie aber nicht ... näher kennenlernen, Euer Gnaden.«

»Wir sind doch bereits übereingekommen, daß du das tun wirst. Es sei denn, du hast deine Meinung geändert. Nein? Gut. Trink noch etwas von deinem Brandy, Kyla – es ist ein ausgezeichneter Jahrgang.«

Als sie seinem Blick begegnete und mit zitternden Händen den Cognacschwenker an die Lippen hob, kam das Dienstmädchen mit dem Imbiß. Brett wartete, bis sie das Tablett hingestellt und die Tür wieder hinter sich geschlossen hatte, bevor er sich von Kyla weg bewegte. »Hast du Appetit?«

»Nein.« Es war nur ein kaum hörbares Flüstern, doch als er sich zu ihr umdrehte, konnte er keine Furcht in ihren Augen entdekken – nur Wachsamkeit.

»Wenn nicht auf Essen, dann vielleicht auf etwas anderes. Komm her, Kyla.« Sie machte keine Anstalten, seiner Aufforderung Folge zu leisten. Ihre Hände zitterten so stark, daß der Brandy in ihrem Glas in bernsteinfarbenen Wellen an den Wänden hochbrandete. Brett stellte seinen Brandy auf das Tischchen und ging wieder zu ihr, nahm ihr den Schwenker ab, stellte ihn zu seinem, nahm sie am Arm und führte sie zum Bett.

Es war ein wuchtiges Vierpfostenbett mit schweren, dunkelblauen Samtvorhängen und schneeweißen Laken unter der zurückgeschlagenen Überdecke. Das Kerzenlicht drang nicht bis in alle Winkel des dämmrigen Innenraumes vor, so daß die dikken, weißen Kopfkissen mehr zu erahnen als zu sehen waren.

Als er am Bett stehenblieb, entzog sie sich seinem Griff. Zwei Schritte zurücktretend, schaute sie von dem Bett zu ihm und schüttelte den Kopf. »Ich kann nicht.«

»Was soll das Theater? Du kannst nicht behaupten, daß du mich nicht gerne küßt. Daß du das tust, habe ich schon bei unserem ersten Kuß gemerkt und noch deutlicher heute abend. Oder willst du jetzt so tun, als hättest du meinen Kuß nicht erwidert?«

»Nein.« Röte überspülte ihre Wangen und ließ ihre Augen mehr blau als grün erscheinen. »Ich behaupte nicht, daß es mir nicht ... gefiel. Aber dies hier ist nicht ... ich meine, ich habe nicht ... es gibt keine Garantie dafür, daß Sie Ihren Teil der Vereinbarung einhalten.«

»Verdammtes Frauenzimmer! Was willst du? Einen Vertrag? Das ist in einem solchen Fall absolut unüblich, das kann ich dir versichern. Aber andererseits ist es auch nicht üblich, daß Männer sich eine Geliebte nehmen, die vorher versucht hat, Geld aus ihnen herauszuholen. In Ordnung – du bekommst es schriftlich. Aber erst, wenn ich gesehen habe, was ich bekomme. Es kann sein, daß ich später nicht mehr so großzügig bin – also triff deine Entscheidung jetzt, Kyla.«
Sie starrte ihn verständnislos an. »Welche Entscheidung?«
»Spiel nicht die Verschämte. Es ist doch nicht das erste Mal für dich. Zeig mir, wofür ich dich bezahlen soll – sonst verliere ich das Interesse.«
»Sie meinen, ich soll mich ... *ausziehen?*« Sie schaute ihn mit so großen, fassungslosen Augen an, daß er einen Moment lang dachte, sie habe es vielleicht doch noch nie getan – aber dann erkannte er, daß er sich geirrt hatte, denn sie begann zu lachen. Es war ein schrilles, hysterisches Lachen, das ihn in den Ohren schmerzte.
»Genug, Kyla. Ich bin es müde, Spielchen zu spielen.«
Sie nickte, und ihr Lachen erstarb. »Sie haben ganz recht, Euer Gnaden – es ist Zeit, die Spielchen zu beenden.« Sie bückte sich und zog ihre zierlichen Schuhchen aus, schaute dann wieder zu ihm und schien einen Moment unschlüssig, bevor sie kurz mit den Schultern zuckte und den Stoffgürtel ihres Kleides löste. »Sie müssen mir natürlich helfen – aber ich bin sicher, daß das nichts Neues für Sie ist.«
»Sehe ich wie eine verdammte Kammerzofe aus?«
»Sie sehen wie ein Mann aus, der weitreichende Erfahrungen mit dem Ausziehen von Frauen hat. Hier – an die hinteren Knöpfe komme ich nicht heran.«
Es waren einige, und sie hielten eine Art kurzen Schleier, und

Kyla wandte ihm den Rücken zu und wartete. Verdammt – das fehlte ihm gerade noch, sich in die Position eines Befehlsempfängers zu begeben.
Er trat hinter sie, hakte seine Finger in ihr Kleid und riß es mit einem einzigen Ruck entzwei. Mit drei weiteren schnellen Bewegungen hatte er sie gänzlich davon befreit, und sie stand nur noch in einem hauchzarten Unterrock nebst Hemdchen und Spitzenstrumpfbändern da.
Kyla wirbelte zu ihm herum. Die Augen in dem blassen Gesicht sprühten Funken, doch sie sagte nichts, als er ihr wortlos das zerfetzte Kleid reichte. Sie nahm es und warf es in die Ecke. »Wie ist es – wollen Sie mir den Rest auch noch runterreißen, oder soll ich langsam weitermachen?«
Er zuckte mit den Schultern und lehnte sich, das offene Hemd lose über den Schultern, mit gespreizten Beinen und den Händen auf den Hüften an den Bettpfosten. »Es ist mir gleichgültig, wie schnell oder langsam du es tust – solange du es *überhaupt* tust.«
Wieder blitzte Zorn in ihren Augen auf, doch sie löste die Bänder, die den Unterrock in ihrer schmalen Taille hielten, und ließ ihn zu Boden gleiten, so daß sie nur noch Hemdchen und Strümpfe trug. Ersteres bedeckte sie von den Brüsten bis zum Ansatz ihrer Schenkel, in dessen Mitte schattenhaft ein Dreieck durch das dünne Gewebe schimmerte, und Brett sah zu, wie sie die über den Knien gebundenen Strumpfbänder löste. Sie warf sie in die Ecke, in der schon ihr Kleid lag, und rollte die Strümpfe herunter, wobei sie ein Bein nach dem anderen anhob und ihm einen verführerischen Blick auf ihre nackten Schenkel gewährte, als sie sie abstreifte. Dann stand sie, nur noch im Hemdchen, einen Augenblick lang zögernd da, in dem sie ihn kurz musterte, bevor sie die dünnen Träger herunterzuziehen begann.

Ohne sich zu rühren, begutachtete Brett sie, als auch das Hemdchen fiel und sich zu dem Unterrock auf dem Boden gesellte. Mein Gott, war sie schön! Lange, schlanke Beine, eine schmale Taille, herrlich geschwungene Hüften, hochstehende, feste Brüste, elfenbeinfarben wie der übrige Körper, mit rosigen Brustwarzen, die in der Kälte sich zu roten Knospen verhärteten. Sie stand mit trotzig erhobenem Kinn da, als mache es ihr gar nichts aus, splitternackt vor ihm zu stehen, doch er bemerkte einen Hauch von Röte auf ihrem Gesicht und Hals.

Seine wachsende Erregung bereitete ihm Unbehagen. Diese verdammten engen Hosen ... Er stieß sich von dem Bettpfosten ab und trat zu ihr. Sie bewegte sich nicht, beobachtete jedoch wachsam die Hand, die er nach ihr ausstreckte, um sie zu liebkosen. Er ließ sie über ihre Brüste zu ihrer Taille wandern und dann weiter nach unten, wo er leicht an den federnden Löckchen zwischen ihren Schenkeln zog.

Sie sog scharf die Luft ein, als er sie dort berührte, und packte ihn am Handgelenk. »Sie sagten, Sie würden unsere Vereinbarung schriftlich niederlegen, wenn ich mich auszöge, Euer Gnaden. Ich *bin* ausgezogen. Von Berühren war nicht die Rede.«

»Du hast recht – das habe ich gesagt.« Zwischen Erheiterung und Verachtung schwankend, aber bis zur Unbequemlichkeit erregt, ging er steifbeinig zu dem an der Wand stehenden Kirschholzsekretär, riß die Klappe auf und nahm Papier und Feder heraus. Er tauchte den Kiel in das Tintenfaß, warf ein paar Zeilen auf das Papier, trocknete das Geschriebene, indem er darüber blies, und brachte es ihr. »Genügt dir das?«

Sie überflog den Text, schaute mit einem rätselhaften Blick zu ihm auf und nickte. »Für den Moment, ja.«

»Es wird für *immer* genügen müssen, denn weiter werde ich mich nicht treiben lassen.« Seine Augen verengten sich, als sie sich bückte, um ihre Kleidungsstücke aufzuheben, und er hinderte sie daran, indem er ihr die Hand auf den Arm legte. »Genug der Verzögerungen.«

»Euer Gnaden ...«

»Sprich mich mit dem Vornamen an. Ich will verdammt sein, wenn ich mich im Bett mit einem geborgten, englischen Titel ansprechen lasse. Los – sag ihn.«

»Brett«, gehorchte sie mit leicht zitternder Stimme.

»Na also. Und leg das Papier weg, wenn du Wert darauf legst, daß es lesbar bleibt – sonst verwischt die Tinte.«

Das Papier flatterte mit einem leisen Flüstern auf den Tisch hinunter, und er hob sie auf seine Arme, ohne sich um ihre plötzliche Gegenwehr zu scheren. Ihre Haut war weich und warm unter seinen Händen, wie Satin, der am Feuer gelegen hatte, und obwohl sie sich wand und atemlos protestierte, trug er sie durch das Zimmer zum Bett und ließ sie darauf fallen.

Sie federte hoch, kam auf die Knie und starrte von weißen Laken aus und von blauem Samt umflossen zu ihm herauf.

»Brett – warten Sie ...«

»Ich sagte, ich habe die Verzögerungen satt, verdammt noch mal!« Die Bänder lösend, die seine Hose geschlossen hielten, streifte er sie ab und ließ sie zu Boden fallen. Als er sich wieder aufrichtete, las er Unsicherheit in ihrem Blick, und als der Blick abwärts glitt, Panik. Er runzelte die Stirn. Wollte sie etwa in letzter Sekunde von ihrer Vereinbarung zurücktreten?

Doch dann schaute sie zu ihm auf und wirkte plötzlich wie betäubt – auch dann noch, als er sie in die Arme nahm und auf ihre kalten, schlaffen Lippen küßte. Schauer überliefen sie, und er deckte sie beide zu und rieb ihre Haut, um sie zu wärmen, bis sie sich soweit entspannte, seine Liebkosung zu erwidern, indem sie halbherzig über seine Brust strich. Erst als ihre Hand nach unten glitt, ihn fand und sich ihre Finger um ihn schlossen und sein angeschwollenes Glied mit langsamen Bewegungen zu massieren begannen, vergaß er ihre anfänglich abwehrende Haltung und küßte sie wild, vergaß alles außer den herrlichen Rundungen und der glatten Haut des schönen Geschöpfes in seinem Bett.

Kapitel 9

Kyla faßte ein wenig fester zu, erforschte ihn mit vorsichtigen Streichelbewegungen, versuchte den Unterschied zwischen diesem Mann und dem einzigen anderen männlichen Wesen zu erfassen, das sie jemals nackt gesehen hatte. Plötzlich erschien ihr das, worauf dieses Zusammensein hinauslaufen sollte, vollkommen unmöglich. Es konnte nichts werden – sie war doch gänzlich unerfahren. Unerfahrenheit war fast ebenso beängstigend wie Unwissenheit – aber was letzteres betraf, hatte Tante Celeste gottlob für die entsprechende Aufklärung gesorgt ... Als sie kühner wurde, legte sich unvermittelt seine Hand auf die ihre, und er stieß mit zusammengebissenen Zähnen schroff hervor: »Großer Gott ... nicht so schnell – sonst ist es vorbei, ehe es richtig begonnen hat.« Er küßte sie wieder, diesmal beinahe brutal, mit wild entschlossener Beharrlichkeit.

Doch dann überraschte er sie damit, daß er sich, obwohl offensichtlich selbst bereits hocherregt, Zeit nahm, sie zu erregen, und endlich begann sie zu reagieren. Trotz der nur mühsam gezügelten Grobheit, mit der er sie küßte, und die ihre Kehle ein wenig eng werden ließ, gelang es ihm mit seinen kundigen Händen, ihr die anfängliche Furcht zu nehmen, und nach einer Weile öffnete sie willig die fest aufeinandergepreßten Lippen und ließ seine Zunge ein.

Ohne von ihrem Mund abzulassen, streichelte er ihre Brüste, spielte mit ihren Brustwarzen, bis sie leise stöhnte. Seine Lippen wanderten über ihre Kehle zu ihren Brüsten, wo er mit seiner Zunge zuerst nasse Kreise um ihre Brustwarzen zog und dann nacheinander an beiden saugte, bis sie sich wohlig schmerzend verhärteten. Er lag halb auf ihr, und sie spürte seine zukkende Erektion an ihrem Schenkel, die sie nachdrücklich an das gemahnte, was ihr bevorstand.

Ein Teil von ihr gestand sich ein, daß die getroffene Vereinbarung ihr zupaß kam, daß sie jetzt, da ihr guter Ruf dahin war, nichts mehr zu verlieren hatte, doch ihr anderer Teil – der vom Verstand regierte – sagte ihr, daß sie ihre Lage nicht verbessern würde. War sie nicht nur eine weitere Eroberung, ein ›Nachtschattengewächs‹, wie er sie abfällig genannt hatte, eine gutbezahlte Hure, wenn diese Tatsache auch mit wohlklingenden Bezeichnungen wie Kurtisane und *fille de joie* verbrämt werden konnte? Sie mochte Geld bekommen, aber dafür gab sie alles hin, was ihr bisher sehr viel mehr wert gewesen war – ihren Stolz, ihren guten Ruf und ihre Träume. Stand das dafür? Oh, aber was hätte sie tun können, um ihn aufzuhalten?

Es war alles so schnell gegangen heute abend – von dem Moment an, als er sie mit Hargreaves gesehen hatte, bis zu diesem Augenblick –, daß das einzige, woran sie sich wirklich deutlich erinnerte, die innere Anspannung und Unsicherheit waren, die sie empfunden hatte.

Doch jetzt war er, im Gegensatz zu seiner vorherigen Grobheit, sanft und geduldig, streichelte sie und liebkoste ihre Brustwarzen mit der Zunge, bis sie vor Erregung stöhnte. Und plötzlich erkannte sie, daß sie, wenn auch aus unerfindlichen Gründen, seine Zärtlichkeiten *genoß*. Es war, als flamme ein Feuer, das in ihr geschwelt hatte, plötzlich hoch auf und entwickle eine alles verzehrende Hitze. Ein verräterisches Stöhnen stieg tief aus ihrer Kehle auf, ein Laut, der gleichzeitig Hingabe und Protest ausdrückte. Ihre Hände bewegten sich ziellos, flatterten von seinem flachen, muskulösen Bauch zu seinem Gesicht hinauf, krallten sich in seine Haare, bis er ihre beiden Hände mit einer der seinen einfing, sie über ihrem Kopf in die weichen Kissen drückte und dort festhielt.

»Brett …«, hörte sie sich mit einer ihr fremden, erstickten Stimme flüstern, »ich muß Ihnen etwas sagen …«

»Später …« Er senkte seine Lippen auf die ihren und drang mit der Zunge tief in ihren Mund ein. Dann ließ er abrupt von ihr ab und hob den Kopf, schaute auf sie herunter und hielt ihren Blick fest, während er mit vor Leidenschaft angespannten Zügen die freie Hand über ihre Brüste und von dort abwärts wandern ließ, bis sie sich hilflos unter ihm wand. Leise auflachend beugte er sich wieder zu ihr hinunter.

Ihre Augen, ihre Nase, ihren Mund und dann ihre Brüste küssend, brachte er sie zum Glühen und löste ein gleichzeitig quälendes und berauschendes Verlangen in ihr aus, das ein pulsierendes Feuer zwischen ihren Beinen entfachte. Sie drehte und wand sich unter ihm, schrie auf, als seine Hand zu diesem Feuer vordrang und die feuchten Lippen liebkoste, bis sich alles dort unten so verkrampfte, daß sie glaubte, zerspringen zu müssen, wenn die Anspannung nicht gelöst würde.

Leise Worte in ihr Ohr murmelnd, streichelte er sie weiter, während die Welt um sie her versank und nichts mehr zählte als die neu entdeckten Bedürfnisse ihres Körpers. Und dann kam die Erlösung, durchflutete sie nach einem kurzen, süßen Schmerz, der ihren ganzen Körper in einer Ekstase erbeben ließ, wie sie sie sich in keinem ihrer Träume jemals ausgemalt hatte, mit einer köstlichen Wärme.

Brett hielt sie in den Armen, während sie an seiner Halsbeuge leise wimmerte und tief den Duft seiner dezent würzigen Haut einatmete. So verharrte sie eine Weile regungslos, überließ sich der stillen Freude, die sie erfüllte, bis er sie wieder zu küssen begann und seine Knie zwischen ihre Schenkel drängte, um sie zu spreizen. Noch immer im Rausch köstlicher Entspannung gefangen, wehrte sie sich nicht einmal, als sie den Druck seiner Erektion zwischen ihren Beinen spürte. Es erschien ihr alles wie ein Traum, wie eine verschwommene Folge von Ereignissen, die in keinerlei Verbindung zueinander standen, sondern getrennt voneinander geschahen.

Doch dann erwachte sie plötzlich aus ihrem Traum, als Brett seinen vorher sanften Druck schmerzhaft verstärkte. Sie verkrampfte sich und hätte ihn weggestoßen, wenn er ihre Hände nicht nach wie vor über ihrem Kopf festgehalten hätte. Und plötzlich drang er mit einem brutalen Stoß in sie ein. Ein erstickter Schrei entrang sich ihrer Kehle, als sie sich in ihrem Schrecken aufbäumte, doch damit holte sie ihn nur noch tiefer in sich hinein.

Sie versuchte verzweifelt, ihre Schenkel zu schließen, doch dazu war es natürlich zu spät. Alles, was sie mit ihrer Gegenwehr erreichte, war, ihn in sich festzuhalten. Er hob den Kopf, und sie sah ihn in dem Dämmerlicht, das die Kerzen draußen in dieser Höhle schufen, auf sie hinunterstarren. Von plötzlichem Kummer überwältigt, schloß sie die Augen. Der herrliche Rausch war verflogen, und sie sah sich unversehens der harten Wirklichkeit gegenüber, spürte ihn in sich und ein Brennen, das ihr deutlich machte, daß sie nicht mehr dieselbe war.

»Eine Jungfrau!« sagte er mit gepreßter, heiserer und fassungsloser Stimme. »Bei Gott – das hatte ich nicht erwartet.«

Das glaube ich, dachte sie bitter. Natürlich hatte er nicht erwartet, daß Faustines Tochter noch unschuldig sei. Und sie hatte ihn in seiner schlechten Meinung von ihr noch bestärkt, obwohl sie nur versucht hatte, den guten Ruf ihrer Mutter wiederherzustellen. Wie töricht ...

Sie öffnete die Augen und schaute zu ihm auf. »Ich habe versucht, es Ihnen zu sagen, aber Sie wollten nichts hören.«

Er betrachtete sie nachdenklich. »Ja, vielleicht hast du das – aber nicht energisch genug. Wenn ich es gewußt hätte, wäre ich behutsamer mit dir umgegangen.«

Wenn sie den Gedanken gehegt hätte, daß die Entdeckung ihm Gewissensbisse bereitete, so wäre sie jetzt eines Besseren belehrt worden. Nach ein paar flüchtigen Worten des Trostes, begann er sich wieder in ihr zu bewegen, diesmal jedoch langsamer und nicht so heftig, aber in einem Rhythmus, der sie sehr bald ihren Schmerz vergessen ließ und das wilde Verlangen wiedererweckte, das sie kurz zuvor schon einmal empfunden hatte. Die Erregung war jetzt anders geartet, aber nicht weniger stark.

Und er begann, zärtliche Worte zu flüstern, einige in einer seltsamen, gutturalen Sprache, die sie nicht verstand, aber auch in englischer und französischer Sprache, Liebesworte und erotisch gefärbte in willkürlicher Folge, und bei jedem streifte sein heißer Atem ihre Wange und ihr Ohr. Er zeichnete sich als dunkle Silhouette gegen die Schatten ab, die über ihnen unter dem Betthimmel hingen und an den Rändern des durch den Kerzenschein geschaffenen Dämmerlichts im Innenraum des Bettes entlang der blauen Samtvorhänge waberten. Kyla fragte sich, ob es wohl immer so war, ob alle Frauen diesen unwiderstehlichen Drang verspürten, diesen undefinierbaren Punkt der Gefühle zu erreichen? War es so? War es für ihn vielleicht genauso? Empfand er vielleicht sogar die gleiche Erregung, dieses verzweifelte Bedürfnis nach mehr und noch mehr Nähe, das sie dazu trieb, ihn noch dichter an sich heranzuziehen, tiefer in sich hinein, bis der Rest der Welt in kreiselnden Nebeln versank?

Sich seinen Bewegungen anpassend, strich sie mit den Händen über seinen Rücken, spürte das Spiel seiner Muskeln und hier und da Ränder alter Narben unter den Fingerspitzen. Seine Bewegungen in ihr wurden immer schneller, und sein Atem wandelte sich zu einem flachen Keuchen, während sie sich seinen Stößen instinktiv entgegenhob und mit ihm dem gleichen Ziel entgegenstrebte.

Er liebte sie nicht, das wußte sie, und doch nannte er sie Liebste, *mon amour, mi amor,* wobei die Worte zu einer undeutlichen Litanei verschmolzen, während er sie in den Armen hielt und tiefer und tiefer in sie hineinstieß, bis ihre Erregung ein Stadium erreichte, das in seiner Intensität beinahe schmerzhaft war und sie am ganzen Körper unkontrollierbar erzittern ließ. Er grub seine Finger in ihre Hüften und stieß ein letztes Mal in sie hinein, mit einer Kraft, die ihr fast die Sinne raubte, und ein heiseres Stöhnen stieg aus den Tiefen seiner Brust auf, als er sich auf sie hinabsinken ließ.

Sie lagen eine ganze Weile regungslos da, bis er sie schließlich von seinem Gewicht befreite, sich auf die Seite legte und an sich zog. Nach einiger Zeit wurde der Arm, mit dem er sie an sich drückte, schlaff, und sein Atem langsamer und regelmäßig. Sie rührte sich nicht, trieb in einem Zustand der Entrückung zwischen zwei Welten dahin.

Es war als schwimme sie, dachte sie schläfrig, würde von den Wassern des Lethe umspült und hinuntergezogen in ewiges Vergessen, wo es keinen Tag und keine Nacht mehr gab, keinen Kummer und keine Freude – nur köstliches Nichts.

Der Morgen kam in Ridgewood auf leisen Sohlen daher, stahl sich wie ein Dieb durch die Samtvorhänge und erhellte den Innenraum des Bettes mit rücksichtsvoller Allmählichkeit, bevor er zuließ, daß sich ein Sonnenstrahl durch einen Schlitz in den schweren Fenstervorhängen bohrte und einen goldenen Strich auf den Boden malte. Er drang nicht bis in das Bett vor, sondern bewegte sich langsam über den dicken, tiefblau und dunkelgrün gemusterten Teppich.

Als Kyla erwachte, wußte sie im ersten Moment nicht, wo sie war, doch dann brach die Erinnerung über sie herein und lähmte sie. O Gott! Es war kein Alptraum gewesen, wie sie gehofft hatte – es war wirklich passiert! Er lag neben ihr auf der Bettdecke, nackt wie Gott ihn schuf, dunkelbraun und muskulös. Sie wagte einen Blick in sein Gesicht und sah die Kratzer, die ihre Fingernägel auf seiner Wange hinterlassen hatten, dünn wie von Katzenkrallen, die sich von seiner Schläfe bis zum Kinn zogen. Wunderbar! Sie wünschte, sie hätte mehr getan, mehr Spuren bei ihm hinterlassen, denn er hatte wesentliche Spuren bei ihr hinterlassen. Ihre Lippen fühlten sich wund an, und sie verspürte ein leichtes Brennen zwischen den Schenkeln. Verzweiflung schnürte ihr die Kehle zu, und sie schloß die Lider, um die aufsteigenden Tränen zurückzuhalten.

Als sie die Augen wieder öffnete, beobachtete sie die in dem Sonnenstrahl tanzenden Stäubchen. Mehr als ihre Augen wagte sie aus Furcht, ihn zu wecken, nicht zu bewegen. Wie konnte er so ruhig schlafen nach ... nach der letzten Nacht? Großer Gott! Sie mußte verrückt gewesen sein, in einem seltsamen Traum gefangen, der kein Ende zu haben schien – und jetzt war sie hier, und alles war verdorben. *Verdorben.*

Arme Tante Celeste. Sie mußte außer sich vor Sorge sein. Inzwischen hatte sich ihr, Kylas, überstürzter Aufbruch von Lady

Seftons Soiree zweifellos in ganz London herumgesprochen, und er würde als Übereinkunft zwischen einer käuflichen Frau und einem Herzog gedeutet werden und nicht, wie es der Wahrheit entsprach, als Entführung. Sie hätte schreien sollen, wie sie gedroht hatte. Aber der Klatsch hätte trotzdem geblüht, es wäre getuschelt worden, daß sie schließlich freiwillig mit ihm auf die Veranda hinausgegangen sei, und ihr zerrissenes Kleid und ihre aufgelöste Frisur zeigten ja deutlich, daß sie ihm *gestattet* habe, sie zu berühren. O ja – sie hörte es förmlich, wie sie in hochmütigem Ton, voller Befriedigung über sie richteten und in dem beruhigenden Wissen, daß es nicht ihre Tochter war, die da ihre Ehre verloren hatte …

Es war nicht gerecht, daß immer die Frauen verurteilt wurden, denn für gewöhnlich war der Mann die Ursache ihres sittlichen Verfalls. Schließlich begingen die Frauen die unmoralischen Handlungen nicht allein, oder? Nein! Immer war es ein Mann, der sie dazu verleitete oder zumindest entsprechend stimulierte. Hatte sie das nicht schon oft genug miterlebt?

Und habe ich es nicht am eigenen Leibe erlebt? dachte sie und zürnte sich selbst ein wenig, als sie sich daran erinnerte, wie sie sich tatsächlich zu Wolverton hingezogen gefühlt hatte. *Brett.* Ein kurzer, männlicher Name, die Abkürzung von Breton, seinem Taufnamen, der ihm zu Ehren seines Geburtslandes gegeben worden war. Wo hatte sie das gehört? Ah, ja – von Lady Warbritton, einer alten Schwatzbase, die aber sehr viel harmloser war als die boshaften Klatschweiber, die sich das Maul über Männer und Frauen zerrissen und ohne nachzudenken, anständige Menschen in den Schmutz zogen und ihren Ruf vernichteten, wie sie es in diesem Augenblick beim Morgentee zweifellos auch mit ihr taten. Diejenigen, die schon aufgestanden waren, zumindest. Ein Großteil von ihnen blieb im Bett, bis es Zeit war, sich für Vormittagsbesuche, einen Ausritt im Park oder einen kurzen Spaziergang zurechtzumachen, um zu sehen und gesehen zu werden.

Kutschenkleider, Abendkleider, Gartenkleider, Morgenkleider, Reitkleider, Opernkleider, Ballkleider und sogar Kleider zum Spazierengehen – jedesmal, wenn man das Haus verließ, mußte man dem jeweiligen Anlaß entsprechend gekleidet sein. In welcher Kleidung sollte *sie* das Haus verlassen? Ihr schönes, blaues Seidenkleid lag zerfetzt neben ihrer zarten Unterwäsche auf dem Boden.

Empörung schnürte ihr die Kehle zu. *Aber ich kann mich jetzt nicht mit diesem Problem beschäftigen,* dachte sie – *ich muß mir überlegen, wie es weitergehen soll. Hier in England kann ich natürlich nicht mehr bleiben. Der arme Papa Piers wäre verzweifelt, wenn er wüßte, daß seine Wünsche für mich sich nicht erfüllen werden. Was soll ich tun? Nach Indien kann ich nicht zurück – nicht, nachdem er mich weggeschickt hat, damit ich hier mein Glück finde. Und außerdem wird die Kunde von dem Skandal um mich auch irgendwann dorthin gelangen. O nein … was, wenn … aber es wird doch bestimmt niemand so grausam sein, die Geschichte Papa Piers gegenüber zu erwähnen!*

Das könnte sie nicht ertragen. Er liebte sie wie eine eigene Tochter, und sie hatte sich so oft gewünscht, es zu sein. Aber Wunschträume waren etwas Kindliches, und sie war jetzt eine erwachsene Frau. Sie mußte ihr Leben selbst in die Hand nehmen und durfte nicht zulassen, daß andere Menschen für sie darüber entschieden. Es würde nicht leicht sein. Es war viel einfacher, andere entscheiden zu lassen, vorzugeben, mit ihren Beschlüssen zufrieden zu sein – doch so war es nicht. Sie war nicht wie einige andere Mädchen damit zufrieden, eine für sie arrangierte Ehe einzugehen, ein für sie arrangiertes Leben zu führen. Nein! Das lag hinter ihr. Wie alles andere auch.

Seltsam – Wolverton hatte all ihre alten Hoffnungen zerstört, aber ihr die Möglichkeit für einen neuen Anfang gegeben. Ihr guter Ruf war dahin, ihre Jungfräulichkeit war dahin – was hatte sie jetzt noch zu verlieren? Vielleicht hatte er ihr letztendlich tatsächlich einen Gefallen getan. Es wäre ihr nie gelungen, von ihm zu bekommen, was sie wollte, gegen ihn zu gewinnen, den Namen ihrer Mutter reinzuwaschen oder ihm so viel Geld abzutrotzen, daß es als Mitgift dafür gereicht hätte, einen netten, langweiligen, jungen Mann zu heiraten, mit dem sie sich auf dem Land hätte niederlassen und Kinder großziehen und eine nichtssagende Ehe ohne Höhen und Tiefen führen können.

Sie hatte ihm einmal angekündigt, sich an den Meistbietenden zu verkaufen – und genau das hatte sie getan. Er hatte ihr höhnisch eine schriftliche Vereinbarung angeboten und sie dann auch tatsächlich zu Papier gebracht, aber die brauchte sie nicht mehr. Jetzt würde sie Bedingungen stellen, die keiner Unterschrift bedurften, denn es würden ihre eigenen sein und der jeweiligen Notwendigkeit entsprechend formuliert werden.

Vielleicht war ihre Lage gar nicht so verzweifelt, wie sie ihr im Augenblick erschien, denn sie war möglicherweise gar nicht so ungeeignet für ein solches Leben. Abgesehen von dem kurzen Schmerz hatte sie das Zusammensein mit ihm, seine Liebkosungen und seine Küsse durchaus genossen. Ja, sie könnte sich vorstellen, als seine Mätresse hierzubleiben – vor allem, falls er ihr wirklich so viel zahlen sollte, wie er ihr im Rahmen der Vereinbarung, die er auf das teuere Briefpapier gekritzelt hatte, zugesichert hatte, eine enorme Summe, viel höher als die, die sie für ihr Stillschweigen zu fordern gewagt hätte. Obwohl es sie mit Zorn und Kummer erfüllte, worum er sie gebracht hatte, hätte ihre Situation viel übler sein können. Wenn er ihrer müde würde – oder sie seiner – hätte sie genügend Geld, um in irgendeinem anderen Land ein neues, ruhiges Leben anzufangen. Vielleicht würde Tante Celeste sie besuchen, und dann könnten sie über Maman sprechen oder über die glorreichen Zeiten Frankreichs. Ja. Genauso würde sie es machen, wenn er bezahlte, was er versprochen hatte.

Alle Zweifel und das Wissen wegschiebend, daß ihr Leben in einer einzigen Nacht auf den Kopf gestellt worden war, schrak sie nicht zurück, als Brett aufwachte und mit noch halb geschlossenen Augen im Dämmerlicht, das die schweren Bettvorhänge schufen, nach ihr griff.

Er strich mit der Hand über ihr Gesicht und schlug dann die Bettdecke auf ihrer Seite zurück. Kühle Morgenluft streifte ihren nackten Körper. Trotz des sich selbst geleisteten Eides, ab sofort selbständig und erwachsen zu sein, ergriff eine Schüchternheit von ihr Besitz, die ihr Gesicht mit flammender Röte überzog. Sie mußte die Hände an ihren Seiten zu Fäusten ballen, um die Decke nicht wieder an sich zu reißen.

Ein kleines Lächeln zuckte in einem seiner Mundwinkel. »Du bist im Tageslicht genauso hübsch wie bei Kerzenschein.«

»Haben Sie etwas dagegen, Euer Gnaden?«

»So viel Förmlichkeit am frühen Morgen. Du solltest im Parlament sitzen. Allerdings bist du mir in meinem Bett lieber.«

Als sie sich dazu nicht äußerte, deckte er sie wieder zu, rollte sich herum, stieg aus dem Bett und streckte sich ausgiebig, ohne sich um seine Nacktheit zu scheren. Es sollte ihr nichts ausmachen, denn schließlich würde sie sich daran gewöhnen müssen, doch es störte sie. Sie war noch so neu, diese intime Beziehung zu einem Mann – und ein wenig beängstigend. Er strahlte eine animalische Kraft aus, als er mit geschmeidigen Schritten zu

dem bestickten Klingelzug hinüberging und einmal kurz daran zog.
Verstohlen ließ sie den Blick von seinen breiten Schultern über seine muskulöse Brust und den festen, flachen Bauch und weiter abwärts wandern. Er sah heute bedeutend ungefährlicher aus als letzte Nacht, und sie war einen Moment verwirrt, bis ihr einfiel, was ihre Patin ihr über Durchblutung im Falle der Erregung erzählt hatte und darüber, daß die Veränderungen beim Mann äußerlich sichtbar waren, während sie sich bei der Frau im Innern abspielten.
»Und das ist typisch weiblich, *ma petite*«, hatte Celeste mit einem leisen Seufzer und einem geheimnisvollen Lächeln hinzugefügt, »denn Frauen verbergen all ihre Sehnsüchte tief in ihrem Innern, damit ihnen kein Leid geschieht. Aber ein Mann – ah, der kann nicht verbergen, was er will. Also sind wir ihnen gegenüber wenigstens in einer Hinsicht im Vorteil, *n'est ce pas?*«
Ja – in diesem Fall traf das durchaus zu, denn sie könnte lernen, vor ihm zu verbergen, welche Gefühle er in ihr weckte, es ihm nur zu zeigen, wenn es ihr zum Vorteil gereichte. Ja – sie würde es lernen, denn wenn sie es nicht täte, wäre sie am Ende doch noch unterlegen.
Brett kam zum Bett zurück und schaute mit hochgezogenen Brauen auf sie hinunter. »Geht's dir gut?«
Die Frage machte sie verlegen. Sie wußte sofort worauf sie sich bezog, und während ein Teil von ihr erstaunt über seine Besorgnis war, ärgerte der andere sich darüber, daß er sie erst jetzt zeigte. Sie nickte kurz und versuchte, sich seiner Unbekümmertheit mit einer launigen Antwort anzupassen.
»Ausgezeichnet, danke. Ich habe die Nacht besser überstanden als mein armes Kleid.«
»Na, na«, spöttelte er, »nörgeln wir etwa bereits, Liebste? Von

mir aus kannst du dich völlig neu einkleiden. Laß die Rechnungen an mich schicken.«
Gekränkt über seine selbstverständliche Annahme, daß sie von ihm erwarte, ihr neue Kleider zu kaufen, öffnete sie den Mund, um ihm wütend zu erklären, daß sie genügend eigene besitze, machte ihn jedoch wieder zu, ohne etwas gesagt zu haben. Es wäre höchst unklug gewesen. Warum sollte sie sich nichts von ihm kaufen lassen? Sie hatte es sich verdient, oder nicht? Und es war eine unauffällige Möglichkeit, ihm die Grobheit heimzuzahlen, die er im Umgang mit ihr an den Tag gelegt hatte, und die unglaubliche Arroganz, die ihn zu der Überzeugung veranlaßte, sie ebenso kaufen zu können wie eine Vollblutstute.
»Ich danke Ihnen, Euer Gnaden.«
»Ich hatte gesagt, du sollst mich beim Vornamen nennen, Kyla. Es kann doch nicht so schwer sein, dir das zu merken.«
»Ja, Brett.« Sie lächelte, doch ihre Finger krallten sich in die mit Satin eingefaßte Bettdecke, und sie dachte, wie leicht es ihr fallen würde, ihn zu hassen.
Als er diesmal das Zimmer durchquerte, um erneut zu klingeln, bewegte er sich nicht geschmeidig, sondern stampfte bei jedem Schritt ungeduldig auf. Er murmelte empört, daß der Pflichteifer der Dienstboten seit seinem letzten Besuch merklich nachgelassen habe und er, so wahr ihm Gott helfe, bald wissen würde, warum. Er riß noch einmal an dem Klingelzug, diesmal so heftig, daß Kyla dachte, er würde ihn herunterreißen. Sie konnte sich gut vorstellen, wie wild das Glöckchen unten in der Küche tanzte.
Ein paar Augenblicke später wurden Schritte auf dem Korridor laut, und Brett griff gerade nach seiner Hose, als ein Klopfen die schwere Tür erzittern ließ. Das Protokoll verlangte, daß der Dienstbote vor der Tür auf die Erlaubnis einzutreten zu warten

hatte, doch sie flog auf, ehe die Befugnis dazu erteilt worden war, und Kylas Augen weiteten sich, als sie der Gestalt ansichtig wurde, die die Öffnung ausfüllte.
Ihr stockte der Atem, und das Blut gefror in ihren Adern, und wenn sie einen Schrei herausgebracht hätte, wäre davon die Tapete von der Wand gefallen. In der Tür stand ein riesiger, muskulöser Wilder mit taillenlangen, schwarzen Haaren und kupferfarbener Haut, in fransenbesetzter, mit Federn geschmückter Lederkleidung. Sie hatte bei seinem Anblick instinktiv die Dekke bis zum Kinn hochgerissen und starrte ihn, nach Luft ringend, voller Entsetzen an, während sie darauf wartete, daß Brett den Eindringling nachdrücklich maßregelte.
Aber Brett musterte ihn nur mit einer spöttisch hochgezogenen Braue. »Du bist wieder da, wie ich sehe. Wo ist Mrs. Wilson? Oder Tilly?«
»Mrs. Wilson hat gekündigt«, erwiderte der Mann gelassen, und Kyla war beeindruckt von seiner makellosen Aussprache und seinem tiefen Bariton. »Offenbar hat es ihre Gefühle verletzt, daß du dir eine junge Frau fürs Bett mitgebracht hast, ohne vorher den Segen der Kirche eingeholt zu haben. Ich habe ihr vorgeschlagen, mit dir ihre Entscheidung zu diskutieren, doch sie erklärte nachdrücklich, daß sie nicht bereit sei, sich mit dem *Teufel* auseinanderzusetzen, in welcher Gestalt er auch auftreten möge. Unter diesen Umständen hielt ich es für klug, sie ungehindert gehen zu lassen. Und da Tilly bei meinem Anblick jedesmal kreischt und sich zitternd in eine Ecke drückt, war ich gezwungen, selbst ein Frühstück für dich und deinen Gast herzurichten. Ich denke, Hirsch ist passend.
»Hüte deine Zunge!« drohte Brett, doch sein Tonfall strafte seine Worte Lügen. Er ging zu dem Tablett hinüber, auf dem noch immer das Brathühnchen und der Käse lagen, nahm eine Schei-

be Cheddar und deutete damit auf die unter dem Betthimmel kauernde Kyla. »Sie nimmt zweifellos Tee. Ich ziehe Kaffee vor. Stark und schwarz. Und schicke jemanden ins Dorf, um einen Ersatz für Mrs. Wilson zu finden – jemanden mit einer weniger empfindsamen Seele.«

Kyla entspannte sich ein wenig, dachte jedoch, daß dies der seltsamste und größte Mann war, den sie je gesehen hatte. Er sah wirklich wie ein Wilder aus und war zweifellos einer dieser amerikanischen Indianer, von denen sie gehört hatte, wenn er sich auch ganz und gar nicht so anhörte. Sein Englisch war besser als ihr eigenes, ohne jeden Akzent.

Er schaute kurz zum Bett herüber und dann wieder zu Brett und begann in einer Sprache zu sprechen, von der sie kein Wort verstand. Es klang eher wie schnelles Grunzen als Sprechen, aber Brett verstand alles offenbar einwandfrei, denn er wurde wütend und antwortete in derselben Sprache.

Der Streit – wenn es einer war – dauerte nur einen Augenblick, und dann zog der Riese sich zurück und schloß die Tür hinter sich. Brett warf die strohtrockene Käsescheibe wieder auf das Tablett und wandte sich Kyla zu. »Du hast eine beachtliche Wirkung auf Menschen – mich eingeschlossen. Nicht, daß mich das überrascht – du siehst sehr reizvoll mit den offenen, wirren Locken aus, als hättest du getan, was du getan hast. Für den Moment kannst du etwas aus meinem Fundus anziehen – ich werde so bald wie möglich nach einer Schneiderin schicken lassen.«

»Das ist nicht nötig. Ich kann ...«

»Du kannst, verdammt noch mal, tun, was ich sage, Kyla. Ich habe nicht die Absicht, dir zu gestatten, nackt herumzulaufen, obwohl die Vorstellung einen gewissen Reiz hat.«

»Ich meinte«, erwiderte sie frostig, »daß eine Schneiderin zu finden, sicherlich länger dauert, als meine Kleider holen zu lassen. Und inzwischen nehme ich Ihr Angebot, mir etwas zum Anziehen zu leihen, dankend an, denn der Gedanke, mehrere Tage in ein Bettuch gekleidet zu verbringen, gefällt mir ganz und gar nicht.«

Seine Augen wurden schmal, und er kam mit dem wiegenden Raubtiergang auf das Bett zu, der sie immer ein wenig nervös machte. Die Matratze gab nach, als er ein Knie darauf stellte und sich, rechts und links von ihr abstützend, über sie beugte. »Vielleicht gefällt mir der Gedanke, dich mehrere Tage im Bett verbringen zu sehen«, sagte er leise. »Halte meine Lösung nicht für eine Schwäche. Deine Kleider holen zu lassen, würde eine Übung in Geduld erfordern, die ich nicht habe, denn ich habe nicht die Absicht, deine Patentante mit aufgehaltener Hand vor meiner Tür stehen zu sehen.«

Kyla hätte beinahe ihren Entschluß, den Mund zu halten und auf den richtigen Augenblick zu warten, vergessen. Es kostete sie große Mühe, die scharfe Erwiderung hinunterzuschlucken, die ihr auf der Zunge lag, doch sie wußte, daß sie, wenn sie ihr Ziel erreichen wollte, in der Wahl der Mittel sorgfältig sein mußte. Kleider und Beleidigungen waren es im Moment noch nicht. Sollte er ihr ruhig Kleider kaufen und von Tante Celeste denken, was er wollte. Sie würde sogar mehrere Tage auf dem Rücken in seinem Bett verbringen, wie er es ihr angedroht hatte – aber sie würde einen Weg finden, ihm jede Kränkung heimzuzahlen, und sie würde keine davon vergessen. Keine einzige! Vielleicht hatte er einen großen Fehler damit gemacht, ihr diese Situation aufzuzwingen – sie hatte zum erstenmal in ihrem Leben das Gefühl, Macht zu besitzen.

Da er irgendeine Antwort zu erwarten schien, sagte sie das erste, was ihr einfiel: »Was die Zukunft angeht – ich trinke ebenfalls lieber Kaffee als Tee.«

Kapitel 10

Am späten Vormittag hatte es geregnet, doch jetzt tauchte sanfter Sonnenschein den Garten in mildes Licht, ließ die Tropfen auf den Strauch- und Stockrosen und dem Rittersporn wie winzige Diamanten in allen Regenbogenfarben glitzern und Kylas hellblonde Haare wie blasses, gesponnenes Gold schimmern. Sie trug eines von Arabellas alten Kleidern, das ihr ein wenig zu weit war – seine Cousine war größer und grobknochiger –, jedoch ganz gut saß, nachdem sie es unter Ihren Brüsten mit einem Band zusammengefaßt hatte. Kyla saß anmutig zurückgelehnt auf einem Stuhl neben einem in Eisen gefaßten Marmortisch, ihre Röcke fielen über die Beine und ergossen sich ins Gras, in einen schneeweißen Teich von Musselin.

Es war keine Eigenschaft, die Brett besonders an sich schätzte, doch er hatte begonnen, Kyla van Vleet mit einer Art von zynischem Amüsement zu betrachten. Freches, kleines Ding – wie lange glaubte sie, würde er sich ihre Arroganz noch gefallen lassen? Nicht mehr lange, das stand fest – obwohl er sich dabei ertappte, daß er nachsichtiger mit ihr umging, als es sonst seine Art Frauen gegenüber war, weil sie entzückend und unschuldiger war, als er gedacht hatte.

Die Illusion süßer Unschuld war noch vorhanden, doch die Realität hatte zu einem neuen Bewußtsein geführt. Offenbar führte der Verlust der Jungfräulichkeit bei manchen Frauen zu der Erkenntnis, daß sie mit einem Seufzer, einer koketten Geste oder auch nur einem züchtigen Niederschlagen der Augen und einem kleinen Lächeln, das den Eindruck vermittelte, die Wünsche des Mannes zu kennen, eine beträchtliche Macht über ihn hatten. Verdammte, lästige Begierde!

Er mochte sie begehren, aber hatte nicht die Absicht, der irritierenden Versuchung nachzugeben, die ihn drängte, sie anders zu behandeln als all die anderen Frauen, die ein kurzes Gastspiel in seinem Leben gegeben hatten – eine lange Reihe einander ähnelnder Gesichter und gierig aufgehaltener Hände, Stimmungsschwankungen und der unvermeidlichen Tränen und Beschimpfungen, wenn er ihrer ständigen Forderungen müde die Beziehung beendete. Nur eine von ihnen war anders gewesen, und die war jetzt tot. Seltsamerweise erinnerte Kyla, obwohl die beiden so verschieden wie Tag und Nacht waren, ihn an sie ... wirklich absurd, denn *sie* hatte nicht die geringste Ähnlichkeit mit der verführerischen, kleinen Abenteurerin gehabt, die zur Zeit das Bett mit ihm teilte – außer, daß auch sie noch unberührt gewesen war, als er sie nahm.

Kyla nippte, ohne von ihm Notiz zu nehmen, an einem beschlagenen Limonadenglas. Sie hatte ein Buch auf dem Schoß und schien ganz in ihre ledergebundene Lektüre vertieft. Mit dem leicht geneigten Kopf, dem Glas in den schlanken Fingern, in dem leise das Eis an die Wände klirrte, wirkte sie auf dem grünen Rasen wie ein Gemälde.

Er verließ die geflieste Terrasse und ging mit großen Schritten auf sie zu, wobei seine Pelzstiefel dunkle Spuren auf dem noch feuchten Gras hinterließen und glitzernde Wassertropfen an dem Leder hängenblieben. »Was liest du denn da, Schmuckstück?«

Ohne den Blick zu heben, murmelte sie: »*Emma* von Jane Austen – eine hübsche, kleine Geschichte, aber zu schön, um wahr zu sein, denn es wird einem vorgegaukelt, daß es die Liebe wirklich gibt.«
Amüsiert schob er den Finger in eine ihrer hellen Locken, die ihre Wange umschmeichelte. Sie hatte die Haare zu einer lokkeren Krone zusammengenommen, doch einige Strähnen waren herausgerutscht und umspielten ihr Gesicht aufs Reizendste. Jetzt schaute sie doch zu ihm auf, und er sah ein kurzes Flackern der Beunruhigung über ihre makellos modellierten Züge huschen. Es war nicht so einfach für sie, ihre Gefühle zu verbergen, wie sie gedacht hatte, denn er bemerkte die Anspannung, mit der sie auf das wartete, was er sagen oder tun würde. Er begrüßte das, denn er hatte nicht vor, so berechenbar zu werden, daß sie nach Lust und Laune mit ihm verfahren könnte.
Er fuhr mit dem Finger über ihre zarte Wange, ihre Lippen und ihr Kinn zu ihrer schlanken Kehle, die sie ihm durch ein Zurücklegen ihres Kopfes ebenso darbot wie den Anblick ihrer festen, runden Brüste, die Arabellas schlichtes, altes Musselinkleid nur zur Hälfte bedeckte. Die schattige Schlucht dazwischen lud zum Berühren ein, und er schob die Hand in das Tal, um sie zu liebkosen. Sie atmete zwar hörbar ein, protestierte jedoch nicht. Offenbar hatte sie sich zu Herzen genommen, was er ihr, als sie das letztemal aufbegehrte, in brutaler Deutlichkeit ins Gedächtnis gerufen hatte – daß er sie mit ihrem Einverständnis gekauft hatte und sie sich seinen Wünschen zu fügen hätte, bis er ihrer müde würde und die Vereinbarung aufkündigte.
Es gab Momente, in denen er ernsthaft erwartete, daß sie auf ihn losgehen würde wie an dem denkwürdigen Abend bei Lady

Sefton, doch bisher hatte sie eine bemerkenswerte Beherrschung an den Tag gelegt, obwohl diese sie offensichtlich große Mühe kostete.
Wie auch jetzt, als er im Garten mit ihren Brüsten spielte, wo jeder vorbeikommende Dienstbote die besitzergreifende Hand auf ihrer weichen Haut sehen konnte. Ihr Gesicht war mit flammender Röte übergossen, aber sie sagte kein Wort, ließ seine Zärtlichkeiten regungslos über sich ergehen. Von ihrer Teilnahmslosigkeit angestachelt und von dem Wunsch beseelt, die Leidenschaft in ihr zu wecken, zu der sie, wie er wußte, fähig war, zog er mit einem Ruck den weißen Musselin herunter und entblößte die von dunkelroten Spitzen gekrönten, herrlichen Brüste. Sie erbebte, als er die verführerische Knospe zwischen Daumen und Zeigefinger leicht hin und her zu drehen begann, und ein paar Augenblicke später schaute sie mit zornblitzenden Augen zu ihm auf.
»Möchten Sie, daß ich mich gänzlich ausziehe? Wenn Sie schon entschlossen sind, ein öffentliches Spektakel aus etwas zu machen, das eigentlich in die Verschwiegenheit eines Schlafzimmers gehört, dann können wir die Zuschauer doch auch gleich in den Genuß der gesamten Vorführung kommen lassen. Schließlich habe ich Sie als einen Menschen kennengelernt, der sich nicht mit Halbheiten zufrieden gibt.«
»Das ist wirklich originell – eine Mätresse, die es wagt, den Mann zu maßregeln, der sie für die Dienste bezahlt, die zu leisten sie sich bereit erklärt hat. Du bist mutiger, als ich dachte, Schmuckstück.«
»Und Sie sind unkultivierter, als ich dachte.«
Er lachte. »Das überrascht dich nur, weil du mich nicht besonders gut kennst.«
Sie musterte ihn eine ganze Weile mit einem seltsamen Blick

und sagte dann: »Ich kenne Sie *überhaupt* nicht – und ich glaube nicht, daß ich Sie kennenlernen möchte.«

»Daran tust du gut, das kann ich dir versichern. Beschränke dich auf die Lektüre verlogener, erfundener Geschichten – die Ehrlichkeit der Wirklichkeit könntest du nicht verkraften.«

»Die Ehrlichkeit oder die Brutalität?«

»Beides. Siehst du – es bereitet mir keinerlei Mühe, die Wahrheit zu bekennen. Ich gebe mich nicht mit Illusionen ab.«

Sie entfernte seine Hand von ihrer Brust, stand auf und ließ das in Leder gebundene Buch achtlos ins Gras fallen. »Da muß ich Ihnen ganz entschieden widersprechen, Sir, denn Sie sind ein Meister der Illusionen.

»Ach, ja?« Er lehnte sich an die schwere Marmorplatte, die auf schmiedeeisernen, ineinander verschnörkelten Weinlaub- und Efeuranken ruhte, und musterte sie spöttisch. »Erkläre mir, wie du das meinst, Schmuckstück – ich brenne darauf, deine Meinung über mich zu erfahren.«

»Sie verspotten mich – aber es ist wahr.« Die Röte ihrer Wangen ließ ihre Augen in intensivem Blau erstrahlen, drängte das zarte Grün, das ihnen oft eine so ungewöhnliche Farbe verlieh, in den Hintergrund. »All dies – das Haus, der Garten, dieser riesige Besitz und all Ihr Geld – hat nur den Zweck, darüber hinwegzutäuschen, was Sie in Wahrheit sind.«

»Und jetzt hast du natürlich vor, mir zu sagen, was ich in Wahrheit bin, nehme ich an. Du enttäuschst mich – ich hätte dich für fantasievoller gehalten.«

Sie zuckte gleichgültig mit den Schultern. »Ich habe keineswegs vor, Ihnen zu sagen, was Sie in Wahrheit sind, denn, wie ich eben bereits feststellte, *kenne* ich Sie nicht. Ich weiß nur, daß Sie ganz anders als alle hier sind, und das liegt nicht nur daran, daß Sie in Amerika aufwuchsen. Sie haben etwas ... Gefährliches.«

»Etwas Gefährliches?« wiederholte er amüsiert. »Du schmeichelst mir, Schmuckstück. Ich habe nie geahnt, daß ich gefährlich wirke.«

»Doch – Sie wissen es sehr wohl.« Sie spielte mit dem Spitzenbesatz ihres Mieders und zupfte zerstreut an dem durch die Rüschen gefädelten rosa Bändchen. »Es drückt sich in Ihren Augen aus, in der Art, wie Sie mich manchmal ansehen oder irgend jemand anderen, der Sie verärgert hat. Ich habe diesen Blick inzwischen oft genug gesehen, um ihn deuten zu können, Sie benehmen sich wie ein Aristokrat, Sie kleiden sich wie ein Aristokrat, und Sie beherrschen die gelangweilte Arroganz der Lords und Ladys der Londoner Gesellschaft, aber ich glaube, das ist alles nur eine Maskerade, um Ihr wahres Ich zu verbergen. Ja, Sir – Sie sind wirklich gefährlich.«

»Die einzigen, die mich fürchten müssen, sind Spitzenrüschen, die mich daran hindern, zwei verführerische Schätze zu betrachten, meine Süße. Da du dich hier draußen so schüchtern gebärdest, komm mit ins Haus, wo wir gemeinsam gefährlich sein können.«

Obwohl sie nicht protestierte oder sich wehrte, sah Brett sich gezwungen, ein beträchtliches Maß an Liebkosungen und Küssen aufzuwenden, bis ihre stille Duldung sich zu der ungezügelten Leidenschaft wandelte, die, wie er wußte, unter der teilnahmslosen Oberfläche schwelte. So war es jedesmal – immer lag sie anfangs regungslos, mit geschlossenen Augen und Leidensmiene in seinen Armen, doch nach einer Weile kündeten erste kleine Seufzer und Stöhnlaute von einem Sinneswandel, und schließlich gab sie ihm das, was er von ihr wollte.

Doch sie ließ keinen Zweifel daran, daß sein Anspruch sich auf ihren Körper beschränkte. Ja, sie hatte sich verändert – sich von

einem trotzigen Kind zu einer selbstbewußten Frau gewandelt, die ihm widerwillige Bewunderung abnötigte.
Sie stand ihm zur Verfügung, aber sie hatte ihren eigenen Kopf, und so fand jedesmal ein erbitterter Machtkampf statt, ehe sie schlußendlich kapitulierte und der Bibelspruch von dem willigen Geist und dem schwachen Fleisch wieder einmal seine Bestätigung fand.
Wie jetzt, als sie mit gerötetem Gesicht und unregelmäßig atmend mit verhangenem Blick aus den schneeweißen Laken zu ihm aufschaute, während er sie liebkoste und erregte, bis ihr Atem flach und keuchend ging. Er küßte sie auf die weichen, bebenden Lippen, bis sie sich ihm öffneten, bis sie seinen Kuß erwiderte, die Arme um seinen Hals schlang und ihn zu sich herunterzog. Er griff in ihre seidigen Haare und hielt ihren Kopf fest, während seine Zunge ihren Mund erforschte und er dann den seinen mit kleinen Küssen und zärtlichen Bissen über ihre Wange und ihre Kehle zu ihrem Ohr hinaufwandern ließ und sanft hineinblies, bis sie erschauerte, bis sie stöhnte. Sein Mund glitt abwärts, spielte mit ihren herrlich vollen Brüsten, und bewegte sich dann über ihren flachen, satinglatten Bauch auf die mattgoldenen Löckchen zu.
Mit einem Protestschrei richtete sie sich auf, packte ihn mit beiden Händen an den Haaren und riß ihn hoch. Er schaute mit finsterem Blick zu ihr auf und knurrte: »Au! Was, zum Teufel, tust du?«
Mit hochroten Wangen riß sie erneut an seinen Haaren. »Ich wollte Sie gerade das gleiche fragen.«
»Vielleicht ist es noch zu früh ... aber eines Tages wirst du mich darum *bitten,* das für dich zu tun, *querida* ...« Er kam wieder herauf, kniete sich über sie, nahm ihre Hände, verflocht ihre Finger miteinander, hob sie über ihren Kopf und drückte sie in

die weichen Kissen, während er seinen Körper auf sie herabsenkte und zusah, wie ihre Augen sich weiteten und sie in gespannter Erwartung die Zungenspitze herausschnellen ließ, um ihre Lippen zu befeuchten.
Erst als er mit einem schnellen Stoß in sie eindrang, gewährte sie ihm die erschauernde Hingabe, die er von ihr ersehnte, und dann hob sie sich, von kleinen Schreien begleitet, seinen Stößen entgegen und weckte mit atemlosem Drängen den Wunsch nach mehr in ihm.
Als es vorüber war und sie feucht und erschöpft unter ihm lag, hob er den Kopf und blickte schläfrig und tief befriedigt auf sie hinunter. »Du hättest schon vor langer Zeit mit diesem Angebot zu mir kommen sollen, Schmuckstück«, lächelte er, mit einer der verschwitzten Locken spielend, die ihr Gesicht in einer wirren Flut umrahmten. »Du bist jedes Pfund wert, das ich für dich bezahlt habe.«
Sie versteifte sich, und die Hand, die sie an seine Schulter gelegt hatte, ballte sich zur Faust. »Trotz der großen Summe, die Sie zu meinen Gunsten auf der Bank hinterlegt haben, bin ich nicht Ihr Eigentum«, flüsterte sie erstickt. »Sie mögen meine Zeit gekauft haben, aber mein Körper und meine Seele gehören immer noch mir.«
»Da irrst du dich, meine Süße. Die hier …«, er strich mit der Handfläche über die noch immer durch seinen Mund und seine Hände angeschwollenen Brustwarzen, »… gehören mir. Ich habe sie gekauft und für sie bezahlt, und sie sind mein.«
»Jetzt irren *Sie* sich. Sie gehören mir. Nur meine Zeit gehört Ihnen, und das auch nur, bis Sie meiner überdrüssig sind. Wann wird das sein? Bald? Werden Sie mich bald verlassen, Brett, und mir meine Freiheit wiedergeben?«
Er sah den Spott in ihren Augen und stieß einen lästerlichen

Fluch aus, rollte sich wütend von ihr herunter und stieg aus dem Bett. Sie hatte sich auf Lady Seftons Soiree nicht lange bitten lassen, mit ihm auf die Veranda hinauszugehen, und dann hatte sie sich nur solange gewehrt, wie es der Anstand gebot. Diese Art von Protest hatte er schon viele Male zuvor erlebt, und jedesmal hatte es damit geendet, daß die Frau in seinem Bett gelandet war.

»Hüte deine Zunge, sonst findet unsere Beziehung ein jähes Ende, und zwar in einer Form, die dir nicht gefallen wird. Eine Woche kann man kaum als Erfüllung unseres Vertrages gelten lassen.«

»Ziehen Sie Ihr Angebot zurück, Sir?« Es spielte zwar immer noch ein schwaches Lächeln um ihre Lippen, aber das Zittern in ihrer Stimme strafte ihren gelassenen Tonfall Lügen. »Setzen Sie mich vor die Tür, ohne mir meine Zeit zu vergüten? Das ist nicht fair.«

Auch das hatte er schon oft gehört, und er sagte schroff: »Gerade da ich zu glauben anfange, daß du vielleicht anders bist, beweist du mir das Gegenteil. Du kannst nicht erwarten, mehr zu bekommen, als du dir verdient hast.«

Sie richtete sich auf und stützte sich auf die Ellbogen, und ihre Haare, die ihr feingeschnittenes, zornrotes Gesicht umspielten, ergossen sich wie ein seidiger Schleier über ihre Brüste und ringelten sich um die rosigen Spitzen. »Wenn ich etwas erwarte, dann hängt es höchstens mit meinem Wunsch zusammen, Sie in Schach zu halten.«

»Mich in Schach zu halten? Großer Gott – ich bin doch kein Wolf oder bösartiger Hund, den man sich vom Leibe halten muß.«

»Ich denke, das kommt auf die Perspektive an, aus der man es sieht.«

Diese kurze, kühle, von einem leichten Heben ihrer Brauen begleitete Erwiderung provozierte ihn zu der bissigen Antwort: »Dann wirst du mich in den nächsten paar Tagen ja nicht vermissen. Ich fahre morgen früh nach London, um mich nach dem Erfolg des ersten öffentlichen Auftritts meiner Cousinen zu erkundigen und die Glückwünsche zum Erwerb meiner neuen Hure entgegenzunehmen. Wer weiß – vielleicht hat unser spektakulärer Aufbruch ja Interesse an deiner Person geweckt. Soll ich dir eventuelle lukrative Angebote übermitteln, *querida?* Es könnte immerhin sein, daß der Bruder des Prinzen dich reizvoll findet oder sogar der Prinz selbst. Das wäre zwar in finanzieller Hinsicht nicht lohnend für dich, da die beiden notorische Verschwender sind, aber von der gesellschaftlichen Stellung her gesehen eine wesentliche Verbesserung. Wenn ich dich satt habe, bin ich gerne bereit, dich weiterzureichen – es wäre also gut, wenn du dir über deine Zukunft Gedanken machen würdest.«
Ihr Gesicht war so blaß geworden, daß die Augen darin wie zwei funkelnde Edelsteine wirkten. Sie sagte nichts, doch wenn je in eines Menschen Blick Höllenfeuer loderte, so in Kyla van Vleets Augen.

Kapitel 11

Es war für Kylas Seelenfrieden nicht gerade förderlich, daß Brett in dieser Nacht in einem anderen Zimmer schlief und ohne sich von ihr zu verabschieden, Ridgewood verließ. Daß er ohne Gruß gegangen war, bemerkte sie erst, als sie die sich im Kies unter ihrem Fenster knirschenden Räder der Kutsche hörte! Dieses Geräusch weckte sie wie das Klirren der Pferdegeschirre und das Peitschenknallen des Kutschers. Sie sprang aus dem Bett und stürzte zum Fenster, wo sie gerade noch einen Blick auf den schwarzen, gepunzten Lederwagenkasten erhaschen konnte, ehe die Kutsche in einer Biegung hinter einer zu einem exakten Dreieck gepflanzten, hohen Buchsbaumhecke verschwand.

Wie sie da in dem frühen Licht stand, das durch die Spitzenstores hinter den schweren Samtvorhängen drang, empfand sie ein seltsames Gefühl der Verlassenheit und Verlorenheit, das sie mit Traurigkeit und Unbehagen erfüllte. Dabei sollte sie eigentlich froh sein – er war fort, und sie könnte tun, was sie wollte, müßte seine Berührungen nicht ertragen und auch seine verhaßte Stimme nicht am Morgen, wenn er sie vor Tagesanbruch mit Liebkosungen weckte, denen sie immer zu widerstehen suchte, was sie jedoch niemals lange konnte.

Sie ließ die schweren Vorhänge fallen, wodurch das Zimmer

wieder in Dämmerlicht versank. Brett hatte ihr ihre wahre Lage unmißverständlich klargemacht. Sie war sein Hure. Das war alles, was sie für ihn bedeutete, jetzt und immer, und wenn sie sich entschlösse, ihre Gunst zu teilen, würde ihn das keineswegs stören.

Sie tappte barfuß über den dicken, weichen Teppich und kletterte in das hohe Bett zurück, ließ sich in die Federkissen sinken und starrte zu dem in üppige Falten gelegten Himmel hinauf. Es war vollkommen still. Der Geruch verbrannter Kerzen und ein schwacher Brandyduft mischte sich mit dem schärferen der Holzasche im Kamin. In diesem Zimmer werde nicht mit Kohle geheizt, hatte Brett Mrs. Lynch, der neuen Haushälterin, nachdrücklich erklärt, da er den Geruch brennenden Holzes dem von etwas, das aus den Eingeweiden der Erde herausgeholt worden sei, vorziehe.

Mrs. Lynch war eine sauertöpfische, wortkarge Frau, Kyla jedoch entschieden lieber als der furchteinflößende Mann, den sie nach ihrer ersten Nacht hier – seitdem allerdings nicht mehr – gesehen hatte. Godfrey. Ein merkwürdiger Name für einen Heiden – aber Brett hatte nur gelacht, als sie diese Überlegung ihm gegenüber äußerte, und spöttisch gemeint, sie solle mit Godfrey selbst sprechen, wenn sie etwas über ihn wissen wolle. »Aber sei nicht allzu unhöflich«, hatte er ihr, eine ihrer goldenen Flechten anhebend und im Kerzenschein betrachtend, zur Vorsicht geraten. »Sonst könnte Godfrey auf den Gedanken kommen, sich diesen hübschen Skalp an seinen Gürtel zu hängen.«

Sie hatte ihm ihre Haare aus der Hand gerissen und zu ihrem Ärger nicht gänzlich ihr Erschrecken verbergen können, als sie bissig erwiderte, daß er diesen barbarischen Brauch sicherlich auch selbst praktiziert habe.

Seine Antwort hatte ihr einen kalten Schauer über den Rücken gejagt. »Aber natürlich, und das sollte dich eigentlich nicht verwundern, denn die Engländer praktizierten das Skalpieren vor der Amerikanischen Revolution selbst und zahlten ihren Soldaten beträchtliche Prämien für Skalps der Creeks und Seminoleindianer – von Männern, Frauen und sogar von Kindern. Soviel zum Thema Eingeborene.«

»Ist Godfrey das? Ein amerikanischer Eingeborener?«

»Er ist ein Native und gehört zu einem Stamm, der im westlichen Teil Nordamerikas lebt. Manche nennen sie Komantschen.« Er vollführte eine seltsame Schlängelbewegung mit der Hand und grinste. »Andere nennen sie ›die Schlangen‹. Ich überlasse es deiner Fantasie, eine Erklärung für diesen zweiten Namen zu finden.«

Es schauderte sie, und sie schloß die Augen und dachte, daß Brett viel von einem Wilden hatte. Ungezähmt. Unzivilisiert. Barbarisch …

Aber wenn sie sich Bretts andere Bemerkungen vergegenwärtigte, seine Hinweise darauf, daß die Französische Revolution kaum sanft und zivilisiert vonstatten gegangen war, daß weder die alten Römer noch selbst die Engländer bei ihren Vergeltungsschlägen gegen die Schotten und Iren zimperlich gewesen waren, mußte sie sich widerstrebend eingestehen, daß Grausamkeiten keine nationalen Grenzen zu kennen schienen. Hatte sie nicht selbst die Grausamkeiten miterlebt, die in Indien im Namen des Friedens stattfanden. Die Kolonisierung durch die Briten hatte auf beiden Seiten zu großen Verlusten und Verzweiflungstaten sowohl durch die Engländer als auch Inder geführt.

Ja, sie erinnerte sich noch an die Zeiten der Unruhe, als Richard Wellesley, der Bruder von Arthur Wellesley, des jetzigen berühmten Herzogs von Wellington, die britische Armee einsetzte, um feindlich gesinnte lokale Herrscher in Indien zu vernichten, und sein diplomatisches Geschick einsetzte, um freundlich gesinnte zu bewegen, sich der britischen Krone zu unterstellen. Sie war damals noch ein Kind gewesen, aber sie erinnerte sich daran, wie gefährlich das Leben seinerzeit gewesen war und welche Angst Maman um sie, ihre Tochter, hatte, obwohl Papa Piers ihnen versicherte, daß sie als Niederländer von keiner der beiden Seiten etwas zu befürchten hätten. Das war natürlich nicht wahr gewesen, aber für sie als Kind doch sehr beruhigend. Trotz alledem hatte sie es nicht lassen können, Brett vorzuhalten, daß es wohl kaum angebracht sei, die Greueltaten der französischen Terrorzeiten mit den primitiven amerikanischen Ureinwohnern, die in Zelten aus Tierhäuten hausten und heimtückische Überfälle auf zivilisierte Kolonisten verübten, in Verbindung zu bringen. Damit hatte sie ihn natürlich in Rage gebracht, worauf sie die einzige Waffe einsetzte, von der sie wußte, daß sie ihn damit treffen konnte: Schweigen.

Diese Art der Vergeltung schien ihn am meisten zu provozieren, und sie bediente sich ihrer nur selten, um ihr nicht die Spitze zu nehmen. Sie würde alle Waffen brauchen, die sie zusammentragen konnte, um dem nahenden Ansturm zu trotzen. Hier fühlte sie sich – noch – sicher und keiner Zensur unterworfen. Nun ja – die frühere Haushälterin hatte aus Protest gegen ihre Anwesenheit gekündigt, doch seitdem hatte sie nicht einmal die Andeutung einer Mißbilligung erfahren.

Aber jetzt war Brett fort – der Puffer zwischen dem Personal und ihr –, und sie hatte Erfahrung mit der Hierarchie der englischen Dienstbotenschicht und mit der Unerbittlichkeit, die manche von ihnen denjenigen gegenüber an den Tag legten, die in ihren Augen von dem Sockel gestürzt waren, auf den das Schicksal sie gestellt hatte.

Sie blieb in dem Bett liegen, das sie normalerweise mit Brett teilte, und wartete auf das vertraute leise Klirren von Porzellan, das von der Ankunft des Frühstücks kündete, und als sie es schließlich hörte und gleich darauf vorsichtig angeklopft wurde, setzte sie sich auf, gab die Erlaubnis zum Eintreten und zog gerade noch die Bettdecke über ihren Busen hinauf, als Susan, auf einer Hand das Tablett balancierend und mit der anderen die Tür öffnend und hinter sich wieder schließend, hereinkam.

»Guten Morgen, Miss«, sagte das junge, dunkelhaarige Mädchen fröhlich und ohne eine Spur von Verachtung oder Mißbilligung, stellte das Tablett auf einen Tisch und begann emsig mit dicken Leinenservietten und Geschirr zu hantieren. »Möchten Sie heute auch wieder Kaffee, Miss?«

»Ja, bitte.« Kyla stieg aus dem Bett und schlüpfte in einen baumwollenen Morgenmantel, der ihr derartig zu groß war, daß sie die Schärpe zweimal um ihre Taille schlingen mußte. »Ein Überbleibsel aus einem der Schränke im anderen Flügel«, hatte Brett ihr mit einem gleichgültigen Achselzucken geantwortet, als sie sich nach der Herkunft dieses Kleidungsstücks erkundigt hatte. Da sie keine neuerliche Diskussion über ihre Garderobe entfachen wollte, hatte sie das Thema nicht weiter verfolgt, aber jetzt konnte sie Susans schnellem Blick entnehmen, daß sie genau so lächerlich aussehen mußte, wie sie sich vorkam. Einen der riesigen Ärmel vorstreckend, sagte sie: »Da drin hätten leicht meine *beiden* Arme Platz.«

Susan lächelte und machte einen kleinen Knicks. »Ja, Miss – das könnte sein.« Nach einem kurzen Zögern setzte sie hinzu: »Ich möchte nicht aufdringlich erscheinen, Miss, aber meine Tante ist sehr geschickt mit Nadel und Faden. Soll ich ihr den Mantel vielleicht bringen? Sie könnte ihn für Sie ändern.«

»O ja, Susan – das wäre sehr nett. Und ich hätte auch noch einiges andere für sie zu tun – natürlich gegen eine entsprechende Bezahlung. Meine Kleider sind noch nicht ... angekommen, und darum muß ich mich vorläufig mit dem Vorhandenen behelfen.«

»Sehr wohl, Miss. Lady Arabella ist viel ... größer als Sie, und darum überrascht es mich nicht, daß ihre Kleider Ihnen nicht passen.«

»Lady Arabella – die Tochter des verstorbenen Herzogs?«

»Ja, Miss.« Susan schaute unbehaglich drein, als erwarte sie einen Tadel. »Sie ist sehr nett und sehr hübsch, aber eben ... größer.«

Diese winzig kleine Information über ihre Halbschwester weckte den Wunsch nach mehr in ihr. Kyla ging auf das Mädchen zu, nahm die Tasse, die sie ihr mit leicht zitternder Hand hinhielt, nippte daran und sah Susan über den Rand hinweg neugierig an. »Demnach kennst du Lady Arabella. Erzähl mir von ihr? Ist sie wirklich ... nett?«

Susan schaute sie ein wenig verwirrt an, bekräftigte ihre vorherige Aussage jedoch mit einem schnellen Nicken. »Ja, Miss. Sehr. Nicht so unfreundlich wie manche anderen Leute. Nicht, daß es mir etwas ausmachen würde, gescholten zu werden – ich weiß selbst, daß ich zuviel plappere und meine Pflichten zu langsam erledige, obwohl ich mich wirklich bemühe ...« Sie brach ab, schöpfte tief Atem und errötete. »Jetzt plappere ich schon wieder. Bitte, vergeben Sie mir, Miss.«

»Aber natürlich.« Kyla setzte sich an den Tisch und zupfte gedankenverloren an einem weichen, weißen Brötchen herum. Ein Schüsselchen mit stichfestem Rahm und ein kleiner Teller mit Obst – ein leichtes Frühstück, wie sie es mochte, ohne den fetten Räucherfisch oder die Nieren mit Rührei, wie Tante Celeste es jetzt bevorzugte. »Ein englisches Frühstück«, hatte sie gesagt und dabei ein wenig bedauernd gelacht, »aber ganz köst-

lich, wenn man sich erst einmal daran gewöhnt hat, sich derart mit Essen vollzustopfen, ehe man richtig angezogen ist«. Celeste nahm das Frühstück nämlich ganz informell in ihrem Schlafzimmer ein und trank grundsätzlich Tee dazu. Kylas Vorliebe für Kaffee urteilte sie als unzivilisiert ab.
Kyla bestrich ihr Brötchen mit reichlich Rahm und schaute wieder zu Susan auf, wobei sie lächelte, um dem Mädchen die innere Anspannung zu nehmen, und sich fragte, wie sie es anstellen könnte, noch mehr über ihre Halbschwestern zu erfahren, ohne zu neugierig oder befremdlich zu wirken. Es war ihr selbst unverständlich, weshalb sie überhaupt etwas wissen wollte, da umgekehrt ganz offensichtlich keinerlei Interesse bestand, aber sie konnte nicht widerstehen.
Und so unterhielt sie sich, während sie frühstückte, ganz zwanglos mit Susan, und erfuhr nach und nach kleine, menschliche Einzelheiten über Arabella, Anne, Ailsa und Anastasia, deren Vornamen alle mit ›A‹ begannen, und die altersmäßig nahe beieinanderlagen und früher häufig nach Ridgewood gekommen waren.
»Aber das war natürlich bevor ihr Vater starb und der gegenwärtige Herzog das Erbe antrat«, berichtete Susan. »Eine Weile wurde getuschelt, daß Ridgewood verkauft würde und wir uns alle anderswo Arbeit suchen müßten, und so könnte man sagen, daß der alte Herzog gerade rechtzeitig starb. O Gott – ich wollte nicht respektlos sein, Miss!«
»Schon gut, Susan – das habe ich auch nicht angenommen. Es ist ein Segen für Ridgewood, daß der gegenwärtige Herzog es vor den Gläubigern retten konnte.«
Susan nickte heftig. Es hieß in ganz London, daß er starb, um den Geldeintreibern zu entfliehen. Offenbar war ihr Vater ebensowenig in der Lage gewesen, seine Finanzen zu meistern

wie sein Privatleben. Kyla faßte sich ein Herz und fragte leichthin, als interessiere es sie gar nicht wirklich: »Bist du dem verstorbenen Herzog je begegnet, Susan?«

»O ja, Miss – mehrere Male.«

»Und was für einen Eindruck machte er auf dich?«

Susan trat unbehaglich von einem Fuß auf den anderen und erinnerte Kyla an eine Maus in der Falle, als sie verlegen zu Boden schaute. »Er war … er war freundlich, Miss, aber so still, daß man manchmal dachte, er sei … gar nicht hier.« Sie blickte mit einem leichten Stirnrunzeln auf, und in ihren ernsten, braunen Augen stand der ernsthafte Wunsch, zu helfen. »Ich möchte nicht respektlos erscheinen, Miss, aber einmal hörte ich jemanden sagen, er sei nur noch eine leere Hülle, was immer das heißen mag. Es wurde mir nicht erklärt, und ich wagte nicht zu fragen.«

Als Kyla nichts dazu sagte, sondern in ihre leere Tasse starrend über den Mann nachdachte, der ihr Vater gewesen war, mißdeutete Susan ihr Schweigen offensichtlich als Mißbilligung, denn sie stieß einen kleinen, kläglichen Laut aus und sagte, sie habe nicht so vorlaut sein wollen und ob die Lady ihr bitte vergeben würde.

Kyla hob ein wenig verblüfft den Kopf und lächelte. »Du hast mich nicht verärgert, Susan. Es ist nur … ich habe immer über den verstorbenen Herzog reden hören, aber nie die Möglichkeit gehabt, ihn kennenzulernen – und darum war ich neugierig.«

»Möchten Sie vielleicht ein Porträt von ihm sehen, Miss?« Es hängt eines im Ostflügel, in einem Zimmer, das die Herzogin – die verwitwete Herzogin – bewohnte, wenn sie hier war. Bis der Herzog aus Amerika kam – seitdem ist sie nicht mehr nach Ridgewood gekommen.«

»Es gibt ein Porträt von ihm?« Kylas Finger zitterten leicht, als sie die Kaffeetasse auf das Tablett zurückstellte. Sie stand auf

und zog die Schärpe um ihre Taille so fest an, daß sie kaum noch atmen konnte. »Ja, Susan – das würde ich sehr gerne sehen.«
Glücklich, ihr einen Gefallen tun zu können, führte Susan Kyla durch lange, mit Teppichen belegte Korridore, an riesigen Räumen vorbei, die mit wuchtigen Betten und schweren Samtvorhängen ausgestattet waren, und an goldgerahmten Gemälden, von denen in der Mode längst vergangener Tage gekleidete Gestalten auf sie herunterschauten. Waren diese Leute ihre Vorfahren? Würde sie etwas Vertrautes in einem der mit blassen Landschaften oder kunstvoll drapierter Stoffülle hinterlegten Gesichter entdecken? Sie war mit ihnen verwandt, wie Brett mit ihnen verwandt war – nur viel näher als er. Seltsam, wie ein um viele Heiratsecken Verwandter all dies erben konnte, während sie als Tochter des Vorbesitzers völlig leer ausging. Selbst der Handspiegel auf dem Frisiertisch und die Tasse vor ihr auf dem Tisch könnte sie nur so lange beanspruchen, wie der gegenwärtige Besitzer ihr seine Gunst gewährte.
Es waren schlimme Umstände, die sie als eine Fremde in dieses Haus gebracht hatten, in dem ihr Vater gegessen, geschlafen, gelesen, vielleicht sogar dann und wann in der imposanten Bibliothek eine Pfeife geraucht hatte, wo es Hunderte und Aberhunderte von ledergebundenen Folianten gab und einen großen Globus, der sich bei der leichtesten Berührung auf seinem Ständer zu drehen begann. War ihre Mutter je in diesem Raum gewesen? Hatte man Faustine den Zugang zu diesen heiligen Hallen gewährt, oder war das Stadthaus alles, was sie vom Leben ihres Mannes gesehen hatte, bevor sie so unbarmherzig daraus entfernt worden war?
Sie konnte es sich nicht vorstellen – und noch weniger konnte sie sich vorstellen, daß in einem der vielen Zimmer dieses Hauses oder auf den Gängen jemals gelacht worden war. Alle Räu-

me waren mit dunklen Möbeln eingerichtet und mit ebensolch dunklen Vorhängen versehen, die das Tageslicht aussperrten. Von außen wirkte das aus hellroten Ziegeln erbaute Haus, die die Wärme der Sonne speicherten, eindrucksvoll, aber freundlich, nicht bedrohlich und abweisend wie Ashleigh, sondern in sich geschlossen.

Als Susan vor einer schmalen Tür stehenblieb, stieg plötzlich Furcht in Kyla auf – als warte ihr Vater leibhaftig dahinter auf sie. Aber natürlich war es nur sein Porträt, das, von einer dicken, über einen hoch unter der Decke eingeschlagenen Nagel laufenden Kordel gehalten, an der Wand hing. Sie ging langsam darauf zu, und jeder Schritt war eine zitternde Offenbarung, als sie die Züge des Mannes studierte, der da mit einem schwachen, traurigen Lächeln auf sie herunterschaute. Seine Augen fesselten sie besonders, denn es war dem Maler gelungen, den Eindruck zu erwecken, daß sie einem durch den Raum folgten. Aber was sie noch mehr daran faszinierte, war ihre blaugrüne Färbung, die ihr so vertraut war, ihr jedoch plötzlich aus einem anderen Gesicht entgegenleuchtete, aus einem männlichen Gesicht anstatt aus dem ihren. Sie stand stumm, eine zitternde Hand bewegte sich nach oben, hielt inne, bevor sie die Leinwand tatsächlich berührte.

Wie dumm. Es konnte sich nicht warm anfühlen, obwohl er so lebendig wirkte, als werde er jeden Augenblick zu ihr sprechen. Was hätte er wohl gesagt, wenn sie vor seinem Tod von ihm erfahren hätte und nach England gekommen wäre, um ihn zu treffen? Hätte er sie erkannt, angenommen? Hätte er sie vielleicht unter Tränen in die Arme geschlossen – oder hätte er sich verhalten wie seine Frau und sein Cousin es getan hatten, hätte sie mit kalter Bestimmtheit zurückgestoßen?

Ihr Vater … Sie hätte ihn gerne weiter gehaßt, denn das war

leichter. Doch es lag eine solche Traurigkeit in diesem Gesicht, ein so stiller Schmerz, daß es ihr in diesem Augenblick nicht gelang, ihn zu hassen. Nicht einmal für das, was er ihrer Mutter angetan hatte.

»Das wurde gemalt, als er noch ziemlich jung war«, erklärte Susan ihr mit ehrfürchtig leiser Stimme. »Als er starb, sah er ganz anders aus, weil er krank gewesen war. Er starb im Stadthaus, und wir hatten ihn seit dem Sommer nicht mehr gesehen.«

»Er starb also im Winter.«

»Ja, Miss – am zweiten Weihnachtsfeiertag, wo die Dienstboten ihre Geschenke bekommen. Die Angestellten im Stadthaus wären deshalb beinahe leer ausgegangen, aber dann erinnerte sich der alte Reade daran, daß sie noch nichts bekommen hatten und rief sie alle zu einer hastigen Bescherung in die Küche. Meine Cousine Becky arbeitet in der Stadt – darum weiß ich das alles. Sie ist Hausmädchen und erzählt mir alle möglichen interessanten Sachen, wenn sie auf Urlaub kommt ... aber ich plappere schon wieder ...«

»Durchaus nicht – es war eine sehr interessante Geschichte, Susan.« Sie kehrte dem Bild langsam den Rücken zu, doch auch dann sah sie das Gesicht noch deutlich vor sich. Die ausgeprägten Züge, die vertrauten Augen und der traurige Ausdruck machten ihr deutlich, worauf sie hatte verzichten müssen. Ja, dieser Verzicht wog sehr viel schwerer als der auf Geld oder Rechte oder sonst etwas. Sie war um ihren Vater betrogen worden – und um Schwestern. Und jetzt war es zu spät, um noch etwas daran ändern zu können – zu spät für *alles*. Jetzt hätte sie, selbst wenn sie nach London zurückkehren könnte, mit ihrem Anspruch wohl kaum mehr als ein verächtliches Lachen vom Magistrat zu erwarten.

Die Ehrlichkeit zwang sie dazu, sich einzugestehen, daß ihre

Chancen von Anfang an nur gering gewesen waren – doch nun konnte sie sich in ihrem Scheitern nicht einmal mehr auf ihren guten Ruf stützen. Es war ihr alles genommen, es gab nur noch einen Weg für sie – den Weg, den Brett ihr eröffnet hatte, als er sie nach Ridgewood mitnahm.

Als sie später mit einem unbeachtet auf ihrem Schoß liegenden Buch im Garten saß – sie hatte nicht genügend Konzentration aufbringen können, um zu erfassen, was sie las –, kam Kyla zu dem Schluß, daß sie England verlassen müßte. Aber wo sollte sie hin? Und wie sollte sie dorthin gelangen? Wenn sie sich nicht wirklich zu den Frauen gesellen wollte, die ihr Leben damit fristeten, daß sie von einem Beschützer zum nächsten wanderten, hätte sie hier keine Zukunft – und dazu könnte sie sich nicht überwinden. Sie konnte nicht ertragen, darüber nachzudenken, wohin das führen würde, mit welchen Blicken die Leute sie mustern würden und welchem Spiegelbild sie sich nach einer Weile gegenübersähe. Und irgendwann würde sie allein und vergessen enden, in einem trostlosen Elendsquartier, mit nichts als ihren Träumen von einer glücklichen Zukunft.

Spanien käme in Frage, oder sogar Frankreich, nachdem Napoleon erneut gefangengenommen und nach St. Helena gebracht worden war. In Frankreich wurden Frauen, die mehrere Liebhaber hatten, nicht so scheel angesehen. Vielleicht würde Tante Celeste sie begleiten. Sie könnten auf dem Land wohnen, in einem hübschen kleinen Château inmitten von Weinbergen, auf die die Sonne herunterbrannte, wo es schön und warm war, anstatt kalt und feucht. Und vielleicht, wenn sie genügend Geld zusammenbekäme, könnte sogar Papa Piers bei ihnen leben, wenn er das wollte, zumal es fast so warm war wie in Indien. Ja, das wäre eine wunderbare Lösung – aber nur, wenn Wolverton ihr so viel zahlte, wie er versprochen hatte. Wenn sie ihn jetzt verließe, würde er ihr keinen einzigen Penny geben, wie er ihr unmißverständlich erklärt hatte.

Sie legte den Kopf in den Nacken und schaute zu den ineinander verwobenen Ästen der stattlichen Eichen hinauf, die schon seit hundert Jahren oder länger hier standen und den Garten beschatteten. Vereinzelte Statuen schmückten den gepflegten Rasen, und Wasser plätscherte aus Brunnensäulen in steinerne Becken oder wurde in hohem Bogen von kunstvoll gemeißelten Fischen oder Meerjungfrauen hineingespuckt. Es war an sich ein ungemein beruhigendes Geräusch, doch heute verfehlte es seine Wirkung auf Kyla.

Was könnte es schaden, wenn sie den mit Brett geschlossenen Vertrag erfüllte? Wenn die Gerüchte stimmten, dann behielt er seine Mätressen nie lange, ersetzte sie bald durch eine Nachfolgerin. Es müßte doch möglich sein, die Zeit mit ihm um des Geldes willen durchzustehen. Schließlich hatte sie nichts mehr zu verlieren – was sie sich immer wieder vor Augen hielt, wenn sie in Verzweiflung darüber zu versinken drohte, wie alles hätte werden sollen und nicht geworden war – aber alles zu gewinnen. Sie würde unabhängig sein, könnte nach Frankreich gehen und sich Liebhaber nehmen, wenn sie wollte – oder sich vielleicht sogar einen Ehemann suchen.

Zunächst mußte sie jedoch aus ihren Gedanken verbannen, was er ihr alles angetan hatte, denn es war völlig fruchtlos, darüber nachzudenken. Und es würde auch nichts helfen, über die seltsame Sehnsucht nachzudenken, die sie manchmal empfand, wenn sie ihn ansah. Oder ergründen zu wollen, warum sie jedesmal innerlich erbebte, wenn er sie anschaute oder berührte. Und wie es dazu kam, daß sie ihn in ihren gelegentlichen Träumen von ihm ganz anders erlebte als in Wirklichkeit – als liege ihm etwas an ihr, als liebe er sie …

Sie schloß die Augen, sperrte das grüne Netzwerk über ihrem Kopf aus ihrer Wahrnehmung aus und konzentrierte sich ganz auf das beruhigende Vogelgezwitscher und das leise Geplätscher in einem nahestehenden Brunnen. Ein süßer Blütenduft schwängerte die Luft, und sie versuchte ihn einzuordnen. War es Jasmin? Nein – dafür war es noch zu früh. Die Tage waren zwar schon warm, die Nächte aber noch kalt. Vielleicht war es ein Liguster mit seinen Dolden winziger Blüten, die einen so lieblichen Duft verströmten …

»Entschuldigen Sie, Miss …«

Die tiefe Stimme riß sie aus ihrer Träumerei, und sie richtete sich so abrupt auf, daß das Buch von ihrem Schoß ins Gras fiel. Mit großen Augen schaute sie zu Godfrey auf, der wie ein Baum vor ihr aufragte und mit ausdruckslosem Gesicht auf sie herunterblickte. »J… ja? Was gibt es?«

Wenn er ihre Nervosität bemerkte – und wie hätte er sie *nicht* bemerken können? – so äußerte er sich nicht dazu. Er verbeugte sich höflich, und sie registrierte, daß er rehbraune Hosen, ein weißes Hemd und eine Brokatweste trug, was in einem grotesken Gegensatz zu seinen langen Haaren stand, die er heute zu einem über seinen Rücken herabhängenden Zopf geflochten hatte.

»Möchten Sie den Tee hier draußen nehmen oder lieber im Salon, Miss?«

»Im … im Salon, danke. Ist es schon so spät? Ich habe es gar nicht bemerkt … es ist ein so schöner Tag.« Die Worte sprudelten ebenso aus ihr heraus wie heute morgen aus Susan, unbedacht und nichtssagend, aber sie konnte sie nicht zurückhalten. »Erstaunlich warm für die Jahreszeit … aber das kann ich eigentlich gar nicht beurteilen, weil ich den englischen Frühling nicht kenne. Sie?«

»Es ist mein zweiter seit meiner Kinderzeit. Ich finde ihn recht angenehm, obwohl er verglichen mit dem zu Hause ziemlich feucht ist.«

»Zu Hause – damit meinen Sie Amerika.«

Er nickte. Seine schwarzen Augen absorbierten das Sonnenlicht, das ihm ins Gesicht schien. Trotz seines ehrerbietigen Gebarens wirkte er eher wie ein Herr als wie ein Diener. »Ja. Es ist völlig anders. Wir haben weite, kahle Ebenen dort, doch selbst, wo nichts wächst, herrscht eine große Farbenvielfalt. Es gibt Felsformationen, die aussehen, als hätte sie jemand angemalt, und Kakteen, die trotz ihrer spitzen, in alle Richtungen abstehenden Stacheln, wunderschöne Blüten haben.«

Kylas Anspannung wich. Sie stand auf, strich mit der einen Hand ihren Rock glatt und nahm mit der anderen das Buch entgegen, das er aufgehoben hatte und ihr mit einer schwungvollen Geste reichte. »Danke ... Godfrey. Darf ich Sie so nennen?«

»Wenn Sie möchten.«

»Aber es ist sicher nicht Ihr richtiger Name.«

Die Andeutung eines Lächelns umspielte einen Winkel seines wie aus Stein gemeißelten Mundes. »Nein, das ist er nicht.«

»Wäre es sehr dreist, wenn ich Sie nach Ihrem richtigen Namen fragen würde?«

»Nein – aber ich bezweifle, daß Sie ihn verstehen könnten, wenn ich ihn in meiner Muttersprache wiedergeben würde.«

»Ah – das war die Sprache, in der Sie an meinem ersten Morgen hier mit Brett sprachen.«

Sein Blick wurde ein weniger schärfer, als sie bei der Erwähnung ihres ersten Morgens ins Stottern geriet und errötete, doch er nickte, als habe er es nicht bemerkt. »Ja. *Isawura.* Das heißt in Ihrer Sprache Verrückter Bär.«

»Warum haben Sie ihn geändert?«

»Ich ging gemeinsam mit Brett in England zur Schule, und für die englischen Lehrer war es zu schwierig, meinen indianischen Namen auszusprechen. Also änderten sie ihn in einen englischen, den sie als passender erachteten. Er gefiel mir, weil das Stammwort darin ›God‹ ist, was mich immer an die guten Patres erinnert, die sich um mich kümmerten, als ich noch ein kleines Kind war. Soll ich Sie jetzt ins Haus begleiten?«
Sie nahm den Arm, den er ihr bot, fühlte sich zwar ein wenig merkwürdig neben diesem Riesen mit dem Gesicht eines Wilden und den Manieren eines Gentleman, fand seine Erscheinung jedoch recht ansprechend. Er leistete ihr im Salon Gesellschaft, und als sie auf Indien zu sprechen kam, erzählte er ihr, daß er sich schon lange wünschte, dieses Land einmal zu besuchen und Jagd auf die verschiedenen wilden Tiere zu machen, die es dort gab.
»Ich sehe mich auf einem Elefanten reiten und von einer vergoldeten Sattelsänfte mit seidenem Sonnendach aus, wie die indischen Prinzen sie haben, auf Panther schießen. Wie seltsam, daß Kolumbus Amerika für Indien hielt. Wir haben keinen einzigen Elefanten dort zu bieten, aber dafür Büffel, deren Herden so groß sein können, daß man nicht sehen kann, wo sie anfangen und aufhören. Es sind auch recht eindrucksvolle Tiere, aber nicht so imposant wie Elefanten.«
Sie lachte leise. Ihre anfängliche Furcht vor ihm war verschwunden, hatte sich angesichts seiner kurzweiligen Erzählungen und seiner natürlichen Art buchstäblich in Wohlgefallen aufgelöst, und plötzlich konnte sie gar nicht mehr verstehen, daß sie ihn noch vor kurzer Zeit als bedrohlich empfunden hatte. Natürlich war sie an ihrem ersten Morgen hier nach allem, was ihr seit dem Abend zuvor widerfahren war, ohnehin noch verängstigt gewesen. Doch jetzt genoß sie das Zusam-

mensein mit Godfrey ausgesprochen. Er war gebildet und amüsant und hätte, wäre er keine so exotische Erscheinung gewesen, in jedem Londoner Salon bestehen können.
»Warum sind Sie nicht in London?« fragte sie, von dieser Überlegung veranlaßt. »Die Galerien und Museen müßten Sie doch interessieren.«
»Die habe ich alle längst besucht.«
»Bleiben Sie hier draußen, weil Sie ... anders aussehen?« Sie errötete und lachte verlegen. »Ich hoffe, ich habe Sie nicht beleidigt. Sie wissen ja sicher selbst, daß Sie mit Ihren langen Haaren, ob Sie sie nun offen oder zum Zopf geflochten tragen, einen ungewöhnlichen Anblick bieten.«
Er lächelte. »Als Junge trug ich sie in einer weniger auffälligen Art, doch jetzt bin ich ein Mann und trage sie in der Art, die mir gefällt. Sie erinnert mich an meine Heimat und an meine Familie. Brett stört es nicht, und so kann ich herumlaufen, wie ich will, auch wenn ich in der Öffentlichkeit einiges Aufsehen und Befremden errege.« Er zuckte leicht mit seinen mächtigen Schultern. »Hier draußen fühle ich mich wohler. Ich kann in den Wäldern jagen, im Freien übernachten, zum Sternenhimmel hinaufschauen und dem Lied des Windes lauschen, der durch die Bäume streicht.«
»Sie klingen, als ob Sie Ihre Heimat und Ihre Familie sehr vermissen.«
»Meine Heimat ja – aber eine Familie habe ich nicht mehr. Sie sind alle tot.«
Die Sonne war im Sinken begriffen, und Kyla fröstelte, als die ersten Schatten durch die Fenster hereinkrochen, und sie wikkelte sich in ein Umschlagtuch. Die Lampen im Haus wurden angezündet und verbreiteten behagliches Licht.
»Ich weiß, wie es ist, keine Familie mehr zu haben«, sagte sie

nach einem Moment. »Meine Mutter ist tot, und meinen Vater habe ich nie gekannt.«

»Edward Riverton.« Als sie überrascht aufschaute, nickte er. »Ich weiß es natürlich. Aber selbst, wenn ich es nicht bereits gehört hätte, wäre es mir bei unserer ersten Begegnung klar geworden: Sie haben die Augen Ihres Vaters, Miss van Vleet.«

Ihre Kehle war plötzlich wie zugeschnürt, und sie schaute weg. Wie konnte es sein, daß er es auf den ersten Blick erkannte, Brett es jedoch bestritt? Und die verwitwete Herzogin. Konnten sie ihre Ähnlichkeit mit ihm nicht sehen? Nein – sie *wollten* sie nicht sehen.

»Ich habe vor, am Mittwoch auszureiten«, sagte Godfrey. »Können Sie reiten, Miss van Vleet?«

»Ja, natürlich – aber meinen Sie nicht, daß der Herzog etwas dagegen hat ...« Sie brach ab, weil sie nicht aussprechen wollte, daß es Dienstboten üblicherweise nicht gestattet war, sich nach Belieben des Pferdebestandes der Herrschaft zu bedienen, aber Godfrey verstand offenbar, was sie meinte, denn er schüttelte lächelnd den Kopf.

»Brett und ich sind Freunde. Wenn ich ihn bediene, dann als Freund, nicht als Dienstbote. Das ist eine lange Geschichte – vielleicht erzähle ich sie Ihnen eines Tages. Morgen kommt die Schneiderin, und wenn ich es richtig verstanden habe, dann wird sie einige Kleider für Sie mitbringen, die nur noch einiger kleiner Änderungen bedürfen. Die müßten genügen, bis die von Ihnen dann bestellten angefertigt und geliefert werden. Ich werde darauf bestehen, daß ein Reitkleid unter den ersten fertiggestellten ist.«

»Dann werde ich gerne mit Ihnen ausreiten, Sir, wenn ich auch befürchte, daß der Herzog nicht besonders angetan davon sein wird.«

Solange Sie mit mir zusammen sind, wird Brett keine Einwände haben.«

Godfrey verbeugte sich leicht, murmelte einen Abschiedsgruß und ließ sie in dem rasch schwindenden Tageslicht allein. Ein höchst rätselhafter Mann. Während sie in die Flammen des prasselnden Feuers schaute, kam ihr der Gedanke, daß Godfrey viel zivilisierter war als der Herzog. Wie merkwürdig. In diesem Fall trog der äußere Schein ganz entschieden.

Celeste du Bois saß mit derart ineinander verkrampften Händen da, daß die Knöchel weiß hervortraten. Wie konnte er es *wagen!* Sie preßte die Lippen aufeinander, um den Protest und die drastischen Beschimpfungen zurückzuhalten, die ihr auf der Zunge lagen.

Der Herzog lehnte, einen Ellbogen auf den Sims gestützt, wie ein zum Angriff auf die Beute bereiter Tiger am Kamin, während er seine Besucherin mit feindseligen Augen musterte.

»Lady du Bois – wie ich Ihnen bereits sagte, ist Ihre Patentochter aus freien Stücken mit mir gegangen. Was auch immer Sie gehört haben mögen – ich habe kein schreiendes und wild strampelndes, hilfloses Bündel in meine Kutsche geschleppt.«

»Man muß nicht unbedingt mit körperlicher Gewalt in eine Situation gebracht werden, die einem widerstrebt, Euer Gnaden. Sie verstehen sicherlich, was ich damit sagen will«, entgegnete Celeste steif. »Ich bin gekommen, um Sie zu bitten, Kyla freizulassen.«

»Kyla ist ein erwachsener Mensch. Wenn Sie zu Ihnen zurückkehren möchte, kann sie das selbstverständlich tun. Ich halte Sie nicht als Gefangene.« Mit einem spöttischen Blick fügte er hinzu: »Sie hat, einer Übereinkunft zwischen uns entsprechend, eigenes Geld – und ihren freien Willen. Wenn sie sich entschließen sollte, auf meinen Schutz zu verzichten, so kann sie das jederzeit tun – womit sie dann allerdings den Anspruch auf den Rest der ihr von mir angebotenen Summe verwirkt hätte. Doch es bliebe ihr trotzdem ein erklecklicher Betrag, über den sie frei verfügen könnte. Wo also liegt das Problem?«

»Das Problem«, erwiderte Celeste, nur mühsam ihren Zorn bezähmend, »ist der nicht abzuschätzende Schaden, den Sie Kyla damit zugefügt haben, daß Sie sie ... überredeten ... den Ball mit Ihnen zu verlassen.«

»Ich verstehe. Es wäre ihr lieber gewesen, wenn wir uns unauffällig davongestohlen hätten – aber das wäre nicht in meinem Sinn gewesen.«

»Das habe ich gemerkt«, gab Celeste trocken zurück und setzte nach einen Augenblick, in dem sie sich ihre Worte sorgfältig zurechtlegte, hinzu: »Wurde Ihre Entscheidung, die neuen Lebensumstände meiner Patentochter aller Welt kundzutun, möglicherweise durch ihre Bestrebungen beeinflußt, den guten Ruf ihrer Mutter wiederherzustellen?«

»Der Name ihrer Mutter könnte mit aller in England verfügbaren Farbe nicht schöngefärbt werden, und das wissen Sie.« Seine brutale Entgegnung empörte sie, und ihre Augen wurden schmal. »Faustine war eine bezahlte Kurtisane – und das ist eine freundliche Bezeichnung. Was hatten Sie beide erwartet? Daß ich mich mir nichts, dir nichts erpressen lassen würde? Kyla hat Glück, daß ich sie anziehend finde – sonst würde sie noch immer vergeblich versuchen, Geld aus mir herauszuholen.«

Celeste zog wütend die Luft durch die Nase ein und erhob sich abrupt. »Ihre Behauptung ist eine Beleidigung, Euer Gnaden. Ich finde es ungeheuerlich, daß Sie den Wunsch, Wiedergutmachung für ein vor langer Zeit begangenes Unrecht zu erfahren, als Erpressung hinstellen. *Bon Dieu!* Ist Ihr Leben so beispielhaft verlaufen, daß Sie kein Quentchen Mitgefühl für Menschen aufbringen können, die das Schicksal ungerecht behandelt hat? Gibt es nichts, was Sie bekümmert?«

»Wenn es so wäre, würde ich es ganz sicher nicht an die Öffentlichkeit tragen, und schon gar nicht, um mich dadurch finanziell zu bereichern.«

Er stieß sich vom Kaminsims ab, und Celeste dachte wieder einmal, wie gefährlich er trotz seiner eleganten Kleider und des kostbar möblierten, vornehmen Stadthauses wirkte. Sie war nicht leicht einzuschüchtern, aber Breton Banning, dachte sie mit einer Mischung aus Verzweiflung und Trotz, hatte etwas extrem Einschüchterndes. Dennoch gab sie nicht klein bei, sondern hielt seinem Blick äußerlich gelassen stand.

»Sie können sagen, was Sie wollen, Euer Gnaden – Kyla ist nicht die Verbrecherin, als die Sie sie hinstellen. Nein. Sie ist jung und äußerst empfindlich, was Ungerechtigkeiten betrifft, aber ihr Versuch, Satisfaktion für diese spezielle Ungerechtigkeit zu erlangen, hatte nicht das geringste mit Habgier zu tun. Es ging ihr nicht um das Geld an sich – mir schon, denn ich weiß, was das Leben kostet –, sondern darum, die Leiden ihrer armen Maman zu ahnden. Ihr Cousin war ein schlechter Mensch, das können Sie nicht leugnen.«

»Ich habe nicht die Absicht, es zu leugnen. Ich kannte ihn zwar kaum, aber doch gut genug, um zu wissen, daß er kein nobler Charakter war, was mich allerdings herzlich wenig interessiert. Mir geht es allein um die Fragwürdigkeit der Gültigkeit dieser Ehe, und nur dazu habe ich mich geäußert.« Er schaute leicht stirnrunzelnd mit seinen kühlen, grauen Augen auf sie hinunter und sagte dann in etwas sanfterem Ton: »Ich weiß, wieviel Kyla Ihnen bedeutet. Ich habe Ihr kein Leid angetan, und wenn wir uns irgendwann trennen, werde ich dafür sorgen, daß sie mehr Geld hat, als sie braucht.«

Celeste blickte unglücklich drein. »Aber Sie werden Ihr nicht geben, was sie sich am meisten wünscht, Euer Gnaden. Vor diesem ... Vorfall ... hatte sie die Chance, ihr Glück bei einem Ehemann zu finden, Kinder mit ihm zu bekommen und das beschauliche Leben zu führen, nach dem sie sich schon so lange sehnt. Sie wollte sich verlieben und heiraten. Aber wer würde sie jetzt noch heiraten? Ganz sicher keiner der sogenannten wohlanständigen Gentlemen – nicht nach dem, was Sie ihr angetan haben. Jetzt ist sie dazu verdammt, für den Rest ihrer Tage irgendeines Mannes Mätresse zu sein. Sie haben sie ihrer Würde und jeder Hoffnung auf ein häusliches Glück beraubt, Euer Gnaden. Nun muß sie auch noch diesen Traum begraben.«

»Sie zu Ihnen zurückzuschicken, würde daran nichts ändern«, gab er mit harter Stimme und kalten Augen zurück, doch das kaum wahrnehmbare Zucken eines Wangenmuskels verriet, daß sie irgendein Gefühl in ihm wachgerufen hatte. Durfte sie zu hoffen wagen, daß es Bedauern war?

»Sie sagen es, Euer Gnaden. Ich hatte gehofft, Sie veranlassen zu können, ehrenhaft zu handeln, aber ich sehe, daß ich mich umsonst hierher bemüht habe.«

»Es wäre meiner Meinung nach nicht besonders ehrenhaft, den mit ihr geschlossenen Vertrag jetzt zu kündigen und sie damit um das Geld zu bringen, das ich ihr zugesagt habe. Indem ich sie bei mir behalte, gebe ich ihr zumindest die Gelegenheit, sich eine finanziell gesicherte Zukunft zu verdienen.«

Celeste schaute ihm fest in die Augen und faßte sich ein Herz. »Wären Sie auch so ehrenhaft, sie zu heiraten, Euer Gnaden? Sie, indem Sie ihr Ihren Namen gäben, zu rehabilitieren und abzusichern?«

Sein im ersten Moment fassungsloser Blick wandelte sich in Ablehnung. »Ich habe nicht die Absicht, zu heiraten.«
»Unsinn! Natürlich werden Sie irgendwann heiraten – wo sollten sonst die Erben herkommen, denen Sie eines Tages Ihren Namen und Titel hinterlassen werden?«
»Es wird Sie vielleicht überraschen, meine verehrte Lady du Bois – aber ich schere mich keinen Deut um diesen Titel, und den Namen habe ich nur angenommen. Ich bin hier, weil es der Wunsch meines Vaters war und ich ihm am Totenbett versprochen habe, diesem Wunsch zu entsprechen. Wenn es nach mir gegangen wäre, hätte England mich nicht wiedergesehen.«
»Ja, das habe ich schon gehört«, nickte sie mit einem feinen Lächeln. »Aber finden Sie es gerechtfertigt, daß Sie, nur weil Sie keine Lust verspüren zu heiraten, meine Patentochter um diese Gelegenheit zu bringen? Genau das haben Sie getan.«
»Ungeachtet dessen, wie Sie darüber denken mögen, habe ich ihr die Entscheidung, mit mir zu gehen, nicht aufgezwungen. Ich gebe zu, daß ich mein Bestes getan habe, um sie dahingehend zu beeinflussen, aber sie hätte mir durchaus einen Korb geben und ihrer Wege gehen können. Doch sie entschloß sich, mich zu begleiten, und damit war ihr Schicksal besiegelt.«
»Es würde mich brennend interessieren, Kylas Version dieser Geschichte zu hören!« Celeste zerrte wütend an ihren Handschuhen. *Merde!* Dieser Mensch hat doch auf alles eine Antwort, dachte sie. Wie kann ich Kyla helfen, wenn er in dieser Angelegenheit jegliche Schuld von sich weist?
Sie durchbohrte den Herzog mit einem finsteren Blick. »Ich nehme an, Sie werden nicht zulassen, daß ich meine Patentochter auf Ihrem Landsitz besuche ...«
Ein kleines Lächeln zuckte in Wolvertons Mundwinkeln. Er nahm sie am Arm und drehte sie mit sanfter Nachdrücklichkeit

in Richtung der Salontür – ein unmißverständlicher Hinweis darauf, daß er ihre Unterhaltung als beendet betrachtete und sie zum Gehen aufforderte. »Sie werden bald Gelegenheit haben, Kylas Version zu hören, Lady du Bois, denn ich beabsichtige, sie nächste Woche nach London mitzubringen. Es ist an der Zeit, den Gerüchten, daß ich sie entführt habe und gegen ihren Willen festhalte, ein Ende zu bereiten.«

An der Tür drehte Celeste sich mit leise über den Marmorboden schabenden Sohlen ihrer eleganten Schuhe noch einmal zu ihm um. »Ich hoffe um Kylas willen, daß Sie ihr nicht noch mehr Schmach zufügen werden, als Sie ihr bereits angetan haben, Euer Gnaden.«

»Das, Mylady, überlasse ich allein ihr.«

Das Gespräch war nicht gerade ermutigend verlaufen, und Celeste sorgte sich den ganzen Heimweg über, daß Kyla ihre Situation selbst noch verschlimmern könnte. Sie würde ihr sofort schreiben, einen ausführlichen Brief, in dem sie sie zur Vorsicht mahnte. Aber sie würde ihn mit Bedacht formulieren müssen, durfte nichts schreiben, was der Herzog als Beleidigung auffassen könnte, falls der Brief ihm in die Hände fiele. Es bestand zwar nur eine verschwindend geringe Hoffnung, daß er Zuneigung für Kyla empfand, doch gänzlich auszuschließen war es nicht. Ach, wenn die Verhältnisse in England doch nur denen in Frankreich ähnlicher wären, wo es nicht als so skandalös angesehen wurde, wenn eine Frau Liebhaber hatte. Dort zerstörte eine gewisse Leichtlebigkeit den Ruf einer Frau nicht, sondern machte sie interessanter.

Aber sie waren nun einmal nicht in Frankreich, und Kyla mußte einen Weg finden, den Schaden, den Wolverton ihr zugefügt hatte, zumindest zu verringern.

Es *mußte* eine Möglichkeit geben.

Teil 2

Ridgewood Manor, England Mai 1816

Kapitel 12

Die Schneiderin erschien wie versprochen und hatte zwei Tage später mehrere Ausstattungen parat. Kyla schlüpfte in das Reitkleid aus dunkelblauem Samt und musterte sich in dem hohen, ovalen Spiegel, der in der Ecke beweglich in einem Eichenrahmen hing. Es paßte wie angegossen. Das langärmelige Oberteil unter dem kurzen Jäckchen lag eng an, der vorne aufspringende Rock war mit einem weichfallenden Stoff gefüttert, der ihre Knöchel aufs anmutigste umspielte, die weiße Bluse schmückte ein Spitzenjabot. Stiefel und Hut – gleichzeitig von ihr beim Schuhmacher und der Putzmacherin bestellt, damit alles am selben Tag geliefert würde – vervollständigten das Bild.

Brett war noch nicht aus London zurückgekehrt, und Kyla schob die Überlegung, was er dort wohl tun mochte, beiseite, als sie sich auf der Freitreppe vor dem Haus mit Godfrey zu ihrem geplanten, gemeinsamen Ausritt traf. Es war noch früher Morgen, und Tautropfen glitzerten an den frischen Grashalmen wie achtlos hingestreute Diamanten auf einem smaragdgrünen Teppich. Die Luft duftete frisch, und Kyla atmete sie tief ein und lächelte zu Godfrey auf, als er ihr wieder einmal seinen Arm bot.

»Die Dienstboten werden zu tuscheln anfangen, Sir«, sagte sie mit einem leisen Lachen, und er grinste.

»Das sollte Brett zu denken geben, wenn er aus London zurückkommt. Vielleicht wird er es sich dann überlegen, ob er klug ist, so lange in der Stadt zu bleiben, wenn hier draußen eine schöne Frau auf ihn wartet.«

Er ließ nie ein Wort über ihren tatsächlichen Status in diesem Haus fallen, und sie war ihm dankbar dafür. Ob Brett entsprechende Anweisungen gegeben hatte oder Godfrey – seit Mrs. Wilson ihre Stellung als Haushälterin aus moralischer Entrüstung zur Verfügung gestellt hatte, war keiner der Bediensteten ihr je mit Verachtung oder Mißbilligung begegnet.

Bald saßen sie auf schönen, lebhaften Pferden und kanterten den Hügelkamm hinter den Stallungen entlang. So weit das Auge reichte, erstreckten sich dunkle, mit hellgrünen Lichtungen durchsetzte und von schmalen Pfaden durchzogene Wälder, über denen sich, mit vor dem Wind segelnden, leuchtend weißen Schäfchenwolken gesprenkelt, ein hoher blauer Himmel spannte. Sie trieben die Pferde zum Galopp an und zügelten sie erst wieder, als sie zu einem schmalen Weg kamen, der in den Wald hineinführte und dem sie gemächlich im Schritt folgten.

Godfrey ritt ohne Sattel und Steigbügel, als sei er mit dem Pferd verwachsen. Kyla litt unter der unbequemen Haltung, die der Damensattel ihr aufzwang. Sie beneidete Godfrey um seine Beinfreiheit und sagte es ihm.

Er lachte. »Bei uns reiten die Frauen genauso wie wir. Es ist viel praktischer. Aber natürlich lernen sie es schon als ganz kleine Kinder.«

»Das klingt völlig anders, als ich es mir vorgestellt hatte. In Indien, wo ich einen Großteil meiner Kindheit verbrachte, gibt es extreme Standesunterschiede. Wer nicht zu einer der vier Kasten gehört, wird wie Luft behandelt. Diese Leute werden ›die Unberührbaren‹ genannt und gelten als unrein.«

»Nur vier Kasten? In Amerika gibt es viele verschiedene Kasten, nur werden sie dort als Stämme bezeichnet. Ich bin Komantsche, aber das ist nur der Oberbegriff für mein Volk, das in viele Gruppen unterteilt ist. Einige leben in anderen Gegenden, haben ihre eigenen Gesetze und einander befehdenden Clans. Vier Kasten erscheinen mir sehr wenig.«

»Oh – das sind ja nur die vier Hauptkasten. Sehen wir mal ... da sind die *Brahmanen* – die Priesterkaste, die *Kshatriya* – die Kriegerkaste, die *Vaishya,* die Händler- und Bauernkaste, und die *Sudra* – die Arbeiterkaste. Und diese vier sind, entsprechend den verschiedenen Berufen, in mehrere tausend Kasten und Unterkasten unterteilt. Die stärkste Macht haben in Indien allerdings die Familien, denn sie sind sehr groß und engmaschig und werden immer von dem ältesten, männlichen Mitglied befehligt. Ich fand das alles äußerst faszinierend.«

»So klingt es auch. Vielleicht kommen Sie eines Tages ja mal nach Amerika. Ich glaube, es würde Ihnen dort gefallen. Sobald man sich weit genug von dem entfernt hat, was manche als Zivilisation bezeichnen, findet man kein solches Klassenbewußtsein mehr, wie an so vielen anderen Orten, und wird eher anhand dessen beurteilt, was man tut, als danach, welcher Familie man entstammt oder wie groß das Vermögen ist, das man besitzt. Aber natürlich gibt es auch dort Leute, die anderen ihre eigenen Wertmaßstäbe aufzwingen wollen.«

Kyla spielte nachdenklich mit den Enden ihrer Lederzügel. Der Wind war frisch, und der schnelle Ritt hatte ihr Gesicht so abgekühlt, daß es sich ganz taub anfühlte. Sie schaute zu Godfrey auf, doch der starrte hochaufgerichtet und mit einem angespannten Ausdruck nach vorne. Als sie etwas sagen wollte, bedeutete er ihr durch das Heben einer Hand zu schweigen.

Als eben eine unbestimmte Furcht in ihr aufzusteigen begann, wandte Godfrey sich ihr mit einem Lächeln zu. »Ich habe gerade festgestellt, daß ich Ihnen ein interessantes Erlebnis bieten könnte, falls Sie in abenteuerlustiger Stimmung sein sollten. Sind Sie es?«

Sicher, daß er sie niemals in Gefahr bringen würde, antwortete sie: »Immer. Ist es so abenteuerlich, wie auf einem Elefanten zu reiten?«

Er lachte. »Nicht ganz – aber auch durchaus ungewöhnlich.«

Gespannt suchte sie nach irgendwelchen Hinweisen auf das, was sie erwartete, als sie tiefer in den Wald hineinritten, doch alles, was sie hörte, war das Zwitschern und Tirilieren der Vögel und das dumpfe Klappklapp der Pferdehufe auf dem harten, kahlen Boden. Aber dann drang schwach Musik an ihr Ohr, eine seltsame Melodie, schwungvoll und exotisch, anders als alle Melodien, die sie kannte.

Kurz darauf wehte ihnen beißender Rauch entgegen – und plötzlich sprang ein buntgekleideter und bis an die Zähne bewaffneter Mann auf den Pfad heraus – so dicht vor ihnen, daß sie, einen Schreckensschrei zurückhaltend, abrupt die Zügel anziehen mußte, um ihn nicht niederzureiten. Sein dunkelhäutiges Gesicht war zu einem freundlichen Grinsen verzogen, und er kannte Godfrey offensichtlich, denn er redete ihn in einer Sprache an, die entfernt nach Spanisch klang.

Dann richtete er den Blick auf sie, und Interesse leuchtete darin auf. Er verbeugte sich übertrieben tief und sagte mit einem starken Akzent auf englisch: »Willkommen, schöne Dame.«

Sie schaute unsicher zu Godfrey hinauf und sah zu ihrer Beruhigung ein amüsiertes Lächeln auf seinem Gesicht. »Ich weiß, daß du ein Weiberheld bist, Giovanni – aber dieser Lady machst du besser keine schönen Augen, denn sie gehört Wolverton.«

Giovanni stieß einen theatralischen Seufzer aus. »Immer sind die Engel schon vergeben, bevor ich sie zu Gesicht bekomme. Na, macht nichts. Kommt mit, ihr zwei. Wir haben gutes Essen und einen wohlschmeckenden Wein für euch – und die kleine Sanchia wird einen Luftsprung machen, wenn sie dich endlich wiedersieht«, setzte er mit einem an Godfrey gerichteten Augenzwinkern hinzu. Damit verschwand er in dem Gebüsch am Wegesrand, aus dem er kurz zuvor so überraschend aufgetaucht war. Kyla warf Godfrey einen fragenden Blick zu. »Ich kenne den Weg«, erklärte er. »Sie kampieren immer an der gleichen Stelle, wenn sie durch diese Gegend kommen.«

Als sie in das Lager einritten, erkannte Kyla, daß es sich bei den Leuten um Zigeuner handelte. Sie hatte schon von ihnen gehört, jedoch noch nie welche gesehen, und fand sie aufregend. Die Frauen trugen leuchtend bunte Röcke und Blusen, riesige, runde Ohrringe und Halstücher in allen erdenklichen Farbtönen. Die Männer waren genauso eindrucksvoll, dunkelhäutig und zumeist mit riesigen Schnurrbärten geschmückt. Sie trugen farbenfrohe, weite Hosen mit Streifen, Karos oder Fantasiemustern und größtenteils Hemden mit blusigen Ärmeln und offenen Kragen mit kurzen Westen darüber. Sie wirkten sehr exotisch und ebenso romantisch wie ihre Frauen.

Mehrere Lagerfeuer brannten, und zwischen ihnen liefen fröhlich johlende Kinder herum, die einander oder bellenden Hunden hinterherjagten. Irgend jemand machte Musik, spielte eine fremdartige, ungestüme Melodie.

Godfrey half Kyla vom Pferd, und ein Mann trat heran, um es wegzuführen und blinzelte ihm zu, als Godfrey ihm sagte, er erwarte, dasselbe Tier zurückzubekommen, wenn sie später wieder aufbrächen.

»Das sind Zigeuner, nicht wahr?« flüsterte Kyla ihm zu, und er nickte.

»Spanische. Einmal im Jahr kommen sie hier durch, und im Gegensatz zu vielen anderen duldet Brett sie auf seinem Land, solang sie keinen Schaden anrichten, hat er nicht einmal etwas dagegen, daß sie sich aus seinem Wildbestand bedienen, wenn sie ein, zwei Wochen hier Station machen. Bisher haben sie den Platz immer sauber hinterlassen. Zigeunern wird nachgesagt, daß sie stehlen, aber auf Ridgewood haben sie noch nie etwas gestohlen.«
Kyla schaute sich mit großen Augen um, und Godfrey fand, daß sie in diesem Moment sehr kindlich und unschuldig wirkte. Was hatte Brett sich nur dabei gedacht, sich ihrer auf diese Art und Weise zu bemächtigen? Er hatte ihn danach gefragt und als Antwort eine brutale Schilderung von Kylas Charakter erhalten. Doch Godfrey konnte nicht glauben, daß dieses Mädchen tatsächlich war, wofür Brett sie hielt – ein eiskaltes, berechnendes Frauenzimmer, dem Geld über Ehrlichkeit ging. Diese Beschreibung paßte nicht auf die junge Frau, die er in der letzten Woche kennengelernt hatte. Manchmal erinnerte sie ihn an ein scheues Reh, dann wieder an ein junges Füllen. Sie war ein höchst interessantes Geschöpf, diese Miss van Vleet, und keines, das sich, wie andere seiner Gespielinnen, bedingungslos unterordnete, um sich irgendwann mit ein paar Schmuckstükken oder einem Häuschen in den Midlands abfinden zu lassen.
Godfrey streckte Kyla die Hand hin, und sie legte ihre zierlichen, behandschuhten Finger vertrauensvoll hinein und ließ sich von ihm über die Lichtung zu einem fröhlich lodernden Feuer führen. Mehrere Hasen und zwei Fasane brieten an Spießen über den Flammen, und mitten über dem Feuer hing ein riesiger Kessel, dem ein köstlicher Wildzwiebel- und Bratensaucenduft entströmte.
Giovanni trat zu ihnen, stieß Godfrey den Ellbogen in die Seite und deutete mit dem Kopf grinsend auf den Kessel. »Warum,

mein gebildeter Freund, schmeckt gewildertes Fleisch immer am besten?«

»Das macht natürlich die Würze der Gefahr aus, die mit seinem Erlegen einhergeht. Wobei ihr hier ja nichts zu befürchten habt. Auf jedes anderen Mannes Land würdet ihr als Warnung für eventuell des Weges kommende andere Männer mit Diebesabsichten am nächsten Baum aufgeknüpft.«

»Ja«, nickte Giovanni mit einer weitausholenden Geste, »bei Wolverton kann man es sich ungestraft wohlergehen lassen.«

»Was du bis zu einem äußerst unangenehmen Gespräch mit dem Herzog im letzten Jahr aber gar nicht wußtest, wie ich dir ins Gedächtnis rufen möchte. Ich erinnere mich noch sehr gut daran. Es war nur das Mitgefühl des Herzogs, was dich vor einem schnellen Ende bewahrte, weißt du.«

»Ich dachte, es seien meine Klugheit und mein Charme gewesen. Übrigens – diese Dame, die du da bei dir hast, hat Sanchia durch ihre Schönheit ganz schön eifersüchtig gemacht. Ist sie die Frau des Herzogs?«

In Giovannis Dialekt verfallend, erläuterte Godfrey ihm den Sachverhalt. »Ich würde dir also raten, keine begehrlichen Blikke in ihre Richtung zu werfen, wenn du nicht möchtest, daß Wolvertons Langmut ein jähes Ende findet.«

»Ein Jammer.« Giovanni seufzte gottergeben, doch als er Kyla ansah, lag schon wieder unstatthafte Bewunderung in seinem Blick. »Vielleicht würde es ihr Spaß machen, ein Weilchen mit uns zu feiern?«

»Ich kann nicht für die junge Lady sprechen – aber ich genieße eure Feste immer, wie du weißt.«

Kyla war von dem Trubel offensichtlich fasziniert und stimmte seinem Vorschlag, eine Zeitlang zu verweilen, mit überraschender Begeisterung zu.

»Ja, das fände ich sehr schön. Ich hatte noch nie Gelegenheit, Zigeuner kennenzulernen«, vertraute sie ihm an, »und darum finde ich dies alles ungemein interessant und aufregend.«
Godfrey setzte sie auf einen stoffbespannten Hocker ans Feuer, postierte sich neben Kyla und verfolgte mit Argusaugen die Interessensbezeugungen der gutaussehenden, jungen Männer für die reizende Besucherin. Einige der jüngeren wetteiferten, einander in meist gutartiger Weise zur Seite drängend, darin, ihr die besten Fleischstücke aus dem Kessel oder von den Spießen zu präsentieren, und Kyla saß wie eine Königin da und nahm mit ernster Miene die dargebotenen Gaben entgegen, während er über sie wachte.
Nach einer Weile begannen einige der Männer und Frauen zu tanzen, und die ihm vertraute Musik der spanischen Bauern erklang. Goldene Armbänder klimperten, und nackte Füße stampften rhythmisch auf die festgebackene Erde um das Lagerfeuer, farbenfrohe Röcke wirbelten im Kreis herum, und schlanke, junge Männer untermalten die wilden Rhythmen mit dem Knallen ihrer Stiefelabsätze. Kyla betrachtete das Schauspiel auf der sonnenüberfluteten Lichtung, in die Musik versunken, mit verträumten Augen.
Ein sich in seinen Rücken bohrender Finger veranlaßte Godfrey sich umzudrehen. Es war Sanchia, die sich auf diese Weise bemerkbar gemacht hatte, und sie schaute mit funkensprühenden, braunen Augen zu ihm auf. »Das ist deine neue Liebe? Eine Frau, die sich als feine Dame ausgibt? Ich dachte, du hättest gesagt, du zögest Feuer dem Eis vor, *mi puto!*«
Ihre Hand nehmend, lächelte Godfrey leise über ihre Wut und Eifersucht. »Voreilige Schlüsse zu ziehen, ist eine Unsitte, *gatita.*«
»Drück dich deutlich aus, *rojo!*«

Sein Lächeln wurde breiter, und er umfaßte ihre Hand fester, als er sah, daß Kyla neugierig den Kopf zur Seite drehte, weil Sanchias hitzige Stimme ihre Aufmerksamkeit weckte. »Du erregst dich ohne Grund, *gatita* – sie gehört nicht zu mir.«
»Nein?« Sanchia musterte Kylas Profil zweifelnd. »Aber warum hast du sie dann mitgebracht? Du bist sonst immer allein gekommen.«
»Die Erklärung ist ganz einfach.« Er zog sie zu sich heran, und ihr Zorn wandelte sich zu einem Schmollen. »Sie ist Bretts Gefährtin, und er ist im Moment in London. Ich nahm sie auf einen Ausritt mit, weil ich ihr die Zeit vertreiben wollte, und als sich herausstellte, daß ihr im Lande seid, dachte ich, es würde sie vielleicht interessieren, euch kennenzulernen. Und ich gebe zu, daß ich herausfinden wollte, ob eine gewisse kleine Wildkatze mit feurigen Augen noch bei Giovanni sei oder in den letzten sechs Monaten vielleicht geheiratet und bereits einen dicken Bauch hätte.«
Seine Neckerei machte das beleidigte Kind wieder zu der verführerischen jungen Frau, die er kannte, doch sie musterte Kyla noch immer voller Abneigung. »Sie ist ein Milchgesicht und viel zu blaß – so reizvoll wie gekochter Weißkohl.«
»Alle Frauen verblassen gegen dich, meine feurige Schönheit.«
Jetzt lächelte Sanchia strahlend, und sie stellte sich auf die Zehenspitzen und ließ ihren Mund mit kleinen Küssen an seiner Kinnlinie entlangwandern. »Ich habe so lange warten müssen, *querido* ... komm mit.«
»Ich kann sie jetzt nicht allein lassen – aber ich komme zurück, wenn sie wieder wohlbehalten in Ridgewood ist.«
Sanchias volle, rote Lippen verzogen sich erneut zu einem Schmollmund, doch dann ergab sie sich nicht nur in ihr Schicksal, sondern überraschte Godfrey mit einem Vorschlag. »Wenn

ich jetzt ohnehin nichts von dir habe, dann kann ich genausogut dafür sorgen, daß sie sich amüsiert, während sie hier ist.
Sie entwand sich dem leichten Griff des verblüfften Godfrey und baute sich mit in die Seiten gestemmten Händen und um die Knöchel wirbelndem, buntem Rock mit leise klingelnden Glöckchenohrringen vor Kyla auf. »Ich bin Sanchia«, verkündete sie. »Können Sie tanzen?«
»Nun ... ja, natürlich. Aber nicht so, wie ich es hier sehe.«
»Es ist ganz einfach. Kommen Sie – ich zeige es Ihnen.«
Sanchia zog Kyla ohne weitere Umstände auf die Füße, trat einen Schritt zurück und musterte sie kritisch. »Allerdings brauchen Sie etwas anderes zum Anziehen – etwas, das Ihre Bewegungen mitmacht, verstehen Sie? Begleiten Sie mich – ich gebe Ihnen was.«
»Sanchia!« mischte Godfrey sich, zu ihnen tretend, stirnrunzelnd ein. »Ich halte es nicht für klug, sie so zu überrumpeln.«
»Überrumpeln? Sie soll doch nur *tanzen!* Also wirklich – du hast dich in ein altes Weib verwandelt, seit ich dich das letztemal gesehen habe! Mitmachen ist viel schöner als zuschauen, nicht wahr, *señorita?* Ja, ich dachte mir, daß Sie meine Meinung teilen...« Sanchia nahm Kyla bei der Hand und zog sie in Richtung eines der bemalten Wohnwagen davon. »Wir sind ungefähr gleich groß. Sie haben zwar oben rum ein bißchen mehr als ich, aber ich habe ein Bluse, die Ihnen trotzdem passen müßte ...«
Kyla warf Godfrey über die Schulter einen hilflosen Blick zu, doch er las keine Furcht oder Ablehnung darin, sondern nur amüsierte Gottergebenheit, und so machte er keine weiteren Einwände. Vielleicht war dies genau das Richtige, um sie von Bretts Gleichgültigkeit und Abwesenheit abzulenken, und vielleicht würde es auch ihre Lebensgeister wieder wecken, von de-

nen er wußte, daß sie unter der Maske der stillen Akzeptanz von allem, was Brett tat oder sagte, schlummerten. Wenn sie ihm nicht die Krallen zeigte, würde er sie nie respektieren. Er kannte Brett, wußte, daß kleinlaute, dumme Frauen sehr schnell und mit kaum mehr als einer Handvoll wertlosen Tands als Vergütung für ihre Zeit aus seinem Gesichtskreis entfernt wurden.

Doch Kyla van Vleet war anders. Die Geister hatten ihm einen anderen Weg für Brett gezeigt. Sein Freund glaubte zwar nicht wirklich an die alten Rituale und Deutungen, aber *er* tat es – und er hatte dem Rauch und seinen Träumen entnommen, daß dieses Mädchen mit ihrer beider Leben verknüpft war, daß sie gewissermaßen eine Brücke zwischen zwei Kulturen bildete. Er verstand nicht alles, was er da sah, doch das war ganz normal, denn es stand ihm nicht zu, alles zu erfahren. Das Geheimnis würde schon gelüftet werden, sobald die Zeit reif wäre.

Nach ein paar Minuten kam Sanchia mit Kyla im Schlepptau zurück, und Godfrey riß angesichts der Veränderung unwillkürlich die Augen auf. Ein blumengemusterter Rock umspielte die nackten Füße, und die vorher hochgesteckten Haare ergossen sich in einer Flut gesponnenen Silbers um ihre Schultern … Godfrey faßte sich, und gleichzeitig stiegen Bedenken in ihm auf. Was hatte er da nur zugelassen?

Die Musik machte eine Pause, und nur noch das Lachen der Kinder war in der unvermittelten Stille zu hören, als die Erwachsenen sich Kyla zuwandten, um sie zu betrachten. Mit schüchtern-trotzig erhobenem Kinn erwiderte sie, ein wenig unsicher und linkisch dastehend, aber nichtsdestoweniger eine Augenweide, die auf sie gerichteten, prüfenden Blicke.

Sie hob armreifendklimpernd eine Hand und fragte lächelnd: »Sehe ich jetzt wie eine Zigeunerin aus?«

Sanchia lachte schallend, doch es lag ein Unterton ehrlicher Bewunderung in ihrer heiseren Stimme, als sie erwiderte: »Sie sehen in diesem Gewand sehr viel hübscher aus, als ich erwartet hatte. Ich glaube, ich muß Sie im Auge behalten, *niña.*«

Ja, dachte Godfrey reuevoll, *das wird sich vielleicht als notwendig erweisen …*

Er hatte den Gedanken kaum zu Ende gedacht, als auch schon drei junge Männer auf sie zustürzten, um sich ihr als Partner anzudienen. Ehe er eingreifen konnte, übernahm es Sanchia, sie in ihre Schranken zu weisen. »Ihr hört euch an wie schnatternde Gänse«, sagte sie beißend. »Macht euch fort, bevor ich mein kleines, scharfes Messer heraushole und euch damit steche! Kommen Sie mit mir, Kyla – ich darf Sie doch so nennen, ja? Gut. Ich werde Ihnen ein paar Schritte zeigen und dann einen Partner aussuchen, bei dem Sie sicher sein können, daß er nicht über Ihre Füße stolpert. Sie sollten ja eigentlich barfuß tanzen, aber ich sehe ein, daß Sie nicht daran gewöhnt sind, und darum … Geh *weg,* Mario!« Mit einer drohenden Geste scheuchte sie den ungeduldigen, jungen Mann weg, der nicht weichen wollte, und führte Kyla in die Mitte des Lagers, wo die Erde festgetreten und darauf ein Tanzboden aus zusammengenagelten Brettern lag, dessen glatte, glänzende Oberfläche von den vielen Hunderten von Füßen kündete, die im Laufe der Jahre darübergewirbelt waren. Sanchia selbst war eine wunderbare Tänzerin mit sinnlichen Bewegungen und vollkommen im Einklang mit der Musik, und sie begann langsam, leitete Kyla an, neckte sie leicht angesichts ihrer ersten, unbeholfenen Bemühungen, und paßte sich dann dem Rhythmus an.

Gitarre und Geige spielten, begleitet von einem einzelnen Horn, alte spanische Bauerntänze, ungebärdige, fröhliche Melodien. Sanchia vergaß ihre Schülerin sehr bald, überließ sich ganz der Musik, und bei ihrem Anblick erinnerte Godfrey sich wieder daran, warum er sie so faszinierend fand. Lange, schwarze Haare schlugen um ihr dunkles Gesicht, und ihre Kohlenaugen blitzten abwechselnd leidenschaftlich und einladend, verheißungsvoll und abwehrend, bis jeder Mann im Umkreis das Gefühl hatte, sie spreche mit ihrem biegsamen Körper und ihren graziösen Gesten zu jedem einzelnen von ihnen.

Schneller und schneller wirbelte sie herum, bis ihre Haut wie taufeucht glänzte und Haarsträhnen an ihren Wangen klebten, bis die Musik zu einem Crescendo anstieg, den Gipfel erreichte und mit einem Schnörkel endete wie Sanchia, die auf ein Knie herunterging und sich so schwungvoll verbeugte, daß ihre Haare wie ein Vorhang auf den Boden fielen. Kyla klatschte enthusiastisch, während um sie herum ›*Olé*‹-Rufe ertönten und leuchtend bunte Stoffetzen und Blumen auf die Tanzfläche flogen.

»Herrlich!« schwärmte sie, ihre blaugrünen Augen glänzten, als sie sich Godfrey zuwandte. »Einfach wunderschön! Ich habe noch nie soviel Grazie und inneres Feuer in einem Tanz vereint gesehen.«

Sich in dem überschwenglichen Lob des Mädchens sonnend, das sie als Rivalin betrachtet hatte, ließ Sanchia ihre anfängliche Ablehnung fahren, zog Kyla erneut auf den Tanzboden und gab sich diesmal ernsthaft Mühe, ihr die Schritte beizubringen. Die Schnelligkeit, mit der ihre Schülerin lernte, beunruhigte Godfrey. Kyla schaute nur einen Moment aufmerksam zu, bevor sie mitmachte, Sanchias Schritte fast perfekt nachahmte. Die Musik setzte wieder ein, diesmal mit einer langsameren Melodie, um Kyla Gelegenheit zu geben, sich in den Rhythmus hineinzufinden.

Sanchia hatte einen Flamenco gewählt und ermutigte sie zu

improvisieren, falls sie das wünsche, aber vor allem, »mit dem Herzen zu tanzen, anstatt mit den Füßen – als ob Sie für Ihren Geliebten tanzen, *niña*. Ja, genauso meine ich es, so ist es richtig …«

Und Kyla machte ihre Sache tatsächlich gut. Zunächst setzte sie die Füße, leicht vorgebeugt, mit herunterhängenden Armen und im Takt mit den Fingern schnippend, exakt der Vorschrift entsprechend, doch als die Musik schneller wurde, wurden es auch ihre Füße. Hacke-Spitze-Hacke-Spitze tippten sie auf die blanken Dielen, drehte und wand sich ihr Körper, bis sie vor aller Augen vom Lehrling zum Meister aufstieg.

Ebenso fasziniert von ihrer Schönheit wie von ihrer Darbietung betrachtete Godfrey sie, als habe er sie nie zuvor gesehen. Wo war das scheue, zurückhaltende Mädchen, das er im Garten von Ridgewood gedankenverloren traurig vor sich hinstarrend erlebt hatte? In diesem Moment schien es für immer verschwunden zu sein, hatte sich vor ihrer aller Augen in eine sinnliche, verführerische Frau verwandelt, die ihre herrlichen Haare fliegen ließ und mit ausgestreckten Armen, halb geöffnetem Mund, strahlenden Augen und einem kleinen, geheimnisvollen Lächeln in den Mundwinkeln einen unsichtbaren Geliebten zu sich heranlockte … Die Sonne war hinter den Bäumen versunken, und der Schein der Fackeln und Lagerfeuer ließ Kylas Haare wie flüssiges Gold schimmern und die Augen zwischen den wirren Locken riesengroß, dunkel und einladend glänzen.

Die Musik wurde schneller und schneller, und Kyla paßte sich ihr an, und dann sprang einer der jungen Männer zu ihr auf die Tanzfläche. Ihre Blicke trafen sich, hielten einander fest und schufen ein unsichtbares Band zwischen ihnen, während sie sich abwechselnd aufeinander zu und voneinander weg bewegten, mit stampfenden Füßen und schnalzenden Fingern, sich

wiegend und drehend, die Gesichter angespannt und feuchtglänzend, aufeinander konzentriert, als seien sie allein auf der Welt.
Godfrey beobachtete sie mit gemischten Gefühlen, gleichzeitig bewundernd und bestürzt. Ein Glück, daß Brett noch in London war, denn er hätte keine Sekunde geduldet, was hier vorging. Godfrey war sich nicht einmal selbst sicher, ob er es dulden sollte. Doch er war unfähig, einzuschreiten – er stand zu sehr im Bann dieses wunderschönen Schmetterlings, der da vor seinen Augen den Kokon abgestreift und die Flügel ausgebreitete hatte, atemberaubend wie die Schöpfung selbst.
In dem Schauspiel gefangen, riß er die Augen nur mit Mühe davon los, als er eine bekannte, tiefe Stimme hinter sich hörte – und dann sah er mit einem Gefühl der Gottergebenheit Brett Banning mit verschränkten Armen an einer schlanken Eiche lehnen und Kyla und ihren Tanzpartner beobachten. Doch plötzlich schwenkten seine Augen zu Godfrey, und er hob in der Weise, die bei ihm immer größte Verärgerung ausdrückte, die Brauen.
»Was für ein reizender Anblick – wenn es auch ein wenig überraschend für mich ist, meine kostspielige Mätresse in den Armen eines anderen Mannes vorzufinden.«
Diese Bemerkung war typisch für Brett, dazu angetan, eine Reaktion zu provozieren, und Godfrey wartete mit grimmiger Resignation auf das Resultat.

Kapitel 13

Kyla verstand zuerst gar nicht, warum ihr Partner urplötzlich zu Bewegungslosigkeit erstarrte und die Musik mittendrin jäh zu einem mißtönenden Ende kam. Ihr Herzschlag dröhnte so laut in ihren Ohren, daß sie es nur wie von weither wahrnahm. Keuchend und trotz der kühlen Brise, die durch die Bäume strich, schweißbedeckt, blieb sie verwirrt stehen. Erst als sie um sich schaute und Brett sah, verstand sie, erkannte an seinem spöttisch verzogenen Mund, daß er unter der amüsierten Oberfläche vor Zorn kochte.

Und so überraschte es sie, daß ihr Partner, als er sich von seinem Schrecken erholt hatte, ohne auf Giovanni zu achten, der ihn zurückzuhalten versuchte, mit einem provozierenden Grinsen auf Brett zuging. »Wir haben nur getanzt, *señor.* Sie sind mir deswegen doch sicherlich nicht gram – oder befürchten Sie, sie an mich zu verlieren?«

Brett musterte ihn mit milder Nachsicht. »Überschätz dich nicht, mein Guter. Eine Frau wie diese wird immer dem Geld den Vorzug vor der Liebe geben – und auch vor der Lust.«

Diese brutale Charakterisierung ihrer Person vertiefte die Röte ihres erhitzten Gesichtes noch, und sie ballte ihre Hände zu Fäusten. Wie konnte er es wagen! Aber natürlich konnte er sich alles erlauben, denn er war der Eigentümer dieser Ländereien.

Ja – er könnte die Zigeuner auf der Stelle verjagen oder sie sogar aufhängen, und kein englisches Gericht würde ihn deswegen zur Rechenschaft ziehen. Schließlich wurden sie in diesem Land allgemein als Heimsuchung betrachtet, aber wenn das vielleicht auch keine gänzlich unverdiente Wertung darstellte, so war doch in diesem Fall nichts geschehen, was eine Bestrafung rechtfertigte.
Der junge Zigeuner stieß einen heiseren Zorneslaut aus und wollte sich auf Brett stürzen, doch ein scharfes Wort von Giovanni brachte ihn abrupt zur Besinnung. Brett schien nur milde erheitert über die Reaktion des jungen Heißsporns, doch Kyla bemerkte eine angespannte Wachsamkeit in seiner Haltung, die nichts Gutes verhieß.
»Hoheit«, begann sie und fuhr, nach einem finsteren Blick von ihm, verzweifelt um äußere Gelassenheit bemüht, fort: »Ich bin sicher, Sie haben die Situation nicht mißverstanden.«
»Gibt es denn etwas mißzuverstehen, Schmuckstück?« Seine weiche Stimme und die amüsiert hochgezogenen Mundwinkel täuschten nicht über den drohenden Unterton hinweg. »Sag mir nicht, daß du mir eine Schmutzigkeit beichten mußt.«
»Seien Sie nicht albern.« Den Rest der Worte, die ihr auf der Zunge lagen, schluckte sie herunter. Es wäre unfair, die Zigeuner in Gefahr zu bringen, nachdem niemand etwas Falsches getan hatte. Brett neigte dazu, absichtlich mißzuverstehen – das hatte sie am eigenen Leib erfahren – und war dann nicht fähig, die Wahrheit zu sehen.
Sie zwang sich zu einem Lächeln, das aber auf ihren Lippen gefror, zuckte leicht mit den Schultern. »Ich habe nur getanzt.«
»Das habe ich gesehen, Schmuckstück.«
Schärfer als beabsichtigt fuhr sie auf: »Nennen Sie mich nicht so!«

»Wie? Schmuckstück?« Er stieß sich von dem Baum ab, an dem er gelehnt hatte, und kam mit geschmeidigen Schritten auf sie zu, und ein weiteres Mal erinnerte der Mann in den maßgeschneiderten, eleganten Kleidern sie an einen auf Beutezug durch hohes Gras streifenden Panther. Er packte ihr Handgelenk, hob ihre Hand an seinen Mund und drückte seine kühlen Lippen auf ihre heiße Haut. »Das ist doch ein Kosename – warum ärgert er dich?«

Sie kam sich plötzlich töricht vor. Die Zigeuner hatten sich, nachdem Brett das Interesse an dem jungen Mann verloren hatte, der ihr Tanzpartner gewesen war, erleichtert entfernt, so daß sie sich wenigstens nicht weiter vor ihnen lächerlich machte, doch Godfrey, das sah sie aus dem Augenwinkel, war dageblieben und beobachtete die Szene mit angespanntem Schweigen.

»Ich verstehe das nicht«, fuhr Brett fort. »Es gibt andere, passendere und weniger schmeichelhafte Namen, mit denen ich dich benennen könnte – aber ›Schmuckstück‹ ist nun wirklich harmlos.«

Sie entriß ihm ihre Hand. »Ich bin kein Schmuckstück, und darum möchte ich auch nicht als solches betrachtet oder bezeichnet werden.«

»Aber der Name ist absolut zutreffend.« Brett nahm sie am Arm und zog sie aus dem Spätnachmittagslicht und dem Schein der Lagerfeuer an Giovanni und einem grellbunt bemalten Wohnwagen vorbei zu einem leicht schweißglänzenden Pferd, das im Schatten zwischen den Bäumen stand, drehte sie um und drückte sie mit dem Rücken an die feuchte Flanke des Tieres.

»Ein Schmuckstück ist doch etwas Hübsches«, sagte er mit spottblitzenden Augen. »Dekorativ und jederzeit austauschbar.« Er fuhr mit dem Finger von ihrer Schläfe zu ihren zornbebenden Lippen, die er in einer nachlässigen Liebkosung nachzeichnete. »Ich könnte keinen besseren Namen für dich finden.«

Sie schlug seine Hand mit dem Arm beiseite, atmete erstickt ein und zischte: »Der Teufel soll Sie holen!«

»Das haben sich im Laufe der Jahre schon viele gewünscht, Schmuckstück – aber wie du siehst, bin ich immer noch da. Und jetzt laß uns reiten, sonst wird es so dunkel, daß man den Weg nicht mehr sehen kann.«

Ohne ihr die Chance zu geben, sich zu weigern oder ihn, wie sie es gerne getan hätte, einfach stehenzulassen und zum Lager zurückzugehen, umfaßte er ihre Taille und setzte sie mit Schwung auf das Pferd. Als sie ihr Gleichgewicht wiedergefunden hatte, saß er bereits hinter ihr und griff an ihr vorbei nach den Zügeln. Kyla strich sich mit einer wütenden Bewegung die Haare aus den Augen – und sah Godfrey aus nur ein paar Schritten Entfernung herüberschauen. Hoffnung keimte in ihr auf.

»Godfrey...«

»Ich sehe Sie beide dann in Ridgewood, Miss van Vleet.«

Die Zurückweisung, mit der er seine Hände in Unschuld wusch, kränkte Kyla tief. Sie hatte geglaubt, daß der redselige Riese, vor dem sie sich anfänglich so gefürchtet hatte, ein verständnisvoller Freund für sie werden könnte, doch das war offensichtlich ein Irrtum.

Godfrey sagte etwas zu Brett – in der fremden Sprache, von der sie annahm, daß es sich um Komantsche handelte – und Bretts Antwort klang eher wie ein kehliger Tierlaut als wie ein komplizierter Dialekt. Er wendete das Pferd und lenkte es auf den Pfad, der sich zwischen den Bäumen hindurchwand, die ihr plötzlich bedrohlich erschienen. Kyla war sich Bretts Nähe qualvoll bewußt, spürte die Hitze seines Körpers an dem ihren und seinen Blick auf ihren Schenkeln, die der hochgerutschte Zigeunerrock enthüllte. Mein Gott – ihre Kleider waren ja in dem riesigen, hölzernen Wohnwagen zurückgeblieben, in dem es nach Gewürzen und Rauch roch!

Einen Moment lang sah sie sich mit seinen Augen – in einer schulterfreien Baumwollbluse, die durch ein Zugband daran gehindert wurde, weiter herunterzurutschen, und einem dünnen, weiten Rock, der jede ihrer Bewegungen mitmachte, nichts darunter als ihre Strümpfe und Stiefel. Ja, man konnte sie als herausfordernd geklcidet betrachten – aber sie wäre doch niemals so töricht gewesen, vor Godfreys Nase einem der jungen Männer schöne Augen zu machen. Doch Brett dachte offenbar nicht so logisch, denn er hielt es sichtlich für möglich. Vielleicht hatte sein Zorn aber auch einen ganz anderen Grund, und sie hatte ihm mit ihrer Handlungsweise nur die Gelegenheit gegeben, ihn an ihr auszulassen.

Je länger sie ritten, desto sicherer wurde sie, daß sie mit dieser Vermutung recht hatte, denn sie spürte eine ungeheure Anspannung von ihm ausgehen. Und dann erkannte sie plötzlich, daß es noch gar nicht so spät war, wie sie gedacht hatte, denn als sie aus dem Wald kamen, lag die vor ihnen liegende Landschaft in mildes, nachmittägliches Sonnenlicht getaucht. Die unvermittelte Helligkeit blendete sie, und sie kniff die Augen zusammen und blinzelte ein paarmal, bis sie sich an sie gewöhnt hatte.

Hier draußen wurde ihre mangelnde Bekleidung noch offenbarer, und sie versuchte, den Rock herunterzuziehen.

»Jetzt ist es zu spät für Schamhaftigkeit, Schmuckstück«, meinte er spöttisch.

Sie zerrte an den Zügeln, versuchte sich zu befreien, erreichte damit jedoch nur, daß er noch fester zupackte. Wütend über seine Sturheit starrte sie ihn feindselig an und fauchte: »Lassen Sie mich *los!*«

»Nein.«

Seine Arme lagen wie Eisenbänder um ihre Mitte, nahmen ihr den Atem. Schließlich gab sie auf und sagte mit einem verächtlichen Schulterzucken: »Wie primitiv. Ihre Körperkraft gibt Ihnen ein Gefühl der Überlegenheit, nehme ich an.«

»Nach acht Tagen in London, im Laufe derer ich faszinierende Neuigkeiten über dich erfuhr, Schmuckstück, kam ich bereits mit einem Gefühl der Überlegenheit *zurück.*«

Sein Unterton verhieß nichts Gutes – augenscheinlich war es wirklich nicht nur ihr Tanz gewesen, der ihn erzürnt hatte – und sie verfiel vorsichtshalber in Schweigen. Bis sie genau wüßte, warum er so wütend war, würde sie ihn nicht mit weiterem – ohnehin vergeblichem – Widerstand provozieren.

Die sinkende Sonne hatte nicht mehr die Kraft, den Wind zu erwärmen, und Kylas dünne Bluse und der hochgerutschte Rock boten keinen Schutz gegen die Kühle. Sie fröstelte, und er lachte leise.

»Feigling. Bist du nicht neugierig? Möchtest du gar nicht wissen, was ich über dich erfahren habe? Oder weißt du es schon, *querida?* Natürlich – so muß es sein. Warum sonst solltest du so mürrisch und schweigsam sein?«

»Ich ziehe es vor, es als geheimnisvoll zu sehen.«

Ihre kühle Erwiderung schien ihn zu verblüffen, denn es folgte ein Moment tiefen Schweigens. Dann lachte er wieder, diesmal aber nicht gehässig, sondern ehrlich amüsiert. Sie starrte auf seine Hände vor sich hinunter, die gegen die weißen Hemdmanschetten, die aus seinen Jackenärmeln hervorschauten, so dunkel wirkten. Er hatte kräftige Hände. Richtige Männerhände, Arbeitshände, nicht so bleiche, glatte, zartgliedrige wie die englischen Gentlemen, die wie Mädchenhände wirkten. *Hände sagen etwas über einen Mann aus,* dachte sie. *Weiche Hände deuten auf ein leichtes Leben hin, rauhe Hände auf ein hartes. Aber gilt das auch für Brett?*

Es schien ganz gewiß nicht so, denn er war reich und gehörte trotz seiner vielen Jahre im Ausland der englischen Aristokratie an. Auch wenn er in mancher Hinsicht als Außenseiter galt, hatte die Gesellschaft ihn akzeptiert – im Gegensatz zu ihr. Sie war eine Ausgestoßene, ausgeschlossen von allem, auch von einer Heirat.

»Was für eine agile Zunge du hast, *querida*«, murmelte er an ihrem Ohr, und sein warmer Atem, der ihre Wange streifte, ließ sie erneut frösteln, worauf er sie noch fester umfaßte, als wolle er sie wärmen. »Du bist höchst unpassend gekleidet. Ich weiß, daß die Schneiderin inzwischen da war. Wo hast du deine eigenen Sachen gelassen?«

»Ich ... Sanchia meinte, ich könne nicht in meinem Reitkostüm tanzen und lieh mir etwas von sich.«

Er zuckte mißbilligend mit den Schultern. »Wenn du noch öfter teuren Samt gegen billige Baumwolle eintauschen solltest, werde ich gezwungen sein, dich viel früher als beabsichtigt an einen anderen Beschützer abzutreten.«

Nicht so sehr verärgert über seine Worte, sondern darüber, daß er so selbstverständlich annahm, sie würde ohne weiteres einen anderen Mann als Beschützer akzeptieren, fuhr sie herum und starrte ihn wütend an.

Die Spätnachmittagssonne spiegelte sich in seinen grauen Augen, ließ das Trugbild senkrechter, gelber Pupillen erstehen, wie Wölfe sie hatten, und sein dunkles Gesicht mit dem zu einem gehässigen Grinsen verzogenen Mund sah so gefährlich aus, daß sie ihre Erwiderung vorsichtshalber auf ein kurzes »Ich nehme Ihnen diese Schlußfolgerung übel«, beschränkte.

»Die Schlußfolgerung, daß man mehr als ein gutgefülltes Portemonnaie braucht, um sich dich leisten zu können? Nun, ich weiß, daß schöne Frauen eine Menge Geld kosten – selbst wenn sie neu in diesem Geschäft sind – aber ich verfüge zu meinem Bedauern nur über ein begrenztes Vermögen.«

»Ich entnehme Ihren Worten, daß es Ihnen nichts ausmachen würde, wenn ich mich anderweitig umsähe. Das paßt mir sehr gut. Vielleicht können Sie mir die reichsten Herren nennen, damit ich meine Zeit nicht mit Männern vergeude, die sich anstatt meiner vollen Aufmerksamkeit nur einen sehnsüchtigen Blick leisten können. Das würde uns allen viele weitere Unannehmlichkeiten ersparen, meinen Sie nicht, Hoheit?«

»Ich meine, daß du dich keinen Deut um Annehmlichkeiten scherst, *querida.* Wenn du das tätest, hättest du deine Reize nicht so marktschreierisch vor Männern zur Schau gestellt, die dir nur einen kurzen Genuß im Unkraut bieten könnten. Wenn man bedenkt, daß du vor ein paar Tagen noch Jungfrau warst, dann hast du den Schritt zur Käuflichkeit mit beachtlicher Geschwindigkeit vollzogen.«

»Sie Ungeheuer! Halten Sie sofort das Pferd an und lassen Sie mich absteigen! Als ob ein Mann wie Sie einen Begriff von Unschuld hätte! Ich weigere mich, auch nur noch einen Schritt mit einem so verachtungswürdigen Mann wie Ihnen weiter zu reiten oder zu gestatten …«

Als er den Druck seiner Arme diesmal verstärkte, unterband er damit jäh den Fluß ihrer zornigen Worte und schnürte ihr die Luft ab. »Genug!«

Er sagte es leise, doch die Drohung, die dabei in seiner Stimme mitschwang, war laut genug, um ihre Wut zu zügeln und sie daran zu erinnern, daß sie, wenn sie heil aus dieser mißlichen Lage herauskommen wollte, Vorsicht walten lassen mußte. Und so atmete sie tief durch, als er seine Umklammerung lockerte, und biß sich auf die Unterlippe.

Bretts hartes Lachen ging mit einem heißen Atemstoß einher, der ihren Nacken und ihre Wange streifte. »Wie ich sehe, kann man dich noch immer aus der Reserve locken – und dabei hatte ich gerade zu glauben angefangen, du hättest dir abgewöhnt, dich wie eine fauchende, kleine Katze zu gebärden.«

»Sie haben sich ja auch nicht abgewöhnt, sich unerträglich zu gebärden.«

»Paß auf, Prinzessin – nimm den Mund nicht zu voll.«

»*Sie* sind es, der den Mund zu voll nimmt! All das Gerede, daß Sie gegen Ihren Willen in England und Herzog sind! Ihre Handlungsweise zeigt deutlich, daß das nur leere Worte sind. Sie sind ein ... Betrüger!« Der Druck seiner Arme verstärkte sich erneut, und sie wand sich, auch vor Zorn atemlos, darin, bis sie es schaffte, sich so weit umzudrehen, daß sie ihn ansehen konnte. Sein Blick war eisig, und seine Kiefermuskeln spielten unter der dunklen Haut. Wer war er wirklich? fragte sie sich bei aller Wut mit einem Anflug von Neugier. Er verwirrte sie ebenso wie er sie in Rage brachte. Im Laufe der vergangenen Wochen war ihr sein Körper beinahe eben so vertraut geworden wie es ihr eigener für sie war, und doch wußte sie sowenig über ihn, über seine tatsächlichen Wünsche. Warum blieb er in England, wenn er sich so danach sehnte, nach Amerika zurückzukehren? Es steckte mehr dahinter als die Verheiratung seiner Cousinen – das wußte sie. Brett Banning war kein Mann, den solche Dinge ernsthaft interessierten. Er hätte keinerlei Skrupel, diese Angelegenheit der verwitweten Herzogin zu überlassen. Warum also war er noch hier?

Anstatt ihn danach zu fragen, sagte sie ungehalten: »Müssen wir so schnell reiten? Sie hätten mich mein Pferd holen lassen sollen ...«
»Das scheint mir auch so.«
Es wäre ihr vielleicht noch etwas eingefallen, das ihm das Ausmaß ihrer Verachtung deutlich gemacht hätte, aber er trieb das Pferd zu einer noch schnelleren Gangart an, wodurch alles, was sie gesagt hätte, stoßweise in einzelnen Worten herausgekommen wäre, was die Wirkung zunichte gemacht hätte. Es war natürlich empörend, daß er so eine niedere Meinung von ihr und sie vorhin aus dem Zigeunerlager gezerrt hatte wie ein ungezogenes Kind – aber andererseits bereitete es ihr Genugtuung, daß er nach einer Woche in London offenbar nichts Neues herausgefunden hatte, das er ihr vorwerfen könnte. Er wußte ja alles über sie und beinahe alles über Faustine. Es war kein Geheimnis, daß seine Anwälte sofort Nachforschungen über sie angestellt hatten, nachdem sie bei ihnen vorstellig geworden war, und daß er vorhin angedeutet hatte, etwas Schlimmes über sie erfahren zu haben, war lediglich auf seine Gewohnheit zurückzuführen, sie – aus welchem Grund auch immer – mit boshaften Bemerkungen verletzen zu wollen. Es war, als gebe er ihr die Schuld daran, sie von Lady Seftons Ball entführt zu haben. Aber war es nicht ihr gutes Recht, um das zu kämpfen, was ihr zustand? So wie sie Brett Banning kennengelernt hatte, würde *er* sich ganz sicher nicht widerspruchslos um etwas betrügen lassen, was er als sein Eigentum betrachtete. Nur weil sie eine Frau war, sollte das für sie nicht gelten?
Die Versuchung, ihm ihre Überlegung mitzuteilen, war fast übermächtig, doch sie beherrschte sie eisern und blieb, wie sie es sich vorgenommen hatte, kühl und gelassen – sogar, als er sie

nach der Ankunft in Ridgewood vor dem Haus fast vom Pferd warf und anherrschte: »Geh rein und warte auf mich.«
Es lag ihr auf der Zunge, ihm etwas in der Art entgegenzuschleudern, wie sie es von den Dienstboten aufgeschnappt hatte, wenn sie Streit hatten, etwas Ordinäres, Primitives. »Leck mich am Arsch!« hätte ihr jetzt ungeheuer gut getan, und wahrscheinlich war das die einzige Sprache, die ein Mann wie Brett wirklich verstand, aber unglücklicherweise würde sie damit nur die niedere Meinung bestätigen, die er von ihr hatte, und sie mußte ihn immer wieder mit eisiger Zurückhaltung daran erinnern, daß sie *keine* dieser Frauen war!
Aber als sie die Stufen mit soviel Würde, wie sie aufbringen konnte, hinaufstieg, dabei die neugierigen Blicke von Mrs. Lynch und sogar Susans nicht beachtend, konnte sie den Gedanken, daß sie doch eine dieser Frauen war, nicht beiseite schieben. Nicht aus freien Stücken, aber aufgrund der Umstände. O Gott – würde sie sich nun ihr Leben lang mit diesem *Urteil abfinden müssen? Kein Wunder, daß die arme Maman aus England geflohen war. Ein Leben als Dienstbote mußte ihr ungleich angenehmer erschienen sein, als die Schmach der Verachtung jener zu ertragen, die einmal ihre Freunde gewesen waren.*
Der Kattunrock flatterte um ihre Waden, als sie an den Marmorstatuen in der Eingangshalle vorbei- und die Freitreppe hinaufging, als sei es völlig normal, daß sie in solchen Kleidern nach Hause kam. Tante Celeste hatte einmal gesagt, daß einer Lady fast alles verziehen werde, solange sie es mit Stil tue.
Sie war nicht so davon überzeugt, wie sie es gerne gewesen wäre.
Aber sie würde Brett nicht gestatten, sie über die Maßen einzuschüchtern – er mochte der Herzog von Wolverton sein, doch

sie hatte ihren Stolz und würde sich nicht alles gefallen lassen. Als er hereinkam, saß sie an dem kleinen Frisiertisch und bürstete ihre Haare. Ihre Blicke trafen sich im Spiegel. Sie unterbrach ihre Tätigkeit nicht, zog die Bürste langsam durch die Locken, lauschte dem Knistern der Strähnen, die sich wie Seidenbänder um ihre Finger ringelten. Warum mußte er sie so ansehen – so ... kalt? Es bereitete ihr Unbehagen, erschwerte es ihr, die Oberhand zu behalten, ihre äußere Gelassenheit zu wahren, doch die war alles, was sie im Moment zusammenhielt, denn sie fühlte sich so zerbrechlich wie eine leere Eierschale.

Er kam über den dicken Teppich auf sie zu, mit dem geschmeidigen Raubkatzengang, der sie so nervös machte. Zum Teufel mit ihm – er *wollte* sie verunsichern! Nun – sie würde es nicht zulassen! Sie würde die Souveräne spielen, gleichgültig, was er sagte.

Doch das war nicht so einfach, als er, noch immer ihre Augen festhaltend, mit einem seltsamen Gesichtsausdruck und leiser, heiserer Stimme sagte: »Du hättest mir von Lord Brakefield erzählen sollen, Kyla.«

Sie starrte sein Spiegelbild entgeistert an. »Lord Brakefield?«

Das verblüffte Echo war kaum über ihre Lippen gekommen, als er mit der Hand in ihre Haare fuhr, brutal zupackte und ihren Kopf so weit nach hinten zog, daß sie gezwungen war, ihn direkt anzusehen, anstatt indirekt im Spiegel.

»Ja, Lord Brakefield. Earl of Northwick. Willst du vielleicht so tun, als wüßtest du nicht, wovon ich rede? Mein Gott! Hieltest du es nicht für erwähnenswert?«

Der Unterton in seiner Stimme machte deutlich, wie tief ihn getroffen hatte, worauf er jetzt anspielte, aber sie stand noch immer vor einem Rätsel. »Ich wurde Lord Brakefield bei Lady

Sefton vorgestellt, aber ich verstehe nicht, in welcher Weise mir das nachteilig ausgelegt werden kann.«

Er zog ihren Kopf noch weiter zurück und streichelte mit seiner rauhen Hand unerklärlich sanft ihre Kehle. »Du hättest es mir sagen sollen, Kyla. «

»Wirklich, Brett – ich habe keine Ahnung, wovon Sie sprechen. Was hätte ich Ihnen sagen sollen? Daß ich Lord Brakefield mit seinen Stachelbeeraugen und dem pockennarbigen Gesicht für einen ziemlich beunruhigenden Mann hielt? Nun, das ist die Wahrheit – aber ich begreife nicht, warum Sie zu glauben scheinen, daß wir uns über ihn hätten unterhalten sollen.«

»Wenn du mir von ihm erzählt hättest, wäre ich nicht so überrascht gewesen, als ich es jetzt in London von anderer Seite hörte.« Er ließ sie abrupt los, trat zur Seite, lehnte sich neben dem Spiegel an die Wand und schaute mit der für ihn typischen, hochgezogenen Braue mit der spöttischen Miene, die sie so haßte, auf sie herunter. »Und was ich meine, bezieht sich nicht auf seine äußere Erscheinung.«

»Wovon in aller Welt reden Sie?« Ihre Verwirrung wurde von Verärgerung abgelöst, und sie starrte ihn, den Griff ihrer Haarbürste fest umklammernd, feindselig an.

»Brakefield und deine Mutter, die berüchtigte Faustine Auberge, Hure der geilen Geldsäcke ... stimmt es, daß sie dich an ihn verkauft hat, meine Süße, oder ist das nur ein anderes, unbegründetes Gerücht, so wie deine Herkunft und Bescheidenheit?"

Kapitel 14

Selbst in Anbetracht seines Zorns darüber, daß sie ihm dies verschwiegen hatte, war das ein harter Schlag. Alle Farbe wich aus ihrem Gesicht, und ihre weitaufgerissenen Augen erinnerten ihn an die eines waidwunden Rehs. Verdammt. Sie wirkte so rein und unschuldig – aber *war* sie es? Er stellte fest, daß es ihm Schwierigkeiten bereitete, das, was Northwick gesagt hatte und andere ihm bestätigt hatten, mit der jungen Frau, die da vor ihm in seinem Schlafzimmer saß, zu vereinbaren. War sie, was sie angedeutet hatten? Northwicks Verderbtheit war ein offenes Geheimnis, und Faustine war verzweifelt gewesen. Hatte sie ihre Tochter zu einem Preis an den Earl verkauft, der es ihr ermöglichte, England zu verlassen, wie Brakefield behauptete? Es war denkbar, sogar wahrscheinlich – und aus irgendeinem Grund fühlte er sich elend bei diesem Gedanken.

Northwick, ein Wüstling, ein Dieb, sein eingeschworener Feind, ein verzweifelter Mann, der ihn zu ruinieren versuchte und sich nichts dabei denken würde, auch das Leben einer jungen Frau im Zuge dessen zu zerstören. Kyla war das schwache Glied in dem ihm sich entfaltenden Komplott, und das verletzlichste. Mein Gott – wie war sie da hineingeraten?

Sie machte Anstalten aufzustehen, ließ sich dann jedoch langsam auf den Stuhl zurücksinken. Ein Hauch ihres Parfüms wehte zu ihm herüber. Jasmin. Süß und berauschend – so betörend wie die geheimnisvolle Lady, die es trug. Sie war nichts, was sie zu sein schien – nicht unschuldig. Aber auch nicht so verdorben, wie er anfangs geglaubt hatte. Verdammt noch mal – was *war* sie? Eine scheue, naive junge Frau? Oder entsprach sie der Schilderung Northwicks und hatte als kleines Mädchen an perversen Spielen teilgenommen, die keinem Kind jemals zugemutet werden sollten?

Brett betrachtete sie aufmerksam. Ihre Erschütterung schien echt zu sein. Sie schaute an ihm vorbei. »Wird das ... wird das von mir erzählt? Daß ich Lord Brakefields ... *Spielzeug* war?« Sie sprach das Wort mit abgrundtiefem Ekel aus, spuckte es aus, als schmecke es bitter, und seine Augen verengten sich leicht.

»Ja. Natürlich weiß ich gewisse Dinge über dich, die ihm anscheinend nicht bekannt sind, aber Männer wie Northwick können einen Menschen auch in einer Weise schänden, die sich nicht nachweisen läßt. Hat er dich anfgefaßt, Kyla? Hat deine Mutter dich an ihn verkauft?«

Sie stieß ein ersticktes, hartes Lachen aus und verzog den Mund. »Ist es so wichtig für Sie, das zu wissen, Brett? Ich denke nicht. Es kann Sie doch nicht interessieren, was man mir in der Vergangenheit angetan hat. Schließlich haben Sie mir in den letzten zwei Wochen sehr viel mehr angetan...«

»Verdammt noch mal – das ist nicht dasselbe! Du bist jetzt eine Frau, kein hilfloses Kind mehr.«

»Ja, so ist es.« Sie erhob sich mit einer fließenden, graziösen Bewegung und schüttelte mit der freien Hand die Falten aus ihrem Rock. »Ich bin jetzt eine Frau, und die Vergangenheit spielt nur noch eine Rolle, wenn man es zuläßt. Aber Sie haben mir erklärt, daß die Vergangenheit ohne Bedeutung sei, was meine

Herkunft betrifft – warum wollen Sie sich dann mit schmutzigen Details aus jener Zeit befassen?«

»Ich habe meine Gründe.«

»Zweifellos – aber welche das sein könnten, ahne ich nicht.«

»Schützt du ihn etwa, Kyla? Mein Gott! Ich glaube, das tust du tatsächlich!« Er starrte sie mit einer Mischung aus Zorn und Enttäuschung an. Hektische Flecken glühten auf ihren Wangen, und ihr Mund war zu dem Strich zusammengepreßt, den er inzwischen aus Erfahrung als Rückzug in die Schweigsamkeit deuten konnte. Mehrere Möglichkeiten zuckten durch seinen Kopf, und nach ein paar Augenblicken sagte er entschieden: »Nein – du schützt deine *Mutter.* Sie hat dich an dieses perverse Schwein verkauft, und du stellst dich schützend vor sie...«

Kylas Reaktion traf ihn völlig unvorbereitet. Sie stürzte sich auf ihn, schrie, daß er sich irre, und versuchte in blinder Wut, ihn zu schlagen und ihm das Gesicht zu zerkratzen, was er verhinderte, indem er ihre Handgelenke packte und ihr die Arme auf den Rücken drehte. Sie mit seinem Körper gegen die Tischkante drückend, hielt er sie fest, bis sie ruhiger wurde und ihre Gegenwehr erlahmte. Keuchend, mit von hellen, wirren Locken umrahmtem Gesicht, die sich unter ihrem Kopf wie eine seidige Flut auf die Tischplatte ergossen, starrte sie mit tränenglitzernden Augen feindselig zu ihm auf. »Lassen Sie mich los«, preßte sie mit zusammengebissenen Zähnen hervor. »Sofort!«

»Versprich mir erst, daß du nicht wieder nach mir schlagen wirst. Ich will dir nicht wehtun. Nein – schwöre, daß du dich benehmen wirst.«

»Ich schwöre es.« Das kam widerwillig und erst nach einer langen Pause, und so behielt er sie im Auge, nachdem er sie losgelassen hatte und einen Schritt zurückgetreten war. Sie löste sich von der Tischkante und richtete sich auf. Mit abgewandtem Gesicht strich sie sich die Haare aus den Augen, und plötzlich wallte Mitleid in ihm auf. Es kam so überraschend und war ein so ungewohntes Gefühl für ihn, daß er im ersten Moment gar nicht damit umzugehen wußte, und so blieb er verlegen und mit finsterer Miene stehen, wo er stand.

Kyla schaute zu ihm auf und sagte mit ruhiger Stimme: »Meine Mutter hat mich nicht verkauft, wie Sie glauben. Es ist nichts dergleichen vorgefallen – wenn es so wäre, würde ich mich daran erinnern. Aber Northwick ... er muß der Mann aus meinen Träumen sein. Meinen Alpträumen.« Sie lachte tonlos. »Ich war damals noch sehr klein, aber ich erinnere mich an einige Dinge, bestimmte Eindrücke ... seine Augen und seine Stimme. Darum kam er mir so bekannt vor, darum fühlte ich mich irgendwie *schmutzig*, als er mich an dem Abend auf Lady Seftons Ball musterte. Ich hatte mich darüber gewundert.«

Tränen hingen an ihren durch die Nässe zusammengeklebten Wimpern. Brett kamen Zweifel. Sie klang aufrichtig. Entweder war sie eine viel bessere Schauspielerin, als er es ihr zugetraut hatte, oder ihre Gefühle waren echt. Jedenfalls war er verunsichert genug, um die Wahrheit herausfinden zu wollen – wie immer die auch aussehen mochte. Der Teufel sollte sie holen! Er hatte gedacht, indem er Ridgewood verließe, könne er sie und sich selbst in den Armen anderer Frauen vergessen. Anfangs war es ihm auch fast gelungen, als er eines Abends mit Kenworth zu Arthur's zum Kartenspielen ging und von dort aus eine Tour durch die finstereren Schlupfwinkel machte, die er in den Randgebieten Londons aufzusuchen pflegte, wenn ihm der Sinn nach ausschweifenden Vergnügungen in Pall Mall oder Covent Garden stand.

In einem der Häuser hatte er sich eine schlanke Blondine ausgesucht, deren Formen, lange Beine und duftende, seidige Haarflut ihn an Kyla erinnerten. Er hatte schon zuviel getrunken, um die kleinen Unterschiede gleich wahrzunehmen. Erst später am Abend fielen sie ihm auf, die gröberen Züge, die vulgäre Ausdrucksweise, das billige Parfüm – und im selben Augenblick verlor er jedes Interesse an ihr.

Und dann fand er bei seiner Rückkehr Kyla bei den Zigeunern vor, wo sie nur höchst mangelhaft bekleidet tanzte und mit offenen Haaren, als käme sie gerade aus dem Bett eines Mannes, und alle häßlichen Bemerkungen und Andeutungen schienen sich zu bestätigen. Eine geborene Dirne. Im zarten Alter als Gespielin für Männer verkauft ... für Northwick.

Der Ausdruck in Kylas feuchten Augen war der eines verlassenen Kindes, und plötzlich kam er sich wie ein Unmensch vor – als hätte er einem kleinen Welpen einen Tritt versetzt. Es sollte ihm wirklich gleichgültig sein, was sie getan hatte, bevor er sie kennenlernte – o Gott, es *war* ihm nicht gleichgültig. Der bloße Gedanke daran, daß Northwick sie auch nur berührt hatte, weckte den wilden Wunsch in ihm, diesen Wüstling umzubringen – nicht nur, weil kein Mann einem Kind so etwas antun sollte, sondern auch, weil dieses Kind Kyla gewesen war. Die schöne, durchtriebene Kyla.

Es war offensichtlich, daß Northwick sie dazu benutzen wollte, ihn dazu zu provozieren, sein Blatt zu überreizen, doch er hatte nicht die Absicht, ihm diesen Gefallen zu tun. Er hatte seine eigenen Methoden, Vergeltung zu üben.

»Morgen, meine Schöne, fahren wir nach London«, sagte er leise. »Um diese Zeit ist es voller Leben, und einige meiner Bekannten möchten meinen neuen Marienkäfer kennenlernen. Ich denke, du wirst es unterhaltsam finden.«

Sie starrte ihn nur schweigend an. Ihre Alabasterhaut war von einem zarten, rosigen Schimmer überhaucht, der zum größten

Teil auf den warmen Schein der Lampe zurückzuführen war. Er umfaßte ihr Kinn und beobachtete, wie ihre Lider sich leicht flatternd über ihre Augen senkten. Dann beugte er sich hinunter und küßte sie leicht auf den Mund. Ihre Lippen waren so kalt wie die einer Statue.

Es kostete ihn Überwindung, nicht den Versuch zu machen, ihr eine Reaktion abzuringen, doch er ließ sie los, trat zurück und sagte mit scheinbar gleichmütiger Stimme, als spiele all dies nicht die geringste Rolle: »Schlaf gut, meine Schöne. Wir brechen morgen schon sehr früh auf.«

Als er die Tür hinter sich schloß, wurde ihm bewußt, daß sie keine seiner Fragen wirklich beantwortet hatte.

Gereizt ging er in den kleinen Salon hinunter und wartete bei einem Brandy auf Godfreys Rückkehr. Er würde bestimmt bald kommen. Sein Freund war besorgt um Kyla – viel zu besorgt für seinen Geschmack – und würde sich beeilen, zurückzukommen, um sich zu vergewissern, daß ihr kein Leid geschehen war.

Seine Vermutung war richtig. Godfrey traf nach kurzer Zeit ein, schloß, nachdem er Brett im Salon gefunden hatte, die Tür hinter sich und baute sich vor dem Kamin auf, wo Brett mit seinem zweiten, exzellenten, französischen Brandy in einem Ohrensessel saß.

»Ich gehe davon aus, daß Miss van Vleet wohlbehalten in ihrem Zimmer ist und sich zur Ruhe begeben hat.«

»Also wirklich, mein Bester«, spöttelte Brett gutmütig, stellte den Schwenker auf ein lackiertes Tischchen, stand auf, lehnte sich an den Kaminsims und musterte seinen Freund und Blutsbruder mit gespieltem Befremden, »was interessiert es dich, ob sie sich zur Ruhe begeben hat oder ich mich ihr gegenüber anständig benommen habe?«

Godfreys dunkles Gesicht war ausdruckslos, doch in seiner

Stimme lag ein scharfer Unterton. »Wenn du dich ihr gegenüber anständig benommen hättest, wäre sie nach wie vor bei ihrer Patin in London. Mußt du sie in diese Geschichte hineinziehen?«
»Woher weißt du denn, daß ich das tue? Vielleicht beabsichtige ich sie zu der illustren Comtesse du Bois zurückzuschicken.«
»Nein, das tust du nicht. Deine frühe Rückkehr kann nur bedeuten, daß sich die Dinge nicht deinen Wünschen gemäß entwickelt haben und du Miss van Vleet jetzt als Köder benutzen willst. Habe ich recht?«
Brett schüttelte leise lächelnd den Kopf. »Du bist in der Tat scharfsinnig. Es würde mich nicht überraschen, dich in die höchste Regierungsebene aufsteigen zu sehen – wenn du nicht so ehrenwert wärst.«
»Wenn du damit fertig bist, mich zu beleidigen, beantworte mir bitte meine Frage.«
»Ja – ich habe die Absicht, unseren reizenden, kleinen Gast als *Köder* zu benutzen, wie du es so brutal formuliert hast.« Er rieb sich das Kinn und schaute Godfrey nachdenklich an. »Jedenfalls gewissermaßen. Es wird ihr nichts geschehen. Wenn ich mein Ziel erreicht habe, werde ich sie gut bezahlen und zu ihrer Patin zurückschicken. Genügt das, um dich glücklich zu machen?«
Godfrey zuckte mit seinen massigen Schultern. »Wird es *dich* glücklich machen?«
»Was, zum Teufel, meinst du damit?«
»Nur, daß du nicht so unempfänglich für die Reize der jungen Dame bist, wie du es vielleicht gerne wärst.«
»Der Teufel soll dich holen. Sie ist ein Mittel zum Zweck, eine Möglichkeit, zwei Fliegen mit einer Klappe zu schlagen, wie das Sprichwort sagt. Ich kann ihren hartnäckigen Anspruch loswer-

den und gleichzeitig mich von einer Bedrohung befreien – ein perfekter Plan, wie sich herausgestellt hat.«

»Was hast du in London herausgefunden?«

»Genau, was ich erwartet hatte.« Seine Kiefermuskeln spielten. »Northwick hat tatsächlich die Besitzurkunde meiner Silbermine. Er muß sie auf dem Herzen tragen, denn mein Spitzel konnte sie nicht finden. Gottverdammt – wenn er sie auf seinen Namen umschreiben läßt, bekomme ich sie vielleicht nie wieder, oder wenn doch, wird es Jahre dauern, und während sich das Gericht mit der Frage befaßt, wer der Grundeigentümer ist, liegt die Silbermine brach. Herrgott noch mal! Es ist mir ein Rätsel, wie er überhaupt davon gewußt hatte. Sie hatte nichts auf dem Schiff zu suchen. Irgend jemand hat mich hintergangen, und wenn ich herauskriege, wer...« Er ließ den Satz unbeendet in der Luft hängen. Godfrey wußte auch so, was passieren würde, wenn er den Verräter fände, der Northwick diese Urkunde verkauft hatte. Wenn der Mann Glück hätte, würde er schnell sterben, aber es reizte ihn bei Gott, ihn langsam zu töten, wie es die Komantschen in diesem Fall täten, und ihn den Tod herbeisehnen zu hören, lange, bevor er ihn erlösen würde. Brett schaute auf und sah in Godfreys Augen, daß sein Freund genau wußte, was er dachte.

Brett schaute ins Feuer. »Aber immer eins nach dem anderen. Wenn ich mein Dokument wiederhabe, werde ich mich mit Northwick befassen und dann nach Amerika zurückfahren und mich des Verräters annehmen.«

»Der Mann tut mir jetzt schon leid.« Godfrey begegnete Bretts befremdetem Blick mit ausdrucksloser Miene. »Meinst du, daß Northwick die Urkunde zufällig in die Hände bekommen hat oder daß er den Auftrag gab, sie zu stehlen?«

»Das werde ich erfahren, wenn ich den dafür Verantwortlichen finde. Ich habe bei meinem Besuch in London ein paar höchst interessante Dinge über Lord Brakefield gehört. Diebstahl ist offenbar eines seiner harmloseren Laster. Er hat einen Hang zu jungen Mädchen – *kleinen* Mädchen. Wenn ich es arrangieren kann, dann wird diese Sünde ihm das Genick brechen.«

»Du weißt das mit Bestimmtheit?«

»Ein Augenzeuge ist bereit auszusagen. Das müßte Lord Northwicks Tod einleuchtender machen, denke ich.«

Godfreys Mundwinkel zuckte. »Du hast offensichtlich alles gründlich durchdacht. Könnte es sein, daß es sich bei dem erwähnten Augenzeugen um Miss van Vleet handelt?«

»Nein, das tut es nicht – aber sie war einmal eine seiner ...« Er hielt inne, weil sich etwas in ihm sträubte, es auszusprechen, beendete den Satz dann jedoch grimmig, »... Opfer, wenn ich in diesem Fall richtig informiert bin.«

»Nun – damit hast du *zwei* Gründe, an dem Earl Vergeltung zu üben. Ich verstehe.«

Brett musterte ihn einen Moment scharf. »Ja – ich glaube, das tust du. Aber geheimnisse nichts Zusätzliches hinein, *haitsi* – mein einziges Interesse an Kyla gilt dem kleinen Kind, als das sie damals zur Beute von Northwick wurde.«

Godfrey lächelte milde, und Bretts Augen verengten sich verärgert. Der Teufel sollte ihn holen! Er würde wie immer denken, was er wollte – aber das war nicht wichtig. Wichtig war, sich mit Northwick zu befassen.

Die Laternen entlang der Fahrbahn malten Regenbogen auf die von einem kürzlichen Guß noch nassen Straßen, als die herzogliche Kutsche anhielt. Kyla wahrte die Beherrschung. Es war schwierig, schwieriger, als sie je gedacht hatte, da Brett darauf beharrte, daß sie ihn begleitete. Warum tat er das? Was hoffte er zu beweisen? Es war enervierend, daß er sie so höflich seit ihrer Rückkehr nach London behandelte. Es schwelte etwas unter dieser Höflichkeit, das sie nervös machte, spürte sie, daß er einen ganz bestimmten Zweck verfolgte – und sie war sicher, daß ihr nicht gefallen würde, was er vorhatte.

Sie wagte einen Blick in seine Richtung. Brett starrte aus dem Fenster. Vom Licht der Lampen draußen umrissen und im Dunkel des Kutscheninneren nur undeutlich zu erkennen, wirkte sein Gesicht abweisender denn je. Er hatte sie nicht einmal angerührt, seit sie wieder in der Stadt waren. Sie war zwar dankbar dafür – oder redete es sich zumindest ein –, doch seine Zurückhaltung verunsicherte sie auch. Dies war ganz gewiß nicht der Brett Banning, als den sie ihn kennengelernt hatte, der hartäugige Despot, der sie vor aller Augen von Lady Seftons Ball entführt hatte. Jetzt waberte eine beängstigende Gewalttätigkeit unter der beherrschten Oberfläche, und heute abend noch entschieden stärker als während der vergangenen Wochen.

Mit einem kleinen Stirnrunzeln streckte sie eine Hand aus und begutachtete, prüfend die Finger bewegend, ihre neuen weichen Handschuhe. Der mit Marabufedern besetzte lange Kapuzenmantel, die handgenähten Brokatschuhe von R. Willis in der Fish Street 421, mit Rubinsplittern besetzt, das herrliche Collier aus Rubinen und Brillanten um ihren Hals – imitierten, die verzierten Strümpfe und exquisiten Strumpfbänder aus Satin und Spitze waren nur Beiwerk zu ihrem Kleid. Ein Traum aus Seide über Satin, schien es sie wie Meereswellen zu umspülen. Die hochangesetzte Taille wurde direkt unter ihren Brüsten durch eine reich mit winzigen Rubinen bestickte goldumrandete Borte gehalten. Als Kyla sich in dem hohen Spiegel sah, hatte sie im ersten Moment gedacht, daß sie es nicht *wagen* könnte, solch ein Kleid zu tragen, denn die dunkelrote Seide über dem beigen Satin weckte die Illusion, daß sie darunter völlig nackt sei.

Erst als Brett wie angewurzelt in der Tür stehengeblieben war und sie aus schmalen Augen anstarrte, hatte sie begriffen, daß es genau das Kleid war, in dem er sie sehen wollte. Jeglicher Protest wäre sinnlos gewesen, und so hatte sie nur lässig mit den Schultern gezuckt und gemeint, es sei ein sehr hübsches Kleid.

»Soll ich die Röcke anfeuchten, damit sie durchsichtig werden? Immerhin muß man so ganz *genau* hinschauen, um etwas zu sehen.«

»Nein – du zeigst auch ohne das genug«, erwiderte Brett, ihren bissigen Ton übergehend. Er zuckte gleichgültig mit den Schultern, aber sie sah in seinen Augen, daß er meinte, was er sagte. Warum in aller Welt wollte er dann, daß sie ein solches Kleid *trug?*

Jetzt, in der Öffentlichkeit, fühlte sie sich nackt und bloß und wußte, daß sie genauso aussah wie das, was sie geworden war – eine Kurtisane. Oh, was würde Tante Celeste sagen, wenn sie davon erführe? Sie würde entsetzt sein, tief enttäuscht. Sie machte Kyla nicht für das Geschehene verantwortlich, doch es schwang eine deutlich wahrnehmbare Traurigkeit mit in ihren herzlichen Worten und dem Angebot, sie zu unterstützen, sobald Wolverton sie freigäbe. Ihr kurzes Wiedersehen war voller Anspannung und Unbehagen vonstatten gegangen.

Kyla fuhr geistesabwesend mit den Fingern über ihr verschwommenes Spiegelbild im Kutschenfenster und starrte, ohne etwas zu sehen, auf die nebelige Straße hinaus. Würde sie alles verlieren?

»Wir sind da, Kyla. Hör auf, dich zu bewundern – gleich werden das andere für dich tun.«

Bretts bissige Bemerkung kränkte sie, und sie schaute, heftig an ihren Handschuhen zerrend, zornig zu ihm auf. »Wenn Sie wollten, daß ich wie eine Vogelscheuche aussehe, hätten Sie nicht dafür gesorgt, daß ich ein so enthüllendes Kleid trage, Hoheit. Es scheint mir, Sie wollen die Leute heute abend auf meine Position aufmerksam machen, sie nicht verheimlichen.«

Seine Augen verengten sich leicht. »Du bist klüger, als ich dachte. Wie unangenehm. Vielleicht will ich ja nur deinen Preis in die Höhe treiben – dein Unterhalt kommt mich inzwischen verdammt teuer. Der Lakai wartet, meine Schöne – wollen wir hineingehen?«

Sie hätte ihm liebend gerne ein paar deutliche Worte gesagt, doch es flogen bereits neugierige Blicke vom King's Theatre in ihre Richtung. Großer Gott – so viele Menschen! Kutschen und allenthalben juwelenglitzernde Mitglieder der Londoner Gesellschaft drängten sich in eleganter Abendkleidung in der Haymarket Street. Erst als Kyla an Bretts Arm am Eingang zu dem riesigen Zuschauerraum stand, gestattete sie sich, sich ihre zitternden Knie und das flaue Gefühl im Magen einzugestehen. Sie zwang sich, ihren Kopf aufrechtzuhalten. Niemand würde ihr anmerken, wie nervös sie war, wenn sie es zu verbergen mochte, warum sollte sie ihnen diese Freude machen?

Seltsamerweise war Brett in diesem Augenblick ihr Bollwerk, wehrte die neugierigen, auf sie gerichteten Blicke ab. Sie zog, froh, daß er ihr gewagtes Kleid zur Hälfte verbarg, ihren Mantel enger um sich und wünschte sich weit weg. Sie empfand Bretts Gegenwart als wohltuend. Er trug einen maßgeschneiderten, dreiteiligen schwarzen Abendanzug mit Weste, und ein schneeweißes Tuch war zu einer eleganten Halsschleife gebunden, die sein dunkles, gutgeschnittenes Gesicht besonders zur Geltung brachte. Er war auf arrogante Weise anziehend, ein Mann, der die Blicke auf sich zog – zumeist Blicke hinter we-

delnden Fächern oder unter halbgesenkten Lidern. Wenn er nicht so hassenswert wäre, hätte sie sich sogar vorstellen können, sich eines Tages ein bißchen in ihn zu verlieben.
Immerhin machte er sie manchmal regelrecht atemlos, vor allem, wenn er sie mit halbgeschlossenen Augen und diesem hinreißenden Lächeln ansah, mit dem er sie immer wieder überraschte ... und wenn er sie berührte und zärtliche Worte in ihr Ohr murmelte, vergaß sie hin und wieder, daß es nur Erotik war, und sie erlaubte es sich, in einem solchen Moment zu glauben, daß sie seine Liebe war, daß sie ihm etwas bedeutete. Natürlich war das töricht, und wenn er gegangen oder neben ihr eingeschlafen war, wurde sie sich wieder der Wahrheit bewußt, doch diese kurzen Augenblicke der Hoffnung machten sie im nachhinein ruhelos und unsicher und – ja, sie gab es zu – zornig.
Nichts in ihrem Leben hatte sich so entwickelt, wie sie gedacht, wie sie es sich als junges Mädchen erträumt hatte, wenn sie sich, auf dem Rücken auf ihrem Lethe treibend, ihre Zukunft ausmalte. Es kam ihr vor, als sei das in einem anderen Leben gewesen, auf einem anderen Planeten. Hier trieb sie in feindlichen Gewässern, hilflos dem Mahlstrom ausgeliefert, zu dem ihr Leben sich entwickelt hatte, ohne zu wissen, wem sie trauen oder ob sie jemals wieder Herrin über sich selbst sein könnte.
»Guten Abend, Euer Gnaden«, murmelte eine weibliche Stimme, und als Kyla sich ihr zuwandte, sah sie Countess of Grenfield süffisant lächeln. »Ich wußte ja gar nicht, daß Sie die Oper lieben.«
»Meine Interessen sind breitgefächert, Mylady.« Brett zog leicht an Kylas Arm, bis sie seiner stummen Aufforderung nachkam, näher an ihn heranzurücken, so daß das Licht einer hohen Lampe auf ihr Gesicht fiel. »Kennen Sie Miss van Vleet schon?«

Für einen kurzen Augenblick trafen sich Kylas Blicke mit denen von Lady Grenfield, bevor die Gräfin wegschaute und mit frostiger Stimme und kaltem Blick erwiderte: »Nein. Entschuldigen Sie mich, Euer Gnaden. Vielleicht unterhalten wir uns ein andermal.«

Es war ein ganz klarer Affront, kalt und tödlich, und Kyla wurde flammendrot. Diese Katze. Sie kannte sie sehr wohl! Sie hatten sich vor drei Monaten kennengelernt, und damals war Lady Grenfield ihr mit ausgesprochener Herzlichkeit begegnet. Wie empörend! Die Countess hatte selbst keinen lupenreinen Ruf, wurde von manchen der gesetzteren Witwen der Londoner Gesellschaft als ›lebenslustig‹ apostrophiert, und daß ausgerechnet sie Kyla eindeutig schnitt, war empörend. Dasselbe galt für Lady Melbourne. Die Countess hatte eine ganze Reihe von Kindern von verschiedenen Vätern, und trotzdem wagte sie es, sie in dieser Weise zu brüskieren.

Lady Grenfield war nicht die einzige, die sie an diesem Abend schnitt. Nicht eine der Damen, die auf Soireen ihre Begleiterinnen, bei Teegesellschaften ihre Gastgeberinnen oder Gäste in Lady Rushtons Haus gewesen waren, wechselte auch nur ein Wort mit ihr. Nach dem ersten geschockten Blick behandelten sie sie wie Luft.

Die Männer hingegen hatten keinerlei Bedenken, mit ihr zu sprechen, doch es wäre ihr fast lieber gewesen, sie hätten es nicht getan. Die versteckten Blicke und die Bemerkungen waren allgegenwärtig für sie, so daß sie die Begrüßungen der Herren kaum wahrnahm, und ihre Blicke und Worte ungehindert über sich ergehen ließ.

Es schien eine Ewigkeit zu vergehen, bis sie die von Brett abonnierte Loge erreichten, einem eleganten Raum mit schweren Samtvorhängen und Plüschsesseln, von denen aus man das Geschehen auf der Bühne darunter verfolgen konnte. Er zog die Vorhänge beiseite und dirigierte sie in den kleinen, mit Teppich ausgelegten Raum, in dem es nach Kerzenwachs und abgestandenem Parfüm roch. Kyla blieb einen Moment stehen, um sich an die hier herrschende Dunkelheit zu gewöhnen.

Wolvertons Loge befand sich so nah an der Bühne, daß man sie, wenn man sich herausbeugte, fast berühren konnte. Im untersten der fünf Stockwerke gelegen, galt sie als beste des Hauses. Wie ein riesiges Hufeisen geformt, rühmte sich der Zuschauerraum, der größte von Englands Festspielhäusern zu sein, und das glaubte sie unbesehen. Außer den fünf Etagen teurer Logen und dem Parterre gab es eine riesige Galerie, auf der unglaubliche dreitausenddreihundert Personen Platz fanden. Unmengen von Menschen drängten sich in dem Gebäude, glitzernd von Juwelen und mit klingenden Namen, die gekommen waren, um zu sehen und gesehen zu werden und um die Oper zu genießen. Die hohe Stuckdecke war mit diversen Motiven bemalt und reich vergoldet. Unten aus dem Orchestergraben drangen mißlungene Töne von Geigen und Hörnern herauf, die Instrumente wurden gestimmt, und alles mischte sich mit dem Geplapper, Gemurmel und Lachen im Haus. Brett schob sie an, und sie trat mit erhobenem Kopf ins Licht, um den neugierigen Blicken die Stirn zu bieten. Brett nahm ihr den Mantel ab und drapierte ihn über einen Stuhl, womit er sie in ihrem gewagten Kleid zur Schau stellte.

Raschelnde Seiden und Satins kündeten davon, daß Leute sich ihr zuwandten, und das plötzliche Versiegen von Gelächter und des Crescendos des Flüsterns zeigte, daß es da welche gab, die ihre Anwesenheit im King's Theatre höchst unterhaltsam fanden. Dies war schließlich ihr erstes öffentliches Debüt, nachdem Brett sie so spektakulär von Lady Seftons Ball entführt hatte,

und zweifellos war dieser Vorfall Thema von lebhaften Spekulationen und Gerüchten.
Sie wünschte, sie wäre nicht hier, wünschte, sie hätte Wolverton nie kennengelernt, wünschte – und das am inbrünstigsten –, sie wäre irgendwo außerhalb von England in Sicherheit. Vielleicht wieder in Indien, bei Papa Piers. Es kümmerte sie nicht, wenn sie arm wären oder sie keine Aussichten auf eine standesgemäße Heirat hätte. Wenn sie dort geblieben wäre, hätte sie wenigstens ihre Selbstachtung behalten und den Respekt der anderen. Hier war sie Gegenstand bösartigen Klatsches – bei einem unverfänglichen Auftritt wie hier in der Oper!
Und Brett hatte gewußt, daß es so sein würde – sonst hätte er nicht darauf bestanden, sie mitzunehmen. Warum quälte er sie so, der verdammte Teufel? Was versprach er sich davon?
Und dann glaubte sie die Antwort auf diese Frage gleich zu bekommen, als sie hinter sich jemanden röchelnd husten und dann eine überschwengliche Stimme fordern hörte, ihm das entzückende Geschöpf vorzustellen, das das zweifelhafte Glück habe, Wolvertons Gunst zu genießen.
»Wolverton – ich muß schon sagen, Sie sind ein echter Glückspilz. Nicht jeder findet eine so exquisite Schönheit. Ist sie *die* Schönheit, die seit kurzem in aller Munde ist? Die Sie von Lady Seftons Ball entführten? Sie ist wirklich eine Augenweide. Zauberhaft, verdammt zauberhaft. Schauen Sie sie an – herrliche *Formen*, Wolverton, herrlich.«
Mit vor Verlegenheit glühenden Wangen drehte Kyla sich um und wurde Seiner Hoheit, dem Herzog von Cumberland, vorgestellt. Der fünfte Sohn von König George galt allgemein als ungehobelter Widerling. Wäre er nicht königlicher Abstammung gewesen, hätte man ihm den Zugang zur Londoner Gesellschaft mit Sicherheit verwehrt. Doch er war der Sohn des

Königs und der Bruder des Regenten, und so wurde er, wenn auch höchst widerwillig, toleriert.
Kyla mußte sich zu einem Lächeln zwingen, doch sie hatte nicht vor, irgend jemanden auch nur ahnen zu lassen, wie sie sich fühlte – und ganz besonders nicht diesen abstoßenden Herzog mit seinem vom Krieg gezeichneten Gesicht und dem einen Auge, das sie so genau beäugte. Sein Blick saugte sich an ihren Brüsten fest, wo dunkelrote Seide locker über das schmale Unterkleid fiel, jedoch kaum etwas der Fantasie überließ. In dem Bewußtsein, daß Brett sie mit seiner gefürchteten, hochgezogenen Braue beobachtete, brachte sie ein hoheitsvolles, kühles Nicken zustande.
»Hoheit – es ist mir eine Ehre, Ihre Bekanntschaft zu machen.«
»Verdammt – sie ist wirklich reizend, Wolverton!« Cumberland schlug sich auf den Schenkel, und Kyla dachte, daß er primitiver wirkte als alle anderen Männer, die sie je kennengelernt hatte, und nichts an ihm darauf hindeutete, daß er der Bruder des Prinzregenten war. »Ja, ich verstehe, was Sie an ihr finden«, sagte er gerade, »und mein Bruder wird mit Sicherheit ebenso fasziniert von ihr sein. Aber das ist Ihnen natürlich bereits klar, nicht wahr?«
Das war eine erstaunlich schlaue Bemerkung, und Kyla hörte den Unterton in den so leicht dahingesagten Worten und schaute auf. Brett lächelte, wirkte völlig entspannt und für Nichteingeweihte, als sei er in dieser Kulisse zu Hause. Ein Heuchler, dachte sie plötzlich, der sich in einem Titel sonnte, der ihm nicht das geringste bedeutete. O ja, sie hatte seine abfälligen Bemerkungen darüber gehört und seine Äußerungen gegenüber Godfrey, daß er es nicht erwarten könne, wieder nach Amerika zu kommen. Sie wünschte, er würde gehen, würde sie in Ruhe lassen, anstatt sie in die Öffentlichkeit zu zerren, um

sie … *vorzuführen!* Was ging in seinem Kopf vor? Sie wußte, daß etwas dahintersteckte, daß Brett einen ganz bestimmten Grund dafür hatte, sie in die Oper zu schleppen. Dachte er, sie würde wie eine Marionette stillhalten und ihm gestatten, sie tanzen zu lassen? Falls es so war, dann würde er bald feststellen, daß er sich gewaltig täuschte.

Kyla klappte mit einem Ruck ihren Straußenfederfächer auf und fächelte sich lässig Luft zu, so daß die Federspitzen Nase und Wangen streiften. Als Cumberland ihr einen Blick zuwarf, lächelte sie und sah Bewunderung in seinen Augen.

»Es macht Ihnen doch nichts aus, wenn ich in Ihrer Loge bleibe, nicht wahr, mein lieber Wolverton? Es ist die beste im Haus. Meine ist nicht annähernd so gut, verteufelt ungünstig gelegen – aber Sie haben ja den Kies, um fünfzigtausend Pfund im Jahr für eine Opernloge hinlegen zu können, wie ich höre.«

Bretts Antwort war eine erwartete Zustimmung, die Cumberland jedoch nur am Rande hörte, da er sich zu Kyla herüberbeugte, um sie in eine nichtssagende Unterhaltung zu verwikkeln. Mehrere Minuten verstrichen, während sie, sich jede Sekunde Bretts amüsiert gehobener Braue und seines spöttischen Blickes bewußt, mit dem Herzog ein Geplänkel führte. Wäre er auch noch erheitert, wenn sie auf die versteckten Vorschläge Cumberlands einginge? Sie war fast versucht, es darauf ankommen zu lassen, doch das brächte sie vom Regen in die Traufe, und sie hatte nicht den Wunsch, sich das Leben freiwillig noch schwerer zu machen – vor allem, da Brett, wie sie an seinen wiederholten Blicken in Richtung des Korridors jenseits der Samtvorhänge erkannte, offensichtlich noch jemanden erwartete.

Bis sie ihn hinter sich hörte, andere ihn begrüßen hörte und das Flüstern lauter werden hörte, hatte sie keine Ahnung, um wen es sich handelte, doch als der Prinzregent mit königlichem

Selbstvertrauen hereinplatzte, wußte sie Bescheid. Wattiert und unterfüttert, von seltsamer Eleganz in seinen schwarzen Seidenhosen und der leuchtend gelben Weste, mit der gewollt ungekünstelten Frisur und dem runden, rotbäckigen, gutmütigen Gesicht machte er seinem Ruf als leutseligem Prinzen alle Ehre. Er begrüßte seinen Bruder mit einigem Erstaunen und dann Brett, bevor er seinen Blick bewundernd auf Kyla richtete.
Seine Worte und seine Stimme hatten nichts von der jovialen Anbiederung oder Anzüglichkeit des Herzogs von Cumberland. Seine Begrüßung war herzlich, klang gleichzeitig ehrlich und zu routiniert. »Es ist eine Freude, endlich die reizende Lady kennenzulernen, von der ich schon so viel gehört habe. Miss van Vleet – es ist mir eine Ehre, Ihre Bekanntschaft zu machen.«
Bei einem anderen Mann hätte das vielleicht spöttisch geklungen, und George, der Prinzregent, konnte ohne Zweifel grausam sein, wenn er wollte, doch heute abend mußte er freundlich gestimmt sein, denn er lächelte sie gewinnend an, machte ihr Komplimente, umfaßte sogar mit einer etwas feuchten Hand leicht ihren Ellbogen, um sie zu einem der gepolsterten Stühle zu führen.
»Ich sage Ihnen, Wolverton – Sie haben großes Glück«, bemerkte der Prinz und lächelte sie dabei an, »denn sie ist erfrischend wie die Morgenluft im Frühling. Sie müssen Sie unbedingt nächste Woche ins Carlton House mitbringen. Ich gebe eine große Gesellschaft und werde selbstverständlich kein Nein als Antwort akzeptieren. Sie werden doch kommen, nicht wahr, meine Liebe?«
Sie stellte fest, daß es ihr sehr viel weniger Mühe machte, ihn anzulächeln, als seinen Bruder. »Wenn Sie es befehlen, Hoheit, kann ich mir Ihren Wunsch nur zu eigen machen.«

»Hört, hört! Reizend, wirklich ganz reizend. Wie ich sagte – erfrischend wie die Morgenluft im Frühling. Stimmt es, daß Sie eine Zeitlang in Indien gelebt haben, meine Liebe? Wolverton hat es erwähnt, aber das war auch schon alles – der Gute kann sehr schweigsam sein, wenn er will. Erzählen Sie mir von den Elefanten und Tigern – Sie wissen sicher, daß ich mich für ungewöhnliche und schöne Dinge interessiere. Ich habe viel Zeit und Mühe darauf verwandt, die Menagerie zu vergrößern und auf den *Versuch*, die Stadt durch Parks und Gebäude zu verschönern, wo alle die Schönheiten der Vergangenheit genießen können. Wie die Friese der Akropolis in Athen, wenn Lord Byron auch angeprangert hat, daß ich sie dort entfernen ließ – aber das ist eine andere Geschichte – ich höre die Musik beginnen. Vielleicht können wir uns später noch ausführlicher unterhalten … Ich hab's – wir machen morgen eine Fahrt durch den Park. Dann kann ich Ihnen einige der hübscheren Stellen zeigen, und für Sie wird es von Vorteil sein, mit mir gesehen zu werden, meinen Sie nicht? Das ist für gewisse Leute ein Schuß vor den Bug und für uns ein großes Vergnügen.«

»Selbstverständlich wäre es ein großes Vergnügen für mich, mit Ihnen eine Fahrt durch den Park zu machen, Hoheit, aber ich weiß nicht, ob es ratsam wäre, da ich …«

»Ach was! Wolverton kann ja mitkommen, wenn Sie möchten. Ist es das, was Ihnen Sorgen bereitet? Oh – es wird niemand wagen, einen von uns darauf anzusprechen, das kann ich Ihnen versichern.« Er beugte sich zu ihr vor, und der starke Duft von Rosenwasser stieg ihr in die Nase, als er ihr leise in verschwörerischem Ton anvertraute: »Sehen Sie die Logen in der zweiten Etage – die Frauen, die so exquisit gekleidet sind? Die Damen sind auf der Suche nach einem Beschützer. Wenn ich Lust habe, wähle ich mir eine der hübscheren aus und nehme sie in meinem Zweispänner mit. Das geht niemanden etwas an und ist außerdem gang und gäbe. Denken Sie darüber nach, meine Liebe – antworten Sie mir erst, wenn Sie es sich gründlich überlegt haben. Im übrigen zieht Wolverton es vielleicht vor, seine Bekanntschaft mit der gefeierten Catalani zu erneuern, bevor er mich vorstellen muß, meinen Sie nicht?«

Verschmitzt zwinkernd wandte er sich Brett zu, der lediglich auf seine, Kyla jedesmal bis aufs Blut reizende Art, eine Braue hochzog, während sie innerlich erstarrte. Sollte etwa der Prinzregent der neue Beschützer werden, mit dem Brett ihr gedroht hatte? Und Brett war mit der gefeierten Catalani ›bekannt‹? Sie hätte es sich denken können.

Kapitel 15

Während der Regent weiterplauderte, ohne etwas von ihrer plötzlichen inneren Anspannung zu bemerken, schaffte Kyla es, sich auf die Teile seines Redeflusses zu konzentrieren, die Antworten erforderten, während immer wieder die gleichen Gedanken in ihrem Kopf kreisten: Brett und die gefeierte Catalani, die Opernsängerin, die heute abend auftreten würde! War die Catalani der wahre Grund dafür, daß sie heute abend hier waren? Hatte Brett die Absicht, seine Bekanntschaft mit der Operndiva zu erneuern und *sie* dafür an den Prinzen oder an Cumberland oder wen immer, der sie haben wollte, abzuschieben?

Der *Teufel* sollte ihn holen ... und, o Gott, wie lange müßte sie noch so dasitzen und die lüsternen Blicke der Männer ertragen, die aufdringlich herüberstarrten, und das ohne Zweifel bösartige Getuschel der Leute, das wie das Zischen einer Schlange in ihren Ohren schmerzte? Sie wäre am liebsten aufgesprungen, hätte die Samtvorhänge aufgerissen und das Theater, den Prinzen und Brett fluchtartig verlassen ...

Aber damit hätte sie Schwäche gezeigt, und sie wollte nicht feige sein. Sie hatte sich nichts vorzuwerfen, war schuldlos in diese Lage geraten. Jedenfalls beinahe. Voller Zorn stellte sie fest, daß Brett völlig entspannt wirkte und den Abend sichtlich ge-

noß. Sie litt wie ein Tier, und er amüsierte sich – es war die Höhe! Und wie kam er dazu, sie zu ignorieren, wenn er sich schon als ihr *Beschützer* aufspielte? Oh, wenn sie nur irgendwo hätte hingehen, sich an irgend jemanden hätte wenden können! Tante Celeste würde sie natürlich niemals von ihrer Schwelle weisen, aber sie wollte sie auf keinen Fall noch mehr kränken, als sie es mit dem ganzen Skandal bereits getan hatte. Nein – von dieser Seite durfte sie keinen Trost mehr in Anspruch nehmen. Es wäre unverantwortlich gewesen, Celestes angenehme Lebensumstände zu gefährden.
Es schien ihr, als würde der Abend nie enden. Kyla nippte Champagner und gab vor, die Oper zu genießen, während der Regent in Abständen in unverhohlener Bewunderung für die dunkelhaarige Schönheit, die auf der Bühne ›Il turo in Ialia‹ sang, verzückte Seufzer ausstieß. Unten im Parkett waren die Leute sehr viel mehr aneinander interessiert als an der Oper, und zwischendurch steigerte sich der Lärm zu einer Lautstärke, die es kaum noch möglich machte, die Musik zu hören. Gelächter und rüde Scherze wehten zu Kyla herüber, und in den Logen, die der Prinz ihr gezeigt hatte, sah sie die ersten Herren bei den Damen, die nur zu diesem Zweck gekommen waren.
Es war eine Qual, hilflos dasitzen zu müssen und zu wissen, daß die vulgäre und strohdumme Lady Jersey – die ihr noch vor einem Monat ausgesprochen freundlich begegnet war – nicht weit entfernt in ihrer Loge saß und sie konsequent übersah, als existiere sie überhaupt nicht. Und sie existierte tatsächlich nicht für diese Leute – zumindest nicht in dem Sinn, wie sie es früher vielleicht getan hatte.
Bretts stirnrunzelnden Blick ignorierend, nahm sie noch ein Glas des angebotenen Champagners. Es war ihr jedes Mittel recht, das ihr half, die neugierigen Blicke zu ertragen. Was mach-

te es, wenn sie ein bißchen zu fröhlich wurde? Außerdem freute sie sich, Bretts Kiefermuskeln spielen zu sehen, als sie sich zu dem Prinzen hinüberlehnte – sehr *weit* hinüberlehnte –, als er eine Bemerkung zu der Oper machte. War Brett eifersüchtig, oder war nur sein alberner, männlicher Stolz verletzt, weil sie sich – in seinen Augen – amüsierte?

Das Gemurmel, das während der Aufführung keine Sekunde verstummt war, wurde lauter, als die Lampen wieder heller leuchteten, und Kyla fiel erst jetzt auf, daß niemand mehr auf der Bühne stand. Offenbar war Pause. Und wieder setzte das Gezischel ein, und wieder wurden Lorgnons an Augen gehoben und Hälse verrenkt, als das ›gemeine Volk‹ im Parkett sein Interesse erneut auf die Loge richtete, die der Prinzregent mit seiner Anwesenheit beehrte. Als er sich zu ihr herüberbeugte – wiederum eine Wolke von Rosenwasserduft verströmend –, wurde das Gezischel zum Raunen.

»Miss van Vleet – Sie sind ganz und gar nicht, was ich erwartet hatte«, murmelte der Prinz lächelnd. »Nein – ganz und gar nicht.«

»Tatsächlich, Hoheit?« Kyla lächelte ihn über den Goldrand ihrer Champagnerflöte hinweg an. »Was, wenn ich so kühn sein darf, zu fragen, *hatten* Sie denn erwartet?«

Der Prinz wirkte einen Augenblick lang höchst verlegen, und der Blick, den er Brett zuwarf, war ein wenig schuldbewußt und verwirrt. Doch dann faßte er sich und lächelte sie strahlend an. »Natürlich kein so entzückendes Geschöpf und auch kein so intelligentes.«

»Schenkt Wolverton seine Gunst denn üblicherweise unansehnlichen Dummchen?« Sie drückte das Sektglas an die Lippen, um ihr Lächeln zu verbergen, als der Regent sie entsetzt ansah.

»Nein, nein – selbstverständlich nicht! Ah – ich verstehe –, Sie machen sich über mich lustig, Sie ungezogenes, kleines Ding.«
»Ich bitte untertänigst um Vergebung, Hoheit.«
Der Prinz lächelte. »Ich bin überzeugt, daß Sie auch das nicht ernst meinen – aber das macht nichts. Ich mag Sie, und meine Billigung wird Ihnen alle Türen öffnen. Ist es nicht so, Wolverton?« Er schaute sich zu Brett um, der den dunklen Kopf neigte.
»Natürlich – denn Prinzen stehen alle Türen offen.«
Der Regent schnaubte. »Ich hätte mir denken können, daß Sie das sagen – aber wir wissen, daß es nicht stimmt. Ich vergeude mein Leben als Prinzregent, weil die Ratgeber meines Vaters mir die Königswürde verweigern – eine haarsträubende Impertinenz, denn schließlich weiß alle Welt, daß ich das Land regiere. Es ist natürlich dieser Pitt, der sich querstellt. Aber der Abend ist zu schön, als daß ich ihn mit meinen Problemen verderben dürfte – vor allem nicht, wenn mich eine so entzückende, aufmerksame, junge Dame anlächelt. Verdammt, Wolverton, Sie hatten unverschämtes Glück, das Herz eines so unvergleichlichen Geschöpfs zu gewinnen. Sie erinnert mich an meine geliebte Maria, die von mir gegangen ist – ah, die Welt ist ungerecht!«
Kyla sah verdutzt Tränen in die Augen des Regenten steigen und glänzende Spuren in der dünnen Puderschicht hinterlassen, als sie über seine Wangen rollten. Er sah aus, als würde er jeden Moment zu schluchzen anfangen, doch Brett lenkte ihn so klug ab, als sei der Prinz ein Kind, indem er ihn darauf hinwies, daß die Catalani in die Nähe ihrer Loge kam.
»Sie weiß um Ihr Interesse für die Oper, Hoheit«, setzte er mit einem Lächeln hinzu, und der Regent vergaß Kyla und seine verlorene Liebe und richtete seine Aufmerksamkeit auf die Operndiva.

Brett nutzte die Gelegenheit, um Kyla beim Handgelenk zu packen, so fest, daß seine Finger sich in ihr Fleisch gruben. Er beugte sich vor und flüsterte in ihr Ohr: »Ich glaube, du hast für heute abend genug Champagner getrunken, *querida*. Er macht dich lebhafter, als du sein solltest.«

»Ach ja?« Sie wich zurück und sah Zorn über ihre Aufsässigkeit in seinen Augen aufblitzen. Das und ihr fünftes Glas Champagner machten sie kühn. »Aber ich bin gern lebhaft, und der Prinz scheint nichts dagegen zu haben.«

Bretts Augen verengten sich. »Der Prinz ist heute abend anderweitig vergeben – dies nur für den Fall, daß du dir Hoffnungen gemacht hast.«

»Seien Sie doch nicht so ekelhaft.« Sie leerte ihr Glas und hielt es ihm auffordernd hin. »Ich hätte gerne noch einen Schluck, bitte.«

Brett riß es ihr aus der Hand und stellte es beiseite. »Du hattest schon mehr als genug.«

»Aber Wolverton«, mischte Cumberland sich mit einem listigen Lächeln ein, »seien Sie doch nicht so streng. Geben Sie der Lady noch Champagner, wenn sie möchte.«

Kyla strahlte ihn an. »Ich danke Ihnen von Herzen, Hoheit. Es ist erfrischend, daß ein Mann einmal nicht glaubt, einer Frau seinen Willen mit Gewalt aufzwingen zu müssen.«

Einen Moment lang glaubte Kyla, sie sei zu weit gegangen, denn Brett kochte sichtlich vor Wut, und sie traute ihm zu, ihr eine Szene zu machen, ohne sich einen Deut um den Regenten oder seinen Bruder zu scheren. Doch als der Herzog sich ihm zuwandte, lächelte Brett nur und lehnte sich mit der gleichgültigen Bemerkung zurück, daß ja gottlob nicht er es sei, der am nächsten Tag mit Kopfschmerzen aufwachen würde, und der Moment ging vorüber.

Aber Kyla ließ sich nicht täuschen – er würde sie für ihre Widerspenstigkeit strafen, sobald sie allein wären. Sie wußte nur zu gut, daß er innerhalb kürzester Zeit vom weltgewandten Gentleman zum rücksichtslosen Barbar werden konnte.

Unmittelbar vor dem Höhepunkt der Oper bewegte Anjelica Catalani sich auf ihre Loge zu und richtete ihre dunklen, glänzenden Augen zunächst auf die gesamte, darin versammelte Gesellschaft, bevor sie sich auf Brett konzentrierte und den Schluß ihrer Arie offensichtlich ganz allein für ihn sang. Kyla riskierte einen verstohlenen Blick und sah ihn das Lächeln der Sängerin erwidern. Als der letzte Ton verklungen war und donnernder Applaus aufbrandete, warf die Catalani eine langstielige Rose in die Loge. Brett fing sie geschickt auf, erhob sich und dankte ihr mit einer tiefen Verbeugung, was erneuten Applaus und Gelächter auslöste.

»Gut gemacht, Wolverton!« lachte der Regent, ebenfalls bewundernd klatschend. »Gut gemacht! Ich glaube wirklich, die gefeierte Catalani hat noch immer eine Schwäche für Sie, mein Lieber.«

»Wir sind nur alte Freunde. Ich habe sie vor langer Zeit in Italien kennengelernt.« Als Brett sich umdrehte, traf sein Blick sich für einen kurzen Moment mit Kylas, bevor sie sich abwandte.

Kyla kochte vor Empörung. Es war offensichtlich, daß etwas zwischen den beiden war, denn die Art, wie die Catalani Brett angesehen hatte, war weit mehr als freundschaftlich gewesen. Aber warum hatte er *sie* heute abend hierher mitgenommen, wenn er die Opernsängerin wollte? Warum zwang er sie, es mit anzusehen?

Als es endlich überstanden war, und Kyla in ihrem Kapuzenmantel, und noch immer ihr leeres Champagnerglas in der Hand haltend, abwartend dastand, erbot sich der Prinz, sie nach

Hause zu bringen, falls Brett andere Pläne für den Abend habe. Kyla erstarrte innerlich und sah Brett niederträchtig grinsen. *Nein, die hätte er ganz gewiß nicht,* dachte sie wütend. Ihr Herz hämmerte schmerzhaft gegen ihre Rippen, während sie auf seine Antwort wartete.

»Ihr Angebot ist äußerst großzügig, Hoheit«, lächelte Brett gewinnend, »aber ich habe Miss van Vleet für heute abend nach der Oper ein ganz besonderes Vergnügen in Aussicht gestellt. Vielleicht ein andermal.«

»Ja, ja – ein andermal. Vielleicht machen wir morgen eine Kutschfahrt durch den Park.« Der Regent hob Kylas kalte Hand an die Lippen und drückte einen warmen, feuchten Kuß darauf. Es klang ehrliches Bedauern in seiner Stimme mit, als er nach einem Seufzer murmelte, die Oper habe viel zu früh geendet. »Aber ich werde mich bald bei Ihnen melden, Wolverton – dessen können Sie sicher sein. Ich habe Ihr Versprechen nicht vergessen. *Keines* Ihrer Versprechen, um genau zu sein.«

»Es ist immer eine Freude, Sie zu sehen.« Bretts Antwort kam so glatt, wie Kyla es erwartet hatte, doch der Prinzregent sah offenbar keinen Grund, seine Ehrlichkeit anzuzweifeln. Er begleitete sie aus der Loge und die mit Teppich belegte Treppe hinunter, blieb auf dem Korridor, der zur Eingangshalle führte, immer wieder stehen, wenn ihn jemand ansprach. Kyla erkannte ein paar einflußreiche Männer unter den Herren. Ein Name erregte ihre Aufmerksamkeit, und sie wurde dem ziemlich streng wirkenden Robert Stewart, Lord Castlereagh, vorgestellt, dem Außenminister, der am Wiener Kongreß teilgenommen und wesentlich zu Napoleons Untergang beigetragen hatte.

»Es ist mir eine Ehre, Sie kennenzulernen, Mylord«, sagte sie, als er sich knapp vor ihr verbeugte.

»Die Ehre ist ganz auf meiner Seite, Madam. Sie sind die Patentochter der Comtesse du Bois, nicht wahr?«
Kyla spürte ihre Wangen heiß werden. Ein Mann in seiner Position mußte die sich um sie rankenden Gerüchte zwangsläufig gehört haben.
»Ja, Mylord. Kennen Sie sie gut?«
»Eine reizende Lady.« Ein schwaches Lächeln umspielte seine Lippen, machte seine strengen Züge ein wenig weicher. »Wir haben uns bei verschiedenen Anlässen getroffen und teilen natürlich die Bewunderung für Paris. Sie war mir eine große Hilfe, indem sie mir die Bains Chinois empfahl, als ich letzten Herbst dort weilte. Ich stehe in ihrer Schuld und bin hocherfreut, die Patentochter kennenzulernen, von der sie immer mit so großer Zuneigung gesprochen hat.«
Kyla erwiderte sein Lächeln. »Die Freude ist ganz meinerseits, Mylord.«
Robert Stewarts Augen glitzerten listig, als er sich an Brett wandte und ihn für die folgende Woche in seinen Club einlud. »Ich glaube, wir haben einige Interessen und Ziele gemeinsam, Wolverton.«
»Tatsächlich, Mylord? Das wußte ich nicht.« Brett lächelte. »Ich halte mich soweit wie möglich aus der Politik heraus, denn meine Interessen liegen woanders.«
»Oh – wovon ich spreche, hat nichts mit Politik zu tun.«
»Sie machen mich neugierig.«
»Das dachte ich mir. Dann erwarte ich Sie nächsten Mittwoch. Ich werde Ihnen meine Karte schicken, damit Sie es nicht vergessen.«
»Ich stehe zu Ihren Diensten, Mylord.«
Der Prinz nutzte das Ende ihrer Unterhaltung, um Castlereagh in eine lebhafte Diskussion über die griechischen Friese zu ver-

wickeln, die der Earl of Elgin nach England gebracht hatte und deren Ankauf für das Britische Museum er dem Unterhaus schmackhaft zu machen versuchte. Brett ergriff die Gelegenheit, Kyla am Arm zu packen und beiseite zu nehmen.
»Du kleine Närrin«, murmelte er dicht an ihrem Ohr. »Wenn du nicht wirklich unter dem Prinzen liegen möchtest, solltest du aufhören, ihm schöne Augen zu machen und dich anständig benehmen.«
Kyla ließ graziös ihren Staußenfederfächer fächeln und musterte Brett mit hochgezogenen Brauen und einem kleinen Lächeln. »Aber, Euer Gnaden – darf ich zu hoffen wagen, daß Sie eifersüchtig sind?«
»Du wagst offensichtlich alles.« Seine Finger schlossen sich noch fester um ihren Ellbogen, und ihr Federfächer kam abrupt zum Stillstand. Das stählerne Glitzern in Bretts Augen machte ihr angst. »Reiz mich nicht, Kyla – nicht heute abend.«
»Was unterscheidet den heutigen Abend von den anderen Abenden? Liegt es daran, daß der Prinz hier ist? Befürchten Sie, daß alle erfahren könnten, was für ein … ungehobelter Klotz Sie in Wahrheit sind?« Sie bemerkte, daß Cumberlands Augen auf ihnen ruhten und erkannte plötzlich, daß Brett sie nicht aufhalten könnte, wenn sie sich zu gehen entschlösse. Sie befanden sich in der Öffentlichkeit, und sie könnte ihn jederzeit einfach stehenlassen. Wäre Castlereagh vielleicht bereit, ihr zu helfen? Er hielt offenbar viel von Tante Celeste … Aber was sollte sie ihm sagen? Daß Brett sie als Gefangene hielt? Daß es so war, hatte sie sich selbst zuzuschreiben, weil sie zu feige war, auf den Schutz zu verzichten, den Brett ihr bot.
»Wenn ich du wäre«, sagte Brett leise mit eisiger, gepreßter Stimme, »dann würde ich mir mehr Sorgen um morgen machen als um heute abend. Und du solltest inzwischen gemerkt

haben, daß ich mich keinen Deut darum schere, was die Leute von mir denken.«

»Ja, das *habe* ich gemerkt.« Sie bog seine Finger so weit zurück, daß er ihren Ellbogen notgedrungen freigeben mußte. »Bitte fassen Sie mich nicht mehr an – ich bin in letzter Zeit genug mißhandelt worden.«

»Wenn du nicht mehr mißhandelt werden willst, solltest du deine Sympathie nicht so wahllos verteilen. Es gibt Männer, die eine Zurückweisung nicht so einfach hinnehmen. Falls überhaupt.«

»Wie Sie?«

»Wenn das heißen soll, daß du mich zurückgewiesen hast, dann spielt dir dein Gedächtnis einen Streich – ich kann mich nicht daran erinnern, etwas Derartiges von dir gehört zu haben.«

Sie funkelte ihn wütend an, doch ihr Blick verpuffte wirkungslos, da plötzlich einsetzender Applaus ihn veranlaßte, den Kopf zu wenden. Kyla folgte seinem Blick zu der Frau, die wie eine Königin durch die Menge schritt, und Kyla brauchte einen Moment, um zu erkennen, daß es Anjelica Catalani war, die dunkelhaarige Opersängerin, die den Regenten so bezaubert hatte. Mit einem glitzernden Diadem auf dem Kopf und einer scharlachroten quastengeschmückten Tunika bekleidet, ging sie geradewegs auf Brett zu, der ihre ausgestreckte Hand nahm und einen Kuß darauf drückte, als sei sie tatsächlich eine Königin.

Dunkle Augen blitzten über hohen Backenknochen und einer langen Nase, und die Lippen waren schmal und grellrot geschminkt. Sie hob die Brauen und begrüßte Brett mit einem italienischen Wortschwall.

Grinsend ließ er sie gewähren, als sie sich auf die Zehenspitzen stellte und ihn auf den Mund küßte, ohne sich um die schockierten Blicke einiger der anwesenden Damen zu scheren. Mehr noch – er erwiderte den Kuß sogar, während Kyla steif danebenstand und ihn zum Teufel wünschte. Nach einem Moment löste er sich von der Sängerin und drehte sie, ihren Ellbogen umfassend, in die Richtung des Prinzen, wobei er Kyla mit einem spöttischen Blick streifte.

Die Catalani knickste graziös, und der Regent sprach sie auf italienisch an, was sie mit einem feurigen Blick ihrer dunklen Augen und einem Lächeln ihres roten Mundes quittierte. Ihre dunkle Hautfarbe erinnerte Kyla an Sanchia. Obwohl die Diva mit dem Regenten schäkerte und lachte, wanderten ihre Augen immer wieder zu Brett.

Dieses durchtriebene Weibsstück, dachte Kyla wütend. *Es ist offensichtlich, daß ihr wahres Interesse Brett gilt, doch sie ist klug genug, um dem Prinzen vorzugaukeln,* ihm *die meiste Aufmerksamkeit zu schenken ... aber es ist mir gleichgültig. Soll sie Brett ruhig haben, wenn er das will ... dann bin ich frei!*

Brett nahm Kyla wieder am Arm und sagte etwas zu dem Prinzen und der Catalani, das lautstarken Protest von ihr und lächelnde Zustimmung seitens des Prinzen erntete.

Lachend schüttelte Brett den Kopf und sagte, diesmal auf englisch: »Sie haben eine Eroberung gemacht, *Signora,* und ich möchte mir auf keinen Fall den Zorn des Prinzen zuziehen, indem ich unser Wiedersehen noch länger ausdehne. Wir werden ein andermal Gelegenheit haben, alte Erinnerungen aufzufrischen.«

Die Catalani richtete den Blick auf Kyla. »Sie ist reizend«, bemerkte sie nach einer eingehenden Musterung. »Bringen Sie sie mit, wenn Sie mich besuchen, Brett.«

Kyla erkannte sofort, daß die Sängerin nichts dergleichen wünschte, und sie wandte sich Cumberland zu, der ihr fast den ganzen Abend nicht von der Seite gewichen war. Als der Herzog murmelte, sein Bruder habe schon immer einen Hang zum Vulgären gehabt, lachte sie, doch es lag keine echte Heiterkeit darin.

»Ich möchte der gefeierten Catalani natürlich nichts Übles nachsagen«, setzte er verlogen hinzu, »aber den guten Prinny hat sie geschickt eingesackt. Sie behauptet, daß ihr Herz allein ihrem Mann gehöre, aber einem Ondit zufolge verleiht sie es bei Gelegenheit auch schon mal …«

»Ich denke, Sie schenken da leerem Gerede zuviel Glauben, Hoheit«, erwiderte sie. »Es gibt Leute, die nichts Schöneres kennen, als jeglicher Grundlage entbehrende Gerüchte zu verbreiten.«

»Und Leute, deren Glaube zu schwach ist, um sie zu ignorieren.« Das entstellte Gesicht des Herzog verzerrte sich zu einem Lächeln. »Aber Sie sind mit dieser Problematik ja bestens vertraut, nicht wahr? Nein, erschrecken Sie nicht, schöne Lady. Es ist nicht von Bedeutung für mich oder irgendeinen anderen Mann von Intelligenz, denn in unserer heutigen Welt kann jeder, der einen Groll hegt und über eine spitze Zunge verfügt, das Leben eines anderen zerstören. Eine Schande, denn manche haben es wirklich nicht verdient.«

»Das trifft auch auf mich zu, Hoheit«, erwiderte Kyla mit steifen Lippen.

»Davon bin ich überzeugt«, nickte Cumberland galant. »Ich habe Wolverton nie für einen Dummkopf gehalten – bis heute abend … Hätten Sie vielleicht Lust, sich uns anzuschließen, Madam? Oh – natürlich nicht allein. Mißverstehen Sie mich nicht – ich bin nicht so einfältig zu glauben, daß Wolverton das dulden würde. Er wird Sie selbstverständlich begleiten. Die Einladung ist lediglich dazu gedacht, meinem Bruder ein Schnippchen zu schlagen.« Er grinste. »Der Gute hat es noch nie leiden können, wenn ich mich in seine Angelegenheiten mische.«

Kyla war leicht schwindlig. Sie hätte das letzte Glas Champagner wohl lieber doch nicht trinken sollen. Brett lachte über etwas, das die Opernsängerin sagte, und der Prinz himmelte sie auf geradezu alberne Weise an. Als Brett ihr auf italienisch etwas antwortete, das der Catalani ein leises Lachen entlockte, wandte Kyla sich wieder dem Herzog zu und nahm seine Einladung mit einem taublippigen Lächeln an.

»Ich bin überzeugt, wenn *Sie* Wolverton fragen, werden Sie keine abschlägige Antwort erhalten, Hoheit.«

»Ja, davon kann man wohl ausgehen.«

Unfaßbarerweise lehnte Brett die Einladung ab – natürlich in höflicher Form, aber entschieden. Cumberland sah ihn leicht verwirrt und verärgert an.

»Nein? Verdammt, Wolverton – warum wollen Sie denn unbedingt schon so früh gehen, wenn Ihre Begleiterin noch bleiben möchte?«

Bretts kühle, graue Augen schwenkten zu Kyla, und sie begegnete seinem Blick mit trotzig erhobenem Kinn. »Ich bin noch nicht müde und würde gerne noch bleiben.«

»Würdest du?« Bretts harter Mund verzog sich zu einem angedeuteten Lächeln. »Ich nicht.« Als sie protestieren wollte, ließ er sie ins Leere laufen, indem er sich Cumberland zuwandte. »Wenn ich mich recht erinnere, hatten Sie vor einiger Zeit erwähnt, zu erwägen, Ihre Anteile an der East India Company verkaufen zu wollen. Falls Sie das ernsthaft vorhaben, wäre ich an deren Erwerb interessiert. Wie ich gehört habe, sind Sie seit neuem an einigen interessanten Unternehmungen beteiligt.«

»Bin ich das? Ja, ich denke, das bin ich, Wolverton – ich denke, das bin ich. Wie ungünstig – aber Gentlemen können natürlich überall übers Geschäft reden, nicht wahr?«

Als Brett jetzt lächelte, erinnerte er Kyla einmal mehr an einen

Panther. »Ein Gentleman kann fast alles tun, solange er es in zivilisierter Form tut«, meinte er. »Stimmen Sie mir zu, Hoheit?«
Cumberland schaute ihn einen Moment lang zuerst irritiert und dann mit einem wachsamen Ausdruck in den Augen an, nickte jedoch zustimmend. »Selbstverständlich. Zivilisiertes Verhalten erleichtert den Umgang miteinander allemal – ich verstehe, was Sie meinen. Dann lassen Sie uns über den Verkauf sprechen.«

Kyla wurde klar, daß dem Herzog die Aussicht auf ein gutes Geschäft weit wichtiger war, als seinem Bruder ein Schnippchen zu schlagen, was allerdings nicht verwunderlich war, da die Prinzen allgemein als finanzielle Mühlsteine um den Hals der Regierung geschmäht wurden. Nur eine Diskussion über Politik hätte Cumberland noch mehr gefesselt, was Brett mit Sicherheit wußte.

Innerlich vor Wut über Bretts Bösartigkeit kochend, mit der er ihr ihre Bedeutungslosigkeit für den Herzog vor Augen geführt hatte, stand sie stocksteif daneben und bemühte sich den Eindruck zu erwecken, als sehe sie die aufdringlichen Blicke der Leute um sie herum überhaupt nicht. Und sie sollte sich wirklich nicht darum scheren. Was kümmerte sie letztlich, was sie dachten? Diese Angehörigen der Oberschicht unterschieden sich nicht von ihr – abgesehen davon, daß sie sich im allgemeinen nicht durch Skandale hervortaten. Doch daß sie das getan hatte, war absolut nicht ihre Schuld.

Es spielte keine Rolle, was sic getan hatte oder was sie glaubten, daß sie getan hatte. Sie hatte nichts gemein mit diesen grell geschminkten, ihre Reize so marktschreierisch feilbietenden Frauenzimmern. Ihr Kopf schmerzte, und ihre Kehle war völlig verkrampft von der Anstrengung, die zornigen Worte zurückzuhalten, die darin aufstiegen, und so war sie erleichtert, als sie wieder in der Kutsche saßen und das Opernhaus hinter sich ließen. Zu ihrem Ärger wies Brett den Kutscher jedoch an, sie zu einem Spielsalon am St. James Square Nummer zehn zu bringen.

»Ich dachte, Sie hätten es eilig, in Ihr Stadthaus zu kommen«, sagte sie bissig und starrte ihn feinselig an, als die herzogliche Karosse sich in Bewegung setzte. »Ich bin müde. Der Abend war schrecklich, und ich kann es nicht ertragen, auch nur noch einen Moment zu sagen, was ich nicht meine, und zu lächeln, wenn mir nicht danach ist.«

»Aber, aber – was sind wir denn plötzlich so gereizt?« Bretts spöttisches Lächeln war nicht dazu angetan, ihre Laune zu bessern. »Ich hatte den Eindruck, als amüsiertest du dich prächtig. Ist dein Stimmungsumschwung vielleicht darauf zurückzuführen, daß ich dir nicht gestattet habe, dich dem Regenten anzuschließen? Tut mir leid, *querida* – aber ich hatte Anjelica ein Versprechen gegeben und die Absicht, es zu halten.«

»*Anjelica!*« echote Kyla.

»Signora Catalani weiß um Prinnys Kunstbegeisterung. Ich wage zu vermuten, daß sie ihn bald soweit haben wird, ihr jeden Wunsch zu erfüllen.« Er lehnte sich in die Polster zurück und schaute sie mit dem rätselhaften Blick an, den sie so zu hassen gelernt hatte.

»Ich glaube, daß Sie sich das ausdenken«, sagte sie, seinen Blick giftig erwidernd. »Sie ist sehr viel mehr an *Ihnen* interessiert als an dem Prinzen, und ich bin sicher, daß sie nicht zögern würde, *Sie* um die Erfüllung ihrer Wünsche zu bitten.«

Brett lachte leise. »Anjelica *bittet nicht* – sie *erwartet*. Und für gewöhnlich bekommt sie es.«

Das erboste Kyla noch mehr. Sie drehte den Kopf weg und starrte zornig aus dem Kutschenfenster. »Bringen Sie mich bitte nach Hause. Ich habe keine Lust, heute abend noch weitere Beleidigungen zu erdulden.«

»Beleidigungen? Du hast den Prinzen bezaubert und seinen Bruder ebenso, meine Schöne – was ist daran beleidigend?«

»Ich möchte Sie doch herzlich bitten, mich nicht für ein Dummchen zu halten. Ich habe Ihre Absichten völlig durchschaut. Zuerst stecken Sie mich in dieses Kleid und dann führen Sie mich vor wie eine Trophäe und liefern mich dem Geschwätz der Leute aus, und schließlich präsentieren Sie mich dem Prinzen und seinem Bruder als mögliches Spielzeug. Nein – das ist überhaupt nicht beleidigend! Ich sollte wahrscheinlich erfreut darüber sein!«

Als er sich nicht dazu äußerte, schaute sie zu ihm hinüber und sah, daß er sie nachdenklich betrachtete. Zu ihrer Überraschung nickte er. »Ja, ich kann verstehen, daß du diesen Eindruck hast – aber ich hatte keine Wahl, Kyla. Ich mußte heute abend einige Dinge klarstellen, und unglücklicherweise gibt es die Leute, die tun und sagen, was sie denken.«

»Ich verstehe nicht.«

»Nein, natürlich nicht. Mach dir nichts draus – du wirst es noch verstehen.«

Er streckte die langen Beine aus und wirkte in seiner eleganten, schwarzen Abendkleidung wie ein geschmeidiger Panther. Kyla wandte sich irritiert wieder dem Fenster zu und starrte hinaus. Gaslaternen spiegelten sich verschwommen in Schaufenstern, an denen sie vorüberfuhren, die Kutschenräder rumpelten, begleitet vom Knirschen und Quietschen von Leder und Eisen, über das Kopfsteinpflaster, während das Gefährt durch die Straßen schaukelte. Sie verflocht die Hände im Schoß miteinander und versuchte, an nichts zu denken.

»Du hast keinen Grund für diese verdammte Leichenbittermiene, Kyla.« Seine tiefe, grollende Stimme veranlaßte sie, ihn anzusehen. Trotz des Lichts, das von den Kutschenlampen hereinfiel, lag sein Gesicht im Schatten. Es sah so dunkel aus, so ... gefährlich. Als er sich vorbeugte, fiel das Lampenlicht auf seine grimmige Miene. »Du hast es doch geschafft, die Aufmerksamkeit des Prinzen auf dich zu ziehen, worauf du es zweifellos angelegt hattest.«

»War das denn nicht genau in Ihrem Sinne?« Sie tippte sich ärgerlich mit dem zusammengeklappten Fächer auf die Handfläche. »Warum hätten Sie mich heute abend sonst mitgenommen? Es ist offensichtlich, daß Sie meiner müde sind und die Bekanntschaft mit der Opernsängerin erneuern wollen.«

Ein amüsiertes Lächeln umspielte seine Lippen. »Jetzt klingst *du* eifersüchtig. Hast du deshalb so empörend mit den Herren geschäkert? Weißt du nicht, daß das bei Prinzen gefährlich ist? Oder hast du die Absicht, seinen Antrag anzunehmen?«

»Die Einladung zu einer Kutschfahrt durch den Park ist wohl kaum als Wunsch zu deuten, eine intime Beziehung mit mir einzugehen – es sei denn, der Prinz teilt Ihre Neigung, sich eine Frau auf spektakuläre und gewaltsame Weise gefügig zu machen.«

Bretts Augen verengten sich. »Du kleine Törin – ich versuche dich zu warnen. Wenn der Prinz sich einmal eine Dame in den Kopf gesetzt hat, kann er sehr hartnäckig sein und lästig werden. In deiner Lage beißt du damit vielleicht ein größeres Stück vom Kuchen ab, als du kauen kannst.«

»Ich bin doch bereits am Ende – was könnte mir denn jetzt noch passieren? Haben Sie die Blicke der Leute heute abend nicht gesehen, das Getuschel nicht gehört? Ist Ihnen entgangen, daß ich von Damen, die mich vor nicht allzu langer Zeit noch bei sich willkommen hießen, geschnitten wurde, als existiere ich nicht?«

Ihre Stimme zitterte vor Zorn, und Brett musterte sie mit spöttischer Belustigung. »Diese Damen haben dich nur bei sich willkommen geheißen, weil deine Patin ein gerngesehener Gast bei Ihnen und mit Lady Rushton befreundet ist, die sich für dich eingesetzt hat, Kyla. Ohne die Unterstützung der beiden hätte man dich nicht einmal zum Waschtag in ihrem Haus eingeladen. Die Gesellschaft ist unbarmherzig, und das hättest du bedenken sollen, bevor du nach London kamst, um Geld von mir zu erpressen. Warum beschwerst du dich jetzt? Du hast doch Geld bekommen, oder nicht? Kam es dir nicht in Wahrheit nur darauf an?«

Sie funkelte ihn wütend an. »Sie wissen, daß das nur ein Teil meines Anliegens war. Viel wichtiger war mir, den guten Ruf meiner Mutter wiederherzustellen und die Respektierung zu erfahren, die ihr versagt wurde.«

»Da könntest du eher darauf hoffen, daß ich dir den Mond vom Himmel holte.«

Die nackte Grausamkeit seiner Erwiderung raubte ihr den Atem, und sie starrte schweigend in das Gesicht, über das abwechselnd Licht und Schatten huschten. Er hatte recht – es ließ sich nicht leugnen. Sie würde niemals den Respekt erlangen, den sie sich so brennend wünschte. Nicht jetzt. Nicht hier. Es war ein niederschmetterndes Eingeständnis.

Als die Kutsche schließlich anhielt, warf Brett ihr einen amüsierten Blick zu, und ein kleines Lächeln zuckte in seinen Mundwinkeln. »Da du so müde bist, fahr nach Hause. Ich werde Burton die entsprechende Anweisung geben.«

»Wollen Sie damit sagen …«

»Ich will damit sagen, daß du heute nacht allein schlafen darfst, *querida.*«

Sie schaute auf das häßliche Gebäude hinaus, vor dem die Kutsche stand, und dann wieder zu ihm. Er wollte sie loswerden. Natürlich! Er wollte sich mit der Opernsängerin treffen. *Der Teufel sollte ihn holen!* Wie konnte er es wagen, sie derart zu schmähen, sie, nachdem er sie zuerst in aller Öffentlichkeit unmöglich gemacht hatte, indem er sie entführte, jetzt in aller Öffentlichkeit fallenzulassen! Bei Gott, sie würde sich das nicht bieten lassen! Wenn er glaubte, einer Konfrontation entgehen zu können, täuschte er sich gewaltig. Nein, sie würde sich nicht wie seine verflossenen Gespielinnen mit einem Häuschen auf dem Lande und einem förmlichen Abschiedsbrief abspeisen lassen ... aber er war bereits ausgestiegen und gab Burton die Anweisung, sie nach Hause zu fahren, und nichts an seinem Verhalten deutete darauf hin, daß er sein möglichstes getan hatte, ihr Leben zu zerstören.

Erst als die Kutsche sich mit einem Ruck in Bewegung setzte, wußte Kyla, was sie tun würde, und sie klopfte heftig an das Fenster, um den Lakai auf sich aufmerksam zu machen.

Bei Gott – Brett Banning würde es bereuen, sie so behandelt zu haben. Und wenn sie damit nur erreichte, daß er sie nie vergäße!

Kapitel 16

Kenworth schaute auf und sah die herzogliche Kutsche vor dem Eingang des Spielsalons halten. Da war Wolverton ja endlich – und, guter Gott, war das die reizende Miss van Vleet, die er dabei hatte? Ja, sie war es, und noch schöner, als er sie in Erinnerung gehabt hatte. Blonde Löckchen umspielten das Gesicht unter der Kapuze des Mantels, und sie starrte mit einem wildentschlossenen Blick aus dem Fenster, der ihre lieblichen Züge Lügen strafte. Ein herrliches Collier aus Rubinen und Brillanten glitzerte auf der milchweißen Haut über dem enganliegenden Seidenkleid, das in dem in der Karosse herrschenden Dämmerlicht schimmerte. Es nutzte nichts, sich nach etwas zu verzehren, das ihm niemals gehören würde, aber sie war wirklich ein engelgleiches Geschöpf!

Barry schrak zusammen, als er neben sich eine Bewegung spürte, und gleich darauf trat Northwick aus dem Schatten neben der Tür. Verräterisches Licht fiel schräg auf das pockennarbige Gesicht des Earls, als er mit einem Ausdruck, der Erschrecken sehr nahe kam, auf die Kalesche hinausschaute. Barry war so fasziniert von der jungen Lady gewesen, daß er ihn gar nicht hatte kommen hören, und die jäh in ihm aufsteigende Abneigung ging mit dem unwiderstehlichen Drang einher, Northwick zu provozieren.

»Entschuldigen Sie, Mylord – Sie blockieren die Tür.«
Northwick wandte sich ihm zu und hob spöttisch die Brauen. »Schau an – der gute Kenworth ist auch hier. Ein Jammer, daß Sie es nicht schaffen, den Spielhöllen fernzubleiben – Sie könnten so viel sparen. Aber jetzt, da Sie wieder schuldenfrei sind, wollen Sie erneut Ihr Glück versuchen, wie ich sehe. Wie drollig.«
»Sparen Sie sich Ihren Humor, Mylord – ich finde ihn widerwärtig.«
Ihn mit schmalen Augen musternd, schürzte der Earl nachdenklich die Lippen. »Zu schade, daß wir uns nicht öfter sehen, Kenworth. Ich fürchte, Sie werden mich bald ernsthaft verärgern. Sind Sie sicher, daß Sie bleiben wollen? Es könnte gut sein, daß ich Sie zu gehen bitte, wenn Sie mich zu sehr verärgern.«
»Ich kann es kaum erwarten. Wenn Sie mich jetzt entschuldigen wollen – es wird nach mir verlangt.«
Als er an Northwick vorbeiging, hörte Barry ihn murmeln: »Brav, brav, mein Junge – küssen Sie Wolverton die Füße. Immerhin hat er Ihre Schuldscheine noch.«
Weil er das nicht leugnen konnte, wurmten Barry seine Worte. Er fuhr herum, doch Northwick verschwand bereits wieder, verschmolz mit den Schatten in dem dunklen Eingang. Zum Teufel mit ihm! Gott sei Dank schuldete er dem verdammten Kerl kein Geld mehr, denn Wolverton hatte ihm die Rückzahlungssumme geliehen – und er hatte sogar auf die von Barry angebotenen Sicherheiten verzichtet.
»Ich brauche keine Sicherheiten von Ihnen, Barry – Ihr Wort genügt mir«, hatte er erklärt, und Kenworths Bewunderung für ihn damit um ein weiteres gesteigert, die sein Vater spöttisch als Heldenverehrung bezeichnete, womit sie jedoch nichts zu tun

hatte. Er bewunderte den Mann lediglich für sein ungeheures Selbstvertrauen und seinen zynischen Verstand. Brett war kein Dandy, aber Barry hatte erlebt, wie jeder, dem Wolverton begegnete, ihm Respekt und Bewunderung zollte. Er bewirkte das mit einer solchen Selbstverständlichkeit, daß es Barry trotz aufmerksamster Beobachtung bisher nicht zu ergründen gelungen war, wie er das fertigbrachte. Aber er war fest entschlossen, es zu lernen. Wolverton war sein großes Vorbild. Und warum auch nicht? Sollte er wie sein Vater werden – ein Langweiler, wenn zugegebenermaßen auch ein geachteter? Wolverton hatte schon viel gesehen und erlebt, und es ging das Gerücht, daß er sich auch als Pirat betätigt habe, wobei Barry dies als eine Ausgeburt des Neides abtat. Warum sollte ein so reicher Mann wie Wolverton sich die Mühe machen, zu rauben, was er ganz leicht kaufen könnte?

Andererseits hatte er etwas so Kühnes und Abenteuerliches an sich, daß man ihn sich gut als Piraten vorstellen konnte. Auch diese Eigenschaften faszinierten Barry an Wolverton. Er hatte ihn zwei Duelle gewinnen sehen – das erste bei Morgengrauen unter den Eichen und mit Degen als gewählter Waffe, das zweite mit der Pistole, wobei Brett seinem schwitzenden Gegner so gelassen und mit so ruhiger Hand gegenüberstand, daß auch einem mutigeren Mann das Herz in die Hose gerutscht wäre.

Diese Souveränität war eine Gabe, die Barry gleichermaßen bewunderte und fürchtete. Wenn er Wolvertons innere Sicherheit besäße, hätte er sich nicht monatelang Northwicks Gemeinheiten gefallen lassen müssen. Er empfand es sogar als demütigend, sich selbst einzugestehen, daß er zu wenig selbstbewußt war, als daß er Northwick hätte die Stirn bieten können – und auch nicht geschickt genug mit Pistole oder Degen.

Doch nach heute abend … ja, wenn alles gutginge, würde

Northwick seine gerechte Strafe bekommen. Als die Kutsche mit einem Ruck anfuhr, trat er aus dem Schatten, um Brett zu begrüßen.

»Irgendwelche Probleme?« fragte Brett, als er bei ihm ankam, und Barry schüttelte den Kopf.

»Nichts, nur Northwicks übliche Sarkasmen. Er war übrigens wenig begeistert, als er Sie ankommen sah. Wenn ...«

»Lassen Sie uns reingehen«, unterbrach Brett ihn, womit er ihm deutlich machte, daß er es nicht für angeraten hielt, derlei auf offener Straße zu diskutieren. Barry nickte und folgte Brett den dunklen Gang hinunter in den ›Taubenschlag‹, wie die Spielhölle hieß, und sie machte ihrem Namen alle Ehre, denn es herrschte stets reger Betrieb, wobei der Zutritt nicht wie bei Arthur's nur gutbetuchten Clubmitgliedern vorbehalten war, so daß sich hier eine sehr viel einfachere Klientel tummelte. Viele waren zum erstenmal da, kamen vom Land und hofften, mit dem bißchen Geld in ihren Taschen das große Glück zu machen.

»Es heißt, daß Northwick an diesem Etablissement beteiligt ist«, flüsterte Barry Brett ins Ohr. »Ich glaube kaum, daß er der Abt eines Nonnenklosters ist, obwohl es Mr. Seaton ist, dem die Hälfte des Ladens gehört, er soll angeblich ein Vermögen von fast Hunderttausend sein eigen nennen.«

Brett lachte leise. »Wenn Brakefield so viel hätte, bräuchte er mein Geld nicht.«

»Schon möglich – aber es gibt auch Männer, die nie genug haben.« Barry dachte an seine eigene Unfähigkeit, sein Geld zusammenzuhalten und schwor sich insgeheim eine Änderung seiner Gewohnheiten, die selbst sein Vater billigen würde. Doch zunächst müßte er eine Rechnung besonderer Art begleichen, und bei Gott, er hatte die Absicht, diese Angelegenheit noch vor Tagesanbruch zu erledigen.

Brett ging zum Würfeltisch, und nur ein aufmerksamer Beobachter konnte bemerken, daß die halbgeschlossenen Augen in dem dunklen, undurchdringlichen Gesicht in Wahrheit nicht den Lauf der Würfel verfolgten, sondern das Treiben um ihn herum.

»Verwünscht!« schimpfte einer der Spieler, als er verlor und schaute Brett über den grünen Tischbezug hinweg an. »Sind Sie dabei, Sir?«

Achselzuckend machte Brett seinen Einsatz. »Facilis descensus Averni«, meinte er leichthin, und Kenworth lachte leise.

»Der Abstieg zur Hölle ist einfach«, übersetzte er dem verwirrt dreinschauenden Spieler. »Das ist ein Satz von Vergil.«

Der Mann schüttelte den Kopf. »Ich kenne diesen Mister Vergil nicht, aber er muß hier Stammgast gewesen sein. Ich habe jetzt das drittemal hintereinander verloren.«

Brett ließ die Holzwürfel mit einem leisen Lächeln in der Hand hin und her rollen. »Vielleicht ist Würfeln einfach nicht Ihr Spiel.«

»Keines der Spiele ist meines.« Der Mann entfernte sich mit einem Schulterzucken von dem Tisch, und das Spiel ging weiter.

Brett hatte zweiundfünfzig Pfund gewonnen, als eine Bewegung an der Tür ihn mit jäh angespannter Miene und Haltung aufschauen ließ. Dann fluchte er lästerlich, und Barry folgte seinerseits in der Erwartung angespannt seinem Blick, daß es vielleicht schon losgegangen war.

Der Schock jagte ihm einen kalten Schauer über den Rücken: Kyla van Vleet stand an der Tür – allein! – und verlangte, eingelassen zu werden. Guter Gott – hatte sie den Verstand verloren? Was *tat* sie hier? Und noch dazu ausgerechnet *heute!* Brett konnte doch unmöglich …

Nein – Wolverton hatte offensichtlich nicht die Absicht, sie hereinzulassen, denn er ließ das Spiel Spiel sein, durchquerte den Raum mit großen Schritten und packte Kyla am Arm. Barry folgte ihm höchst beunruhigt, denn er fürchtete, daß diese unerwartete Wendung alles verderben könnte.

»Was zur Hölle willst du hier?« herrschte Brett Kyla an, und sie begegnete seinem Blick mit einer kühl gehobenen Augenbraue, was Barry eine gewisse Bewunderung für ihren Mut abnötigte, wenn auch nicht für ihre Vernunft.

»Vielleicht bin ich gekommen, um zu spielen – *Sie* scheinen ja auch deshalb hier zu sein.«

»Wozu denn sonst? Ach so – ich weiß schon, was du gedacht hast ...« Er schaute sie einen Moment lang finster an und sagte dann etwas weniger heftig: »Ich werde Burton den Kopf abreißen. Steht meine Kutsche noch draußen?«

»Ja, natürlich – aber ich habe nicht vor, schon zu gehen.«

»Dein Pech.« Er drehte sie herum und schob sie in Richtung Tür, blieb jedoch abrupt stehen, als sie aufgestoßen wurde.

Barry konnte hinter ihnen den Grund für Bretts plötzliches Stehenbleiben nicht erkennen, aber er wurde ihm klar, als er eine vertraute Stimme überrascht sagen hörte: »Miss van Vleet! Wie schön, Sie wiederzusehen – und erstaunlich! Ich wußte nicht, daß Sie die Angewohnheit haben, Ihre Lady zu so ... unterschiedlichen ... Zerstreuungen mitzunehmen, Wolverton. Begleitet Sie sie auch in Amy Wilsons Haus?«

»Also wirklich!« protestierte Barry hitzig. »Das geht zu weit, Northwick! Zumindest in Gegenwart der Dame.«

Kyla richtete ihre ausdrucksvollen Augen auf ihn, und er sah außer glühender Empörung auch noch einen Anflug von Bewunderung für ihn darin. »Danke, Lord Kenworth. Es ist erfreulich, daß es doch noch Gentlemen in London gibt – ich hatte schon angefangen daran zu zweifeln.«

Northwick lachte leise und hob amüsiert seine buschigen Brauen. »Jetzt hat sie Sie an der Ehre gepackt, stimmt's, Wolverton? Lassen Sie sie bleiben. Ich kann heute abend ein bißchen Schönheit um mich brauchen. Ich habe neuerdings zu viele grobschlächtige Gesichter in meiner Umgebung, und sie ist eine so entzückende Ablenkung, mein Bester.«

»Dies ist weder ein Ort für sie noch für *eine* andere Frau.« Brett wollte sie aus dem Raum zerren, doch sie befreite sich mit einem Ruck aus seinem Griff und funkelte ihn zornig an.

»Entschuldigen Sie, Sir, aber ich schätze es nicht, wie ein hirn- und willenloses Wesen behandelt zu werden. Ich hin durchaus in der Lage, zu entscheiden, was ich tue, und ich habe entschieden, zu bleiben. Es sei denn, Sie hätten einen *anderen* Grund, mich wegschicken zu wollen.«

Bretts Kiefermuskeln spielten, als er mit gepreßter Stimme sagte: »Dies ist kein Ort für dich, Kyla. Mach dir das Leben doch ein einziges Mal nicht unnötig schwer.«

»Sie meinen, ich soll es *Ihnen* nicht schwer machen. Ich muß Sie enttäuschen – ich ziehe es vor, zu bleiben.«

»Guter Gott – sind *Sie* das, Wolverton?« riefe eine Stimme von der Tür her, und der Herzog von Cumberland betrat den großen Spielsaal. Wegen des Rauches leicht blinzelnd, schaute er von Brett zu Northwick und richtete dann den Blick auf Kyla. »Ich hatte nicht erwartet, Sie ausgerechnet hier vorzufinden – und dazu noch mit Miss van Vleet! Was für eine reizende Überraschung.«

»Ich hatte auch nicht erwartet, Sie heute noch einmal zu sehen, Hoheit«, erwiderte Brett mit einem mühsamen Lächeln und verfluchte Kyla innerlich. Ihre Ankunft könnte alles verderben, und nun war auch noch der Herzog unmittelbar nach ihr eingetroffen! War er ihnen gefolgt? Es wurde ihm klar, daß er den

falschen Prinzen verdächtigt hatte, mit Northwick unter einer Decke zu stecken. Wenn er jetzt darauf bestünde, Kyla wegzuschicken, würden Cumberland oder Northwick vielleicht Verdacht schöpfen, und er konnte es sich nicht leisten, ihr Mißtrauen zu wecken. Verdammt! Wo blieb nur dieser Watley? »Wir haben unsere Pläne geändert, Euer Gnaden«, erwiderte er glatt und zog Kyla am Arm, um sie näher bei sich zu haben.
»Ja«, nickte Northwick mit boshafter Heiterkeit, »und es scheint, als hätte Miss van Vleet das für Sie übernommen, Wolverton. Bringen Sie ihr bei zu spielen. Das wird eine hübsche Abwechslung für uns alle. Kommen Sie mit, Königliche Hoheit«, forderte er den Herzog auf, und Cumberland ging mit deutlich zweifelnder Miene an Kyla und Brett vorbei zu Northwick. Der Earl verzog seine schmalen Lippen zu einem Lächeln, was ihm etwas Unheimliches verlieh. »Ich hatte schon seit geraumer Zeit keine so große Gruppe illustrer Persönlichkeiten in meinem kleinen Etablissement. Ein Kartenspielchen? Pharao, Hoheit?«
Als Cumberland sich mit dem Earl auf den Kartentisch zubewegte, zog Brett Kyla von der Tür weg und dirigierte sie zum Würfeltisch. »Wenn du wirklich bleiben willst«, flüsterte er ihr energisch ins Ohr, »dann rate ich dir zu tun, was ich sage.«
»Ich weiß nicht ... Sie tun mir *weh*, Brett!«
Seine Finger gruben sich brutal in ihren Arm, und seine Lippen bewegten sich an ihrem Ohr, als flüstere er ihr Zärtlichkeiten zu, die sie erschauern ließen. »Es ist kein günstiger Zeitpunkt, um deine Unabhängigkeit zu demonstrieren. Nein, du reißt dich jetzt *nicht* los! Hör mir zu, du kleine Törin. Es wird heute nacht hier Ärger geben, und du wirst mir aufs Wort gehorchen. Hast du verstanden?«
Sie nickte schweigend, und er sah mit Genugtuung, daß sie ner-

vös um sich schaute, als habe sie plötzlich erkannt, daß dies doch nicht die geeignete Umgebung für sie war. Doch darüber nachzudenken, war jetzt müßig – vor allem, nachdem Northwick und Cumberland sie bereits gesehen hatten. Es war offenkundig, daß der Earl sie als willkommene Abwechslung begrüßte.

Brett blieb, noch immer Kylas Arm umfaßt haltend, am Würfeltisch stehen. »Wie du siehst«, sagte er leise, »hast du die Aufmerksamkeit errungen, auf die du so großen Wert legst. Bist du jetzt zufrieden?«

»Brett …«

»O nein!« unterbrach er sie in scharfem Ton und verstärkte seinen Griff. »Da du darauf bestanden hast zu bleiben, wirst du tun, was ich dir sage. Das wird eine angenehme Erfahrung für mich werden. Vorsicht, *querida* – sei nicht so dumm, dich widerspenstig zu gebärden, wenn du nicht über Gebühr in Verlegenheit gebracht werden möchtest. Es ist kein Mann hier, der sich zu deiner Verteidigung aufschwingen würde, wenn ich dich wie eine ganz gewöhnliche Covent-Garden-Hure behandeln würde. Schließlich ist dieses Etablissement kein Ort, den anständige Damen besuchen.«

Sie zitterte, und ihr Kinn bebte leicht, als sie ihn von der Seite ansah, und die plötzliche Verzagtheit in ihrem Blick bereitete ihm eine gewisse Befriedigung. Doch gleich darauf zuckte sie mit ihren schönen Schultern, als sei ihr völlig gleichgültig, wie er sie behandelte. »Ich hätte wohl nicht herkommen sollen, aber ich dachte … Wie auch immer – ich denke, ich gehe jetzt.«

»Nein. Du hast dir die Suppe eingebrockt und wirst sie auslöffeln. Ich werde dir das Spielen beibringen, wie Northwick vorgeschlagen hat.«

Die Würfel landeten kurz nacheinander mit dumpfem Klacken

auf dem Tisch, und einer der Männer stöhnte auf. »Verwünscht! Schon wieder verloren. Ich habe heute einfach Pech.« Er schaute auf, sah Brett und grinste. »Sei's drum – nun, da Sie hier sind, hätte ich ohnehin keine Chance mehr.«
»Man muß nur vorausschauen können, Pemberton.« Brett sammelte mit einer fließenden Bewegung die Würfel ein. »Hat einer der Herren etwas dagegen, daß die Lady es auch einmal versucht?«
Die Miene eines der Gentlemen verfinsterte sich, doch keiner protestierte, und als Brett Kyla in der Wurftechnik unterwies, sammelte sich Publikum um den Tisch. Auch Northwick war darunter. Brett entdeckte Watley, der sich unter die Spieler am Kartentisch gemischt hatte, lächelte in sich hinein und wandte sich Kyla zu, um ihr die Regeln zu erklären.
»Du mußt fünf, sechs, sieben, acht oder neun Augen werfen, Kyla. Der erste Würfel ist der maßgebende, der zweite die Chance. Wenn die Zahl auf dem zweiten Würfel mit der ersten übereinstimmt, hast du gewonnen. Wenn eine Zwei, Drei, Elf oder Zwölf zusammenkommen, hast du verloren.«
Kyla ließ die beiden Würfel auf ihrer Handfläche hin und her rollen und blickte, nachdenklich auf ihrer Unterlippe herumkauend, darauf hinunter. »Und wenn ich nichts davon würfle?« fragte sie schließlich.
»Dann darfst du weitermachen. Es ist ein Glücksspiel, bei dem man schön gewinnen kann, wenn die Augenzahl herauskommt, auf die man gewettet hat.«
Sie zuckte stirnrunzelnd mit den Schultern, und die Rubine und Brillanten an ihrem weißen Hals blitzten im Lampenlicht. »So lange ich mit *Ihrem* Geld spiele, will ich es gerne mal versuchen.«
»Das dachte ich mir«, sagte Brett spöttisch und schaute grin-

send zu Barry auf. »Wollen wir hoffen, daß unsere Taube fliegt.«
Das war eine doppeldeutige Bemerkung, und Barry erwiderte das Grinsen, um Brett zu zeigen, daß er sie begriffen hatte. Kyla würfelte und verlor. Beim zweiten Versuch klappte es besser, und dann begann sie sogar teilweise die Augenzahlen richtig vorauszuahnen. Zu diesem Zeitpunkt hatte sich die umstehende Menge beträchtlich vergrößert. Von der Sensation angelockt, eine Frau – und noch dazu eine so aufsehenerregend schöne – in ihrer Mitte zu haben, waren die meisten zum Zuschauen gekommen, doch einige beteiligten sich auch am Spiel.
Es dauerte nicht lange, bis auch Northwick das tat. Von dem Blick seiner farblosen Augen verunsichert, stellte Kyla sich anfangs ein wenig ungeschickt an, doch Brett ermutigte sie mit leisen Worten, und schon bald hörten ihre Hände wieder auf zu zittern. Die Atmosphäre war plötzlich gespannt, und er war nicht der einzige, der es merkte. Zwei der Zuschauer entfernten sich.
Brakefield spielte vorsichtig, setzte nur wenig und flehte scherzhaft um Glück, doch Brett spürte die wachsende Anspannung des Earls und gab sich den Anschein, sein Spiel mit Neugier zu verfolgen, während er insgeheim auf Watley und dessen Verbündete konzentriert war. Die Männer waren im ganzen Raum an verschiedenen Tischen verteilt und trafen in unterschiedlichen Abständen ein, um keinen Verdacht zu erregen. Gut. Keiner von ihnen wirkte fehl am Platze oder hob sich gegen die anderen die Spieltische Umstehenden ab.
Er schaute wieder Kyla an, die mit hochkonzentrierter Miene die über den grünen Tisch taumelnden Würfel beobachtete. Sie gewann – nur einen geringen Betrag, doch er genügte, um ihre Wangen mit einer ungemein reizvollen, zarten Freudenröte zu überhauchen.

Mit ihrem durchsichtigen Kleid und den an ihrem Hals blitzenden Juwelen war sie eine faszinierende Erscheinung, und sie spiegelte sich in den Augen vieler der Männer am Tisch, als sie sich vorbeugte, um zu würfeln, und dabei ihre vollen, runden Brüste gegen Satin und Seide brandeten. Der tiefe Ausschnitt konnte sie nur mit Mühe halten, und die Möglichkeit einer Entblößung fesselte nicht nur eines Mannes Blick an ihr Dekolleté. Northwick konnte die Augen nicht von ihr lassen.

»Treffer!« sagte jemand bewundernd, und Brett sah, daß Kyla schon wieder gewonnen hatte, auch diesmal nur einen kleinen Betrag, der jedoch genügte, um den rosa Hauch auf ihren Wangen zu erhalten. Sie ließ ein Silberglöckchenlachen erklingen, und Brett ertappte sich dabei, daß er sie betrachtete, anstatt seine Aufmerksamkeit auf Northwick zu konzentrieren.

Die freudige Erregung ließ ihre Augen glänzen – vielleicht war es aber auch dem Champagner zuzuschreiben, den sie getrunken hatte – und ihr Mund lächelte erwartungsvoll, als sie die Würfel in ihrer kleinen Hand schüttelte. Sie hatte keine Handschuhe mehr an, wahrscheinlich in der Kutsche ausgezogen, dachte er, und ihre schlanken Finger spielten mit dem hölzernen Würfel, bevor sie sich neuerlich vorbeugte, um wiederum ihr Glück zu versuchen. Als dem leisen Aufschlag des ersten Würfels auf der grün bezogenen Tischplatte der zweite folgte, schwenkte Brett seinen Blick von Kyla zu Northwick.

Er starrte sie aus zu Schlitzen verengten Augen wie gebannt an. Sein Mund war leicht geöffnet, und seine Brauen bildeten über der schmalen Nase eine durchgehende, buschige Linie. Beatrice hatte gesagt, er sei einmal ein gutaussehender Mann gewesen, doch inzwischen hatte sein verderbter Lebenswandel deutliche Spuren auf seinem groben Gesicht hinterlassen.

Dichte Tabakrauchschwaden schwebten über den Spieltischen,

und auf der anderen Seite des Raumes entbrannte plötzlich ein lautstarker Streit zwischen zwei Männern. Northwick löste seinen Blick von Kyla und lenkte ihn in die Richtung der Störung. Genau in dem Moment, als er Anstalten machte, sich zu entfernen, sah Brett Watley sich aus dem großen Spielsalon stehlen.

»Was ist denn, Mylord?« fragte Brett betont spöttisch, um ihn durch eine Provokation aufzuhalten. »Spielen Sie nicht Hasard mit Frauen?«

Northwick wandte sich ihm mit hochgezogenen Brauen zu. »Jedes Spiel mit Frauen ist ein Hasardspiel, Wolverton.«

Brett belohnte das bissige Wortspiel mit einem Lächeln. »Das wissen *Sie* besser als die meisten.«

»Ich hatte damit auf *Sie* abgezielt, Euer Gnaden«, gab Northwick zurück. »Es heißt, Sie seien ein außerordentlich waghalsiger Spieler.« Ein spöttisches Lächeln kräuselte die schmalen Lippen des Earls. »Wie anders wäre die Entführung einer jungen Lady vor den Augen von zweihundert Gästen zu erklären?«

Brett spürte, wie Kyla sich neben ihm versteifte und hörte sie scharf die Luft einziehen, als sie würfelte und verlor. Er legte ihr locker die Hand auf die Schulter und spielte mit den sich vor ihrem Ohr ringelnden Löckchen.

»Entführung, Mylord? Sieht sie aus wie eine Gefangene? Bist du eine Gefangene, meine Schöne?«

Kyla warf ihm aus schmalen Augen einen zornigen Blick zu, und der rosige Hauch auf ihrem Gesicht vertiefte sich. »Eine Gefangene der Umstände, vielleicht – wie die meisten von uns.«

Gute Antwort. Brett lächelte anerkennend, während er ihre nackte Schulter liebkoste, und sah aus dem Augenwinkel, daß Northwick sie beide gespannt beobachtete. Betont langsam bewegte er seine Finger abwärts und spielte mit dem Juwelencollier an ihrem Hals, wobei seine Handkante die Oberseite ihrer Brüste streifte. Sie erstarrte, preßte die Lippen aufeinander, als wolle sie wütende Protestworte zurückhalten, und senkte ihre langen Wimpern wie einen Schleier über ihre Augen.

Brett verfluchte sie dafür, daß sie gekommen war und sich damit in eine Situation gebracht hatte, die hochgefährlich werden könnte, aber andererseits diente sie als Ablenkung für Northwick – eine unerwartete Unterstützung ihrer Pläne für diesen Abend, denn der Earl hatte nur Augen für sie. Sah er sie wieder als das kleine Mädchen, das er einmal gekannt hatte, oder nur als eine verführerische Frau? Der Teufel sollte den verdammten Bastard holen! Brett mußte hart an sich halten, um ihn nicht zum Duell zu fordern, aber das wäre höchst unklug gewesen. Nein – er mußte seine Besitzurkunde zurückbekommen, und dies schien die einzige Möglichkeit, das zu erreichen, wenn er den Earl nicht offiziell des Diebstahls bezichtigen wollte, was nicht angeraten war, denn als Emporkömmling aus den Kolonien hätte er mit Sicherheit erhebliche Schwierigkeiten, jemanden vom Wahrheitsgehalt seiner Anschuldigungen gegen einen Angehörigen des Hochadels zu überzeugen. Northwick mochte ein schleimiger Schurke sein, doch er war einer der ihren, wogegen man einem Herzog aus den Kolonien mit Abneigung und Mißtrauen begegnen würde.

Wenn dies Texas wäre, hätte er Northwick längst mit vorgehaltener Pistole zur Rückgabe seiner Papiere gezwungen, aber in England wurden solche Dinge anders gehandhabt, unterlagen bei ihrer Durchführung ungeschriebenen Gesetzen. Satisfaktion wurde erlangt, indem man einen Mann zum Duell forderte, doch diese Genugtuung müßte er sich aufsparen, bis er seine Besitzurkunde wieder in Händen hielt, denn von einem Toten könnte er keine Herausgabe verlangen.

Brett nahm seine Hand erst von Kyla, als Northwick sich von dem Würfeltisch entfernte und auf den Kartentisch zusteuerte, wo Cumberland – wie üblich – hoch setzte und entsprechend verlor. Es war inzwischen sehr voll geworden, der Rauch im Raum hatte sich zu einem Nebel verdichtet, und die Lautstärke, mit der die Spieler über Würfel und Karten fluchten, steigerte sich entsprechend ihrer Anzahl.

Barry schlängelte sich mit besorgtem Blick zu Brett durch und murmelte: »Glauben Sie, daß sie es trotzdem heute nacht durchziehen? Ich meine ... sind Sie sicher, daß Ihr Informant korrekt unterrichtet war? Wenn Cumberland damit zu tun hat ...«

»Was wäre besser, als es direkt vor unserer Nase zu machen?«

Kyla verlor erneut, und einer der Herren bot ihr seine Gewinne an, um mit ihr ›ins Geschäft zu kommen‹, womit er von ihr ein wütendes Luftschnappen und von Brett einen warnenden Blick erntete, der so bedrohlich war, daß der Mann sich mit einem verlegenen Lachen zu beteuern beeilte, er habe selbstverständlich nur einen Scherz gemacht.

»Es war ein Witz, Herr, sonst nichts. Sie ist eine wahre Augenweide, und ich dachte, ein kleiner Spaß sei erlaubt.«

»Bleiben Sie beim Glücksspiel, wenn Sie sich amüsieren wollen, lieber Freund – das ist ungefährlicher.«

Irgend jemand rempelte ihn an, und Brett sah aus dem Augenwinkel, daß Watley zurückgekommen war und ihm das verabredete Zeichen gab. Northwick und Cumberland waren nicht mehr am Kartentisch, und Brett beugte sich zu Kyla hinunter, löste das Collier von ihrem Hals, warf es lässig auf den Tisch und lächelte.

»Wir erhöhen den Einsatz, meine Herren – damit das Spiel interessanter wird.«

»*Brett ...!*«

Er nahm ihr Grübchenkinn zwischen Daumen und Zeigefinger und drückte einen schnellen Kuß auf ihren Mund, ohne sich um ihren Protestschrei zu scheren. »Wenn du es verlierst, kaufe ich dir ein neues, *querida*«, sagte er dicht an ihren geöffneten Lippen. Dann hob er den Kopf und betrachtete ihr hochrotes Gesicht. »Und wenn du gewinnst, kaufe ich dir *zwei*. Das sollte als Ansporn genügen, meinst du nicht?«

»Ich weiß nicht, warum Sie das tun – aber wenn Sie Ihr Geld so leichtfertig verschleudern wollen, werde ich mich nicht zieren, es zu nehmen«, gab sie zurück und schüttelte mit einer Mischung aus Zorn und Unsicherheit in dem Blick unter den hochgezogenen Brauen die Würfel in ihrer Hand.

»Konzentriere dich, Kyla. Die Herren sehen aus, als seien sie entschlossen, dir das gute Stück abzunehmen.«

Noch immer unsicher schaute sie auf den Tisch hinunter, doch dann zuckte sie gleichgültig mit den Schultern und beugte sich vor, um den ersten Würfel auf den Weg zu schicken. Das sollte genügen, um sie zu beschäftigen und die Gäste abzulenken, dachte er, als er sich ein paar Schritte von ihr entfernte. Auf der anderen Seite des Raumes schob sich Barry in den dunklen Korridor in der Nähe des Hinterausgangs. Am Würfeltisch lösten die hohen Einsätze einen erbitterten Wettstreit aus, und niemand merkte es, als Brett sich aus dem Getümmel um den Tisch davonstahl.

Er spürte jemanden von hinten an sich herantreten und hörte Watleys heisere Stimme an seinem Ohr. »Immer geradeaus, Herr.«

Es war dunkel, und weiter den Korridor hinunter roch es nach feuchter Erde und fauligem Holz. Zwei reglose Männer lagen ausgestreckt am Rand des Ganges – ohne Zweifel Watleys Werk. Vor ihnen war leises Gemurmel zu hören, und Brett sah,

wie Barry sich zu ihm umdrehte, und seine Augen glitzerten schwach in dem trüben Licht.
»Northwick und Cumberland«, erklärte er leise, mit einer Kopfbewegung auf eine kleine Tür in der Ziegelmauer deutend. Guter Gott. Der Bruder des Königs spielte in der Tat mit hohem Einsatz, wenn er in einer so zwielichtigen Sache mit Northwick unter einer Decke steckte. Das Parlament würde einen neuerlichen Skandal kaum begrüßen.
Vor der Tür stehenbleibend, schaute Brett hinter sich, um sich zu vergewissern, daß Watleys Männer dafür sorgten, daß kein Unbeteiligter sich in den Korridor verirrte. Die Silhouetten dreier Männer zeichneten sich gegen das durch die Tür fallende Licht ab, und Watley nickte bestätigend, als er die Pistole auf Bretts Handfläche liegen sah.
»Wie Sie befohlen haben, Herr – keine Wachtposten, und meine Männer sichern den Durchgang.«
Bretts Finger schlossen sich um den Griff seiner Waffe. Er bewegte sich vorsichtig voran. Die Tür war geschlossen, die Stimmen dahinter wurden lauter. Die Tür war abgesperrt, und Brett trat zurück und nutzte die gegenüberliegende Wand als Stütze, als er den Fuß anhob und zutrat. Watley lehnte sich zusätzlich mit seinem ganzen Gewicht dagegen, und die Tür flog auf.
Northwick fuhr fluchend herum, erstarrte jedoch, als er die auf seine Brust gerichtete Pistole in Bretts Hand sah. »Schau, schau, Wolverton – Sie haben wieder ganz zu Ihrer barbarischen Natur zurückgefunden, wie ich sehe. Was, zum Teufel, denken Sie sich dabei, sich mit roher Gewalt Zutritt zu einer privaten Unterhaltung zu verschaffen. Ich vermute, Cumberland ist höchst ungehalten darüber – habe ich recht, Hoheit?«
»Allerdings«, bestätigte der Angesprochene aufgebracht, doch sein empörtes Gebaren konnte nicht über die Nervosität und

das Schuldbewußtsein hinwegtäuschen, die sich in der Anspannung in seinen Augen und um seinen Mund zeigten. »Was hat das zu bedeuten, Wolverton?«

Brett zeigte mit dem Lauf seiner Pistole auf die Papiere, die Cumberland in der Hand hielt. »Ich glaube, das wissen Sie genau. Das da sind gestohlene Unterlagen. Wenn Sie sie von Northwick gekauft haben, sind Sie betrogen worden, denn sie gehören mir.«

»Gestohlen?« Cumberland schüttelte den Kopf. »Keineswegs, Sir! *Wagen* Sie es, mich des Diebstahls zu bezichtigen?«

»Nein – diese Beschuldigung spare ich mir für den Earl auf. Aber Sie müssen wissen, Hoheit, daß die Dokumente in Ihrer Hand mein rechtmäßiges Eigentum sind und nicht Northwicks. Es wäre höchst peinlich für Sie, wenn diese Sache an die Öffentlichkeit käme.«

Cumberland wandte sich mit finsterer Miene an den Earl. »Diese Papiere sind Ihr rechtmäßiges Eigentum, habe ich recht, Brakefield?«

»Wie Sie sehen können, Hoheit, tragen die Dokumente die Unterschrift von Colby Banning, womit er mir seinen Anteil an der Mine überschrieb, die wir beide gemeinsam in Amerika besaßen. Ich habe lange gebraucht, um diese Urkunde zu finden, aber jetzt gehört sie wirklich und wahrhaftig mir.« Er erwiderte Bretts Blick kühl und gelassen und zuckte mit den Schultern. »Tut mir ja leid, daß Sie das nicht wußten, Wolverton, aber ich kann nun wirklich nichts dafür, daß Sie sich nicht gründlich genug informiert haben.«

»Sie sind ein verdammter Lügner!« Brett trat, die Waffe noch immer auf den Earl gerichtet, fordernd die Hand ausstreckend, auf Cumberland zu, der nur eine Sekunde zögerte, ehe er ihm die Papiere übergab. Brett schaute darauf hinunter und sah die

Unterschrift seines Vaters am Fuß der Verfügung, der eine Erklärung beigefügt war, in der die Santa-María-Mine Carlton Brakefield, dem Viscount Erby und zukünftigen Earl of Northwick, zugedacht wurde. Das Datum lag fast zwanzig Jahre zurück, und auch dieser Anhang trug die Unterschrift seines Vaters. Er hob den Blick und sah mit wachsendem Zorn das triumphierende Grinsen auf dem Gesicht des Earls.

»Das ist eine Fälschung, Northwick! Mein Vater hätte Ihnen die Mine niemals überschrieben.«

»Mein lieber Wolverton – ich verstehe ja, daß das ein Schock für Sie ist – aber Sie müssen sich damit abfinden.«

»Wenn es wahr ist, warum haben Sie es dann geheimgehalten? Warum wurden die Papiere gestohlen, wenn sie echt sind? Nein – ich glaube das keine Minute, und Sie sollten das auch nicht tun, Hoheit.« Er wandte sich an Cumberland und sagte mit brutaler Offenheit: »Ich bezweifle, daß Sie das Geld haben, eine Silbermine zu kaufen, die ein Vermögen wert ist – es ist allgemein bekannt, daß Sie bis über die Ohren verschuldet sind.«

»Ah – und nun denken Sie, daß das Geld meines Bruders hinter dem Kauf steckt, ja?« Cumberland verzog den Mund zu einem süffisanten Lächeln, und sein eines Auge verengte sich leicht. »Ohne Zweifel war das der Grund dafür, daß Sie heute abend für seine … Unterhaltung sorgten. Wie weitsichtig von Ihnen. Aber Sie haben sich die Mühe umsonst gemacht, Wolverton. George hat keine Ahnung von diesem Geschäft, sonst würde er den Ertrag der Mine nur für weiteren Schmuck oder eine dieser architektonischen Scheußlichkeiten verschwenden, die er so liebt. Und ich habe auch nicht die Absicht, der verdammten Regierung etwas abzugeben. Diese Idee stammt allein von mir, und meine Partner sind meine Sache. Vergessen Sie nicht, mit wem Sie es zu tun haben, Sir. Mein Vater ist immer noch König,

und man begegnet mir noch immer mit einer gewissen Vorsicht, wenn nicht Respekt.«
»Zweifellos – aber nicht einmal der König kann stehlen und ungeschoren dabei davonkommen. Haben Sie eine Vorstellung von dem Charakter des Mannes, mit dem Sie hier schachern, Hoheit? Wie, glauben Sie, würde der König – oder das Parlament – es aufnehmen, wenn bekannt würde, daß Sie zu all Ihren anderen Lastern auch noch mit einem Wüstling verkehren, einem Mann, der Kinder mißbraucht?«
Cumberland trat unbehaglich von einem Fuß auf den anderen und wandte sich Northwick zu, der Brett mit einem mörderischen Blick bedachte und es heftig leugnete. »Mein Gott – Sie müssen den Verstand verloren haben. Oder bezieht sich Ihre Behauptung auf die Tatsache, daß Ihre derzeitige Mätresse einmal mir gehörte? Das war nicht meine Schuld, Wertester – ihre Mutter schickte sie zu mir, und wie hätte ich so grausam sein können, das arme Kind von meiner Schwelle zu weisen?«
Kenworth trat hinter Watley aus dem Schatten hervor. »Es gibt Leute, die wissen, daß Sie kleine Mädchen nicht aus Barmherzigkeit in Ihr Haus aufnehmen, Mylord«, sagte Barry ruhig, und Northwick erschrak sichtlich, als er ihn erkannte. »Ich weiß aus erster Hand, daß Sie kleine Mädchen mißbrauchen, die Sie in Covent Garden kaufen. Sie können nicht leugnen, was ich mit eigenen Augen gesehen habe – aber selbst, wenn Sie es tun, wird der Skandal Ihnen das Genick brechen.«
Als Cumberland einen erstickten Laut ausstieß, trat Brett einen Schritt vor in den Lichtschein, den eine kleine, an der feuchten Ziegelmauer angebrachte Lampe aussandte. »Ich habe die Absicht, dafür zu sorgen, daß Sie wegen schweren Vergehens vor Gericht gestellt werden, Northwick – und davor kann Sie nicht einmal Ihre Beziehung zu Cumberland bewahren.«

»Was für ein Unsinn! Sie können nichts beweisen – alles, was Sie gegen mich vorbringen wollen, beruht auf Hörensagen. Es steht mein Wort gegen das Ihre – das eines primitiven Emporkömmlings aus den Kolonien, der nicht einmal wirklich Engländer ist. Und Sie, Kenworth, Sie törichter, junger Spund – was wollen Sie sagen? Daß Sie eine dieser angeblichen Schändlichkeiten mitangesehen, aber nicht angezeigt haben? Was würde das für einen Eindruck machen? Und wer würde die Behauptung eines unreifen Bürschchens ernst nehmen, das dafür bekannt ist, seinen Unterhalt in Spielhöllen durchzubringen?«
Northwick lachte gehässig. »Ich fürchte, meine Herren, Sie haben mit Zitronen gehandelt. Sobald bekannt wird, daß mir die Silbermine in Amerika gehört, wird auch bekannt werden, daß Sie mich in Mißkredit zu bringen versuchen, um die Kontrolle über die Santa María zu gewinnen. Womit Sie gänzlich unglaubwürdig wären.«
Vor Wut kochend, hörte Brett Barry etwas murmeln, und Cumberland runzelte die Stirn. Er wandte sich an den Herzog. »Wollen Sie dieses Risiko eingehen, Hoheit? Ich habe nichts zu verlieren, denn ich schere mich keinen Deut darum, was die Leute über mich denken. Ich bin niemandem verantwortlich, außer mir selbst. Sie hingegen haben sehr viel zu verlieren – wollen Sie das wirklich riskieren?«
Nach einem Moment angespannten Schweigens fluchte Cumberland lästerlich und fuhr zu Northwick herum. »Er hat recht! Es wäre zu gefährlich. Ich habe selbst schon genug getan, um mich in Mißkredit zu bringen – mehr darf ich nicht wagen.«
Northwick zuckte scheinbar gleichgültig mit den Schultern, doch es stand ein hartes Glitzern in den Augen, die er auf Brett richtete. »Das macht nichts – es wird sich ein anderer Käufer für meinen Besitz finden. Vielleicht Sie, Wolverton? Oder könnte

es sein, daß Sie ohne die Silbermine kein Vermögen mehr besitzen, das Sie dafür bezahlen könnten? Wie bedauerlich.«
»Freuen Sie sich nicht zu früh, Mylord – ich habe die Besitzurkunde in der Hand und nicht die Absicht, Sie Ihnen zurückzugeben. Im Augenblick kann ich mir einen langwierigen Prozeß sehr viel leichter leisten als Sie, also überlegen Sie es sich gründlich, ehe Sie vor Gericht ziehen. Ich glaube nicht, daß der Herzog Ihren Anspruch bestätigen könnte, ohne sein eigenes Wohl zu gefährden, und so scheint es mir, daß Sie im Augenblick keine andere Möglichkeit haben als stillzuhalten.«
Wieder trat ein kurzes, kribbelndes Schweigen ein, und dann deutete Northwick eine steife Verbeugung vor Brett an. »Gut gemacht, Wolverton. Sie halten mich in Schach – aber glauben Sie ja nicht, daß das Spiel damit beendet ist.«
Barry mit einem verächtlichen Blick strafend, drängte Northwick sich an Watley vorbei auf den Korridor hinaus. Als Kenworth protestierte, schüttelte Brett den Kopf. »Soll er ruhig gehen – er kann sich nirgends vor der Justiz verstecken.«
Brett faltete die Urkunde zusammen und steckte sie in die Innentasche seiner Jacke, während Cumberland sich räusperte und dann verlegen sagte: »Na, da ist ja noch mal alles gut gegangen, stimmt's, Wolverton?«
Brett antwortete nicht, musterte den Herzog nur kühl, bis dieser mit hochrotem Kopf den Blick abwandte. »Verdammt, Wolverton – ich will nicht, daß diese Geschichte bekannt wird.«
»Ist der Prinz daran beteiligt?«
»Nein. Ich … ich wurde von einer Firma in New Orleans beauftragt, Northwick die Urkunde abzukaufen. Sie boten mir an, meine Schulden zu tilgen, wenn ich sie kaufte und meinen Anspruch anmeldete. Sie glaubten, daß sich niemand mit einem Angehörigen des englischen Königshauses anlegen würde.« Zu

guter Letzt verzog sich der Mund des Herzogs doch noch zu einem Grinsen.
»Wie ist der Name dieser Firma?« Brett steckte die Pistole unter seinem Rock in den Gürtel und sah dann wieder Cumberland an. »Hoheit ...?«
»Also gut, also schön – aber ich will nicht, daß ein Skandal daraus wird, und ich will auch nicht, daß Northwicks Vorliebe für kleine Mädchen in der Öffentlichkeit bekannt wird. Es wissen zu viele Leute von unseren gelegentlichen gemeinsamen Unternehmungen, und ich möchte auf gar keinen Fall mit ihm über einen Kamm geschoren werden, um Himmels willen. Gilt der Handel?«
»Nein, Brett!« protestierte Barry zornig. »Sie können Northwick doch nicht wieder ungeschoren davonkommen lassen!«
»Das zu regeln, gibt es andere Möglichkeiten, Kenworth. Der Handel gilt, Hoheit. Wer ist an Sie herangetreten?«
Cumberland nahm ihn beiseite und sagte so leise, daß Watley und Barry nicht mithören konnten: »Señor Javier Aguilar y Portillo – ah, ich sehe, Sie kennen den Namen.«
Brett starrte ihn entgeistert an. »Javier Portillo? Sind Sie sicher?«
»Ja, natürlich. Er schickte mir seinen Sekretär in der offiziellen Rolle eines Botschafters des guten Willens – einen dieser verdammten Exilfranzosen, die so arrogant sind. Ein widerlicher Patron. Vergessen Sie nicht – Sie haben zugestimmt, alles, was ich Ihnen erzählt habe, vertraulich zu behandeln.«
»Ich *werde* es nicht vergessen.«
Brett wandte sich abrupt ab und stürmte vor Watley und Kenworth zur Tür hinaus. Javier Aguilar y Portillo – der Bruder seiner Mutter! Warum hatte er das nicht kommen sehen? Und er saß hier in London, während Javier freie Bahn hatte und zwei-

fellos plante, alles in seinen Besitz zu bringen, was Colby Banning im Laufe von Jahren zusammengetragen hatte. Der Teufel sollte ihn holen! Zorn strömte, mit eiskalter Entschlossenheit gepaart, durch seine Adern. Er mußte nach Texas zurück! Aber zuerst waren hier noch Dinge zu Ende zu bringen. Eines der Probleme war Kyla, und er hatte keine Ahnung, wie er es lösen sollte.

Kenworth holte ihn erst ein, als er wieder den großen Spielsaal betrat. »Sie werden Brakefield doch nicht davonkommen lassen, oder, Brett?« beschwor er ihn mit rauher Stimme. »Ist es wahr, daß er … und Miss van Vleet … ? Großer Gott, Mann – wenn es so war, wie können Sie es da verantworten, ihn einfach gehen zu lassen? Nachdem er sie mit seinen dreckigen, perversen Finger *berührt* hat und wer weiß was noch … dieses zauberhafte Geschöpf. Es ist eine Ungeheuerlichkeit! Ich kann die Vorstellung nicht ertragen, daß sie einem Mann wie Northwick ausgeliefert gewesen sein soll. Sie hat schon genug gelitten, denke ich.«

Brett wandte sich ihm gereizt zu, doch als er die vor Empörung blitzenden Augen des jungen Mannes sah, schluckte er die scharfe Erwiderung, die ihm auf der Zunge lag, herunter und sagte statt dessen: »Vielleicht möchten Sie ja eine anständige Frau aus ihr machen, Kenworth.«

Barry starrte ihn ungläubig an und stammelte dann: »Sie ma-ma-ma-meinen, sie hei-hei-heiraten? Grundgütiger!«

Brett hatte diesen Vorschlag ursprünglich gar nicht ernst gemeint, doch jetzt kam ihm der Gedanke, daß diese Lösung vielleicht die beste für sie *beide* wäre. Warum eigentlich nicht? Kyla brauchte einen anständigen Ehemann, und Barry brauchte Geld … Celeste du Bois hatte recht – sie hatte ihm vorgeworfen, das Leben ihrer Patentochter zu zerstören, und genau das hatte er getan. Ja – wenn er sie mit Kenworth oder jemandem wie ihm verheiratete, könnte er das zumindest zum Teil wiedergutmachen.

Aber als er zu dem Würfeltisch kam, an dem er Kyla zurückgelassen hatte, war sie fort. Einer der Spieler schaute mit einem triumphierenden Lächeln zu ihm auf und ließ zwischen Daumen und Zeigefinger das Collier hin und her baumeln, das Brett als Einsatz verwendet hatte.

»Nicht schlecht für eine Stunde Spielen, meinen Sie nicht auch, Sir?«

Brett sah sich suchend um. »Wo ist sie – die junge Dame, der die Kette gehörte? Wo ist sie?«

»Mit einem anderen Gecken abgezogen – vielleicht einem, der nicht ihren Schmuck aufs Spiel setzte...« Er lachte, wich jedoch hastig zwei Schritte zurück, als Brett auf ihn zukam. »Hören Sie – gehen Sie nicht auf *mich* los! Ich habe mit der ganzen Sache nichts zu tun, außer daß ich gewann, als sie die falsche Augenzahl würfelte...«

Sein Satz endete in einem erstickten Gurgeln, als Brett ihn am Kragen packte und an der Wand hochschob. »Die verdammte Kette schert mich keinen Deut. Sagen Sie mir, mit wem sie weggegangen ist!«

Es war keine große Überraschung, als der Mann atemlos hervorstieß: »Ich kenne seinen Namen nicht, aber er hat vorher hier gespielt ... ein feiner Herr wie Sie, mit buschigen, zusammengewachsenen Augenbrauen ... mehr weiß ich nicht!«

Kenworth, der ihnen gefolgt war, stieß hervor: »Brakefield! *Verdammt!* Jetzt hat er Kyla!«

Kapitel 17

Kyla durchfuhr ein Schauder. Wo war sie und wie war sie hierher gekommen? Sie erinnerte sich dunkel daran, daß Northwick ihr ein Glas Champagner an den Spieltisch gebracht hatte. Kein Wunder, daß sie nicht klar denken konnte – er hatte offenbar etwas hineingetan. Wie hatte sie so dumm sein können, etwas von ihm anzunehmen? Oh, warum hörte das Dröhnen in ihren Ohren nicht auf? Es war, als befinde sie sich unter Wasser, undeutlich und verzerrt wirbelten Stimmen und Lichter um sie herum ... Sie blinzelte, runzelte die Stirn und versuchte eine Hand zum Kopf zu heben, konnte es jedoch nicht. Sie hatte Schmerzen, und sie fror. Oh, es war alles so verwirrend. Die Stimmen schienen aus dem Nichts zu kommen, aus den sie umwabernden Schatten. Sie bemühte sich zu verstehen, was sie sagten, aber es gelang ihr nicht, einen Sinn darin zu erkennen.

Wo war Brett? Warum hatte er sie allein gelassen? In einem Moment war er noch dagewesen, im nächsten verschwunden, und jetzt ... oh, jetzt tat ihr bei jedem Gedanken der Kopf weh. Einer der Schatten löste sich aus dem Reigen und bewegte sich auf sie zu, und seine Stimme war ein vertrautes, tiefes Schnurren wie das von einer großen Katze – ein u heilverheißendes Knarren, das sie erneut frösteln ließ.

»Ist dir kalt, meine Liebe? Mach dir nichts daraus – es wird dir bald warm werden. Ich werde mich deiner annehmen, wie ich es sofort hätte tun sollen, als ich dich wiedererkannte.« Ein unangenehmes Lachen begleitete seine Worte, und sie versuchte verzweifelt blinzelnd, den Nebel vor ihren Augen zu durchdringen.

»North... wick.« Ihre Stimme klang fremd in ihren Ohren, wie aus weiter Ferne und schleppend.

»Ja, meine Liebe. Du kommst wieder zu dir – das ist sehr schön, denn ich möchte, daß du alles spürst und alles hörst.« Wieder das unangenehme Lachen, das ihr einen Schauer über den Rükken jagte. »Nein, nein, hübsches Kind – wehr dich nicht. Es hat keinen Sinn, wie du gleich begreifen wirst. Du kannst mir nicht entkommen, hübsches, kleines Luder. Du hast einen schönen Körper, wenn er für meinen Geschmack auch ein wenig zu üppig ist – aber das weißt du ja, nicht wahr? Ich erinnere mich noch genau, wie du als Kind ausgesehen hast, weißt du ... so blond, so hübsch, so vollkommen ... unschuldig, unberührt und rein, auf die Erweckung wartend. Im Gegensatz zu jetzt. Jetzt bist du wie alle anderen geworden – besudelt durch die Berührungen ungezählter Männerhände, eine Hure, die für jeden zu haben ist.«

Langsam, ganz langsam erfaßte sie die Bedeutung seiner Worte – und die Art der Gefahr, die ihr drohte. Wieder blinzelte sie gegen den Schleier vor ihren Augen an und befeuchtete mit der Zungenspitze ihre trockenen Lippen. »Nein ...«, sagte sie mit ungewohnt krächzender Stimme, »... das ... bin ich ... nicht.«

»Sie leugnen es *alle.*« Stiefelschritte kamen auf rauhem Untergrund näher, und dann war Northwicks Gesicht plötzlich erschreckend dicht vor ihr, und das Blitzen in seinen farblosen Augen, das wie sich in Fensterscheiben spiegelndes Licht wirkte, jagte ihr einen neuerlichen Schauer über den Rücken. Er umfaßte ihr Kinn und hinderte sie mit sanfter Gewalt daran, den Kopf wegzudrehen. »Du magst es mit Worten leugnen, doch dein Körper verrät dich. Alle Frauen leugnen es, bis sie ihre Schlechtigkeit schließlich eingestehen müssen. Dir würde es nicht anders ergehen. Aber erinnere dich – ich wollte dich damals davor bewahren, zu werden, was du nun doch geworden bist. Wenn deine durchtriebene Mutter damals nicht mit dir fortgegangen wäre, hätte ich dich retten können ...«

Seine Stimme verlor sich bedeutungsschwanger, und Kyla schauderte es wieder. »Was haben ... Sie mit ... mir vor?«

»Dich zu retten.«

Er sagte das in völlig neutralem Ton, doch was die drei schlichten Worte beinhalteten, versetzte Kyla in Panik. Sie versuchte, eine Möglichkeit zu finden, ihn aufzuhalten, bis sie wieder klarer denken könnte, und ihr Kopf sank zurück und schlug gegen etwas Hartes, Kaltes. Eine Mauer befand sich hinter ihr, aus Stein und feucht, ihre Hände waren gefesselt, ihre Beine jedoch frei beweglich – könnte sie es schaffen, zu fliehen? Wenn er sie einen Moment aus den Augen ließe, könnte sie vielleicht einen Weg nach draußen finden. Das brachte sie zu der Frage zurück, wo sie sich befand. Sie sah nur Schatten und verschwommen den Schein von Kerzen, die auf niedrigen Bretterregalen entlang den Wänden flackerten. Sie blinzelte wieder und atmete tief ein. Die Luft war muffig – wie in einer Grabkammer. Der Vergleich machte sie ein weiteres Mal frösteln.

»Entschuldigen Sie, Mylord – meine Handgelenke schmerzen, weil sie so fest zusammengebunden sind.«

»Ja, wir werden etwas dagegen tun – aber nicht jetzt.« Northwick richtete sich auf, und als der Nebel vor ihren Augen sich lichtete, sah sie ihn nicht mehr nur als Schatten mit farblosen

Augen. Er entfernte sich von ihr, und sie ließ den Blick wandern, um ihre Umgebung zu erkunden. Sie befanden sich in einem Gewölbe, das an einen Weinkeller erinnerte, doch es waren keine Fässer oder Flaschengestelle da, nur leere Regale.
Ihre Handgelenke taten weh, und ihr Kopf schmerzte, und sie fror ganz schrecklich. Was hatte er vor? Und wo waren Brett und Kenworth? Warum hatte Northwick sie betäubt? Die letzte Frage wurde ihr auf grausige Weise beantwortet, als der Earl zurückkam, sie auf seine Arme hob, mit ihr den Raum durchquerte und sie auf einen von Kerzen beleuchteten Steinquader legte, der Kyla wie ein Opfertisch erschien. Der Gedanke ließ sie erneut frösteln, und sie versuchte sich dem Griff des Earls zu entwinden. Vergeblich. Leise lachend zog er ihre Arme über ihren Kopf und fesselte sie an einen im Stein eingelassenen Eisenring.
»Törichtes Kind. Du kannst dem Schicksal nicht entfliehen – wenn es sich auch erst mit einigen Jahren Verspätung erfüllt.«
Die Fröhlichkeit in seiner Stimme veranlaßte Kyla, sich noch heftiger zu wehren. »Verdammter *Teufel,* lassen Sie mich gehen! Brett wird Sie dafür töten!«
»*Wird* er das! Sogar wenn er deine Abwesenheit bemerken würde, würde er nicht rechtzeitig hier sein. Niemand kennt diesen Ort, nur diejenigen, denen ich vertraue – und Leute, denen ich nicht traue, verlassen ihn im allgemeinen nicht mehr.«
In hilfloser Wut aufschluchzend, kämpfte Kyla gegen ihre Fesseln an, doch sie saßen fest. Der Stein unter ihr war eiskalt und ihr dünnes Kleid kein Schutz gegen die feuchte Kälte, die in diesem Gemäuer herrschte. Mein Gott – was hatte er vor?
»Du siehst so ängstlich aus, meine Liebe. Dazu hast du keinen Grund. Ich werde dich von deinem sündigen Leben erlösen. Obwohl du deine Unschuld verloren hast, bist du immer noch

wunderschön, und ich erinnere mich noch an das süße, reine Kind, das du einmal warst ...« Seine Stimme verlor sich in Zusammenhangslosigkeit, während er mit großen, im Kerzendämmerschein noch unheimlicher als sonst wirkenden Augen auf sie hinunterstarrte.

»Sie ... Sie sind wahnsinnig«, flüsterte sie mit tauben, kalten Lippen. Er stand völlig regungslos über ihr, wie eine Wachsfigur, und nur sein eisiger Blick verriet, daß Leben in ihm war. »Warum tun Sie das? Ich habe niemals etwas getan, wofür Sie sich rächen müßten ...«

»Nein?« Seine Hände fühlten sich erstaunlich warm auf ihrer Haut an, als er ihr Kleid hochschob, um ihre Beine zu entblößen. Als sie ihn zu treten versuchte, fing er ihre Füße ein und drückte sie brutal auf den Stein. »Wenn du nur begreifen würdest, daß ich dir etwas Gutes tue, würdest du mich nicht zwingen, so grob mit dir umzugehen, sondern deine Rettung akzeptieren.«

Kyla unterdrückte mit schmerzender Kehle ein angstvolles Schluchzen, als Northwick ihre Füße an zwei weitere, in den Stein eingelassene Ringe fesselte. Dann richtete er sich wieder auf, während über und hinter ihm lange, verzerrte Schatten über Wände und Decke flackerten wie die Ungeheuer aus ihrer Kindheit. Nur war diese Situation kein Alptraum, sondern real und gefährlich, und sie mußte einen klaren Kopf behalten, um zu überleben.

Northwick war ganz offensichtlich geistesgestört und entschlossen, sie zu töten. Sie mußte seinen Schwachpunkt herausfinden und ihn dann irgendwie für sich nutzen, sonst würde sie in diesem schrecklichen, feuchten Verlies ihr Ende finden.

»Mylord ...« Sie brach ab, befeuchtete mit der Zungenspitze die Lippen und zwang ihre bebende Stimme, lauter zu sprechen.

»Mylord – wenn Sie mir erklären, was Sie erwarten, dann fürchte ich mich nicht mehr so sehr, und Sie können meine Fesseln lösen.«

»Ich erwarte Unterwerfung«, antwortete Northwick lächelnd mit heiser knarrender Stimme, während er auf sie hinunterstarrte. »Vollständige Unterwerfung – wie von einem gehorsamen Kind. Es ist wirklich erfreulich, wie fügsam und aufnahmebereit Kinder sein können. Sie lernen erst später, wenn sie älter werden, wie man Männer ausnutzt, in die von ihnen gewünschte Richtung lenkt, belügt und betrügt ... ah, ja – ich sehe, du beginnst mich zu verstehen.«

Während er sprach, befreite er sie nach und nach von ihren Kleidungsstücken, wobei der leise reißende Satin und die Seide seinen gleichgültigen Händen keinen nennenswerten Widerstand leisteten. Kyla versuchte die schreckliche Erregung zu ignorieren, die seine Hände in ihr auslösten, die sie im Zuge des Entkleidens immer wieder zufällig streiften. Die kalte Luft auf ihrer nackten Haut ließ sie frösteln, und sie biß die Zähne zusammen, als Northwick ihren Körper mit leichten, indiskreten Berührungen zu erforschen begann. Sie lag, von den zerfetzten Resten ihrer Kleidung umrahmt, splitternackt vor ihm, und er verschlang sie mit den Augen, während er ihre Brüste, ihren flachen Bauch und ihre Schenkel liebkoste.

»Ich wollte dich damals unbedingt haben«, murmelte der Earl heiser, »die unschuldige unbefleckte Tochter einer Hure, die ich nach meinen Wünschen hätte formen können, köstlich rein und fügsam ... aber sie hat dich mir verweigert, die goldhaarige, französische Dirne ... damals schwor ich mir, daß ich dich eines Tages besitzen würde. Und dann brachte sie dich aus London fort.« Er schaute mit wutverzerrtem Gesicht auf. »Ich habe dich wochenlang gesucht, bevor ich ihren Verrat entdeckte.

Verdammtes Frauenzimmer – ich hätte dir nichts zuleide getan. Ich wollte dich lediglich davor bewahren, zu werden, was sie war, eine Dirne zu werden wie alle anderen Frauen, die auf Erden wandeln und Männer in Versuchung führen … ich hätte dir jeden Wunsch erfüllt … ich wollte dich nur im Arm halten, dich berühren … ah, köstliche Reinheit – so frisch und unschuldig, mit solch herrlichen, blonden Haaren. Ich habe nie wieder ein so vollkommenes kleines Mädchen gefunden, wie du es warst, obwohl ich Jahre und Jahre ganz London danach absuchte – und jetzt, da ich dich endlich gefunden habe, hat Wolverton dich verdorben. Dich *verdorben* – aber er wird dafür bezahlen.«

Als er verstummte, unterdrückte sie den Drang, sich zu wehren, zwang sich aber still und ruhig unter seinen Händen zu bleiben, ahnend, daß jeder Widerstand nur weitere tödliche Grobheit zur Folge hätte. War das der Grund dafür, daß er Kinder vorzog? Weil es einfacher war, sie einzuschüchtern, damit sie seine perversen Handlungen widerspruchslos über sich ergehen ließen?

Die Muskeln ihrer über dem Kopf angebundenen Arme schmerzten, und das Gefühl der Demütigung, mit dem ihre Nacktheit sie erfüllte, war fast ebenso überwältigend wie die Beherrschung, die es sie kostete, still zu liegen, während er sie an der intimsten Stelle berührte. Es war ihr noch immer nicht klar, was er außer Willfährigkeit von ihr erwartete, denn er machte keine Anstalten, sie zu vergewaltigen, ließ nur seine Hände wandern. Sein Gesichtsausdruck war gespannt, verzückt konzentriert, und während er sie streichelte und mit immer angespannterer und kehligerer Stimme unverständliche Zärtlichkeiten murmelte.

Unter seinen Liebkosungen vor Abscheu zitternd, prüfte Kyla die Festigkeit der Schnüre, mit denen ihre Hände über ihrem

Kopf gefesselt waren, und begann mit den Fingern an einem der Knoten zu reißen. Sie war so durchgefroren, daß es ihr schwerfiel, ihre Hände in die richtige Position zu bringen, um an der um ihre Gelenke geschlungenen Seidenkordel ziehen zu können. Wenn sie auch nur eine Hand frei bekäme und er einen Moment lang unachtsam wäre …

Zu ihrer Überraschung beugte Northwick sich plötzlich über sie, senkte seinen Mund auf den ihren und drängte seine Zunge zwischen ihre Lippen. Sie fühlte sich wie geknebelt und mußte krampfhaft einen Würgreiz unterdrücken, doch sie wehrte sich nicht, sondern kniff nur ganz fest die Augen zu. Wenn dieser verderbte Earl solchen Wert auf Unschuld legte, würde er vielleicht jede Bewegung von ihr als genießerische Reaktion mißdeuten und darüber in Wut geraten. Hatte er nicht gesagt, alle Frauen seien Dirnen? Also mußte sie sich wie das Kind verhalten, nach dem es ihn damals gelüstet hatte, mußte sich fügsam, ängstlich, aber gehorsam zeigen, bis sie irgendwie entkommen könnte.

Doch es war unendlich schwierig, stillzuhalten, während sie seinen Mund und seine Hände auf sich spürte, an Stellen, die sonst nur Brett berührt hatte … O Gott – wo *war* Brett nur? Warum war sie so töricht gewesen, sich in die Spielhölle zu wagen? Ihre Eifersucht, die dumme Eifersucht, die der Gedanke, daß Brett sich dort mit der Opernsängerin träfe, in ihr geweckt hatte, war daran schuld, daß sie sich jetzt in dieser entsetzlichen Lage befand! Was für ein unverständliches Gefühl – schließlich liebte sie ihn doch nicht. Warum sollte es sie kümmern, wenn er mit einer anderen zusammen war? Oh, warum war sie ihm wie eine mißtrauische Ehefrau gefolgt, anstatt ihn gewähren zu lassen, wie es sich für eine Mätresse auf Zeit geziemte, wie sie es war?

Northwick küßte sie wieder, und der von ihm ausgehende Gestank von saurem Wein und Rauch, der sich mit dem muffigen Geruch des Kellers mischte, raubte ihr fast den Atem. Sie schloß erneut die Augen und lag zitternd da, während sein Mund abwärts glitt und nasse Spuren auf ihrer Kehle, ihren eiskalten Brüsten und ihrem Leib hinterließ. O Gott, wie sollte sie das noch länger aushalten oder es ertragen, wenn er ihr doch noch mehr Gewalt antäte, als er es jetzt tat?

Sie hatte ein Rauschen in den Ohren, das wie Meeresbrandung klang, und sie konzentrierte sich darauf und auf den sehnsüchtigen Wunsch, anderswo zu sein, und zwang sich gleichzeitig, Beherrschung zu bewahren, um den Earl nicht durch eine heftige Reaktion zu provozieren. Sie mußte stark bleiben, durfte sich nicht von dem Ziel ablenken lassen, zu entkommen. Es war niemand da, der ihr helfen könnte, und sie selbst hatte nur ihren Verstand zur Verfügung, um sich aus der Gewalt dieses Irren zu befreien.

Aber wie? Wie sollte sie das schaffen, so gefesselt wie sie war? Sie mußte ihn irgendwie dazu bewegen, zumindest ihre Arme loszubinden, aber sie wußte, daß sie unendlich vorsichtig taktieren müßte. Langsam öffnete sie die Augen, und in diesem Moment hob der Earl den Kopf und schaute wie in Trance auf sie herunter. Er war verrückt, wirklich verrückt – und sie war ihm ausgeliefert. Lieber Gott, hilf mir! flehte sie im stillen.

Northwick richtete sich auf, und Kyla sah Metall in seiner Hand aufblitzen, als er von ihr abließ – und dann hielt sie, vor Entsetzen gelähmt, den Atem an, als sie erkannte, daß es ein Messer war. Er hielt es hoch und schaute sie unter den buschig hervorspringenden Brauen mit gespannter Aufmerksamkeit an.

»Hast du Angst?« fragte er nach einer Ewigkeit mit fast zärtlicher, leiser Stimme.

Die scharfe Klinge mit aufgerissenen Augen fixierend, nickte sie mühsam. »Ja …«

»Süßes Kind – ich will dir nur helfen. Die Welt ist so schlecht, so verdorben …« Er zog die flache Seite der Klinge wie liebkosend über ihren nackten Oberschenkel, und sie konnte nur mit größter Mühe den Aufschrei unterdrücken, der in ihrer Kehle hochstieg. »Ich könnte dir niemals wehtun – ich verspreche dir, daß du keine Schmerzen empfinden wirst. Es ist fast wie einschlafen – nur ein winziger Stich ins Handgelenk, und das ganze giftige Blut wird fortrinnen, so langsam, daß du es nicht einmal spürst … o nein, wehr dich nicht, sonst geht es zu schnell, und wir brauchen Zeit, Zeit um uns von der Sünde und der Begierde zu reinigen.«

Diesmal brach der Schrei sich Bahn, wurde gellend von den Wänden und der Decke der Höhle zurückgeworfen, so laut und vollzählig, als schrien hundert gefolterte Seelen ihre Qual gemeinsam mit ihr hinaus.

Northwick trat ungerührt zu dem Eisenring, an dem ihre Hände festgebunden waren. Kyla versuchte der scharfen Messerschneide zu entgegen, doch der Earl hielt sie fest, und dann spürte sie den angekündigten kurzen Stich und danach einen leichten, pulsierenden Schmerz.

»Nein! O mein Gott, tun Sie das nicht …« Sie hatte nicht vorgehabt, ihn anzuflehen, und als sie es jetzt tat, klang es fremd in ihren Ohren, als liege eine andere Frau auf diesem steinernen Opfertisch und bettele um ihr Leben, was Northwick nicht die geringste Reaktion entlockte. Und dann wurde ihr klar, daß dieser kerzenumstandene Steinquader ihre Totenbahre war. Das erinnerte sie daran, wie Maman damals in Indien im Salon aufgebahrt worden war. Nur hatte Maman ihr Lieblingskleid getragen, und ihr friedliches Gesicht war von Dutzenden Duftkerzen um sie her mit einem warmen Schimmer überhaucht gewesen. Diese Szene hier hatte nichts Friedliches – hier herrschte das Grauen.

»Siehst du, Kyla – wie ich dir sagte: Nur ein kleiner Stich ...«

Der Earl lächelte auf sie hinunter, und die flackernden Kerzenflammen spiegelten sich in seinen farblosen, leeren Augen wie die Feuer der Hölle. »Bald wirst du Frieden haben – wie ich auch.«

Kyla spürte das Blut aus ihrem Handgelenk rinnen und schluchzte leise, denn nun gewann allmählich die Verzweiflung die Oberhand über die Hoffnung. Es war kalt, und sie konnte die Tränen nicht zurückhalten, die ebenso ungehindert rannen wie das Leben aus ihren Adern. Das Rauschen in ihren Ohren steigerte sich zum Dröhnen, und Northwicks gemurmelte Worte des Trostes und der Verdammung rückten in weite Ferne. Traurige und schöne Erinnerungen verschmolzen in ihrem Kopf, verwirrend vermischte Bilder aus der Vergangenheit ... arme Tante Celeste. Sie würde sich wieder die Schuld geben, wie sie sich damals die Schuld an Faustines Unglück gegeben hatte, weil sie ihr nicht hatte helfen können. Wenn sie ihr nur sagen könnte, daß sie nicht dafür verantwortlich war, daß dies geschehen war ... die leuchtenden Farben verschwammen jetzt ineinander, begannen sich wie bunte Nebel zu drehen, und seltsamerweise erschien plötzlich Brett Banning in ihrem Zentrum, ein dunkles, gutgeschnittenes Gesicht mit dem typischen, spöttischen Lächeln in den Mundwinkeln, aber unerreichbar weit ... warum liebte er sie nicht? Sie hätte sich in ihn verlieben können, hätte ihn lieben können, wenn er sie nur gewollt hätte.

Und nun würde sie nie erfahren, ob es sich dahin hätte entwikkeln können. Jetzt würde sie sterben, an diesem schrecklichen

Ort und mit diesem schrecklichen Mann aus ihren Alpträumen, und nie erfahren, wie es war, wirklich geliebt zu werden.
Sterben ist vielleicht gar nicht so schlimm, dachte sie schläfrig, während die Welt um sie her sich immer schneller und schneller drehte. Wenn nur dieses laute Brummen in ihren Ohren aufhören würde ... sogar Northwick war nur noch ein undeutlicher Schatten, seine wütende Stimme weit entfernt ... warum schrie er sie plötzlich an? Hat er nicht erreicht, was er will? Ja, er will, daß ich sterbe, und ich tue es. Warum kreischt er dann so?
Auf einmal hörte sie ein Geräusch. Es klang wie das Knallen einer Peitsche, und dann noch ein zweites Mal, und es hallte in endlosen Wellen von den Wänden und der Decke wider wie das Brüllen der Brandung, drohte sie zu verschlingen.
Etwas Heißes spritzte auf sie herunter, dann spürte sie ein schweres Gewicht auf ihrem Körper. Sie konnte sich nicht erklären, was da vorging und versuchte die Augen offenzuhalten, doch sie fielen immer wieder zu. Als die Dunkelheit näher kroch, hörte sie ein wenig überrascht und doch getröstet Bretts Stimme aus den Schatten kommen, so vertraut und kräftig, die ihr versicherte, daß alles gut werden würde. Das Gewicht hob sich wieder, und ihre Arme waren frei, und sie spürte, wie sie aufgerichtet und festgehalten wurde ... warme Hände berührten sie, zogen sie hoch, aber es war zu spät. Sie wollte nur noch schlafen, in diese verlockende Welt hinübergleiten, in der es keine Schmerzen und keinen Kummer gab.
Ja – *jetzt wird alles gut ...*

Kapitel 18

Wieder hörte sie Stimmen, diesmal aber viel näher – und es war ihr endlich warm. War sie tot? Kyla wagte nicht, die Augen zu öffnen, denn sie hatte Angst, wieder etwas Schreckliches zu sehen ... War das Brett? Es klang so. Und da war auch noch jemand anderer. Kenworth? Waren sie auch tot? Nein, natürlich nicht. Dann war sie vielleicht ... sie öffnete die an ihrer Seite liegenden Fäuste und prüfte mit den Handflächen vorsichtig den Untergrund, auf dem sie lag. Ein Leintuch – kein Stein! Sie mußte in einem Bett liegen. Also war sie am Leben, nicht in dem muffigen Keller bei Northwick gestorben.

Erleichterung durchflutete sie, und sie öffnete die Augen einen Spalt. Gedämpftes Licht erhellte den Raum, den sie als eines der Zimmer in Bretts Stadthaus erkannte. Ja, da war die Lampe mit dem rosa Schirm auf dem Nachttisch, sah sie durch den nur halb zugezogenen Vorhang des hochbeinigen Bettes, als sie den in weiche Kissen gebetteten Kopf wandte. Der Versuch, sich zur Gänze auf die Seite zu drehen, löste einen stechenden, pochenden Schmerz in ihrem Arm aus.

Eine weibliche Stimme wurde laut. Tante Celeste!

»Ich werde das nicht länger dulden, Euer Gnaden!« erklärte sie aufgebracht. »Es ist mit gleichgültig, wie Sie darüber denken –

sie muß vor einem weiteren Skandal bewahrt werden. Sie haben ihr weiß Gott genug angetan, und ...«

»Ich bin ganz Ihrer Meinung«, nahm Brett ihr gelassen den Wind aus den Segeln. »Da Northwick tot ist, muß niemand erfahren, was in dem Keller vorgefallen ist. Nur Barry und ich wissen, was er ihr angetan hat.«

»Nun, das ist wenigstens etwas – aber, *bon Dieu*, es genügt nicht. Sie haben ihr Leben zerstört, dafür gesorgt, daß ihr Name in ganz London nur noch mit Verachtung ausgesprochen wird. Wie können Sie dieses Desaster wieder gut machen?«

»Mittels einer standesgemäßen Verheiratung müßte das gelingen, denke ich.«

Kyla stockte der Atem. Sie glaubte ihren Ohren nicht zu trauen. Hatte er vor, sie zu heiraten? O Gott – vielleicht liebte er sie ja doch. Der Gedanke machte sie schwindlig, und sie schloß die Augen wieder. Aber liebte *sie ihn* denn? Irgend etwas empfand sie für ihn, das war sicher. Bis vor ein paar Tagen hatte sie geglaubt, es beschränke sich auf eine unerwünschte körperliche Anziehung – doch als er aus London zurückgekommen war, hatte sie sich, trotz seiner albernen Reaktion auf ihren Tanz in dem Zigeunerlager, ganz unsinnig gefreut, ihn wiederzusehen. Und jetzt ... was war jetzt? Sie fühlte sich noch zu schwach, um sich mit dem Durcheinander der Gefühle zu befassen, die er in ihr auslöste – aber als sie sich wieder dem Schlaf hingab, hörte sie an dessen Schwelle Tante Celeste wie von sehr weit weg sagen: »Es war an der Zeit, daß Ihnen das klar wurde, Hoheit.«

Als sie wieder aufwachte, war sie allein im Zimmer, und das einzige Licht kam von der kleinen Lampe auf der Mahagonikommode an der gegenüberliegenden Wand. Sie blinzelte, hob den Arm und starrte einen Moment verdutzt auf den weißen Verband an ihrem Handgelenk, bevor ihr die Verletzung einfiel, die Northwick ihr beigebracht hatte. Es schauderte sie. Er hätte sie beinahe umgebracht. Stimmte es – war er wirklich tot? Oder hatte sie das geträumt? Ihre Erinnerungen waren so undeutlich und wirr, daß sie nicht sagen konnte, was davon real und was Einbildung war. Wirklich wichtig war nur, daß sie am Leben und in Sicherheit war, und daß Brett Banning Tante Celeste gesagt hatte, er werde sie, Kyla, heiraten.

Kyla setzte sich mühsam und umständlich auf. Sie war durstig, und auf dem Nachttisch stand eine Kristallkaraffe mit Wasser. Als sie die Hand danach ausstreckte, wurde ihr plötzlich so schwindlig, daß sie aus dem Bett zu fallen drohte und sie in ihrer Angst unwillkürlich aufschrie, worauf sich neben ihr, durch die Vorhänge nur als unförmiger, riesiger Schatten erkennbar, eine Gestalt aus dem Dämmerlicht löste. Als sie diesmal schrie, war es ein schriller Ausdruck blanker Todesangst, der sich ihrer ausgedörrten Kehle entrang. Eine Hand legte sich auf ihre Schulter und hielt sie fest, als sie ihr in Panik zu entkommen suchte.

»Ruhig, Kyla – du bist jetzt in Sicherheit.«

»Brett ... sind das ... sind das wirklich Sie?«

»Ja.« Er nahm seine Hand von ihrer Schulter und legte sie prüfend auf ihre Stirn. »Das Fieber ist gesunken. Hast du Durst?«

Als das Hämmern ihres Herzen abebbte, ließ sie sich in die Kissen zurücksinken und nickte, angesichts dessen, was sie mitangehört hatte, verlegen, beinahe schüchtern. Brett goß Wasser in ein Glas und setzte es ihr an die Lippen, wobei er mit der anderen Hand ihren Rücken stützte, damit nichts verschüttet wurde. Seltsam, daß er so geschickt darin war. Seltsam, daß er überhaupt *hier* bei ihr war. Lag ihm etwas an ihr – oder hatte er sich nur bereit gefunden, sie zu heiraten, weil Tante Celeste ihm kei-

ne Ruhe gelassen hatte? Sie würde ihn zu gegebener Zeit fragen, denn das mußte sie wissen.
Doch im Augenblick war sie zufrieden damit, in den dicken Kissen zu ruhen, dankbar, am Leben zu sein. Sie zupfte an einem Fädchen, das aus der Satindecke herausstand, unter der sie lag und schaute auf. Brett stand immer noch an ihrem Bett, doch sein gutgeschnittenes, dunkles Gesicht lag halb im Schatten, so daß sie seinen Ausdruck nicht erkennen konnte.
Mehr, um die Atmosphäre zu entkrampfen als aus echter Neugier fragte sie: »Erzählen Sie mir von dem Earl? Ist er tot?«
»Ja. Glaubst du, ich hätte ihn nach dem, was er dir angetan hat, am Leben gelassen? Es hätte ihn schon längst jemand töten sollen. Ich hätte ihn nicht lebend aus dem ›Taubenschlag‹ weglassen dürfen.«
Sie runzelte die Stirn. »Sie waren doch gar nicht da. Ich habe Sie gesucht, konnte Sie aber nicht finden. Der Earl sagte, Sie seien fortgegangen. War es so?«
»Gütiger Himmel – nein! Hieltest du es im Ernst für möglich, daß ich dich diesen Strolchen zum Fraß vorgeworfen hätte?« fragte er ungehalten und stellte das Wasserglas mit einem Knall auf den Nachttisch. »Warum in aller Welt bist du mit ihm gegangen? Weil du dachtest, ich hätte dich deinem Schicksal überlassen?«
»Ich wollte ja gar nicht mit ihm gehen. Er sagte, Sie hätten ihn geschickt, mich zu holen, doch als ich ihm nach hinten folgte und Sie nirgends entdecken konnte, sagte er, Sie hätten mich ihm überlassen, und ich müsse mit ihm gehen.«
»Bist du nicht auf die Idee gekommen, dich zu weigern?«
Da war er wieder, Bretts gefürchteter Spott, und er schmerzte. Kylas Finger krampften sich um den Rand der Satindecke. »Natürlich habe ich protestiert, aber er hatte mir offenbar etwas in

den Champagner gemischt, denn mir wurde schwindlig, und dann muß ich für eine ganze Weile das Bewußtsein verloren haben. Als ich wieder zu mir kam ... als ich wieder zu mir kam, war ich gefesselt und an diesem *grauenhaften* Ort ... o Brett! Ich dachte, er hätte mich umgebracht ...« Trotz ihrer Bemühungen, ruhig zu bleiben, brach ihr die Stimme, und die Matratze gab unter seinem Gewicht nach, als er sich zu ihr auf die Bettkante setzte und ihre Hand nahm.

»Es wäre ihm fast gelungen, Prinzessin. Wenn Barry sich nicht erinnert hätte, wohin der Earl ihn einmal mitgenommen hatte, wären wir vielleicht zu spät gekommen. Es war auch so schon knapp.«

Nach ein paar Augenblicken schaute sie, seine Hand umklammernd, als schöpfe sie daraus Mut für die Frage, die sie ihm stellen wollte, zu ihm auf. »Wie starb er?«

»Ich habe ihn erschossen. Es war keine Zeit für eine andere Methode, obwohl ich ihn liebend gerne Godfrey zu seinem Amüsement übergeben hätte, anstatt ihn so schnell sterben zu lassen. Die Komantschen sind äußerst einfallsreich auf diesem Gebiet.«

Der Zynismus in seiner Stimme ließ sie frösteln, und ein Blick in sein Gesicht zeigte ihr, daß er das nicht nur so dahingesagt hatte. Brett drückte ihre Hand.

»Du solltest jetzt ruhen. Ich schicke dir Celeste herein – wir haben in den letzten Tagen abwechselnd bei dir gewacht.«

»In den letzten Tagen? Wie lange habe ich denn geschlafen?«

»Sechs Tage. Der Arzt meinte, du hättest sehr viel Blut verloren und brauchtest Ruhe, und darum gab er dir ein Schlafmittel.«

Er stand auf, und jetzt sah sie den dunklen Stoppelbart und die Ringe unter seinen Augen. Sein Mundwinkel zuckte in einem Abglanz seines üblichen, zynischen Grinsens. Zu ihrer freudigen Überraschung beugte er sich zu ihr herunter und drückte einen zarten Kuß auf ihre Wange, zog sich dann jedoch schnell zurück, als sei es ihm peinlich, Gefühl gezeigt zu haben. »Erhol dich, Prinzessin. Ich schicke dir Celeste, damit sie bei dir wacht.«

»Brett?«

Er blieb stehen und schaute über seine Schulter zu ihr zurück. Jetzt lag sein Gesicht zur Gänze im Schatten. »Ja?«

»Werden ... werden Sie mich wieder besuchen?«

»Natürlich. Schlaf jetzt.«

Kyla nickte. Das Hämmern hinter ihren Schläfen ignorierend, lehnte sie sich in die Kissen zurück. Als die Tür sich hinter ihm schloß, verflocht sie, ärgerlich über sich, weil sie zu feige gewesen war, ihn zu fragen, ob er ernst gemeint hatte, was er Tante Celeste gegenüber geäußert hatte, die Finger ineinander. Nun ja – später, wenn sie wieder kräftiger wäre, würde er ihr davon erzählen, ihr einen formellen Heiratsantrag machen. Sie schloß die Augen, öffnete sie erst wieder, als sie Celeste eintreten hörte.

»Ah, *ma pauvre petite*«, sagte ihre Patin leise, als sie sich dem Bett näherte. »Ich habe dich so schändlich im Stich gelassen.«

»Ich wußte, daß du so denken würdest, aber es ist nicht wahr. Was geschehen ist, war ganz allein meine Schuld. Oh, es war alles so schrecklich ...«

»Schsch, *ma chère*. Ruh dich aus. Es ist vorbei. Bald wird dir das alles nur noch wie ein böser Traum vorkommen.« Die kühlen Hände, mit denen Celeste ihr Gesicht streichelte, zitterten leicht vor Ergriffenheit, und sie sprach in einer Mischung aus Französisch und Englisch beruhigend auf sie ein, versicherte ihr, daß jetzt alles gut werde und sie nur zu Kräften kommen müsse, um wieder ganz sie selbst zu sein. »Und dann werden wir durch den Garten spazieren oder eine Kutschfahrt durch den

Park machen, ja? Und dann wirst du bald glücklich sein, *chère* – ja, ich denke, das wirst du.«

»O Tante Celeste – glaubst du das wirklich? Es ist alles ein Alptraum gewesen – alles, was geschehen ist, seit ich Indien und Papa Piers verlassen habe. Ich glaube, es war falsch von mir, hierher zu kommen und …«

»Nein, nein – sag das nicht! Es war nicht falsch von dir, das Andenken an deine Mutter richtigstellen zu wollen. Wir haben es vielleicht falsch angefangen, aber wie hätten wir es anders machen sollen? Und du hast auch recht damit, haben zu wollen, was dir rechtmäßig zusteht, was dir durch die Niedertracht anderer vorenthalten wurde. Nein, *ma petite* – du hast keine ungerechtfertigten Ansprüche gestellt – und ich denke, der Herzog hat das jetzt auch eingesehen.«

»Glaubst du wirklich?« Kyla lächelte schläfrig und gähnte, als das Schlafmittel in ihrem Körper erneut Besitz von ihr ergriff und ihr die Augen zufielen. »Der Herzog … vielleicht hat er endlich begriffen, daß ich nie die Absicht hatte, ihm zu schaden, daß ich nur … akzeptiert werden wollte.«

»Ja, das hat er sicher, sonst wäre er jetzt nicht so besorgt um dich. Schlafe, *ma bebée,* und gönne deinem geschundenen Körper Erholung. Schlafe den Schlaf der süßen Unschuld, die du bist, und ich werde über dich wachen.«

Celestes beruhigendes, monotones Gemurmel begleitete Kyla auf dem Weg in einen Schlaf, der im Gegensatz zu dem der letzten Tage ruhig und ohne jegliche Alpträume war. Celeste saß im Licht der auf kleine Flamme eingestellten Lampe neben ihr und dachte an Faustine und Edward Riverton und ihre Liebe, die unter einem so schlechten Stern gestanden hatte.

So lange war das her, und soviel Schlimmes war seitdem geschehen. Was würde Faustine wohl sagen, wenn sie ihre Tochter in diesem jammervollen Zustand in dem Bett liegen sähe, in dem einst *sie* gelegen hatte? Ja, es waren viele Jahre vergangen, seit Edward sie im Stich gelassen, seinen Eltern gestattet hatte, sie beide auseinanderzureißen. Einen Fluch hatte er seinen Titel einmal genannt, einen Fluch und eine Heimsuchung, die ihm seine Geburt auferlegt habe. Es war ein Fluch, der das Leben seiner Tochter bis zum heutigen Tage verfolgte, und es war ein Fluch, der ihn als veränderten, gebrochenen Mann ins Grab hatte sinken lassen und aus dem süßen, anständigen Mädchen, das Faustine gewesen war, eine Kurtisane gemacht hatte.

Celeste schloß seufzend die Augen, und das Ticken der Uhr auf dem Kaminsims untermalte mit rhythmischer Gleichförmigkeit die Gedanken, die ihr durch den Kopf gingen, während sie an Kylas Bett saß. Wenn es einen Weg gab, Faustines Tochter zu helfen, dann müßte sie ihn beschreiten. Sie durfte nicht zulassen, daß aus Kyla würde, was aus ihrer Mutter geworden war, daß sie stürbe, wie ihre Mutter gestorben war. Wolverton hatte gesagt, er werde für eine standesgemäße Verheiratung sorgen, und sie hoffte inständig, daß er das ernst gemeint hatte.

In den vergangenen sechs Tagen war Brett Banning kaum von Kylas Seite gewichen und hatte sie häufig mit einem grüblerischen Ausdruck betrachtet, von dem Celeste hoffte, daß er darauf hinwies, daß Wolverton mehr an ihrem Patenkind lag, als er zugeben wollte. Konnte das sein? Konnte es sein, daß die Geschichte sich wiederholte? Würde Kyla die Duchess of Wolverton werden, wie ihre Mutter es für so kurze Zeit gewesen war? Das wäre weiß Gott eine Kapriole des Schicksals, eine der Launen des Lebens, die so manchem einen Streich spielten. Dieser Herzog ließ sich nicht von einem Titel oder den Erwartungen anderer beeinflussen, wie es sein Vorgänger getan hatte – wenn er Kyla heiratete, würde er das tun, weil er sie *wollte.* Aber tat er das?

Sicher – er hatte damit, daß er sie von Lady Seftons Ball entführte, deutlich gemacht, daß er sie in seinem *Bett* haben wollte – aber es mußte mehr dahinterstecken, dachte sie stirnrunzelnd. Wenn nicht – warum hatte er dann so sorgfältig darauf geachtet, daß Kyla nicht mit Northwicks Tod in Verbindung gebracht wurde? Die Entdeckung der Leiche des Earls hatte ziemlich hohe Wellen geschlagen, und in den Zeitungen war die Gesetzlosigkeit angeprangert worden, die es möglich machte, daß ein Mitglied des Hochadels auf offener Straße so brutal ermordet wurde. Kyla und auch Wolverton waren mit keinem Wort erwähnt worden, und die Jagd nach den Mördern hatte bislang zu keinem Ergebnis geführt.

Vielleicht wäre der Aufschrei der Empörung noch lauter gewesen, wenn Northwick nicht in einem besonders üblen Viertel der Stadt aufgefunden worden wäre, dessen Lokalitäten bekanntermaßen nur die gefährlichsten und verderbtesten Zeitgenossen frequentierten. Der Earl war für seine Lasterhaftigkeit bekannt, und in Adelskreisen meinte man zynisch, daß er offenbar in einem der Bordelle seinen Meister gefunden habe.

Kyla war vor Spekulationen sicher, da ihre Rolle in dieser Angelegenheit nicht an die Öffentlichkeit gedrungen war – ebenso wenig wie Brett Bannings. Hatte er um ihretwillen dafür gesorgt, oder nur, um sich selbst Schwierigkeiten zu ersparen? Es steckte mehr hinter dem Vorfall, als sie wußte, obwohl sie sicher war, daß er Gründe hatte, Northwick zu hassen, die nicht mit Kyla zusammenhingen. Lag ihm vielleicht mehr an ihr, als er zugeben wollte?

Es *mußte* so sein. Wie könnte ihm *nichts* an ihr liegen? Mit einem neuerlichen Seufzen schaute Celeste die junge Frau an, die jetzt so friedlich schlief. Ja, es mußte ihm zumindest ein wenig an ihr liegen. Doch sie fragte sich, was Wolverton wirklich dachte, denn es ließ sich weder aus seinen Worten noch aus seiner Miene schließen.

Kapitel 19

Ein Monat war vergangen, seit Northwick Kyla beinahe umgebracht hatte, und während dieser Zeit hatte Brett all seine Londoner Angelegenheiten geordnet. Nachdem er seine Besitzurkunde wieder in Händen hatte, beschaffte er sich die nötige Finanzierung für den Erwerb einer Mine in Südafrika und brachte den Verkauf zweier minder ergiebiger Minen unter Dach und Fach, die Colby Banning in Südamerika erworben hatte. Und jetzt widmete er sich einer weniger komplizierten, aber weit unangenehmeren Aufgabe, indem er die verwitwete Duchess of Wolverton in ihrem Haus aufsuchte.

Sie empfing ihn, wie immer exquisit gekleidet, in ihrem Frühstückssalon und musterte ihn über den Rand ihrer Teetasse aus hauchdünnem Porzellan hinweg mit einem mißbilligenden Blick. »Ich nehme an, Sie sind gekommen, um mir Ihre Entscheidung bezüglich der Höhe der Mitgift für meine Tochter mitzuteilen«, murmelte sie schließlich, und er schaute von den Messingfeuerböcken auf, in denen sich die tanzenden Flammen spiegelten.

»Es ist wirklich kühl für die Jahreszeit, finden Sie nicht auch, Tante? Ich habe nicht einmal in London bisher einen so kalten, verregneten Sommer erlebt.«

»Ja, es ist recht ungemütlich.«

Er lächelte in sich hinein. Ihr Ton war noch sehr viel unfreundlicher als das Wetter. Brett lehnte sich an den Kamin und verschränkte die Arme vor der Brust. »Ich habe meine Zustimmung zur Heirat von Arabella mit Lord Sebring gegeben.«

»Sebring!« Die Tasse klirrte auf der Untertasse. »Der junge Mann stammt zwar aus gutem Hause, aber seine Mittel sind begrenzt, soviel ich weiß.«

»Arabella gibt ihm den Vorzug, und die von mir festgesetzte Summe garantiert meiner Cousine lebenslang einen großzügigen Lebensstil.«

»Arabella hat zwar ihren eigenen Kopf, doch es steht ihr nicht zu, sich ihren Ehemann selbst auszusuchen. Ich habe Ihnen gesagt, daß ich Lord Havering für den geeigneten Kandidaten halte. Er wird ein Herzogtum erben.«

»Nur, falls er sich dazu entschließt, einen Mord zu begehen. Er hat einen älteren Bruder, der sich bester Gesundheit erfreuen soll. Aber die Diskussion ist ohnehin müßig, da ich mich bereits mit Sebrings Vater geeinigt habe.«

»Natürlich. Warum sollten Sie mich auch nach meiner Meinung fragen? Ich bin ja nur die Mutter des Mädchens, während Ihnen nichts daran liegt, zu ihrem Besten zu entscheiden.«

»Ganz im Gegenteil. Arabella kam zu mir und teilte mir mit, daß sie Sebring heiraten wolle, da sie sich liebten. Dementsprechend zu entscheiden, war das mindeste, was ich für sie tun konnte.«

»Allerdings – das *mindeste!*« bestätigte die Witwe mit zornfunkelnden Augen, als sie Tasse und Untertasse auf den vor ihr stehenden Teetisch stellte. Dann lehnte sie sich zurück und betrachtete ihn mit der eisigen Mißbilligung, mit der er gerechnet hatte. »Sie ist die Tochter eines Herzogs – kein Niemand, der jedes Angebot annehmen muß. Sie kann eine viel bessere Partie machen.«

»Sie ist keine hinreißende Schönheit«, gab er ihr mit brutaler Deutlichkeit zu bedenken.

»Im Gegensatz zu Ihrer derzeitigen Gespielin, ja? Wirklich, Brett – Sie besitzen keinerlei Taktgefühl.« Beatrice richtete sich auf und zog hochmütig die Luft durch die Nase ein. »Ganz London redet davon, daß sie bei Ihnen in Ihrem Stadthaus wohnt. Könnten Sie nicht ein wenig diskreter sein?«

»Ich wüßte nicht, weshalb. Aber unter diesen Umständen werden Sie sicher erfreut sein, wenn ich Ihnen sage, daß ich England in Kürze verlassen werde.«

»›Hocherfreut‹ trifft es besser. Und was ist mit Ihrer Dirne? Wird sie mit Ihnen reisen, oder haben Sie die Absicht, sie abzufinden, wie alle anderen vor ihr? Ich kann nicht begreifen, wie Sie mit einem Weibsstück zusammensein können, das ganz offensichtlich nichts als eine habgierige Abenteurerin ist. Wahrscheinlich schlägt da Ihre amerikanische Herkunft durch.«

»So ist es – und ich schätze mich glücklich deswegen. Aber was Miss van Vleet angeht, so sind meine sich auf sie beziehenden Pläne einzig und allein meine Sache.«

Überraschung flackerte über das Gesicht der Witwe und wurde gleich darauf von Mißtrauen abgelöst. »Sagen Sie mir nicht, daß Sie eine … Schwäche für dieses Geschöpf entwickelt haben.«

»Ich sage Ihnen nichts dergleichen, weil es nicht wahr ist. Guten Tag, Madam.«

Gleichermaßen verärgert über die Genugtuung, die er Beatrice damit bereitet hatte, ihn sichtlich getroffen zu haben, und über seine Reaktion, war er noch immer unguter Stimmung, als er in seinem Stadthaus eintraf. Was er für Kyla empfand, war ihm gegenwärtig zu kompliziert zu ergründen. Er war sich lediglich klar darüber, daß er ihr gegenüber ein schlechtes Gewissen hatte, weil er indirekt verantwortlich dafür war, daß sie beinahe umgebracht worden wäre, und auch zum Teil für die Geschehnisse seit dem Abend bei Lady Sefton. In dem Monat seit ihrem Schreckenserlebnis mit Northwick hatte er sich soweit als möglich von ihr ferngehalten, doch nun machte er sich auf die Suche nach ihr. Er wollte vermeiden, daß sie von anderer Seite von seinen Abreiseplänen hörte, sie selbst davon in Kenntnis setzen.

Kyla saß in dem kleinen Garten vor der Terrasse, und Brett nahm sich Zeit, sie eingehend zu betrachten, ehe er sich bemerkbar machte. Sie hatte Gewicht verloren, was ihren Zügen die kindliche Weichheit genommen, ihrer Schönheit jedoch keinen Abbruch getan hatte. In ein warmes Umschlagtuch gehüllt, saß sie unter den mächtigen Eichen, zwischen deren Blattwerk sich Strahlen der in diesem Sommer nur so selten scheinenden Sonne hindurchbohrten und leuchtende Punkte auf das Gras und die Blumenbeete malten.

Ihre Wangen hatten wieder Farbe bekommen, und er dachte daran, wie sie in dem Keller ausgesehen hatte, wo sie leichenblaß und reglos auf den zerfetzten Überresten ihrer Kleidung lag, während Tropfen für Tropfen das Leben aus ihrem Handgelenk rann, und wieder meldete sich sein unbequemes Gewissen. Er dachte daran, wie er sie fast verloren, wie er fast ihren Tod verschuldet hätte, weil er sie mißbraucht hatte, um einem Prinzen eine Falle zu stellen – dem *falschen* Prinzen, wie sich herausstellte! Godfrey hatte recht: Seine Arroganz hätte ihn – und sie – beinahe das Leben gekostet. Es war an der Zeit, daß er von seinem hohen Roß heruntersteig und damit aufhörte, Menschen für seine Zwecke zu benutzen, mit ihren Leben zu spielen. Haßte er es nicht selbst, wenn er benutzt wurde, hatte er es nicht als empörend empfunden, als Kyla ihm ihren Willen aufzwingen wollte? Ja! Trotzdem hatte er das gleiche getan – nein, Schlimmeres. Für sie viel Schlimmeres.

Er mußte wiedergutmachen, was er ihr angetan hatte, ihr das Leben zurückgeben, das er ihr genommen hatte, das sie seinetwegen beinahe auf einem steinernen Opfertisch in einem muffigen Weinkeller unter den Straßen von London ausgehaucht hätte.

Einen Augenblick lang tat es ihm fast leid, sie zurückzulassen. Er hatte sich daran gewöhnt, ihren warmen, üppigen Körper neben sich zu spüren, genoß es noch immer, mit tiefen, langsamen Stößen in sie einzudringen und ihr leises, atemloses Stöhnen zu hören. Das war ein Vergnügen, das er sich nicht versagt hatte, was er vor sich selbst damit rechtfertigte, daß er sie mehr als fürstlich für die Zeit belohnen würde, die sie ihm widmete.

In diesem Moment schaute Kyla auf. Als sie ihn sah, weiteten sich ihre Augen, und sie lächelte einladend, worauf er über die Terrasse zu ihr ging und sich ihr gegenüber mit weit von sich gestreckten Beinen auf einem Stuhl niederließ.

»Haben Sie Ihre Geschäfte für heute erledigt?« fragte sie, ihr Buch zuklappend und beugte sich vor, um es auf den niedrigen Tisch zwischen ihnen zu legen. Die Bewegung ließ ihr Umschlagtuch herunterrutschen, was ihm einen exzellenten Blick auf die schwellenden Hügel gestattete, die den eckigen Ausschnitt des weißen Musselinmieders zu sprengen drohten. Unwillig schaute er weg.

»So gut wie.«

»Machen wir dann heute wieder eine Spazierfahrt durch den Park? Ich bin gleich umgezogen, wenn Sie noch immer fahren wollen.«

»Hatte ich gesagt, daß wir heute eine Fahrt durch den Park machen würden?« Er war sich bewußt, daß er unwirsch klang, aber es belastete ihn, was er ihr würde sagen müssen, und es fiel ihm schwer, angesichts ihrer stillen Zufriedenheit freundlich zu sein.

Kylas Brauen hoben sich. »Ja, das haben Sie. Aber wenn Sie es sich anders überlegt ...«

Brett erhob sich abrupt. Sie schaute, die milchweiße Stirn leicht gerunzelt, zu ihm auf, und das Sonnenlicht ließ ihre langen Wimpern wie gesponnenes Gold schimmern. Der *Teufel* sollte sie holen! Es paßte ihm nicht, daß es ihm Gewissensbisse bereitete, zu tun, was er würde tun müssen.

»Du solltest dich lieber schonen – du bist noch nicht wieder ganz bei Kräften.«

Graziös das Umschlagtuch wieder um ihre Schultern drapierend, stand sie mit einer fließenden Bewegung auf. Ein Dufthauch wehte zu ihm herüber. »Ich glaube kaum, daß eine Kutschfahrt mich anstrengen würde, aber das ist es gar nicht, was Ihnen Sorgen bereitet. Was ist es, Brett?«

Er setzte dazu an, es ihr zu erzählen, ihr ganz schonungslos zu erklären, daß er England verlassen werde und sie freigebe, doch wenn er es erst einmal gesagt hätte, könnte er es nicht mehr zurücknehmen. Anstatt es ihr zu sagen, griff er nach ihr, riß sie an sich, neigte den Kopf und preßte den Mund auf den ihren, während ihr Umschlagtuch erneut herunterrutschte. Nach einer Schrecksekunde schlang sie die Arme um seinen Hals, schmiegte sich an ihn und überließ sich seinem Kuß und seiner ihr fast den Atem raubenden Umarmung. Er konnte nicht anders – er wollte sie, wollte sie unter sich haben, nackt und willig, spüren, wie ihre Leidenschaft sich an der seinen entzündete.

Bretts Hand fand den Knoten, zu dem sie ihre Haare im Nacken geschlungen hatte, und löste ihn, so daß sie sich, seidig, duftend

und unendlich weiblich über ihren Rücken und ihre Schultern ergossen ... Er hob sie auf seine Arme und hielt sie an sich gedrückt, während er mit großen Schritten über die steingeflieste Terrasse ins Haus und die Treppe hinauf zu ihrem im zweiten Stock gelegenen Schlafzimmer ging. Er würde die Abschiedsszene, die auch sie ihm, trotz ihrer Übereinkunft, mit Sicherheit machen würde, soweit hinausschieben wie irgend möglich.
Ein Dienstmädchen huschte mit erschrocken aufgerissenen Augen an ihm vorbei hinaus, als er das Schlafzimmer betrat. Er hörte, wie sich die Tür hinter ihr schloß, und lächelte. Es würde nur Minuten dauern, bis die Kleine dem Rest des Personals mit leuchtenden Augen berichtet hätte, was sie gesehen hatte. Nicht, daß ihm das etwas ausmachte – schließlich gehörte sie ihm, diese goldhaarige Zigeunerin in seinen Armen, die willige, schöne Kyla, die bei Nacht seine Träume beherrschte und bei Tag seine Gedanken, die ihn nie vergessen ließen, daß er beinahe ihren Tod verschuldet hätte.
Er wollte endlich einmal nicht daran denken, sich durch den verführerischen Körper unter dem seinen ablenken zu lassen, durch ihren Geschmack auf seinen Lippen, ihre weiche Haut unter seinen Händen. Er legte sie aufs Bett, beugte sich über sie und küßte ihren Mund, ihre geschlossenen Lider, ihre sanft geschwungene Wange und die schlanke, gewölbte Kehle. Sie ließ ihn seine besten Vorsätze vergessen, seine Entscheidung, England zu verlassen, verblaßte zu Bedeutungslosigkeit, als er sich in ihr verlor.
Er wollte sie – warum sollte er es nicht zugeben? Er würde sie so lange bei sich behalten, wie er könnte, bis er sie schließlich gehen lassen müßte, bevor er abreiste. Es blieb ihm nicht mehr viel Zeit, doch jetzt gehörte sie noch ihm, und er würde sich an ihr gütlich tun, bis er übersättigt wäre und sie dann getrost für

immer aus seinen Gedanken und seinem Leben entlassen könnte.
Seine Hände glitten unter ihren dünnen Morgenrock und zupften an den Bändern, mit denen er geschlossen war, bis die Ungeduld ihn übermannte und er sie kurzerhand auseinanderriß. Ihre Haut war so glatt, so seidig, eine unwiderstehliche Verlokkung, die ihn dazu trieb, sie zu liebkosen, sich jeden Zentimeter von ihr mittels seiner Hände, seiner Lippen und seiner Augen einzuprägen ... Er richtete sich auf, schleuderte den Morgenrock auf den Boden und betrachtete das rosig überhauchte Gesicht mit den halbgeschlossenen Lidern mit einer Mischung aus Befriedigung und Hilflosigkeit. Sie begehrte ihn auch – das sah er in ihren Augen, an ihren geöffneten Lippen und dem angedeuteten Lächeln, das in ihren Mundwinkeln spielte, während sie zu ihm aufschaute. Ihre Brüste hoben und senkten sich mit jedem Atemzug und ein wenig schneller, als seine Hand über die zarten, verführerischen Hügel glitt und die harten Spitzen knetete, bis sie stöhnte.
Gott, wie er diesen Laut liebte, wie er es liebte, wenn sie sich unter seinen Händen aufbäumte wie jetzt, ihr Körper ihn stumm aufforderte, sie zu nehmen, sich in ihr zu verlieren. War es das, was sie von all den anderen unterschied, die er gekannt hatte – dieses vorbehaltlose Entgegenkommen, diese Mischung aus Sehnsucht und Begierde, die auch er empfand? Vielleicht. Vielleicht war es aber auch ein Winkelzug des Schicksals, daß er ausgerechnet die Frau haben wollte, die ihn zu ruinieren versucht hatte. Wie auch immer – er konnte nicht leugnen, *daß* er sie wollte.
Verärgert über sie und über sich und vor allem über seine Schwäche, senkte Brett seinen Mund auf ihre halbgeöffneten Lippen und schob in dem verzweifelten Wunsch, seine Qual zu

lindern, seine Zunge dazwischen. Als sie ihn einließ, stöhnte er auf, weil er spürte, daß er sich wieder in ihr verlieren, in den alles verschlingenden Mahlstrom des Verlangens hineingezogen würde, der all seine Pläne zunichte zu machen drohte.

Um seinem Gefühl der Hilflosigkeit entgegenzuwirken, drängte er, ohne sich um ihren leisen Schreckensschrei zu scheren, sein Knie zwischen ihre Beine, drückte sie auseinander, drang, brutaler als beabsichtigt, in sie ein und bewegte sich, immer schneller werdend, mit wütender Heftigkeit in ihr dem Gipfel entgegen. Danach küßte er sie, halb beschämt über seine Grobheit, sanfter, stimulierte sie erneut und nahm sich diesmal Zeit.

»Süße Kyla«, murmelte er in die Vertiefung ihrer Kehle, wo ihr schneller Puls rhythmisch gegen seine Lippen klopfte.

»Brett ...« Ihre Hand glitt an seinem Rücken hinunter, unter das aufgeknöpfte Hemd, das er noch immer trug. »O Gott, Brett ... ich hätte mir nie träumen lassen, daß es so sein kann ... so köstlich, so ... köstlich ...«

Er brachte sie mit seinem Mund zum Schweigen, verschloß seine Ohren vor ihren leisen Liebesworten, die angesichts seiner Trennungsabsichten erneut sein Gewissen schlagen ließen, und konzentrierte sich darauf, sie dem Höhepunkt entgegenzuführen, indem er an ihren Brustwarzen saugte und sie liebkoste, bis sie sich unter ihm wand und ihn stoßweise keuchend beschwor, nicht aufzuhören. Er richtete sich auf, legte ihre Beine über seine Schultern und senkte, gleichzeitig die harten Spitzen ihrer Brüste knetend, ohne sich darum zu kümmern, daß sie sich vor Schreck verkrampfte und protestierend aufschrie, den Mund auf die weichen Lippen zwischen ihren Schenkeln und erforschte mit der Zunge die dahinterliegende Höhle.

Kyla erwachte aus ihrer Erstarrung, Schluchzer mischten sich

mit immer heftigerem Stöhnen, und schließlich griff sie mit beiden Händen in seine Haare und zog seinen Kopf, sich ihm entgegenhebend, noch näher zu sich heran.
»O Gott, Brett ... *o Gott* ...« Ihre kleinen, hilflosen Schreie wurden stetig lauter, während er ihren Körper mit seiner Zunge in Brand setzte, bis sie, am ganzen Leib zitternd, leise, gutturale, an Schluchzen erinnernde Laute der Ekstase ausstieß. Erst jetzt ließ er von ihr ab, glitt nach oben und mit einer fließenden Bewegung so tief in ihren nassen, heißen Schoß, daß sie beide erschauerten.
»Ich habe mir doch gedacht ... daß dir das gefallen wird«, stieß er mit schwerer Zunge hervor und stöhnte auf, als er den Höhepunkt kommen spürte und in der letzten Sekunde abwandte. Er konnte nicht genug von ihr bekommen, nahm sie wieder und wieder, bis sie beide so erschöpft waren, daß sie sich nicht mehr rühren konnten, und das Tageslicht vor den Fenstern der Dunkelheit gewichen war.
Kyla lag, eine Hand abgeknickt unter dem Kinn, mit von einem schwachen, zufriedenen Lächeln umspielten, halb geöffneten Lippen und geschlossenen Augen auf der Seite. Brett starrte zu dem Stoffhimmel des Bettes hinauf, dessen Faltenwurf kaum noch zu erkennen war, da die Leuchtkraft des heruntergebrannten Kaminfeuers nur noch in der schwachen Glut einiger schwelender Holzstücke bestand. Er erwog, nach dem Dienstmädchen zu läuten, damit es Holz nachlegte, verschob es jedoch auf später. Selbstironisch stellte er fest, daß die von ihm beabsichtigte ›Teufelsaustreibung‹ nicht geklappt hatte. Kyla beherrschte noch immer seine Gedanken, und noch immer erfüllte sie ihn mit Schuldgefühlen und einer ungewollten Zuneigung. Godfrey hatte offenbar recht – er besaß tatsächlich ein Gewissen. Daß er das nach so vielen Jahren ausgerechnet jetzt

feststellen mußte! Wenn die Erkenntnis wenigstens zur Lösung des Problems beitrüge!

Täte er, was er sollte, würde er sie freigeben – es wäre die einzig selbstlose Möglichkeit, zumindest einen Teil des Unrechts wiedergutzumachen, das er ihr angetan hatte. Eine schnelle, endgültige Trennung wäre bei aller Grausamkeit am wenigsten schmerzhaft für sie beide. Es war nur so verdammt schwer, sich dazu zu überwinden!

Er dachte an die letzte Frau, die er geliebt hatte, und daran, wie sie ohne ihn, ganz allein und von Angst gepeinigt gestorben war, verblutet nach der Geburt ihres totgeborenen Kindes. Die beiden Gräber waren noch frisch gewesen, als er schließlich zurückkam, und die Erinnerung daran, wie er das süße Mädchen im Stich gelassen hatte, das so töricht gewesen war, ihn zu lieben, war noch sehr lebendig. Ja – das anständigste würde sein, Kyla aufzugeben und einen Mann für sie zu finden, der immer für sie da wäre und sie liebte, wie sie es verdiente, geliebt zu werden.

Mit diesem beruhigenden Gedanken schlief er, die in zufriedener Erschöpfung an ihn geschmiegte Kyla im Arm haltend, ein.

Kapitel 20

Die Uhr auf dem Kaminsims in dem Salon im Erdgeschoß tickte laut, und Barry Baylor, der ungeduldig im Zimmer auf und ab ging, schaute alle paar Sekunden darauf. Wo, zum Teufel, war Brett? Verdammt – wenn er ihn wieder für eine seiner verzwickten Intrigen einspannen wollte, würde er sich weigern. Waren sie das letztemal nicht gerade noch mit heiler Haut davongekommen? Was natürlich nicht für Kyla galt. Sie war beinahe umgekommen, und ihn überlief noch heute ein Schauer, wenn er sich daran erinnerte, wie sie leichenblaß auf dem steinernen Opfertisch gelegen hatte und das Blut, das aus ihrem Handgelenk rann, sich in einer dunkelroten Pfütze sammelte. Es war knapp gewesen – *sehr* knapp.

Sein Wunsch, Rache an Northwick zu nehmen, war bereits erloschen gewesen, bevor Brett sorgfältig gezielt und geschossen hatte, die eindringende Kugel den Earl hochfahren ließ und er sich ihnen mit großen Augen und aufgerissenem Mund zuwandte, ehe er, schon tot, vornüber auf das Gesicht fiel.

Nicht einmal, daß sie die Leiche des Earls in jene Gasse brachten und dort ablegten, vermochte seinen Seelenfrieden wiederherzustellen. Er fühlte sich, als hinge ein Fluch über seinem Kopf wie das berühmte Damoklesschwert.

Verdammt – wo *war* Brett, und warum hatte er ihn herbestellt,

wenn er gar keine Zeit für ihn hatte? Gereizt machte er eine neuerliche Kehrtwendung – und hob abrupt den Kopf, als er hörte, daß die Tür aufging.
Brett stand im Rahmen und schaute ihm mit der gleichen Gelassenheit entgegen, die er auch nach seinen Duellen und sogar nach der Erschießung Northwicks an den Tag gelegt und die ihn nur verlassen hatte, als er zu Kyla trat und das Blut aus der Wunde an ihrem Handgelenk rinnen sah – doch selbst in dem Augenblick wirkte er eher zornig als ängstlich. Diese Furchtlosigkeit verlieh ihm etwas Nichtmenschliches, und das beunruhigte Barry.
»Tut mir leid, daß Sie warten mußten, Kenworth.« Brett kam, seine Handschuhe von den Fingern ziehend, auf ihn zu. »Dieser Narr von einem Stallmeister, den ich kürzlich eingestellt habe, hätte um ein Haar die falschen Pferde verkauft – ich konnte ihn gerade noch daran hindern, ehe er mich mehr als nur Geld gekostet hätte. Und dann hielt mich noch Pemberton auf. Er hat mir schon seit längerer Zeit in den Ohren gelegen wegen meines Braunengespanns und war gekommen, um den Preis auszuhandeln.«
»Verkaufen Sie alle Pferde?«
»Nein – nur die, die ich nicht mehr brauchen werde. Aber ich habe Sie nicht hergebeten, um mit Ihnen über Pferde zu reden, was Sie sicherlich auch nicht angenommen hatten.«
»Nein.« Barry musterte Brett neugierig, als dieser zum Kamin hinüberging und nachdenklich in die Flammen starrte. Er wirkte geistesabwesend, und trotz seiner zur Schau getragenen Ruhe war seiner Haltung und seinen Zügen eine gewisse Anspannung zu entnehmen. »Was gibt's Neues? Nichts über Northwick, hoffe ich.«
»Nein. Ich glaube nicht, daß wir etwas zu befürchten haben,

wenn ich Cumberland auch zutraue, daß er den Grund für das frühe Dahinscheiden des Earls ahnt. Die Untersuchung wird sicherlich im Sande verlaufen, denn es gibt wohl niemanden, der Northwick so vermißt, daß er auf eine Klärung der Umstände drängt, die zu seinem Tod führten.« Er wandte dem Feuer den Rücken zu und schaute Barry so durchdringend an, daß diesem unbehaglich wurde. »Es geht um Kyla, Kenworth.«

»Kyla? Ist etwas mit ihr? Ich dachte, der Arzt hätte gesagt, sie brauche nur Ruhe und ...«

»Sie erholt sich gut. Es ist nicht ihre Gesundheit, die mir Sorgen bereitet. Ich werde England verlassen und möchte Kyla gut aufgehoben wissen. Erinnern Sie sich noch an den Abend im ›Taubenschlag‹?«.

»Natürlich – obwohl ich mich weiß Gott bemüht habe, ihn zu vergessen.« Barry runzelte die Stirn. »Was hat der mit Kylas Wohlergehen zu tun?«

»Ich machte Ihnen damals scherzhaft den Vorschlag, sie zu heiraten. Jetzt ist es mir ernst damit. Ich bin bereit, ihr eine Mitgift auszusetzen, die Ihnen bis ans Ende Ihrer Tage ein schönes Leben ermöglicht, falls Sie sich aus den Spielhöllen fernhalten. Sind Sie interessiert?«

Barry war so verblüfft, daß ihm die Worte fehlten. Nur das plötzlich unnatürlich laut wirkende Ticken der Uhr war zu hören, während er um Fassung rang. »Ist das wirklich Ihr Ernst?« fragte er schließlich und sah Brett lächeln. Errötend setzte er hinzu: »Ich weiß, daß ich ein wenig einfältig klinge, aber Sie haben mir gerade angetragen, Ihre abgelegte Mätresse zu heiraten, und Sie müssen zugeben, daß das ein nicht alltägliches Ansinnen ist.«

»Ja, aber es ist nicht ungewöhnlich, daß ein Mann seine Mätresse heiratet – vor allem, wenn sie vermögend ist.«

»Aber Sie ist nicht meine Mätresse – sie ist *Ihre.*«

»Nicht mehr lange. Kyla braucht einen Ehemann, und ich habe nicht die Absicht, zu heiraten. Sie brauchen Geld, und ich biete Ihnen zwanzigtausend jährlich und meinen Landsitz als Mitgift an.«

»Aber warum … warum *mir?* Ich meine … hat sie etwas über mich gesagt?«

»Sie mag Sie, aber wenn Sie wissen möchten, ob ich auf ihr Betreiben hin an Sie herantrete, dann muß ich das verneinen. Sie weiß noch gar nicht, was ich vorhabe. Schauen Sie, Barry – ich verlasse England und möchte sie nicht schutzlos zurücklassen. Sie können ihr Ihren Namen geben, sich ein gemeinsames Leben mit ihr aufbauen. Sie sind genau die Sorte Mann, von der sie früher geträumt hat – anständig, freundlich, und Sie würden sie nie verletzen.«

»Und Sie werden es.«

»Ja.«

»Verdammt, Brett!« Barry fuhr sich erregt und ratlos durch die Haare, und als er lachte, klang es ein wenig zittrig. »Nicht, daß ich sie nicht mögen würde – mein Gott, wer würde das nicht? Sie ist schön und nett und ich habe mich noch nie um Gerüchte geschert, aber sie ist nicht in mich verliebt, sondern in Sie.«

»Unsinn. Sie ist nur mit mir zusammen, weil ich ihr keine große Wahl gelassen habe. Ich habe ihr die Unschuld genommen und ihr nichts dafür gegeben. Sie hat etwas Besseres verdient.«

Brett klang kalt und geschäftsmäßig, und die Wahrheit seiner Worte ließ Barry innerlich zusammenzucken. Sein Vater fiel ihm ein, und er versuchte sich auszumalen, was er sagen würde, wenn er Kyla heiratete. Bestimmt würde er zunächst protestieren, doch schließlich stimmte es, daß Männer für gewöhnlich

Geld heirateten – und zwanzigtausend im Jahr und ein Landsitz waren ein nicht zu verachtendes Angebot.

Barry schaute auf und begegnete Bretts ruhigem Blick. Barry nickte langsam. »Wenn sie einverstanden ist, werde ich sie heiraten.«

»Gut.«

»Aber Sie müssen es ihr sagen. Wenn sie es noch nicht mit ihr besprochen haben, möchte nicht ich derjenige sein, der ihr das Herz bricht.«

»Ich glaube nicht, daß es mehr davontragen wird als eine kleine Delle.« Bretts Mund verzog sich zu einem zynischen Lächeln. »Glauben Sie mir – die meisten Frauen passen sich veränderten Umständen ohne große Mühe an.«

»Das kann ich mir bei Kyla nicht vorstellen, Brett. Ich denke, Sie haben sie verkannt.«

»Möglich – aber unwahrscheinlich.«

Barry beugte sich vor, um seine Handschuhe von dem Tischchen zu nehmen, auf dem er sie abgelegt hatte, und wandte sich dann wieder Brett zu. »Wenn es Ihnen nichts ausmacht, möchte ich Ihnen erst Gelegenheit geben, die Sache mit ihr zu besprechen. Sagen Sie ihr, falls sie mich braucht, muß sie mir nur Bescheid geben, und ich komme.«

»Sehen Sie, Barry – ich wußte doch, daß Sie ein Mann sind, auf den man sich verlassen kann.«

Kenworth grinste schief. »Ich bin nicht sicher, ob das ein Kompliment ist.«

Als er ging, dachte er zurück. Kyla würde niemals nach ihm schicken. Nur einem Blinden hätte entgehen können, wie sie Brett seit jener Nacht angesehen hatte, und er hatte viel zu oft das warme Leuchten in ihren Augen bemerkt, wenn sie auf Wolverton lagen. Und Brett mußte es auch aufgefallen sein.

Mehr noch – Barry hätte schwören können, daß ein an Zuneigung grenzendes Gefühl in Wolvertons Augen stand, wenn er sie ansah. Offenbar hatte er sich geirrt, denn wenn ihm etwas an ihr läge, würde er sie nicht zurücklassen.

Kyla stand wie versteinert da und starrte Brett an, als sähe sie ihn zum erstenmal. Sie konnte ihn unmöglich richtig verstanden haben. Es mußte noch eine Nachwirkung der Qualen sein, die sie durchgemacht hatte, daß ihr Gehör ihr diesen Streich spielte. Sie räusperte sich.

»Würden Sie das bitte wiederholen?«

»Selbstverständlich.« Bretts Stimme klang forsch und geschäftsmäßig, ruhig und sachlich. »Ich habe deine Heirat mit Barry Baylor arrangiert. Er ist zwar nur ein Viscount, aber ein grundanständiger Kerl, und ich glaube, du magst ihn. Du wirst dein eigenes Geld haben und also relativ unabhängig sein, und nach einer gewissen Zeit, denke ich, wirst du feststellen, daß das genau das Leben ist, das du dir immer gewünscht hast. Er kann dir ein Heim geben, und du kannst Kinder mit ihm haben. Ich habe dir Ridgewood als Teil deiner Mitgift zuerkannt.«

»Ich verstehe.« Sie hatte einen merkwürdigen Pfeifton in den Ohren, und die Kälte, die sie frösteln ließ, hatte nichts mit dem für die Jahrezeit zu kühlen Wetter zu tun. Wie betäubt ging sie zum Kamin und starrte in die gelb und orange leuchtenden Flammen. Das Feuer roch nach Eiche und Tanne, würzig und rauchig. Nach einer Weile drehte sie sich wieder zu Brett um, der sie unter seinen langen Wimpern hervor mit einem wachsamen Blick musterte, der sein gelassenes Auftreten Lügen strafte. Mit dem weißen Hemd, der schwarzen Hose und den kniehohen Stiefeln sah er aus, als käme er gerade von einem Ausritt.

»Und wie hat mein Bräutigam auf Ihren Vorschlag reagiert?«

Angesichts des Tumultes in ihrem Innern klang sie bemerkenswert ruhig.
»Er sagte, wenn du einverstanden wärst, würde er dich heiraten.«
»Ich verstehe.« Warum sagte sie das ständig? Sie verstand *nichts!* Warum schrie sie ihn nicht an, schleuderte ihm nicht ihren Zorn und Schmerz entgegen? Sie senkte den Blick und atmete, ein wenig überrascht, daß sie so ruhig dastand, tief durch. Als sie wieder aufschaute, sah sie, daß Brett sie, die Brauen leicht gehoben über den grauen Augen, die heute morgen, nachdem er mit ihr geschlafen hatte, so voller Wärme in die ihren geblickt hatten, fragend anschaute. Sie hatte geglaubt, wirklich und wahrhaftig geglaubt, daß er sie heiraten wollte. Was für eine Närrin sie war, was für eine dumme, unwissende, liebeskranke Närrin. Männer wie Brett heirateten ihre Mätressen nicht. Sie verheirateten sie mit anderen Männern oder speisten sie mit einem kleinen Häuschen ab oder sogar nur mit einem Schmuckstück wie einem Brillantkollier. *Schmuckstück*. So hatte er sie genannt, und sie hätte begreifen müssen, daß er sie genau als das betrachtete – ein schmückendes Beiwerk, das nach Belieben austauschbar war.
»Kyla?«
Sie blinzelte. »Entschuldigen Sie – ich war in Gedanken. Würden Sie mir Bedenkzeit einräumen? Ich bin sicher, daß Sie nicht sofort eine Antwort haben müssen, und ich muß gestehen, daß ich ein wenig überrascht bin. Ich hatte nicht erwartet, daß *Sie* Ihren Nachfolger aussuchen würden. Dumm von mir, aber ich dachte, ich müßte mir selbst einen suchen.« Ihre Stimme war dem Ende zu ein wenig lauter geworden, und er trat auf sie zu, blieb jedoch stehen, als sie gebieterisch die Hand hob. »Bitte nicht. Ich wäre jetzt gerne ein wenig allein. Nein – ich denke, ich

werde Tante Celeste besuchen. Würden Sie eine Kutsche für mich vorfahren lassen, Brett? Ich werde nicht lange ausbleiben, und wenn ich zurückkomme, werde ich Ihnen mitteilen, wie ich mich entschieden habe.«

Noch immer erstaunt über ihre äußere Gelassenheit, die nicht ahnen ließ, daß sie am liebsten die Fingernägel durch sein arrogantes Gesicht gezogen und ihn wie eine Fleet-Street-Hure beschimpft hätte, rauschte sie hoheitsvoll an ihm vorbei. Selbst auf der Fahrt blieb sie noch ruhig, obwohl seine gefühllosen Worten wieder und wieder und mit einer Lautstärke durch ihren Kopf dröhnten, daß sie nichts von dem Straßenlärm um sie her wahrnahm.

»*Ma petite* – ist etwas passiert?« begrüßte Tante Celeste sie, alarmiert von ihrem Stuhl aufspringend, als Kyla in der Tür des kleinen Frühstückssalons erschien. »*Mon Dieu!*« rief sie, auf sie zukommend. »Was ist dir geschehen?«

»Nichts. Alles. Ich … ich weiß nicht. O Gott … o Gott, ich weiß nicht, was ich tun soll …« Ihre Fassung zersprang in tausend Stücke, und sie warf sich wild schluchzend in die Arme ihrer Patin.

Celeste wirkte, abwechselnd Englisch und Französisch sprechend, beruhigend auf sie ein und wiegte sie, als sei sie wieder ein Kind. Kyla weinte, bis sie keine Tränen und keine Kraft mehr hatte und auf dem kleinen Sofa am Feuer in ihren Armen erschlaffte. Als sie sich beruhigt hatte, richtete Celeste sich auf und gab ihr ein Taschentuch.

»Und nun laß uns besprechen, wie es weitergehen soll, *ma chère*. Wie ist es – *möchtest* du diesen Kenworth heiraten?«

»Auf keinen Fall. Oh – er ist ein netter Bursche, und ich mag ihn als Freund, aber ich bin nie auf die Idee gekommen, ihn als Ehemann in Betracht zu ziehen. Ich vermute«, sagte sie bitter,

»daß Brett ihm eine Menge dafür geboten hat, ihm eine ausgediente Mätresse abzunehmen.«

»Brett Banning ist ein arroganter Narr – aber das braucht nicht länger unsere Sorge zu sein. Wir müssen dein Leben in Ordnung bringen. Hast du Zugang zu dem Geld, das er für dich hinterlegt hat?«

Sie nickte wie betäubt. Wie seltsam, daß sie jetzt hier mit Tante Celeste über ihre Zukunft sprach, wo sie gestern noch davon geträumt hatte, sie mit Brett zu teilen.

»*Bien*«, sagte Celeste, stand auf und ging zu dem kleinen Kirschholzsekretär, der an der gegenüberliegenden Wand stand. »Laß mich nachdenken. Du kannst natürlich nicht in London bleiben – es hat zuviel Gerede gegeben. Ach, wenn dies doch nur Frankreich wäre! Es ist so albern, daß alle Welt Liebesverhältnisse hat und keiner der Beteiligten sich dazu bekennt. Das schürt das Geschwätz doch nur! Ich habe Freunde, die noch in Frankreich leben – würdest du vielleicht gerne dorthin ziehen?«

»Nein – o nein!« Sie spürte schon wieder Tränen in ihre Augen schießen, obwohl sie hätte schwören können, keine mehr zu haben. »Das kann ich nicht!« Sie schüttelte heftig den Kopf. »Es liegt viel zu nah bei England! Ich könnte doch nach Indien zurückkehren – zu Papa Piers.«

»Ich fürchte, das ist unmöglich. Außerdem sind so viele Engländer dort, daß du dir fast wie in London vorkämst. Oh, warte – mir ist etwas eingefallen. Caroline Dufour. Louisiana. Natürlich – doch es ist so weit weg, und noch eine Seereise könnte ich nicht ertragen. Aber dort soll es fast wie in Frankreich sein, in dessen Besitz es sich bis vor ein paar Jahren auch noch befand, und Caroline hat mir geschrieben und mich gebeten, sie zu besuchen. Ich würde es ja gerne tun, aber das Meer, o das Meer …

Würdest du gerne nach Amerika gehen, *ma belle?* Caroline Dufour und ich haben vor vielen Jahren zusammen in Frankreich gelebt, waren befreundet, und sie kannte deine Maman. Sie waren auch gute Freundinnen, und ich weiß, daß sie glücklich wäre, Faustines Tochter in die Arme schließen zu können. Wirst du gehen?«

»Nach Amerika?« Kyla zögerte. Das war wirklich weit weg. Aber war das nicht genau, was sie wollte – so weit wie möglich von Brett und England wegzukommen, nie mehr seinen Namen hören oder ihn wiedersehen, niemals erfahren zu müssen, wenn er sich eine neue Mätresse nähme oder irgendwann heiratete? … Sie blickte auf und nickte. »Ja.«

»*Bon!* Dann soll es geschehen. Ich werde alles arrangieren. Ich halte es für das Beste, daß du so schnell wie möglich reist und ihm nichts von deinen Plänen sagst. Er glaubt, zu wissen, was das Beste für dich ist? Er will dich mit einem seiner Freunde verheiraten? Nein. Laß ihn denken, was er will – und laß ihn sich wundern. Es wird sehr lehrreich für ihn sein, zu entdecken, daß er nicht mit allen Frauen umspringen kann, wie es ihm gerade paßt. Er wird nicht über dein Leben bestimmen!«

»Aber ich weiß nicht, was ich ihm sagen soll …«

»Du wirst ihm überhaupt nichts sagen, denn du wirst ihn gar nicht wiedersehen. Wir müssen schnell handeln, bevor er Verdacht schöpft. Ich werde meinen Haushalter beauftragen, dich zur Bank zu begleiten, und du wirst das gesamte, auf deinen Namen hinterlegte Geld abheben. Das Konto *läuft* doch auf deinen Namen, oder? Gut. Damit hat er es dir leicht gemacht, ihn zu verlassen.« Ihr Mund wurde schmal und ihr Blick hart. »Ich habe ihn einmal gewarnt, so überheblich zu sein, zu glauben, er könne dich schlecht behandeln. Jetzt wird der gute Herzog feststellen, daß er uns beide falsch eingeschätzt hat.«

Kyla hatte das Gefühl, von einem Sturm erfaßt worden zu sein, als Tante Celeste sich mit ungewohnter Tüchtigkeit und Schnelligkeit ans Werk machte. Bei Anbruch der Dunkelheit befand Kyla sich bereits an Bord eines unterhalb von London vor Anker liegenden Schiffes in einer winzigen Kabine, die nach exotischen Gewürzen und schimmeligem Holz roch. Wie betäubt verabschiedete sie sich tränenreich von ihrer Patin, und kurz nach Mitternacht legte das Schiff ab und segelte gemächlich die Themse hinunter auf das Meer zu.

Teil 3

New Orleans
September 1816

Kapitel 21

Der Bug des Schiffes durchpflügte zielstrebig schaumgekrönte Wellen, und der Wind, der die Segel blähte, rauschte so laut, daß er das um den Kiel wirbelnde, blaugrüne Wasser, das Knirschen der Taue und die barfüßigen Schritte der Seeleute auf den abgetretenen Planken übertönte. Kyla lehnte an der Reling und konzentrierte sich darauf, die mannigfaltigen Geräusche trotzdem herauszuhören – es war ein Spiel, das ihr half, sich von den Erinnerungen abzulenken, die sie immer wieder unbarmherzig überfielen, allen voran die grauenvollen Stunden in dem Keller mit Northwick. Sie mußte *vergessen*, sich zwingen, an nichts zu denken oder sich mit ihrer Zukunft zu befassen, anstatt mit den Ereignissen in London – und Brett Banning. Sie schloß die Augen und umklammerte die Reling so fest, als müsse sie sich davor bewahren, in die mit weißen Spitzenrüschen besetzten, grünen Wogen hinunterzustürzen, die so schnell unter ihr am Schiff vorbeiglitten, das sie immer weiter von England wegbrachte, wo sie so viel Schmerz und Schmach hatte erdulden müssen. Doch so sehr sie sich auch bemühte, gegen die Erinnerungen anzugehen – manchmal drängten sie sich mit so überwältigender Kraft in den Vordergrund, daß sie ihr fast den Atem nahmen und sie sich in jede Ablenkung flüchtete, die sich ihr bot.

»Wir müßten morgen früh in New Orleans einlaufen, *ma chère.*«
Kyla schrak auf und bedachte den Mann, der unbemerkt neben sie getreten war, mit einem ärgerlichen Blick. »Ich habe Ihnen schon mehrfach gesagt, daß ich Ihre Vertraulichkeiten nicht schätze, Monsieur Renardeau. Bitte seien Sie so freundlich, mehr Zurückhaltung walten zu lassen.«
Gänzlich unberührt von ihrem Tadel grinste er: »Zurückhaltung ist so langweilig, und sie bringt einen nicht weiter, *Mademoiselle van Vleet.*« Seine weißen Zähne blitzten in der Nachmittagssonne, die das Deck überspülte und in seinen blonden Haaren glitzerte. Es sah recht gut aus, besaß den ungezwungenen Charme, der so vielen Franzosen eigen war – besonders ausgewanderten, französischen Aristokraten – und er verfolgte sie hartnäckig. Den Kopf zur Seite neigend und die Augen zusammenkneifend, weil das grelle Licht ihn blendete, fuhr er fort: »Soll ich vielleicht so tun, als bewundere ich Sie nicht? Das wäre nicht zurückhaltend, sondern dumm.«
Wider Willen amüsiert über den draufgängerischen Mann, der ihr schon von Beginn der Reise an so unbeirrbar den Hof machte, konnte Kyla ein kleines Lächeln ob seiner haarsträubenden Selbstsicherheit nicht zurückhalten. Seine Aufmerksamkeit tat ihrer Eitelkeit gut, obwohl er Verzweiflung und Kummer – ja, sie gestand sich das ein – die sie ob der Trennung von Brett Banning erfüllten, ihr nicht nehmen konnte. Obwohl sie sich geschworen hatte, es nicht zu tun, fragte sie sich immer wieder – dachte er an sie? Vermißte er sie, oder war er zu wütend über ihr heimliches Verschwinden, um sich um sie zu grämen? Nein, dachte sie zornig – es würde ihn überhaupt nicht kümmern, daß sie nicht mehr da war, denn er hatte niemals etwas gesagt oder getan, woraus sie

hätte schließen können, daß er mehr in ihr sah als eine Bettgefährtin.
O Gott – wie war er nur darauf gekommen, daß sie sich so mir nichts dir nichts mit einem anderen Mann verheiraten lassen würde? Der Teufel sollte ihn holen! *Alle* Männer! Sie würde sich niemals beliebig austauschen lassen, achtlos weggeben wie ein Geschmeide, dessen man überdrüssig war. Ein *Schmuckstück*.
»*Ma chérie?* Hören Sie mir zu?« Raoul rückte näher an sie heran. Der Wind fuhr in seine langen, blonden Haare und wehte sie ihm in die Augen. Ungeduldig strich er sie nach hinten. »Sie waren wieder gar nicht präsent«, beschwerte er sich lautstark, um den Wind, der in den Segeln lärmte, und die quietschende und ächzende Takelage zu übertönen. »Woran denken Sie denn, wenn Sie diesen traurigen Ausdruck in den Augen haben, hm? Ich kann es nicht ertragen, sie niedergeschlagen zu sehen, *ma chérie*. Erzählen Sie Papa Raoul, was Sie bedrückt.«
»Sie haben eine zu lebhafte Fantasie, Monsieur Renardeau. Das einzige, was mich bedrückt, sind Ihre ermüdenden Fragen.«
Ihre spitzen Worte des Tadels brachten ihn zum Lachen, was wiederum Kyla zum Lächeln brachte. Er sah wirklich recht gut aus – besonders, wenn er lachte, wie jetzt –, und seine glühende Bewunderung tat ihrer verwundeten Seele gut. Daß zumindest er sie schön und begehrenswert fand und ihr dies auch immer und immer wieder versicherte, war ein gewisser Trost, denn sie hatte England mit dem Gefühl verlassen, keiner Liebe und Bewunderung wert zu sein. Wie hätte es anders sein sollen – schließlich hatte Brett ihr durch seine Vereinbarung mit Kenworth klargemacht, daß er sie weder seiner Liebe noch seiner Hand für würdig hielt. Und so hatte sie gelegentlich mit Raoul kokettiert, weil sie seine Schmeicheleien genoß und sie sie von

Brett Banning ablenkten, doch eine ernsthafte Beziehung mit ihm einzugehen – oder mit einem anderen Mann – war für sie nicht denkbar.

Zumindest im Augenblick – vielleicht auch nie. Das hatte sie sich seit ihrer Abreise schon oft gesagt, und wiederholte es jetzt im stillen, als sie, die blauen Bänder ihres modischen Strohhuts unter dem Kinn festhaltend, den Kopf zur Seite neigte und Raoul betrachtete. Er war ein Exilant wie Tante Celeste, als Sohn des Comte de Sayre in der Provinz Nantes nahe der Loire geboren worden – natürlich vor der Revolution. Seine Eltern waren in ihr umgekommen, und er war diesem Schicksal nur mit knapper Not entkommen. Es hatte eine Art Verbundenheit zwischen ihnen geschaffen, als er ihr seine Vergangenheit enthüllte, und so hatte sie ihm von der armen Maman erzählt und davon, wie sie in jener furchtbaren Zeit gelitten hatte. Im Gegensatz zu vielen weniger Glücklichen war Raoul mit einigen Wertsachen und körperlich unversehrt entkommen – und auch seine angeborene Arroganz hatte keinen Schaden genommen.

»Sie sind wirklich eine Heimsuchung, Monsieur Renardeau«, sagte sie in strengem Ton, doch ein kleines Lächeln nahm ihren Worten die Schärfe. »Ich weiß nicht, warum ich mich überhaupt mit Ihnen abgebe.«

»Weil außer uns nur sauertöpfische Puritaner an Bord sind, natürlich.« Noch immer grinsend, nahm er ihre Hand. »Ich bin der einzige Lichtblick, *n'est-ce pas?*«

»Vielleicht.« Sie entzog ihm ihre Hand, ignorierte seinen übertriebenen Seufzer, wandte sich wieder der Reling zu und starrte über die weißschopfigen Wellen in die Richtung, in der das noch nicht sichtbare Ziel ihrer Reise lag. »Fünf Wochen auf einem Schiff sind wirklich genug – ich sehne mich danach, wieder festen Boden unter den Füßen zu haben.«

»Mir geht es ebenso. Das bringt mich darauf, daß Sie mir meine Frage von gestern abend noch nicht beantwortet haben, *ma belle.*« Er rückte so nah an sie heran, daß sie die Wärme seines Körpers spürte, die in krassem Gegensatz zu dem beißenden Wind stand, der übers Deck peitschte. »Werden Sie mir gestatten, um Sie zu werben, wenn wir in New Orleans sind?«
Kyla lächelte. »Sie werden mich sehr schnell vergessen, Monsieur. Ich habe gehört, daß New Orleans vielfältige Zerstreuungen und eine Menge schöner Frauen zu bieten hat.«
»So schön wie Sie ist keine, *ma chérie*«, erklärte er unbeirrt. »Ihre goldenen Haare, Ihre Augen, die mit ihrer ungewöhnlichen Färbung an das Meer vor der Insel Kreta erinnern, und Ihre verführerischen Linien ...« Er küßte mit einer theatralischen, gallischen Geste seine Fingerspitzen, und sie mußte an sich halten, um nicht loszulachen. »Sie sind exquisit!«
»Und Sie sind impertinent, Monsieur. Ihr Benehmen ist viel zu auffällig, als daß Ihnen irgend jemand abnehmen würde, nur ein ganz gewöhnlicher, französischer Bürger zu sein – man merkt Ihnen den Grafen schon von weitem an.«
»Sobald wir mein geliebtes New Orleans erreichen, dürfen Sie mich mit meinem richtigen Titel ansprechen, wenn Sie das genügend beeindruckt, um einem Wiedersehen zuzustimmen«, grinste er.
»Titel beeindrucken mich *nicht* im mindesten.«
Sie sah sein Erstaunen über ihre scharfe Erwiderung und schaute verlegen weg. Töricht, so schroff zu reagieren – aber warum sollte sie jeden wissen lassen, wie tief Brett Banning sie gekränkt hatte? Mehr, um den Aufruhr in ihrem Innern zu verbergen, als aus echter Neugier fragte sie: »Warum waren Sie in England, wenn Sie New Orleans so lieben?«
»Wie ich Ihnen schon sagte, hatte ich geschäftlich dort zu tun.

London ist ein kalter Ort – viel zu kalt für mich. Glücklicherweise konnte ich der Stadt bald wieder den Rücken kehren, und noch glücklichererweise war es mir vergönnt, die Heimreise in der Gesellschaft einer wunderschönen Frau mit bemerkenswerten Augen und einem entzückenden Lächeln zu genießen – einer Frau, die es nicht interessiert, ob ein Mann einen Titel besitzt, *n'est-ce pas?*«

»Ich sagte Ihnen bereits, daß es so ist.«

Raoul zuckte mit den Schultern, drehte sich zur Seite und lehnte sich an die Reling. Schweigend streckte er die Hand aus, legte sie über die ihre, die das Geländer umfaßte, und hielt sie eine Weile fest, bevor er murmelte: »Ich bin froh, daß Titel Sie nicht interessieren, *ma chère.* Es ist der Mann, der zählt, nicht wahr?«

Ihr Antwortlächeln fühlte sich ein wenig zittrig an. »Ja – es ist der Mann, der zählt.«

»Dann lassen Sie mich dieser Mann sein. Sie faszinieren mich mit ihren geheimnisvollen Augen und Ihrem traurigen Lächeln ... nein, bitte, bleiben Sie! Ich wollte Sie nicht verärgern ... Ich werde Ihnen meine Aufwartung machen, auch wenn Sie mir nicht die Erlaubnis dazu geben, denn ich bin kein Mann, der sich leicht geschlagen gibt, *ma petite.* Und ich kenne Ihre Freunde – sie sind Bekannte von mir und werden mich selbstverständlich zu sich einladen. Sie können mir also nicht entkommen. Hm? Sie glauben, doch?«

Kyla schüttelte, zwischen Zorn und Erheiterung schwankend, den Kopf. »Sie sind unglaublich hartnäckig – aber seien Sie nicht zu enttäuscht, wenn Sie Ihren Kopf diesmal nicht durchsetzen. Ich bin nicht mehr so naiv, wie ich es mal war, und gebe mich ebenfalls nicht leicht geschlagen.«

Ihre abweisenden Worte schienen ihn noch zu beflügeln, und schließlich ließ sie ihn leicht verärgert einfach stehen. Sein Pro-

test klang ihr noch immer in den Ohren, als sie die steile Leiter zu den stickigen Kabinen hinunterstieg.
Als sie die Tür des Kämmerchens hinter sich schloß, kam ihr dieses so eng vor, daß ihr das Atmen schwer wurde. Ein kleines, rundes Bullauge ließ grünliches Licht herein, doch es war fest geschlossen, damit kein Wasser eindringen konnte. Die Gerüche früherer Passagiere gewannen in der feuchten Hitze, die sie an Indien erinnerte, eine erstickende Intensität.
Sie nahm ihren Strohhut ab und warf ihn auf die an einer Wand stehende, schmale Pritsche. Die Reise war nicht schlimm gewesen mit ihren nur wenigen, furchteinflößenden Stürmen, doch seit zwei Wochen brannte nun schon die Sonne auf das Schiff herunter, und manchmal wehte kein Lüftchen, und es lag manövrierunfähig auf der spiegelglatten See. Jetzt waren sie gottlob schon fast in New Orleans. Sie hatte genug von dem Schiff und von Raoul. Seine Penetranz hatte ihre Hoffnung auf eine ungestörte Reise, die ihr Gelegenheit gäbe, über ihre Zukunft nachzudenken, zunichte gemacht.
Ein kleiner, teilweise blinder Spiegel hing über dem Gestell mit der angeschlagenen Waschschüssel und dem Wasserkrug. Sie beugte sich vor und spähte in das trübe Glas. Eine gespenstisch verzerrte Fratze blickte ihr entgegen, zu aller Häßlichkeit auch noch leichenblaß. Lag es wirklich an dem Spiegel, oder wirkte sie tatsächlich so zerquält? Nun ja – die Ängste der Vergangenheit und die Angst vor einer ungewissen Zukunft waren nicht dazu angetan, ein Gesicht zum Strahlen zu bringen.
Was erwartete sie? Durfte sie auf einen neuen Anfang in der neuen Welt hoffen, von der Godfrey ihr soviel erzählt hatte, dem jungen Land, in dem jedem eine zweite Chance geboten wurde?
Kyla streckte sich auf der Pritsche aus und schloß die Augen, während das Schiff mit den Wellen rollte, und das Ächzen der

Takelage und das Knirschen des Holzes die Melodie zu ihrer Litanei spielte. *Lieber Gott, laß es so sein … laß mich noch einmal von vorne anfangen können …*

Die Hoffnung, daß sich ihr Wunsch erfüllen würde, begleitete sie, als sie neben Raoul Renardeau über die steil ausgelegte, breite Planke das Schiff verließ. Hier in New Orleans war es noch lauter als in Indien, dachte sie erstaunt, als sie in dem Gewühl auf dem steinernen Kai stand und überrascht feststellte, daß sie sich anstatt in der erwarteten, primitiven in einer zivilisierten und darüber hinaus auf ungewöhnliche Weise reizvollen Stadt befand.

»Aber ja, *chérie*«, nickte Raoul, als sie ihn darauf ansprach. »New Orleans hat sich ungemein entwickelt.« Er hatte sie untergehakt, und im Augenblick war sie ganz dankbar für seine Anwesenheit. Er umfaßte mit einer ausladenden Geste die spitzen Kirchtürme, die vor ihnen aufragten, eine Reihe von Lagerhäusern und langgestreckte, mit Balkonen versehene Gebäude. »Wie Sie sehen, ist überall der spanische Einfluß zu erkennen, denn es gehörte, obwohl von Franzosen gegründet, auch einmal Spanien, doch jetzt ist diese zauberhafte Stadt im Besitz der *Americaines.* Ein Jammer. Sie wird ihren malerischen Charme und die europäische Kultiviertheit bald verlieren und nur noch eine verblühte Schönheit sein, in der vulgäre Amerikaner ihr Unwesen treiben. Aber noch ist sie voller Charme. Ich werde sie Ihnen irgendwann zeigen, wenn Sie sich bei Ihren Freunden eingewöhnt haben, ja?«

»Also wirklich, Monsieur Renardeau …«

»O nein – nennen Sie mich Raoul, bitte.«

Sie lächelte mit steifen Lippen und umfaßte die Krempe ihres Hutes, als ein schwüler Windstoß ihn ihr vom Kopf zu fegen drohte. »Also gut – Raoul. Ja, Sie dürfen mich besuchen, sobald ich mich eingerichtet habe. Ich bin sicher, daß wir uns bald wiedersehen werden.«

»Aber sie haben niemanden geschickt, Sie abzuholen, oder?« Er überflog die Kutschen, die mit Lastkarren um Platz kämpften, während das Knallen der Peitschen der Fuhrmänner und die Rufe der Schauerleute durch die feuchte Luft hallten. »Ich kann die Kutsche der Dufours nirgends entdecken.«

»Sie wissen doch gar nicht, daß ich hier bin. Ich bin sicher, daß ich hinfinden werde, denn …«

»Das kommt gar nicht in Frage! Sie werden mir gestatten, Sie hinzubringen, *chère.* Ich bestehe darauf.«

Trotz ihrer – allerdings nur halbherzigen – Proteste, hatte er sie schon kurz darauf in eine Kutsche gesetzt und arrangiert, daß ihr Gepäck zu den Dufours gebracht würde. Kyla war froh darüber, daß ihr Strohhut sie gegen die strahlende Sonne schützte, die sie an ihre Kindheit und Papa Piers erinnerte. Sie hatte ihm ihre Entscheidung, nach Amerika zu reisen, mitgeteilt, allerdings ohne zu erwähnen, wie kläglich sie bei dem Versuch, das Ansehen ihrer Mutter wiederherzustellen und ihre Rechte einzufordern, gescheitert war. Das hätte sie ihm nicht eingestehen können – ebensowenig wie die Herkunft des Geldes, das ihr dieses neue Leben ermöglichte, wenn das zu ihrem Leidwesen auch bedeutete, daß sie ihm nicht finanziell unter die Arme greifen konnte.

Die offene Droschke neigte sich zur Seite, als Raoul einstieg und, Kyla voller Zuneigung anlächelnd, neben ihr Platz nahm. Kleine Schweißperlen glänzten auf seiner Stirn, doch er wirkte frisch und fröhlich wie immer, als er sich ihr zuwandte. »Ich habe einen Boten vorausgeschickt, der den Dufours Ihr Eintreffen ankündigen wird. Ich hoffe, das war in Ihrem Sinne.«

»Ja. Ja, natürlich. Sie sind zu liebenswürdig, Monsieur. Ich wünschte, Sie würden sich meinetwegen nicht so viele Umstände machen.«

»Aber das ist mir doch ein Vergnügen – was Sie eigentlich wissen müßten, denn ich habe keinen Hehl aus meinen Gefühlen für Sie gemacht.«

Kyla runzelte irritiert die Stirn. Mußte er so dreist sein? Es bereitete ihr Unbehagen, und sie bedauerte bereits, ihm ein Wiedersehen zugesichert zu haben.

Wenn er ihren Unwillen spürte, so ließ er es sich nicht anmerken. Statt dessen bemühte er sich, sie mit einem launigen Redeschwall zu unterhalten, wobei er sie auf Sehenswertes aufmerksam machte und ganz allgemein über New Orleans ins Bild setzte.

Die Stadt war völlig anders, als sie erwartet hatte, atmete den Charme der alten Welt, gemischt mit einer Betriebsamkeit, die offenbar typisch amerikanisch war. Frühlings- und Sommerregen hatten die Straßen in Schlammlöcher verwandelt oder gänzlich fortgespült, und Dutzende dunkelhäutiger Männer waren in der brütenden Hitze damit beschäftigt, Gräben auszuheben. Seltsamerweise schienen sie völlig zufrieden zu sein, sangen mit tiefen Baritonstimmen, während sie die Hacken schwangen und die gelockerte Erde mit Schaufeln am Rand aufhäuften, wobei ihre schweißnassen Oberkörper im Sonnenlicht glänzten.

»Das wird der neue Kanal«, erklärte Raoul mit einer wegwerfenden Handbewegung in die Richtung der Arbeiter. »Der Gestank ist entsetzlich, und ich dachte, das Wasser würde nie zurückgehen. Dieses eine Mal war ich froh, nach England reisen zu müssen, denn so konnte ich diesen offenen Kloaken wenigstens für eine Weile entkommen. Er zog ein kleines, parfümiertes Taschentuch heraus. »Führen Sie immer eines mit sich, wenn Sie das Haus verlassen«, riet er ihr lächelnd. »Sonst ertragen Sie diesen fauligen Geruch nicht.«

»Bauen sie einen neuen Kanal für Schiffe?« Kyla nahm das spitzengesäumte Tüchlein aus feinem Leinen entgegen und bemerkte das mit Seidengarn eingestickte Monogramm – R. R.

»Nein, es ist … ah, ich erinnere mich nicht genau. Kutscher – warum heben sie diesen Graben aus?«

Beißend scharfe Abwassergerüche schwängerten die Luft, und der Kutscher drehte sich auf dem Bock nach hinten, um Raouls Frage zu beantworten.

»Wir hatten diesen Frühling und Sommer schlimmes Hochwasser, Monsieur.« Er deutete mit seiner kurzen Peitsche auf die riesigen, frischen Erdhügel und das durchweichte Gras. »Es mußte erst alles Wasser von einem Deichbruch bei Macarthy's Point abgepumpt werden, bevor wir diesen Damm hier bauen konnten, aber es ist keine schlechte Arbeit.«

Kyla musterte im Vorbeifahren die Männer, die mit Eifer und guter Laune, singend und lachend ihre Werkzeuge handhabten. Sie lehnte sich in die Polster zurück und schaute zu den Blumen hinauf, die in farbenprächtiger Fülle über die eisernen Balkongeländer hingen. Vielleicht ließe es sich hier ganz gut leben. Es war auf jeden Fall wärmer als in England, wenn auch nicht so heiß wie in Indien.

»Dort sehen Sie das erst vor ein paar Jahren fertiggestellte New Orleans Theatre«, sagte Raoul, die Straße hinunterdeutend. Sie konnte allerdings nur die Spitze eines Giebels und eine darauf flatternde, amerikanische Flagge sehen. »Es ist ein eindrucksvoller Bau mit seinen drei Etagen und den Säulengängen, finde ich. Und in der Canal Street ist zwischen Baronne und Dryads erst letztes Jahr ein neues Armenhaus fertiggestellt worden.

Wir sind wirklich sehr zivilisiert hier, sind Sie nicht auch dieser Meinung?«

»Dann sind also alle Berichte über plündernde Piraten, die New Orleans in regelmäßigen Abständen besuchen, erfunden, ja?« Sie lachte leise, als sein Gesicht sich jäh verfinsterte, lehnte sich zu ihm hinüber und legte die Hand auf seinen Arm. »Ich habe Sie nur necken wollen. Seien Sie mir nicht böse – ich muß zugeben, daß ich der Gelegenheit nicht widerstehen konnte.«

Raoul entspannte sich und lächelte. »Es sei Ihnen verziehen. Aber Sie dürfen nicht alles glauben, was Sie hören, *chère*. Die Piraten haben New Orleans schon lange den Rücken gekehrt – seit die amerikanische Regierung mit Waffengewalt gegen sie vorgegangen ist, wagt sich nicht einmal mehr Lafitte hierher.«

»Nein? Aber ich habe gehört, daß er die Stadt mit jeglichen Delikatessen versorge, die Piraten auf europäischen Schiffen erbeuten können. Oh, hören Sie auf, mich so finster anzusehen, Monsieur – sonst denke ich noch, daß die Gerüchte stimmen und Sie es nur nicht zugeben wollen.«

»Ich falle doch immer wieder auf Ihre Neckerei herein.« Er nahm ihre Hand, hob sie an die Lippen und schaute zu Kyla auf, während er einen Kuß auf ihr Handgelenk drückte. Sein Blick war von einer Eindringlichkeit, die sie als aufdringlich empfand, und sie runzelte die Stirn. Er schlug die Augen nieder, küßte die winzige, weiße Narbe an ihrem Handgelenk, richtete sich auf und schaute um sich. »Ah – wir sind schon in der Condé Street, wo die Dufours wohnen. Wir werden gleich dort sein – viel zu bald – und dann ist unser kleines Intermezzo zu Ende. Versprechen Sie mir, daß wir uns wiedersehen, *ma chère.*«

»Ich bin sicher, daß unsere Wege sich kreuzen werden«, erwiderte Kyla ausweichend und konzentrierte ihre Aufmerksamkeit auf das zweigeschossige Ziegelhaus mit den blumen- und weinrankengeschmückten Eisenbalkonen. Jetzt, da sie endlich an ihrem Ziel angelangt war, stieg Unsicherheit in ihr auf. Würden die Dufours sie wohlwollend aufnehmen? Hatten Sie gehört, was in London alles vorgefallen war? Sie hoffte inständig, daß sie offen für sie waren. Schließlich hatte Caroline Dufour Maman sehr gut gekannt und würde sich, obwohl es viele Jahr her war, Faustines mit Zuneigung erinnern.

Raoul murmelte etwas vor sich hin, und Kyla atmete nervös ein, als die Eingangstür aufflog, bevor die Kutsche richtig angehalten hatte. Ein junges Mädchen mit dunklen Haaren und strahlenden Augen kam den schmalen Gehweg heruntergeeilt und lächelte, bei der Kutsche angekommen, zu ihnen herauf.

»Sie müssen Kyla van Vleet sein, Faustines Tochter. Oh, Maman wird sich so freuen, wenn sie von Ihrer Ankunft erfährt! Sie hat so oft von Ihrer Mutter gesprochen, wissen Sie. Bitte, entschuldigen Sie, daß ich Sie so impulsiv begrüße – aber als die Nachricht des Comte gebracht wurde, daß Sie angekommen seien, traute ich meinen Augen nicht. Es war sehr nett von Ihnen, daß Sie sie hergebracht haben, Comte de Sayre. Papa wird ... erfreut ... sein, wenn er von Ihrer Hilfsbereitschaft hört.«

Das letzte sagte sie mit einem seltsamen Unterton, und Kyla merkte, daß Raoul sich neben ihr versteifte. Doch dann half er ihr von der Kutsche herunter, und sie wurde von dem jungen Mädchen, dessen Namen sie noch nicht wußte, so stürmisch umarmt, daß sie nicht mehr an Renardeaus merkwürdige Reaktion dachte. Die Begeisterung, mit der sie empfangen wurde, war überwältigend und tröstlich.

»Bitte nenn mich Esmée«, sagte das Mädchen, übergangslos zum vertraulichen Du hinüberwechselnd, und zog Kylas Hand in ihre Armbeuge. »Du mußt mir unbedingt von Indien erzählen, denn ich weiß, daß Maman euch vor vielen Jahren dort besucht hat. Ich war noch zu klein, um mitfahren zu können, aber mein Bruder war dabei. Vielleicht erinnerst du dich an Antoine.«

»Antoine? *Das* ist dein Bruder?« Kyla lachte ein wenig verlegen, denn sie hatte noch deutlich in Erinnerung, wie sie und der kleine Junge in aller Unschuld aus kindlicher Neugier die Unterschiede ihrer Körper erforscht hatten. »Ja, natürlich erinnere ich mich an ihn – aber wir waren damals noch Kinder.«

Esmée lachte und wandte sich wieder an Raoul. Ihr Blick wurde ein wenig kühler. »Ich bin sicher, daß wir Sie bald wiedersehen werden, Monsieur le Comte.«

»So ist es.« Er verneigte sich schwungvoll und schaute, als er sich wieder aufrichtete, Kyla an. »Ich habe einen ausgezeichneten Grund, sehr bald zu Besuch zu kommen.«

Kyla rang sich ein schwaches Lächeln ab, obwohl ihr seine unverhüllte Bewunderung ausgesprochen peinlich war. Hoffentlich würde sie nicht gleich an ihrem ersten Tag in New Orleans für ein leichtfertiges Frauenzimmer gehalten. Glücklicherweise schien Esmée Raoul schon wieder vergessen zu haben, als sie sie ins Haus geleitete, wo sie nach dem Dienstmädchen läutete und es anwies, Tee in den Patio zu bringen.

»Maman wird bald hier sein und dich bestimmt sofort sehen wollen. Möchtest du dich vorher noch frisch machen?«

»Ja, bitte. Meine Kabine auf dem Schiff war so klein, daß kein Platz für eine Badewanne darin war – und nach fünf Wochen mit nur einer Waschschüssel ...«

»Ich verstehe. Komm mit. Ich zeige dir dein Zimmer. Es ist immer für Gäste hergerichtet, aber wir werden ein bißchen lüften müssen, weil sich die Tageshitze darin staut. Allerdings ist es in diesem Sommer kühler als sonst, also müßte es ganz angenehm für dich sein.«

Von Esmées munterem Geplapper etwas überfordert, murmelte Kyla eine nichtssagende Antwort, während sie über eine Wendeltreppe ins Obergeschoß geführt wurde. Das Haus besaß auf allen vier Seiten kunstvoll geschmiedete Balkone, und die von dem langen Korridor auf sie hinausführenden, hohen Türen standen offen, um den kühlenden leichten Wind hereinzulassen, der vom Geruch des Flusses und exotischen Düften geschwängert war. Das Kyla zugedachte Zimmer wurde von einem riesigen, mit einem Moskitonetz versehenen Himmelbett beherrscht. Durch die Ritzen der geschlossenen Fensterläden fallendes Licht malte helle Streifen auf den Boden. Während sie fröhlich weiterschwatzte, bedeutete Esmée einem hellhäutigen Dienstmädchen, die Läden zu öffnen, und gleich darauf fluteten Helligkeit und der süße Duft von Jasmin durch den Raum.

»Das ist Tansy«, erklärte Esmée Kyla lächelnd. »Wenn du irgend etwas brauchst, sag es ihr – sie steht dir zur Verfügung, so lange du hier bist.«

Plötzlich erschöpft konnte Kyla ihr Lächeln nur schwach erwidern, und gleich darauf lief Esmée, um unten ihre Mutter zu erwarten, hinaus, und ließ sie mit der tüchtigen Tansy allein. Das hübsche Mädchen schloß die Fensterläden sofort wieder, um das Zimmer zu verdunkeln, ließ jedoch Fenster und Türen zur Durchlüftung offen. »Vielleicht möchten Sie ein wenig ruhen, Mistress«, meinte sie in einem weichen Singsang, der auf eine karibische Herkunft schließen ließ. »Es ist tagsüber ja so heiß.«

»Das werde ich wohl tun. Danke, Tansy.«

Als sie endlich allein war, ging Kyla zu einem der Fenster und spähte durch die Schlitze der hölzernen Läden. Die Mauern unter ihr verschwanden fast zur Gänze unter Efeu und tropischen Blüten, und in der Mitte des Patios stand ein riesiger Baum, der den mit Steinplatten ausgelegten Boden beschattete. Leises,

kreolisch gefärbtes Gemurmel stieg zu ihr auf. Hier, im Rücken der Straße, war der Lärm der Kutschenräder nur ganz gedämpft zu vernehmen.
Vielleicht war es wirklich eine gute Idee gewesen, nach New Orleans zu gehen. Sie dachte an Tante Celeste, sah wieder die Tränen, die ihr beim Abschied in den Augen gestanden hatten, und fragte sich, ob es wohl ein Abschied für immer gewesen war. Die liebe Celeste – so unangefochten loyal! Hatte Brett sie aufgesucht, um sich nach ihrem, Kylas, Verbleib zu erkundigen? Oder interessierte es ihn gar nicht, was aus der Mätresse geworden war, die ihn verlassen hatte, bevor er ihr den Laufpaß geben konnte?
Plötzlich müde, ging Kyla zu dem in der Mitte des Raumes stehenden Bett, streckte sich auf dem kühlen Bett unter dem Moskitonetz aus. Sie hatte es schön hier, und sie war in Sicherheit, umgeben von ihren persönlichen Dingen, die kurz nach ihr eingetroffen waren. Sie mußte aufhören, an Brett zu denken.
Trotz der Erleichterung darüber, nach der bangen Ungewißheit so herzlich empfangen worden zu sein, schlief sie unruhig. Als sie aufwachte, war bereits die Dämmerung hereingebrochen. Es war ihr schrecklich peinlich, sich im Haus der Freundin ihrer Mutter so unhöflich eingeführt zu haben. Was mußte sie von einem Gast denken, der sich stundenlang nicht einmal blicken ließ, um sie wenigstens zu begrüßen?
Ohne sich die Zeit zu nehmen, Tansy zu Hilfe zu holen, schlüpfte sie in ein Abendkleid und bürstete ihre Haare, war jedoch dankbar, als Tansy nach ihr schauen kam und ihr das Kleid zumachen konnte.
»Mein Gott – ich fürchte, ich habe gleich an meinem ersten Tag hier einen *faux pas* begangen«, seufzte sie, und Tansy lachte.
»Sie werden feststellen, daß es in diesem Haus die meiste Zeit

nicht so förmlich zugeht wie anderswo. Die Familie ist ganz ... unkompliziert. Ist das das richtige Wort?«

Kyla lächelte. »Ich hoffe es.«

»Sie haben so schöne Haare – leuchtend wie die Sonne. Ich habe gehört, wie Miss Esmée sagte, Sie seien bildhübsch und sie sei beinahe neidisch auf Ihre Haare.«

Als Tansy ihr die Locken mit Hilfe kleiner, mit Schmucksteinen besetzter Kämme hochgesteckt hatte, nahm Kyla einen mit Spitze bespannten Ebenholzfächer vom Frisiertisch und hielt ihn nervös umklammert, als sie die Treppe hinunterlief, um die Familie Dufour zu begrüßen.

»Du bist wirklich so schön, wie Esmée gesagt hat!« rief Caroline, als sie Kyla mit ausgebreiteten Armen entgegenkam. Nach einer liebevollen Umarmung hielt sie sie von sich weg und lächelte, den jetzt zerknitterten Brief, den sie in der Hand hatte, hochhaltend: »Celeste hat nicht geschrieben, wie reizend du aussiehst – nur, daß du ihre geliebte Patentochter seist und wir uns um dich kümmern sollen, als gehörtest du zur Familie – und das werden wir auch tun. Du kannst so lange bei uns bleiben wie du möchtest. Ich bin froh, daß du dich nach der langen, anstrengenden Reise zumindest ein wenig ausgeruht hast«, nahm sie Kyla die Sorge, ihren Unmut erregt zu haben. »Ich bin schon so lange hier, daß es mir vorkommt, als sei ich hier geboren worden, und ich war, seitdem ich aus Frankreich kam, nie wieder dort. Aber das hat Celeste dir sicherlich alles erzählt, also werde ich dich nicht weiter mit meinem Geschnatter ermüden. Laß uns essen – du bist bestimmt hungrig.«

Daß es, wie Tansy gesagt hatte, im Hause Dufour nicht so förmlich zuging wie anderswo, stellte Kyla gleich darauf beim Abendessen fest, denn es wurde im Patio eingenommen, wo eine kühle Brise Palmwedel rascheln ließ und in grünen Blättern spielte und die Luft nach Jasmin und Magnolien duftete. Es gab drei Hauptgänge – Fisch, frisches Gemüse und Obst – und die leichte Mahlzeit ging mit einem ebensolchen Wein und lebhafter Konversation einher.

»Papa«, sagte Esmée beim Dessert, einem köstlichen, mit dickflüssigem Brandy übergossenen Fruchteis, »Kyla wurde heute vom Comte de Sayre hierher begleitet.«

Pierre Dufour, ein gutaussehender Mann in den späten Vierzigern, blickte von seinem Nachtisch auf und schaute Kyla fragend an. »Ach ja? Kennst du de Sayre gut, meine Liebe?«

»Nein – ich habe ihn erst auf dem Schiff kennengelernt. Er erzählte mir, er habe geschäftlich in England zu tun gehabt, und als ich erwähnte, daß ich zu euch unterwegs sei, eröffnete er mir, daß er euch kenne.«

»Ja – das ist wahr. Wir haben früher einmal Geschäfte miteinander gemacht.«

Das war alles, was er dazu sagte, und Kyla fragte sich, ob Monsieur Renardeau tatsächlich so gut mit den Dufours bekannt war, wie er den Eindruck erweckt hatte. Nicht, daß es sie wirklich interessiert hätte – er war schließlich tatsächlich nur eine Reisebekanntschaft. Vielleicht würde sie ihn ja gar nicht mehr wiedersehen.

Kapitel 22

Eine träge Brise wehte den fauligen Gestank der Sümpfe zwischen den hohen Riedgrasbüscheln und Zypressen hindurch zu den Männern in der Piroge. Nur das leise Eintauchen der Stange war in der Stille zu hören, die in den dunklen Nischen unter den alten Bäumen herrschte, wo knorrige Wurzeln aus dem braunen Wasser ragten wie knotige Knie. Wie ein riesiger Wasserfloh glitt das Flachboot am Ufer dahin, während die Abenddämmerung die Stoßkante von Himmel und Fluß zusehends verschwimmen ließ.

Flußaufwärts erhob sich, wie ein Brillantkollier glitzernd, die erleuchtete Stadt aus dem Sumpf, und die Masten der am Rand von New Orleans im Hafen vertäut liegenden Schiffe ragten wie abgestorbene Bäume in den rasch dunkler werdenden Himmel.

Hier, an der Mündung des Barataria Canal, blühte der Schwarzmarkt, wurden die Küste raufgeschmuggelte Waren von geplünderten Schiffen verhökert. Musik begleitete das lebhafte Treiben, und Lagerfeuer sandten fröhlich züngelnde Flammen und Rauch in die Dunkelheit hinauf.

Godfrey lehnte sich schwer gegen die Stange, und Brett manövrierte die kleine Piroge mittels der Ruderpinne durch die Strudel ans Ufer. Kurz zuvor waren sie von den Freibeutern, die den

Markt betrieben, mit einem lässigen Winken begrüßt und ohne Protest in den schmalen Seitenarm im hinteren Teil der Bucht eingelassen worden.

»Wir fahren jedesmal unter anderer Flagge, aber das scheint diese Schurken gar nicht zu stören.«

»Mich stört es auch nicht.« Brett stand auf, spreizte wegen der Balance die Beine, und trat mit einem großen Schritt von der Piroge ans Ufer, wo er das kleine Boot vertäute, indem er die Bugleine mit geübter Hand mehrmals um einen aus der Erde ragenden Pflock schlang. Aus den trüben Untiefen schallten unablässig die Kadenzen der quakenden Ochsenfrösche herüber, und Brett, der sich umgedreht hatte und auf Godfrey wartete, schlug ungeduldig nach den Moskitos, die in Schwärmen um seinen Kopf summten. »Man sollte doch denken, daß dieses Ungeziefer wenigstens im Winter Ruhe gibt.«

Sein Freund zuckte mit den Schultern. »Dazu ist es zu warm hier, auch wenn der Oktober diesmal kälter als sonst ist. Einer der Männer auf dem Schiff meinte, daß das ungewöhnliche Wetter mit dem Ausbruch eines Vulkans im Pazifik zusammenhinge. Er habe Meilen hoch Asche und Steine in die Luft geschleudert, und die Sonne sei wochenlang verdunkelt gewesen.«

Als Brett nichts dazu sagte, lächelte Godfrey in sich hinein. Seit Kyla van Vleet aus London verschwunden war, hatte Brett sich zu einem regelrechten Sauertopf entwickelt. Was hatte er denn erwartet? Daß sie sich widerspruchslos abschieben lassen würde? Nein – das hätte ihr nicht ähnlich gesehen. Sie war eine Persönlichkeit, und Brett hätte sich klar darüber sein müssen, daß diese Frau ihm nicht gestatten würde, Schindluder mit ihr zu treiben. Vielleicht konnte er sie *darum* nicht vergessen – weil sie die erste seiner Mätressen war, die machte, was sie wollte, anstatt sich den von ihm getroffenen Arrangements zu beugen. Natürlich hatte jeder Versuch, ihn darauf hinzuweisen, Feindseligkeit und den eisigen Blick heraufbeschworen, der auch mutige Männer zumindest innerlich erzittern ließ. Doch er kannte Brett schon zu lange, um sich davon einschüchtern zu lassen. Aber er hielt sich jetzt heraus. Brett mußte die erlittene Schlappe allein verwinden, sie akzeptieren oder etwas dagegen unternehmen, aber so zu tun, als spiele sie überhaupt keine Rolle, war keine Lösung.

Brett ging ein wenig schneller als er und kam ein paar Schritte eher an einem Feuer vorbei, wo er von einem Mann aufgehalten wurde, der sich von der Gruppe entfernte, um ihn mit einem breiten Grinsen auf dem dunklen Gesicht zu begrüßen.

»Sie sind also wieder in Louisiana, *mon ami*. Ich freue mich, Sie und Ihren furchteinflößenden Begleiter zu sehen. Bleiben Sie diesmal länger?«

»So lange ich brauche, um eine bestimmte Angelegenheit zu regeln, *Capitaine*«, erwiderte Brett das Grinsen und nahm mit einem kurzen Nicken die Flasche, die Lafitte ihm hinhielt. »Karibischer Rum, nehme ich an?«

»Der beste. Oder der schlechteste – je nachdem, wie man es sieht. Kommen Sie, *mon ami* – setzen Sie sich ans Feuer, wo der Rauch Ihnen das Ungeziefer für eine Weile vom Hals hält. Wir haben Sie schon vermißt in Barataria – und Ihre Waren natürlich. Treiben Sie immer noch Handel?«

»Wenn, dann würde ich es Ihnen nicht sagen. Sie zahlen zuwenig, wenn Sie kaufen, und verlangen zuviel, wenn Sie verkaufen.«

»Es kränkt mich zutiefst, daß Sie so denken.« Lafitte legte theatralisch eine Hand auf die Brust, grinste jedoch noch immer liebenswürdig, als Brett und Godfrey ihm zum Lagerfeuer folgten, an dem sich eine Gruppe von Männern versammelt hatte. Es war eine kunterbunte Gesellschaft, die Godfreys Ansicht nach aus Piraten, Gesetzlosen, entlaufenen Sklaven und Männern zweifelhaften Charakters bestand. Es waren hauptsächlich Franzosen, Spanier, Amerikaner und Engländer, doch er entdeckte auch einige Kubaner darunter.

Wie üblich kam die Sprache bald aufs Geschäft. Jean Lafittes Bruder Pierre bemerkte düster, daß die Lage jetzt, da Frieden zwischen Amerika und England herrsche, nicht mehr so rosig sei.

»Was haben wir während des Krieges für Geld gemacht! Damals kamen die Leute in Scharen, um unsere Schmuggelware zu kaufen. Aber seit der Einführung der Zollgebühren können wir unsere Waren nicht mehr auf dem French Market verkaufen.« Er zuckte melancholisch mit den Schultern. »Jetzt sind wir auf private Kunden angewiesen.«

»Sie haben die amerikanischen Offiziere vergessen, die für die Armee einkaufen«, wies Brett ihn auf diesen nicht unbeträchtlichen Absatzmarkt hin, und Lafitte grinste.

»Manchmal fällt uns ganz zufällig ein Schiff in die Hände, und dann haben wir ganz zufällig die von der Armee benötigten Dinge im Angebot. Es ist seltsam, wie oft das geschieht.«

Brett lehnte sich an einen umgefallenen Baumstamm, steckte die Arme darauf aus und lachte. »Ja, sehr seltsam. Aber ihr Piraten werdet doch seit dem Ende des englisch-amerikanischen Krieges als Helden betrachtet, nicht wahr? Ihr seid General Jackson bei Chalmette zu Hilfe gekommen und habt die Armee der Vereinigten Staaten davor bewahrt, aufgerieben zu werden.«

»Die Amerikaner scheinen ein schlechtes Gedächtnis zu haben, wenn's um Dankbarkeit und ein gutes, wenn's um Piraterie

geht.« Dieser Einwurf kam von Jean Lafitte, und er schaute finster drein. »Es ist dieser Chew, der uns das Leben schwermacht – der Hafenmeister von New Orleans.«
»Soviel ich weiß, besteht ein großer Unterschied zwischen Piraterie und Freibeuterei«, beteiligte sich nun auch Godfrey an dem Gespräch. »In einem Krieg gilt Kapern als Kampfhandlung – in Friedenszeiten kann das Aufbringen eines ausländischen Schiffes als Piraterie ausgelegt werden. Wenn Sie sich nur Schiffe vornehmen, die den Zorn der amerikanischen Regierung auf sich gezogen haben, dürfte Ihnen nichts passieren.«
»Aber das ist so *langweilig, mon ami.*« Lafitte lächelte. »Und manchmal war die Versuchung einfach zu groß.« Er setzte die Rumflasche an die Lippen, trank einen Schluck, senkte sie, wischte sich mit dem Handrücken den Mund ab und wandte sich wieder Brett zu. »Ich glaube, Sie sind aus einem bestimmten Grund nach Barataria zurückgekommen.«
»Was veranlaßt Sie zu dieser Vermutung?«
»Wenn es nicht so wäre, hätten Sie mich in New Orleans besucht und nicht hier.« Er umfaßte mit einer weit ausholenden Geste den Sumpf und die Berge von Piratengut. »Es ist ein verstecktes Plätzchen, und die Männer hier sind verschwiegen. Ich glaube, es liegt Ihnen daran, daß niemand von Ihrem Besuch erfährt.«
Ein kleines Lächeln zuckte in Bretts Mundwinkel. »Vielleicht. Wir werden uns später unterhalten.«
Godfrey befand sich im Halbschlaf, und das Feuer war zu grauer Asche und nur noch schwach glühenden Holzresten zerfallen, als Brett schließlich aufstand und sich mit Lafitte absonderte. Ihre murmelnden Stimmen vermischten sich mit dem unermüdlichen Quaken der Ochsenfrösche und dem Flappen, mit dem das Wasser an die schlammigen Ufer schlug. Godfrey

schloß die Augen wieder und kehrte in den Schwebezustand zwischen Schlaf und Wachsamkeit zurück, der das einzige war, was er sich in fremder Umgebung an Erholung gestattete.
Es war noch früh, die Sonne erst als hellgrauer Schimmer am östlichen Himmel zu erahnen, als Brett ihn holen kam. Sie schoben die Piroge ins Wasser und machten sich auf den Weg nach New Orleans.
»Hast du erfahren, was du wissen wolltest?« fragte Godfrey, als sie die Stadt betraten. Es war Mittag. Sie hatten die Piroge unterhalb der Stadt in einer kleinen Bucht vertäut und die letzten Meilen auf einem Trampelpfad zurückgelegt, der durch hohes Gras und schlammige Senken führte.
»Ich habe erfahren, wen ich fragen muß.« Brett beschattete seine Augen gegen die grelle Sonne und schnitt eine Grimasse. Auf dem French Market herrschte lärmender Betrieb, und sie gelangten ohne großes Aufsehen zu erregen, durch das Gewühl von Händlern und Kunden, denn sie unterschieden sich äußerlich nicht wesentlich von den Männer, die hier Felle, Fleisch oder Fisch feilboten. Brett betrachtete diese Tatsache mit gemischten Gefühlen. »Wenn wir nicht bald ein Bad nehmen, wird man uns für kreolische Fischer halten.«
»*Dich* vielleicht.«
Brett grinste. »Und du hast *mich* als arrogant bezeichnet! Komm – wenn wir sauber sind und etwas Warmes im Magen haben, werden wir uns besser fühlen und besser aussehen. *Beide.*«
Als sie das Hôtel de la Marine verließen, war es dunkel geworden. Das Café des Exilés befand sich nur ein paar Schritte entfernt in einem hohen Gebäude an der Ecke Royal und St. Anne Street. Der Mann, den Brett sprechen wollte, saß an einem Tisch in der Nähe des Eingangs.

»Monsieur Sauvinet?«
Der elegante Gentleman blickte fragend zu ihm auf. »Ja? Ich fürchte, ich hatte noch nicht das Vergnügen, Monsieur ...«
»La Porte.« Brett lächelte, als er Verstehen in Sauvinets Augen aufleuchten sah.
»O ja – unser gemeinsamer Freund hat Ihnen offenbar gesagt, wo Sie mich finden können. Bitte, nehmen Sie doch Platz – Sie und Ihr großer Freund.«
Sie setzten sich zu ihm, und Brett musterte Sauvinet einen Moment lang, bevor er sagte: »Ich bin auf der Suche nach jemandem.«
»Ja, das sind so viele heutzutage. Mann oder Frau?«
»Mann. Ich weiß nicht, wie er heißt, aber er macht Geschäfte mit Javier Aguilar y Portillo.«
»Aha.« Sauvinet nippte an seinem Brandy und schaute dann wieder zu seinen Besuchern auf. »Ich würde Ihnen empfehlen, die Firma Portillo und Poydras aufzusuchen. Lassen Sie den Namen Chevalier de Touzac fallen – der Mann, der darauf anspringt, wird Ihnen weiterhelfen.«
Als sie wieder auf die Straße hinaustraten, fragte Godfrey Brett mit einem neugierigen Blick: »Meinst du, Don Javier ist an der Mexikanischen Revolution beteiligt?«
»Höchstwahrscheinlich. Wenn es ihm gelingt, die Spanier aus dem Land zu vertreiben, kann er sich unter den Nagel reißen, was immer er will.«
»Dann nützen dir deine Besitzurkunden vielleicht gar nichts?«
»Die Mine gehört mir«, gab Brett mit zornblitzenden Augen zurück, »und ich werde behalten, was mein ist.« Godfrey sagte nichts dazu, hob nur eine Braue, und Brett fluchte unterdrückt.
»Du hast recht. Spanien mag meinem Vater das Recht zuge-

standen haben, Silber zu fördern, aber ich kann natürlich nicht mit Bestimmtheit davon ausgehen, daß die Rebellen das respektieren. Ich habe nur die Unterschriften spanischer Vizekönige vorzuweisen, und die sind wertlos, wenn die Revolution sich als erfolgreich erweisen sollte.«

»Dann hat Don Javier seine Hoffnung an eine zweifelhafte Aussicht geknüpft. Es ist wahrscheinlich, daß die Spanier gewinnen und die Rebellen scheitern. Schließlich wird sie von einem patriotischen Priester angeführt, der keine Armee befehligt, sondern einen Haufen Pöbel. Du hast gute Karten.«

»Und das ist die Ironie«, erwiderte Brett mit einem kurzen Schulterzucken. »Wenn meine Mine nicht in dem Gebiet läge, das derzeit die Spanier in Besitz haben, würde ich auf der Seite der Rebellen mit ihnen für ihre Unabhängigkeit kämpfen.«

Godfrey verfiel in Schweigen, und nach kurzem Überlegen schüttelte Brett den Kopf. »Es wäre viel besser für mich, wenn Texas zu den Vereinigten Staaten gehörte. Doch wie die Dinge jetzt liegen, muß ich alles mir Mögliche tun, um Javier daran zu hindern, sich anzueignen, was ihm nicht gehört.«

»Als Bruder deiner Mutter ist er bestimmt der Ansicht, einen Anspruch auf das Land zu haben, das sie als Mitgift in die Ehe brachte.«

»Als ihrem Sohn gehört es *mir* – und ich habe die Absicht, es zu behalten.«

»Seltsam«, bemerkte Godfrey, als sie über den schmalen Bürgersteig zur Straße gingen, »daß du so hartnäckig an deinem leblosen Besitz festhältst, auf deinen wertvollsten – und lebendigen – jedoch so sang- und klanglos verzichtest.«

»Wenn du glaubst, mir damit ein Rätsel aufzugeben, muß ich dich enttäuschen. Ich weiß genau, daß du dich damit auf Kyla beziehst, und ich weigere mich, dieses Gespräch *noch* einmal zu

führen. Sie ist aus freien Stücken gegangen, und damit ist die Sache erledigt.«
»Und jetzt ist sie hier in New Orleans und du bist auch hier. Was für ein Zufall!«
Brett blieb stehen und schaute ihn ärgerlich an. »Ich bin nur hier, um meinen Onkel zu finden und den Mann, der mich betrogen hat.«
»Das *sagst* du.«
Brett stieß einen Fluch aus und stolzierte davon. Godfrey folgte ihm mit einem Lächeln in den Mundwinkeln. Manchmal bedurfte es eines kleinen Anstoßes, damit die Natur ihren Lauf nahm. Was sie tun würde – da war er ganz sicher.

Kyla fächelte sich, trotz der kühlen Abendluft nach drei Stunden Tanz erhitzt und ein wenig atemlos, Kühlung zu. Der Ball fand in dem riesigen Saal des Hauses statt, das dem französischen Konsul gehörte. Der Chevalier de Touzac hatte unter Baron Steuben in der Amerikanischen Revolution gekämpft und auch in der noch nicht lange zurückliegenden Auseinandersetzung zwischen den Vereinigten Staaten und England. Die illustre Gästeschar setzte sich aus Amerikanern, Franzosen und Spaniern zusammen, und Kyla hatte seit ihrem Eintreffen, Esmée und Caroline Dufour begleiteten sie, mit vielen von ihnen getanzt.
Esmée gesellte sich zu ihr auf den Balkon, schwer atmend, heftig fächelnd und mit leuchtenden Augen. »So viele gutaussehende Männer! Ich weiß gar nicht, wer mir am besten gefällt – der galante *Capitaine* der spanischen Dragoner oder der *blendend* aussehende französische Kavalier mit den prächtigen Epauletten. Welchem von beiden soll ich den Vorzug geben, Kyla?«

Sie schüttelte lachend den Kopf. »Keinem. Du bist doch noch viel zu jung und hübsch, um dich auf einen Mann festzulegen. Amüsiere dich mit vielen, bevor du dich endgültig entscheidest.«

»Aber *du* hast dich schon entschieden«, neckte Esmée Kyla, nahm ihr den Fächer aus der Hand und wedelte damit vor ihrem Gesicht herum, daß die Löckchen auf der Stirn im Luftzug auf und ab hüpften. »Und ich habe gesehen, wie eifersüchtig er ist, wenn du mit einem anderen Mann tanzt. Wann wirst du ihm endlich ein Hochzeitsdatum nennen? Armer Raoul. Er beschwert sich ständig, daß du so abweisend bist, ihn um jeden Kuß betteln läßt.«

Kyla lächelte gezwungen. »Das liegt daran, daß er so aufdringlich ist. Ich bin gar nicht sicher …«

Sie brach ab, und Esmée sah sie scharf an. »Daß du ihn heiraten willst? Er ist sehr reich, weißt du, besitzt Häuser und draußen vor der Stadt eine riesige Plantage und eine Menge Sklaven für die Feldarbeit. Was macht dich unsicher, *petite cousine?*«

Sie hatten sich diese Anrede als Ausdruck ihrer gegenseitigen Zuneigung angewöhnt. Denn blutsverwandt waren sie ja nicht, und Kyla lächelte, als Esmée sie jetzt gebrauchte. Sie zuckte mit den Schultern und sagte hilflos: »Ich weiß es nicht. Ich glaube, ich bin einfach noch nicht bereit dazu.«

»Nicht bereit? Aber du bist einundzwanzig! Fast eine alte Jungfer! Hier bei uns heiraten die Mädchen mit fünfzehn und haben in deinem Alter schon mehrere Kinder!«

Kyla schnitt eine Grimasse. »Falls du vorhast, mir angst zu machen, muß ich dich enttäuschen. Deinen alarmierenden Worten zum Trotz bin ich unschlüssig, was Raoul de Renardeau betrifft.«

»Wegen des Mannes, den du verlassen hast?« Esmée lachte

leise. »Versuch erst gar nicht, es zu leugnen, Kyla. Ich mag noch jung sein – aber ich bin nicht blind. Es muß einen Mann geben, den du liebst, sonst hättest du nicht manchmal diesen entrückten Ausdruck in den Augen. Du trauerst einer verlorenen Liebe nach ... ich habe recht, ich weiß es. Siehst du – du kannst es nicht leugnen, starrst mich nur an, als hätte ich zwei Köpfe.«

Kyla überwand sich mit Mühe zu einem Lächeln, von dem sie allerdings befürchtete, daß es Ähnlichkeit mit einer Grimasse hatte. »Du hast eine äußerst lebhafte Fantasie. Bleib lieber bei deinen Romanen, als dir selbst etwas auszudenken. Es gibt keine ›verlorene Liebe‹, wie du es so melodramatisch ausgedrückt hast. Ah – ich sehe deinen spanischen Dragoner auf uns zukommen. Schnell, kneif dich in die Wangen, damit sie Farbe bekommen, und geh mit ihm. Er scheint mir sehr entschlossen, dich wieder zum Tanz zu holen.«

Als Esmée sich, mit ihrem Dragoner scherzend, entfernte, dachte Kyla, daß ihre Seele manchmal wie das sprichwörtlich offene Buch bloßliegen mußte, wenn sogar dieses junge Mädchen ihre innere Unruhe erkennen konnte. Warum *dachte* sie überhaupt noch an ihn? Was Esmée vermutete, war lächerlich und natürlich absolut unzutreffend, aber sie konnte nicht umhin, sich an Dinge zu erinnern, sich zu fragen ... ah, sie fühlte sich älter als je zuvor. Was sie gesagt hatte, stimmte – sie hatte wirklich das Gefühl, noch nicht bereit für eine Ehe zu sein, aber das hatte nicht das geringste mit Brett Banning zu tun. Sie hatte einfach noch immer einige Bedenken. Aber Raoul war so hartnäckig, und sogar Père Dufour sagte, daß es ihm offenbar sehr ernst sei und er sich eine Ehefrau eine Menge kosten lassen könne, und so hatten sie sie im Laufe der vergangenen Monate mürbe gemacht. Vor ein paar Tagen hatte sie dann schließlich ja zu einem

weiteren von Raouls Anträgen gesagt, und er hatte bereits fast ganz New Orleans davon in Kenntnis gesetzt.
Ein beachtlicher Unterschied zu dem Leben, das sie in London gefristet hatte, dachte sie spöttisch. Vielleicht würde Tante Celeste sich freuen, von ihrer Heirat zu hören, und dann nicht mehr von dem Gefühl gequält werden, sie im Stich gelassen zu haben. England kam ihr vor wie eine andere Welt, und was sie dort erlebt hatte, schien ihr viel länger zurückzuliegen als nur ein paar Monate. Es war ihr, als sei sie schon eine Ewigkeit hier. Längst hatte sie sich an das Klima mit seinen warmen Tagen und kühlen Nächten gewöhnt, und auch daran, daß es soviel regnete, denn das kannte sie ja noch aus Indien, wo es während der Regenzeit Wochen und Wochen nur gegossen hatte. Hier gab es zumindest Verschnaufpausen, in denen dann die Sonne schien, doch während dieser Zeiten trieb die stickigfeuchte Luft die Leute in ihre Häuser und bepflanzten Innenhöfe, wo allenthalben geöffnete Türen und Fenster für ein wenig Durchzug sorgten.
Sie schaute auf und sah, daß Raoul in dem Gewimmel im Saal nach ihr suchte, denn im Licht von Hunderten von Kerzen in den Kronleuchtern hoben seine blonden Haare ihn aus der Menge heraus, und sie fühlte sich plötzlich wie eingesperrt. Einem Impuls folgend, lief sie den Balkon entlang zu der Wendeltreppe, die in anmutigem Schwung zu der darunterliegenden Terrasse führte, und eilte mit einhändig gerafften Röcken die Stufen hinunter. Es war natürlich dumm, vor ihm davonzulaufen, aber er war so besitzergreifend, so eifersüchtig, daß es sogar Esmée aufgefallen war, selbst wenn ein Mann, mit dem sie tanzte, ein alter Soldat wie Colonel Deveraux war.
Die Straße um die Villa des Konsuls herum war von Kutschen gesäumt, und livrierte Diener warteten geduldig auf die Rück-

kehr ihrer Herrschaft und beruhigten unruhige Pferde. Sie mied diese Richtung, wandte sich statt dessen dem Gelände hinter sich zu, wo sie eine Reihe von Lichtern entdeckte und mitreißende Musik herüberschallen hörte. Als sie näher kam, sah sie auf einem gerodeten Fleck ein Lagerfeuer lodern und ein von Fackeln gebildetes Oval, in dem Männer und Frauen tanzten.

Es hatte nichts mit Voudoutanz zu tun, dessen Zeuge sie auch einmal gewesen war, einem Tanz der Ureinwohner, bei dem die Teilnehmer ein geheimnisvolles Ritual vollzogen, sondern war eine Art Volkstanz, den kreolische Dienstboten tanzten. Die von französischer und spanischer Volksmusik beeinflußte Musik war wild und primitiv, aber faszinierend, und sie blieb stehen, um zuzusehen.

Eine junge Frau mit taillenlangen schwarzen Haaren und nackten Füßen stand in der Mitte des Fackelovals, und zwei Gitarren und mehrere Hörner intonierten eine Melodie, die Kyla an die spanischen Zigeuner erinnerte, die sie in England getroffen hatte. Die Musik stieg zum nächtlichen Himmel empor, und das Mädchen begann mit halbgeschlossenen Augen und herabhängenden Armen zu tanzen, mit den Fingern zu schnippen, erst langsam und dann immer schneller, sich dem Rhythmus anpassend. Ihr knöchellanger Baumwollrock wirbelte höher und höher um ihre braunen Beine, und sie warf den Kopf vor und zurück, streckte die Arme aus und bewegte abwechselnd lockend und abwehrend die Finger in die Richtung eines jungen Mannes, der ihr zuschaute, und drehte sich dann in einer Wolke aus roter Baumwolle von ihm weg.

Kyla stand etwas abseits unter einer riesigen Eiche und verfolgte das Schauspiel wie gebannt. Sie sollte in den Ballsaal zurückkehren – Raoul suchte sie sicherlich noch immer, und sie wollte auch Esmée oder Caroline nicht beunruhigen – aber hier herrschte eine solche Freiheit, eine so ungezügelte Fröhlichkeit, während es im Haus des Konsuls ziemlich steif zuging, daß sie sich nicht trennen konnte. Lächelnd wiegte sie sich in den Hüften, als die Musik noch schneller wurde und andere sich zu dem Mädchen in dem Oval gesellten, und beneidete sie um die Ungezwungenheit, mit der sie lachten und tanzten und eine in getrocknete Palmblätter gewickelte kleine Flasche herumgehen ließen.

»Sie sollten mittanzen, *maîtresse*«, murmelte eine Stimme hinter ihr. Sie fuhr erschrocken herum und sah sich einem jungen Mann mit einem biegsamen Körper und einem freundlich lächelnden Gesicht gegenüber. Er deutete mit einer Kopfbewegung auf die Tanzenden. »Ich habe gesehen, wie Sie im Takt der Musik mit den Fußspitzen auf den Boden tippten. Können Sie *malengua* tanzen? *Jarabe?*«

Die Namen waren ihr unbekannt, und sie schüttelte den Kopf, worauf sein Lächeln noch breiter wurde.

»Ich glaube, doch – Sie wissen es nur nicht. Kommen Sie – wir sind hier alle Freunde, und niemand wird Ihnen etwas tun. Ich tanze mit Ihnen, wenn Sie wollen.«

Kyla ertappte sich dabei, dem jungen Überredungskünstler zu gestatten, sie zu den anderen auf die Tanzfläche aus festgetretener Erde zu ziehen. Keiner würdigte sie eines Blickes, obwohl sie sich mit ihrem goldbortenbesetzten Satinkleid zwischen all der schlichten Baumwolle wie ein Paradiesvogel ausnahm. In der die Runde machenden Flasche mußte Alkohol sein, denn die Musik wurde immer wilder und der Tanz immer ungehemmter. Als Kyla ihre Schüchternheit überwunden hatte, fand sie sich mühelos in den Rhythmus hinein, und die Schritte bereiteten ihr angesichts der zahlreichen Beispiele um sie herum keine großen Schwierigkeiten. Vielleicht war es ihre innerliche Auflehnung gegen die gesellschaftlichen Zwänge, die ihr dabei half, ihre Zurückhaltung abzulegen – jedenfalls überließ sie sich den primitiven Klängen mit einer an Trance grenzenden Selbstvergessenheit. Ihre Haare hatten sich irgendwie aus den Kämmen gelöst, mit denen Tansy sie vor dem Ball sorgfältig hochgesteckt hatte – oder hatte sie es selbst getan? – und ringelten sich um ihr Gesicht und ihre Schultern.

Ich bin frei, dachte sie, doch der Gedanke war gleich darauf wieder vergessen, als sie erneut der schnelle Rhythmus der Musik und das Schluchzen der Gitarren gefangennahm, das die Nachtluft vor Sinnlichkeit erbeben ließ. Jemand reichte ihr die Flasche, und sie legte den Kopf in den Nacken, wie sie es bei den anderen gesehen hatte, trank einen großen Schluck und reichte sie weiter. Der Schnaps bahnte sich brennend den Weg durch ihre Kehle in den Magen und beflügelte sie gleichzeitig. Jetzt schien ihr Körper ein Eigenleben zu entwickeln, ihre Füße vollführten mit ganz selbstverständlicher Sicherheit die Schritte des spanischen *corrido,* und sie gab sich mit weit zurückgelegtem Kopf und halbgeschlossenen Augen den hypnotischen Bewegungen des Tanzes hin.

Der junge Mann, der sie zum Mitmachen animiert hatte, holte sie mit einem Kompliment aus ihrer Entrückung. »*Merde,* Sie tanzen *wunderbar, maîtresse*«, schwärmte er.

»Wirklich?« lächelte sie verträumt. Sie genoß es, wie er sie ansah – nicht so besitzergreifend wie Raoul und auch nicht so zynisch, wie Brett es getan hatte, sondern voll echter Bewunderung. Es war angenehm, und es gefiel ihr. Hier war es viel schöner als oben in dem Ballsaal der Villa, wo es von Würdenträgern und ältlichen Frauen wimmelte, die sie mißbilligend musterten, wenn sie zu laut lachte oder zu lange mit ein und demselben

Mann tanzte. Jetzt fühlte sie sich nicht alt, fühlte sich nicht so, als sei ihr Leben zu Ende, ehe es richtig begonnen hatte. Sie wußte, daß sie bald – viel *zu* bald – zurückgehen müßte, bevor ihr Verschwinden ernsthafte Aufregung verursachte, doch im Augenblick fühlte sie sich viel zu wohl, um zu gehen.

Übermütig lachend drehte und wand sie sich in der Mitte der Tanzfläche zwischen all den anderen zu den betörenden Klängen, verlor sich in der leidenschaftlichen Musik und den glühenden Blicken der umstehenden Männer. Es interessierte sie nicht, was sie über sie dachten, es interessierte sie nicht, was *irgend* jemand über sie dachte – das einzige, was zählte, war der sinnliche Genuß, den ihre Bewegungen ihr bereiteten.

Und so entdeckte Brett sie – eine goldblonde, weißhäutige Gestalt, die sich wie eine überirdische Erscheinung im Kreise dunkler Kreolen selbstvergessen dem Rhythmus wilder Klänge hingab. Er blieb wie angewurzelt stehen, traute im ersten Moment seinen Augen nicht, doch Godfreys unterdrücktes Prusten neben ihm bewies ihm, daß ihn kein Spuk narrte.

»Es scheint nicht so, als ob sie sich vor Sehnsucht nach dir verzehre, oder, *haitsi?*«

»Halt den Mund«, schnauzte Brett, drängte sich durch die Menge, streckte den Arm aus und brachte Kyla, indem er sie am Handgelenk packte, mit einem Ruck zum Stehen.

Sie strich sich die Haare aus dem Gesicht, und der Protest, der ihr auf der Zunge gelegen hatte, blieb unausgesprochen. Mit weit aufgerissenen Augen starrte sie ihn an. »Brett?«

»Herrgott noch mal – das ist jetzt schon das zweitemal, daß ich dich dabei ertappe, dich wie eine verdammte Zigeunerin zu gebärden. Was zur Hölle denkst du dir dabei?«

Seine scharfen Worte schienen sie aus ihrem Schockzustand herauszureißen, und sie schaute ihn finster an, befreite sich aus seinem Griff, hob ihr Kinn mit einer Bewegung, die er als Ausdruck von Trotz erinnerte. »Ich tue, was mir paßt, und Sie haben nicht das Recht, mich daran zu hindern.«

»Das habe ich sehr wohl!«

»Nein!« Als er wieder nach ihr greifen wollte, legte sie die Hand auf seine Brust, und diesmal funkelte Zorn in ihren Augen, als sie mit wuterstickter Stimme sagte: »Ich bin mit einem anderen Mann verlobt.«

Unerklärlich wütend auf sich selbst, starrte Brett sie feindselig an. »Dann solltest du bei ihm sein, anstatt dich hier draußen den Dienstboten anzubieten.«

Die Ohrfeige kam so schnell, daß Brett die Hand nicht einmal kommen sah. Er packte sie erneut am Handgelenk und sagte gefährlich ruhig: »Ich habe dir einmal gesagt, was ich tun würde, falls du mich je wieder schlügest ...«

Ihre Brüste hoben und senkten sich schnell und heftig, und sie versuchte ihm ihren Arm zu entwinden. »Lassen Sie mich los!«

»Und was ist, wenn ich es nicht tue?«

»Wenn Sie es nicht tun«, übernahm eine kalte Stimme hinter ihm die Beantwortung seiner Frage, »werde ich Ihnen meinen Degen in den Rücken stoßen, Monsieur. Lassen Sie meine Verlobte los, und drehen Sie sich zu mir um, damit ich Sie von Angesicht zu Angesicht zum Duell fordern kann, wie es sich gehört.«

Brett gehorchte, ein wenig verwundert, daß Godfrey ihn nicht gewarnt hatte, doch dann sah er, weshalb: Raoul Renardeau stand vor ihm, mit wutverzerrtem Gesicht und haßlodernden Augen. Renardeau – der Mann, der ihn betrogen, der Mann, der seine Besitzurkunden gestohlen, seinem Onkel verschafft hatte.

Kapitel 23

»Ich muß sagen, du hast einen denkbar ungünstigen Zeitpunkt gewählt, um den Dienstboten deine Freundlichkeit zu erweisen, *chère*«, sagte Raoul leise zu Kyla, ohne den Blick von Brett zu lösen. »Geh jetzt auf den Ball zurück. Du wirst schon allgemein vermißt, und Mademoiselle Dufour sucht dich überall.«

Brett, der sein Gegenüber ebenfalls nicht aus den Augen ließ, war nicht überrascht, als er Kylas abschlägige Antwort hörte. »Nein, ich will hierbleiben, Raoul.«

Renardeau war Widerspruch offensichtlich nicht gewohnt, denn er fluchte lästerlich auf französisch, winkte einen Diener heran und wies ihn trotz Kylas neuerlichen Protests an, sie ins Haus zu geleiten.

Brett sah ihr nach, und das amüsierte Zucken in seinen Mundwinkeln provozierte Renardeau. Er hatte bereits einen Schritt auf ihn zu getan, als er sich in letzter Sekunde besann und sich statt dessen knapp verbeugte. »Ich überlasse Ihnen die Wahl der Waffen, Monsieur. Nennen Sie mir Zeit und Ort.«

»Seien Sie kein Narr, Renardeau – das wäre zu einfach.«

Raouls Augen verengten sich, und er musterte Brett einen Moment lang nachdenklich, bevor er mit einem Achselzucken erwiderte: »Einfach oder schwierig – ich fordere Genugtuung.

Wollen Sie sie mir verweigern?«
»Nein.«
»Sehr gut. Ich werde Ihnen meine Sekundanten schicken.« Nach einer erneuten Verbeugung machte er, den hinter Brett stehenden Godfrey mit einem kurzen Blick streifend, auf dem Absatz kehrt und stolzierte davon.
Es war so still geworden, daß man die Walzerklänge aus der Villa jenseits des Eichenwäldchens herüberwehen hörte. Das Publikum zerstreute sich langsam. Brett schaute Godfrey an.
»Sie hat wirklich Pech mit den Männern – auch dieser wird ihr nicht bleiben. Und Renardeau hatte recht – sie hat kein Gefühl für den richtigen Zeitpunkt.« Godfrey folgte ihm. Brett beschloß, nicht ins Haus zurückzukehren, wo Raoul zweifellos eine flammende Schmährede von Kyla über sich ergehen lassen mußte. Verdammt! Sie hier zu sehen, war das letzte, was er heute abend erwartet hatte, und er wäre von sich aus gar nicht gekommen, wenn er nicht erfahren hätte, daß Renardeau zu dem Fest geladen war. Hatte Kyla sich ausgerechnet mit seinem Erzfeind verloben müssen? Wenn er ihn jetzt tötete, würde sie das zweifellos als Eifersuchtstat mißdeuten.
»Hast du dich schon entschieden?«
Brett schaute Godfrey fragend an. »Entschieden?«
»Ob du ihr den wahren Grund dafür offenbaren wirst, daß du ihr den Mann nimmst, den sie heiraten will?«
»Ich kann es nicht leiden, wenn du meine Gedanken liest«, gab Brett verstimmt zurück.
»Darüber haben sich schon mehr Leute beschwert.«
»Das glaube ich. Ja, ich denke, ich werde es ihr sagen – wenn sie mich nah genug an sich heranläßt.«
Godfrey grinste. »Das wird sie – darauf wette ich.«
Als sie die weitläufige Villa des französischen Konsuls ein

Stück hinter sich gelassen hatten, bemerkte Brett, daß ihnen jemand folgte. Er brauchte Godfrey nicht anzusehen, um zu wissen, daß er es ebenfalls registriert hatte – sein Freund besaß ein noch wesentlich schärferes Gehör als er, das er seiner wachsamen Komantschennatur verdankte, die auch die Jahre unter der Fuchtel englischer Schulmeister unbeschadet überstanden hatte.

Ohne daß sie ein Wort darüber hätten wechseln müssen, trennten sie sich, nachdem sie um eine Ecke gebogen und damit der Beobachtung durch ihren Verfolger entzogen waren, und nahmen beiderseits eines schmalen Durchgangs Aufstellung. Die Schritte wurden jetzt, da der Mann sie aus den Augen verloren hatte, hörbar schneller. Er war kaum an ihnen vorbei, als Godfrey mit einer für einen solch großen Mann erstaunlichen Schnelligkeit aus seinem Versteck schoß, dem Fremden mit einer Hand den Mund zuhielt und ihn, mit der anderen Hand an der Gurgel packend, mit einem Ruck rückwärts in den Durchgang riß.

Brett zog sein Messer aus dem Stiefel und hielt es hoch, so daß der schwache Schimmer der Laterne auf der anderen Straßenseite auf die scharfe Klinge fiel. »Und nun, mein Freund«, sagte er leise in die in Todesangst geweiteten Augen des Mannes hinein, »wirst du mir erzählen, was ich hören will ...«

Es war spät, und im Haus war Stille eingekehrt. Kyla lag im Bett, doch sie war hellwach und zitterte noch immer vor Aufregung. Brett war hier in New Orleans! Mein Gott – wie hatte er sie gefunden? Und *warum* hatte er sie überhaupt *gesucht?* Damals in England hatte er sie nicht gewollt – wollte er sie *jetzt?* Nicht, daß das eine Rolle gespielt hätte, denn nun würde sie *ihn* nicht mehr wollen. Er hatte ihr zu weh getan, sie mit Verachtung gestraft, und sie würde ihm keine Gelegenheit geben, das noch einmal zu tun. Und doch ertappte sie sich dabei, daß sie sich daran erinnerte, wie fürsorglich und sanft er gewesen war, nachdem er sie vor Northwick gerettet hatte, wie er ihr den Rücken gestützt hatte, damit sie trinken konnte, ihr die Stirn mit einem feuchten Tuch gekühlt ... Es war schwierig, jenen Brett mit dem unter einen Hut zu bringen, als den sie ihn seinerzeit kennengelernt und heute wiedergesehen hatte. Aber warum überraschte sie das? Sie wußte doch, daß er ein Chamäleon war, sich vor ihren Augen blitzschnell von einem Lamm in einen Wolf verwandeln konnte.

Nein – sie *durfte* sich nicht noch einmal mit ihm einlassen. Das Kapitel war abgeschlossen. Warum *dachte* sie dann immerzu an ihn? Sie würde Raoul heiraten. Ja, sie würde ihn *schnell* heiraten, bevor sie Zeit hätte, es sich anders zu überlegen, und dann müßte sie nie wieder an Brett Banning denken. Raoul war zwar besitzergreifend und ein wenig herrisch, aber nicht so grausam und despotisch wie Brett es gewesen war.

Ruhelos warf sie sich im Bett hin und her, während ihre Gedanken sich unaufhörlich im Kreis drehten. Manchmal hinderten die Lampen, die unten im Patio aus Sicherheitsgründen die ganze Nacht brannten, sie am Einschlafen, doch jetzt war sie dankbar für das Licht, das die Schatten der Blätter des großen Baumes über ihre Wand tanzen ließ, denn der Wind hatte aufgefrischt, und das Klappern der Fensterläden und die sich blähenden Vorhänge hätten ihr sonst angst gemacht.

Als die ersten Regentropfen an ihre Fensterscheibe klatschten, schlief sie endlich ein, doch es war kein tiefer Schlaf, und so war sie augenblicklich wieder hellwach, als sich eine Hand auf ihren Mund preßte. In wilder Panik begann sie um sich zu schlagen und zu treten.

»Halt dich *still!*« flüsterte ihr eine vertraute, rauhe Stimme ins Ohr. »Oder, so wahr mir Gott helfe, ich erwürge dich! Wirst du Ruhe geben?«

Brett. Natürlich. In diesem Augenblick erkannte sie, daß sie ihn erwartet hatte, daß sie erwartet hatte, daß genau dies passieren würde, und sie schaute zu der über ihr aufragenden, dunklen Silhouette auf und nickte. Langsam zog er die Hand weg, und sie strich sich mit einer ungeduldigen Bewegung die Haare aus dem Gesicht.

»Was wollen Sie hier?«

»Ich freue mich auch, dich wiederzusehen, *querida.*« Selbst bei dieser nur schwachen Beleuchtung konnte sie sein spöttisches Grinsen sehen, und das erboste sie noch mehr als die Tatsache, daß er sich auch noch so dicht neben sie auf die Bettkante setzte, so daß sie die Wärme seines Körpers spürte, die sie unerwünscht lebhaft an Dinge erinnerte, die sie sich so verzweifelt zu vergessen bemüht hatte.

»Ich teile Ihre Freude nicht«, erwiderte sie, die Stimme auf seine warnende Geste hin senkend, patzig. »Sie hätten sich diesen Besuch sparen können. Lassen Sie mich in Ruhe. Haben Sie nicht bemerkt, daß ich jetzt glücklich bin?«

»Bist du das wirklich?« Er zuckte in gespieltem Bedauern mit den Schultern. »Dann wirst du nicht gerne hören, was ich dir zu sagen habe. Hat dein geliebter Bräutigam dir erzählt, daß er mich gefordert hat?«

Sie starrte ihn wie versteinert an. Ihre Augen hatten sich an das Dämmerlicht gewöhnt, und sie sah ihn jetzt deutlicher. »Nein, das hat er nicht. Sie meinen, zum ... zum *Duell?*«

»Was bist du doch schnell von Begriff! Ja, natürlich.«

»Und haben Sie ... werden Sie gegen ihn kämpfen? O Brett! Tun Sie das nicht! Bitte kämpfen Sie nicht gegen Raoul ...«

»Hast du um mich Angst oder um ihn? Sag's mir, *querida*. Nur um meine Neugier zu befriedigen, selbstverständlich.«

»Versprechen Sie mir, daß Sie sich nicht mit ihm duellieren! Ich glaube, ich könnte nicht mit dem Wissen leben, der Grund für den Tod eines Menschen zu sein … nicht, nach dem … was in London passiert ist.«

»Als ob Northwick es nicht verdient hätte! Aber du brauchst dir keine Gedanken zu machen, meine Schöne. Um ehrlich zu sein, trage ich mich schon seit Monaten mit der Absicht, Raoul Renardeau zu töten, obwohl ich bis heute nicht sicher wußte, wer genau er war.«

»Mein Gott, das klingt ja vollkommen verrückt!« Sie hob abwehrend die Hand, als er Anstalten machte, ihr erneut den Mund zuzuhalten. »Ich bin ja schon leise!« zischte sie. »Aber was soll das? Warum wollen Sie ihn töten?«

»Ich habe meine Gründe, doch ich muß dich enttäuschen – sie haben nichts mit dir zu tun.« Er fuhr mit dem Finger auf ihrem Arm zu ihrer Schulter hinauf und strich eine ihrer langen Lokken nach hinten. »Obwohl ich durchaus bereit wäre, einen oder zwei Drachen zu erlegen, wenn sie dir ans Leben wollten«, setzte er mit plötzlich veränderter, heiserer Stimme hinzu.

»Jetzt weiß ich, daß Sie den Verstand verloren haben.« Sie schlug seine Hand weg, die auf ihrer Haut zu spüren, sie erzittern ließ. Ihr ganzer Körper war durch seine Nähe in Aufruhr. Wie war das möglich? Er brauchte sie nur zu berühren, und sie schmolz dahin wie Butter in der Sonne. »Wie sind Sie überhaupt hereingekommen?«

»Diese Frage hatte ich eigentlich als erste erwartet. Wie man es macht – den Baum hinauf und auf den Balkon, und dann brauchte ich nur noch dein Zimmer zu finden. Ich hatte Glück. Keiner der anderen ist aufgewacht, nur du, und dich wollte ich

wecken. Treulose, kleine Kyla – warum bist du weggelaufen?«
Er griff mit einer Hand in ihre Haare und machte es ihr unmöglich, den Kopf wegzudrehen. Als sie seinem Blick begegnete, sah sie einen Zorn in seinen Augen lodern, der seinen gelassenen Ton Lügen strafte. »Warum hätte ich bleiben sollen? Sie wollten einen Mann bestechen, damit er mich heiratete und Sie mich los wären.«
»Ja – und ich war bereit, weit mehr zu bezahlen, als du wert bist.«
Sie schnappte wütend nach Luft und versuchte seine Hand abzuschütteln, doch er hielt sie eisern fest. »Sie sind ein herzloses Ungeheuer, Brett!«
»Du bist nicht die erste, *querida* ...« Sein Daumen fuhr an ihrem Kinn entlang und weiter zu ihrer Kehle. »Aber die widerspenstigste – und neuerdings finde ich das eher ärgerlich als amüsant. Allerdings bin ich seit einiger Zeit ohnehin nicht bester Stimmung.«
»Das tut mir aber leid.« Kyla schluckte, als seine Hand ihre Kehle in einer Weise umfaßte, die man bei einem anderen Mann als zärtlich gedeutet hätte. Sie schaute in sein Gesicht hinauf, über das die Schatten der windgepeitschten Blätter des großen Baumes im Innenhof huschten. In der Ferne grollte Donner, und dann tauchte ein Blitz den Raum für einen kurzen Moment in grelle Helligkeit. In diesem Augenblick war Bretts Gesicht deutlich zu sehen, und sie sah Zorn in seinen Augen lodern. Er war wütend! Warum? Weil sie ihm nicht gestattet hatte, über ihr Leben zu bestimmen? Zum Teufel mit ihm! Zum *Teufel!*
Unvermittelt stieß sie ihn mit beiden Händen von sich, und er ließ von ihrem Hals ab und wollte sie bei den Armen packen. Sie entwischte ihm und holte aus, doch er bekam ihr Hand-

gelenk zu fassen, ehe sie zuschlagen konnte, drehte ihr die Arme auf den Rücken und drückte sie mit seinem Gewicht in die Kissen.
»O nein«, sagte er leise, »ich werde nicht noch einmal zulassen, daß du mich schlägst. Du mußt dir diese Neigung abgewöhnen, meine Schöne, sonst bringt sie dich eines Tages noch in Teufels Küche.«
Er lag so schwer auf ihr, daß sie kaum atmen konnte. Als sie sich unter Aufbietung all Kräfte aufbäumte, weil sie hoffte, daß er dadurch von ihr herunterrutschen würde, spreizte er einfach die Beine. Und so strampelte sie in hilfloser Wut unter ihm und schluchzte, krampfhaft nach Luft ringend, ihren Haß auf ihn und ihre Wut darüber hinaus, daß er wieder in ihr Leben getreten war.
»Ich hasse Sie, Brett Banning, o Gott, wie ich Sie hasse!« preßte sie mühsam hervor. »Sie sind ein Betrüger, ein Blender ... Sie geben vor, ein Herzog zu sein, dabei sind Sie ... nur ein Halbblut, eine ... eine Kreuzung zwischen einer Wilden und einem *Amerikaner!*«
Er stützte sich rechts und links von ihr ab und stemmte seinen Oberkörper so weit hoch, daß sie ihre Lungen wieder füllen konnte. Mit schmalen Augen und dem vertrauten, spöttischen Lächeln um die Lippen schaute er auf sie hinunter. »Du sagst das, als sei es ein Fluch, meine Süße – aber ich sehe das ganz anders. Ich wäre sehr viel lieber Amerikaner als Engländer und stolz darauf, wenn ich ein Komantsche wäre. Unglücklicherweise entstammte meine Mutter einer uralten Familie spanischer *gachupines*, die den Kopf noch höher tragen als selbst die Engländer. Und so habe ich von der einen Seite englische Unfehlbarkeit und von der anderen spanische Arroganz geerbt.«

»Sie meinen Grausamkeit.« Sie wand sich unter ihm, doch er rührte sich nicht. »Lassen Sie mich aufstehen, Brett! Wenn Sie mich nicht sofort aufstehen lassen, schreie ich, bis der Hausherr kommt und Sie über den Haufen schießt, so wahr mir Gott helfe!«

Er lachte leise. »Wenn du schreien wolltest, hättest du es längst getan, Kyla. Ich glaube, in Wahrheit bist du froh, daß ich hier bin, hast dir trotz all deiner Haßtiraden gewünscht, daß ich kommen würde.«

Aufschluchzend versuchte sie ein zweites Mal, sich durch Aufbäumen von seinem Gewicht zu befreien. »Ich hasse Sie wirklich, Brett Banning – ich hasse Sie aus tiefster Seele ...«

»Tatsächlich? Dann zeig's mir. Zeig mir, wie sehr du mich haßt, meine kleine, blonde Zigeunertänzerin ... du hast viel dazugelernt, seit ich dich das letztemal sah. Tanzt du auch für deinen neuen Liebhaber, wie ich dich vorhin habe tanzen sehen – in einem durchsichtigen Gewand wie diesem? Kein Wunder, daß er dich unbedingt behalten will – so unbedingt, daß er sogar versucht hat, mich umbringen zu lassen, anstatt sich der Gefahr auszusetzen, mir im Duell gegenüberzutreten – o nein, meine Schöne, ich habe dir doch gesagt, daß ich das nicht mehr zulassen werde«, setzte er mit härterer Stimme hinzu, als sie es schaffte, ihre Hand zu befreien und zum Schlag ausholte. Und als sie den Mund öffnete, um zu schreien, schloß er ihn ihr mit einem brutalen Kuß. In ihre Haare greifend, hielt er erbarmungslos ihren Kopf fest, während er seine Zunge mit rücksichtloser Gewalt tief in ihren Mund stieß und mit der freien Hand das Dekolleté ihres Nachthemds packte und die weiße, dünne Seide mit einem Ruck entzweiriß. Sie wehrte sich, doch es half nichts, und dann schlossen sich sein Daumen und Zeigefinger um ihre Brustwarze und rollten sie dazwischen hin und

her, was ein wohlbekanntes Ziehen zwischen ihren Beinen auslöste. Oh, warum tat er das?
Sich unter ihm windend, spürte sie seine Hände über ihren Körper wandern, von ihren Brüsten über ihren flachen Leib und an den weichen Innenseiten ihrer Schenkel entlang, bis ihr Atem stoßweise ging und ihr undeutlich bewußt wurde, daß er ihren Mund freigegeben hatte und seine Lippen jetzt über ihre Kehle zu ihren Brüsten glitten.
»Brett … oh, warum tun Sie mir das an? Hören Sie auf … ich will nicht …«
Sie brach ab und sog jäh die Luft ein, als sie seine Finger in sich hineingleiten fühlte. Unwillkürlich hob sie sich ihnen entgegen, und als sie mit letzter Kraft protestieren wollte, erstickte er ihr Gestammel mit einem neuerlichen Kuß, während seine Liebkosungen sie erbeben ließen.
Von weit her, als sei sie es gar nicht selbst, hörte sie sich schluchzend stöhnen und Haßtiraden ausstoßen, und als Antwort Bretts leises, spöttisches Lachen. »Wenn sich dein Haß in dieser Weise ausdrückt, dann soll er mir recht sein, *querida* …«
»O …« Sie hätte ihm so gerne gezeigt, daß er keine Macht über sie hatte, doch die Leidenschaft und Sehnsucht, die seine Lippen, seine Hände und sein Körper in ihr weckten, bewiesen ihr – und ihm – das Gegenteil … und dann konnte sie überhaupt nicht mehr denken, denn sie wurde von einer Welle solcher Ekstase erfaßt, daß sie sich unkontrollierbar zitternd an ihn klammerte und immer und immer wieder seinen Namen schluchzte, in einer Litanei, die gleichermaßen Hoffnung und Verzweiflung ausdrückte.
Draußen krachten Donnerschläge, und bei jedem schien das ganze Haus zu erbeben, und wie in einem Traum sah sie Brett im grellen Schein der Blitze über sich und seine angespannten

Züge, als er in sie eindrang. Sie konnte nichts dagegen tun – ihr Körper hob sich ihm entgegen, begierig, ihn tiefer und tiefer in sich aufzunehmen. Es war, als sei sie besessen von diesem silberäugigen Teufel, der durch jeden ihrer Träume geisterte.

»Leg die Beine um mich«, flüsterte er heiser, und als sie sie hob, um sie um seine schmale Taille zu schlingen und ihn tief in sich festzuhalten, wußte sie, daß sie, was immer auch als nächstes geschehen mochte, nicht ertragen könnte, ihn wieder zu verlieren.

Und dann war es plötzlich nicht mehr wichtig, war nichts mehr wichtig, als seine Stöße schneller und schneller wurden und er sie in die schwindelnden Höhen süßen Vergessens entführte.

Kapitel 24

Nach dem Regen war die Luft herrlich frisch und sauber und die steingeflieste Terrasse frei von Staub. Der Sturm hatte zwar einige Zweige und Blätter von dem riesigen Baum gerissen und im Innenhof verstreut, doch als Kyla den Patio betrat, waren Dienstboten bereits dabei, die Unordnung zu beseitigen. Sie fühlte sich seltsam. Obwohl ihre Lider schwer und ihre Glieder matt waren, war ihr Körper hellwach. Sah man ihr an, daß sie den größten Teil der Nacht in den Armen eines Mannes verbracht hatte? Es war schon fast hell gewesen, als Brett sie leicht auf den Mund küßte, sich anzog und durchs Fenster verschwand.

Jetzt war schon später Vormittag, die Frühstückszeit längst vorbei, aber sie war erst aufgewacht, als Tansy die Fensterläden öffnete. Das junge Mädchen hatte sie neugierig angeschaut, jedoch nichts gesagt – nicht einmal, als sie Kylas zerrissenes Nachthemd neben dem Bett vom Boden aufhob.

Mein Gott, was hatte sie sich wohl gedacht? Und was hatte *sie* sich dabei gedacht, Brett trotz all ihrer Schwüre, es nie wieder zu tun, in ihr Bett zu lassen? Es hatte sich nichts geändert – sie hatte sich wieder einmal zum Narren gemacht. Keiner hatte dem anderen etwas versprochen oder ihm seine Liebe beteuert, nur ihre Körper hatten, von wilder Leidenschaft getrieben, zueinander gefunden. Das war zwar besser als nichts, aber nur ein schwacher Trost. Wie sollte sie Raoul jetzt noch heiraten? Andererseits wäre es töricht gewesen, sich für Brett aufzusparen, denn es deutete nichts darauf hin, daß er mehr in ihr sah als eine willige Mätresse. Hatte er ihr in England nicht deutlich gezeigt, daß er sie loswerden wollte? Großer Gott – er hatte sogar versucht, sie mit seinem Freund zu verheiraten ... ja, es wäre wirklich der Gipfel der Dummheit, wenn sie ihm gestatten würde, wieder mit ihr zu spielen.

»*Maîtresse?* Sie haben Besuch.«

Kyla fuhr erschrocken herum, denn sie war so in Gedanken versunken gewesen, daß sie Tansy gar nicht hatte kommen hören. »Wer ist es?«

»Ein Monsieur Banning, Herzog von Wolverton. Oh, ein *Herzog, maîtresse!* Und er kommt zu *Ihnen*! Soll ich ihn in den Patio führen?«

Brett ... so bald. O Gott – sie war nicht darauf vorbereitet, wußte nicht, was sie sagen *sollte* ... »Ja, führ ihn hier heraus – und bring noch Kaffee, bitte.«

Benimm dich nicht wie ein aufgeregtes Schulmädchen, schalt sie sich, doch die Erinnerung an die letzte Nacht war noch zu lebendig, um es ihr möglich zu machen, ihm gelassen zu begegnen – wobei sie bezweifelte, daß ihr das überhaupt jemals möglich wäre. Wie würde er sich verhalten? Würde er ihr wieder mit dem verhaßten, wissenden, spöttischen Lächeln gegenübertreten oder so nett und freundlich wie in jenen letzten Wochen in England, bevor er ihr eröffnete, ihre Heirat mit Kenworth arrangiert zu haben? Wie könnte sie einem Mann vertrauen, der zu so etwas fähig war?

Trotz des Aufruhrs in ihrem Innern gelang es ihr, heiter und ruhig zu erscheinen, als Tansy Brett in den Patio führte. Das durch das Astwerk der riesigen Eiche dringende Sonnenlicht ließ seine blauschwarzen Haare, das Erbteil seiner spanischen Vorfahren, wie lackiert glänzen. Wenn man bedachte, daß dieser Teil des Landes zunächst im Besitz der Spanier gewesen war, die ihm den Namen ›Neuspanien‹ gegeben hatten, war das Gerücht, seine Mutter sei eine amerikanische Eingeborene gewesen, gar nicht so weit von der Wahrheit entfernt.

»Sie sehen müde aus«, sagte Brett, als er auf sie zukam, und ein teuflisches Glitzern funkelte in seinen Augen, als er die dargereichte Hand nahm und sich zu einem Kuß darüberbeugte. »Haben Sie nicht gut geschlafen, Miss van Vleet?«

Verärgert und auch ein wenig verlegen ob seiner versteckten Anspielung entzog sie ihm ihre Hand mit einem Ruck und entgegnete kühl: »Es war eine unruhige Nacht. Das Gewitter ...«

»Ah, ja – das Gewitter ...« Er sah in seinem makellosen weißen Hemd mit dem eleganten Halstuch, dem maßgeschneiderten Rock und der enganliegenden Hose, die die langen, muskulösen, in kniehohen Stiefeln steckenden Beine umschloß, geradezu atmenberaubend gut aus. Warum war er heute gekommen, wo sie noch so aufgewühlt von der letzten Nacht war? Warum war er *überhaupt* gekommen? Und warum mußte er so dicht vor ihr stehen, daß sie fast die Wärme seines Körpers spüren konnte? Tansy erlöste sie davon, indem sie Brett eine Tasse schwarzen, dampfenden Kaffees brachte, was ihn dazu zwang, ein wenig von ihr abzurücken. Er betrachtete sie über den Rand des dickwandigen Gefäßes hinweg mit Bewunderung im Blick, bis das Mädchen wieder im Haus verschwunden war. »Ich nehme an, Sie fragen sich, warum ich Sie heute besuche«, sagte er, zur Sicherheit beim distanzierten ›Sie‹ bleibend.

Sie räusperte sich und schaute, nervös mit den Fransen ihres

Umschlagtuches spielend, zu ihm auf. »Ja, ich frage mich tatsächlich, was Sie veranlaßt, mich nach der gestrigen Szene bei Chevalier de Touzac aufzusuchen. Geht es um meinen Verlobten, Monsieur Renardeau?«

Bretts Augen verengten sich leicht. »In gewisser Weise, ja. Ich habe bei unserer letzten Begegnung einige Dinge unerwähnt gelassen, die vielleicht von Interesse für Sie sein könnten.«

»Ach ja?« Kyla griff, Bretts eindringlichem Blick ausweichend, mit ruhiger Hand nach ihrem Kaffee. »Was könnten Sie mir zu sagen haben, das mein Interesse verdiente, Mr. Banning?« fragte sie, die bürgerliche Anrede betonend, und sah Belustigung in seinen Augen aufblitzen, bevor er erwiderte: »Es scheint Sie nicht im geringsten zu überraschen, daß ich ihn kenne. Würde es Ihnen etwas ausmachen, mir zu erklären, warum?«

Die Frage traf sie unvorbereitet, und sie nippte an ihrem heißen, schwarzen Kaffee, um Zeit zu gewinnen. »Ich nehme an, es liegt daran, daß Raoul aufgrund seiner Geschäfte einen so großen Bekanntenkreis hat. Ich habe offen gestanden gar nicht darüber nachgedacht.«

Brett stellte seine Kaffeetasse mit leisem Klirren ab, und als er auf Kyla zutrat, war sein Gesicht sehr ernst. »Sag mir verdammt noch mal die Wahrheit, Kyla«, herrschte er sie, alle Vorsicht beiseite lassend, an. »Wieviel weißt du über Renardeaus Geschäfte? Und weich nicht wieder aus!«

»Ich kann mir nicht vorstellen, was Sie auf den Gedanken bringt, daß ich etwas darüber wüßte.« Sie stellte ihre Tasse so heftig auf das Tischchen neben sich, daß sie eigentlich hätte zerbrechen müssen, und stand auf. »Sie sind Gast in diesem Haus«, funkelte sie ihn an. »Benehmen Sie sich, oder ich werde Sie hinausbegleiten lassen. Ich weiß lediglich, daß mein Verlobter Waren aus Frankreich und Spanien importiert. Warum sollte ich mehr darüber wissen – und warum interessieren Sie sich dafür?«

»Weil ich ein neugieriger Mensch bin – und ganz besonders, wenn es um Dinge geht, die mich selbst betreffen. Es beschäftigt mich, daß ich, kurz nachdem du in London als angebliche Erbin von Edward Riverton auf meiner Schwelle erschienen warst, erfahren mußte, daß mir wichtige Papiere gestohlen und an Northwick verkauft worden waren – einen Mann, der geradezu besessen von dir war. Und nun finde ich dich hier als Verlobte ausgerechnet des Mannes vor, der für den Diebstahl dieser Papiere verantwortlich ist. Die Verbindung sticht einem geradezu ins Auge.«

Sie starrte ihn verständnislos an. »Ich weiß nicht, wovon Sie reden.«

»O doch – ich glaube, das tust du.«

Sein Ton war nicht spöttisch wie in der Nacht davor und auch nicht amüsiert, sondern nüchtern und anklagend.

»Soll ich einen Diener holen, damit er Sie zu Tür bringt, oder finden Sie den Weg allein?« fragte sie eisig.

»Ich denke, ich finde ihn ohne fremde Hilfe.«

Sie fröstelte und zog das dünne Umschlagtuch fester um sich. »Dann guten Tag, Sir.«

»O nein, *querida* – so einfach wirst du mich nicht los. Ich gehe erst, wenn ich weiß, was ich wissen will, und wenn du keine Lust hast, deinen Gastgebern oder wem sonst, der unbequeme Fragen stellen könnte, zu erklären, wie gut du mich kennst, wäre es klug von dir, mir meine Frage zu beantworten. Hast du mit Renardeau gemeinsame Sache gemacht?«

»Nein! Sind Sie nun zufrieden? Ich habe ihn erst auf dem Schiff kennengelernt, das mich hierher brachte – aber selbst, wenn ich ihn schon früher gekannt hätte, wäre es mir nie eingefallen, bei irgend etwas ›gemeinsame Sache‹ mit ihm zu machen. Ich kam damals ausschließlich zu Ihnen, um Anspruch auf das Erbe zu erheben, das meiner Mutter vorenthalten worden war. Sie war mit Ihrem Cousin verheiratet, ob Sie das nun glauben wollen oder nicht, und es hätte ihr gestattet sein müssen, mit ihm zusammenzubleiben, wenn ich auch nicht begreife, daß ihr soviel an einem Mann lag, der zu feige war, seinen Eltern ihretwegen zu trotzen. Ich schäme mich, einen solchen Vater gehabt zu haben, und es erfüllt mich mit Freude und *Stolz*, daß meine Mutter so eine tapfere und entschlossene Frau war. Ich wäre heute tot oder Schlimmeres, wenn sie nicht so mutig gewesen wäre ... sie hat alles gewagt für mich ... für *mich* ... und es bekümmert mich, daß ich ihr nicht mehr sagen kann, daß ich es weiß, daß ich sie dafür bewundere und daß ich ermessen kann, wie groß das Opfer war, das sie gebracht hat, um mich vor dem schrecklichen Northwick zu schützen, um mir zu ersparen, was sie durch die Schuld meines Vaters zu erdulden hatte ...«

Die Worte kamen, von trockenem Schluchzen unterbrochen, nur sehr mühsam und abgehackt heraus, und während der ganzen Zeit blinzelte sie gegen die aufsteigenden, heißen Tränen an. Brett hörte sich schweigend und ohne sich zu rühren an, was sie ihm da heiser flüsternd entgegenschleuderte, und als sie schließlich erschöpft verstummte, sagte er nach einem Moment leise: »Ich glaube dir, Kyla.«

Sie wischte sich mit dem Rand ihres Umschlagtuches die Tränen ab, die trotz aller Bemühungen über ihre Wangen gelaufen waren, legte den Kopf zurück, um ihm ins Gesicht schauen zu können, und sagte mit zittriger Stimme trotzig: »Tatsächlich? Das wird aber auch Zeit!«

»Ja, da hast du wohl recht. Ich habe übrigens von Anfang an gewußt, daß deine Mutter rechtmäßig mit meinem Cousin verheiratet war.«

»Und Sie haben es nie zugegeben? Sie hätten ihren Namen reinwaschen können, die Leute hätten endlich die Wahrheit erfahren und ...«

»Und *was?* Hätte sie das wieder lebendig gemacht? Hätte es etwas geholfen? Nein. Die Ehe wurde annulliert – das habe ich dir gesagt. Und es stimmt, daß dein Vater kein Geld hinterlassen hat. Mein Gott, Kyla – diese ganze häßliche Geschichte wieder aufzurollen hätte nichts geändert. Und daß ich dir nicht gleich zu Anfang glaubte, lag daran, daß du nicht die erste warst, die Anspruch auf einen Teil von Edwards Besitz erhob. Die meisten waren reguläre Gläubiger, doch es kamen auch einige Leute, die hofften, sich durch Lügengeschichten an seinem vermeintlichen Vermögen bereichern zu können. Das ist nicht ungewöhnlich, wenn ein bekannter Mann stirbt, aber nichtsdestoweniger verdammt ärgerlich.«

»Sie haben mich also mit den anderen in einen Topf geworfen. Wie reizend. Ich nehme an, das rechtfertigt in Ihren Augen, wie Sie mich behandelt, wie Sie mich bedroht und mein Leben zerstört haben ...«

»Nein – dafür gibt es keine Rechtfertigung, und ich werde auch nicht versuchen, eine zu konstruieren. Ich wollte dich haben, so einfach ist das, und als du ankündigtest, als Kurtisane in die Fußstapfen deiner Mutter treten zu wollen, dachte ich nicht weiter.«

»Ich verstehe.«

»Nein, das glaube ich nicht – aber darum bin heute – und auch letzte Nacht – nicht gekommen.«

»Und warum *sind* Sie gekommen?«

»Weil ich die Wahrheit wissen wollte, wissen wollte, ob es stimmte, was ich die ganze Zeit vermutet hatte ...«

»Nun – jetzt haben Sie ja wohl erfahren, worauf es Ihnen ankam. Ich möchte Sie bitten zu gehen. Und bitte kommen Sie nicht noch einmal hierher. Ich möchte Sie niemals wiedersehen. Sie haben alles getan, um mein Leben zu zerstören, und ich wünschte bei Gott, ich hätte Sie nie kennengelernt. *Gehen* Sie endlich!« Sie konnte ihn nicht ansehen, den Gedanken nicht ertragen, daß ihm nichts an ihr lag, und ihn wegzuschicken, ehe er Gelegenheit hätte, sich seinerseits zu verabschieden, gab ihr wenigstens die Möglichkeit, sich einen letzten Rest von Würde und Stolz zu bewahren.
Als sie aufblickte, war er fort, hatte sich so leise entfernt, daß es ihr entgangen war. Sie stand allein mit den leeren Kaffeetassen im Patio, wie versteinert in ihrem namenlosen Schmerz, und fand erst, als Esmée aus dem Haus kam, die Kraft, sich aus ihrer Erstarrung zu lösen. Sie ging zu dem kleinen Brunnen des Innenhofes, setzte sich auf den steinernen Rand und zog die Hand durch das klare, kühle Wasser, in dem Goldfische hin und her huschten.
»War das der Herzog, der gerade hier war?« fragte Esmée zu ihr tretend. »Der Mann, mit dem Raoul sich duellieren will?«
»Ja.«
»Dann ist es also wahr ...«
Kyla schaute auf, doch statt eines Tadels las sie Mitgefühl in den Augen des Mädchens. »Ich weiß nicht, was du meinst, Esmée ...«
»Ich glaube, doch, *petite cousine*. Dienstboten schwatzen, und es haben viele miterlebt, was sich gestern abend hinter dem Haus des Chevalier de Touzac zugetragen hat. Meine Zofe hat gehört, daß dieser Herzog, dieser Brett Banning, dich regelrecht mit den Augen verschlungen habe, als du da draußen tanztest. Und heute früh steht er – *voilà* – auf unserer Schwelle, und das,

nachdem er von deinem Verlobten zum Duell gefordert wurde. Das läßt doch tief blicken ...«

Kyla mußte lächeln, obwohl ihr eigentlich zum Weinen war. »Deine Gedankengänge faszinieren mich, Esmée.«

»Da ist nichts weiter dabei – man muß nur – zwei und zwei zusammenzählen. Also – was wirst du jetzt machen?«

»Raoul heiraten – wie geplant.«

»*Quoi! Was?* Obwohl du einen anderen liebst? Warum willst du das tun, um Himmels willen?«

»Wie kommst du darauf, daß ich einen anderen liebe? Wirklich, Esmée – du hast eine zu lebhafte Fantasie.«

»Das hat überhaupt nichts mit Fantasie zu tun. Ich sehe doch, daß du ihn liebst – sonst hätte sein Besuch dich nicht so traurig gemacht. Oder weinst du, weil du fürchtest, daß Raoul ihn töten wird?«

»O Gott – das Duell! Es darf nicht dazu kommen! Ich muß es verhindern ... ich werde verlangen, daß Raoul seine Forderung zurückzieht.«

Esmée lachte leise. »Dazu dürfte es zu spät sein. Ich weiß, daß sie sich heute mittag um zwölf unter den Eichen treffen, weil ich Papa sagen hörte, daß er hingehen würde, um zuzusehen.«

»Um zwölf! Das ist es ja schon fast ... oh, du mußt mir helfen, Esmée! Du *mußt!* Weißt du, wo der Platz ist? Kannst du mich hinbringen?«

»Das könnte ich schon, aber wenn Maman es erführe ... oh, bitte verzweifle nicht – ich bringe dich hin. Ich kann dir das nicht abschlagen, wenn ich sehe, wie wichtig es dir ist. Und wenn Maman böse werden sollte – sie wird sich auch wieder beruhigen. Komm – wir müssen uns Capes mit Kapuzen holen, damit man uns nicht erkennt.«

Das nächtliche Unwetter hatte die Straßen aufgeweicht, und

der Schlamm saugte sich an den Rädern der Kutsche fest und ließ sie nur sehr langsam rollen. Kyla wurde von der Furcht gepeinigt, daß sie zu spät kämen, sprang bereits, bevor die Kutsche als letzte in einer langen Reihe richtig zum Stehen kam, heraus und hetzte mit sich hinter ihr wie ein Segel blähendem Cape über die Straße.

Riesige, weit ausladende Eichen breiteten ihre dicken Äste über eine Wiese, um die sich eine große Zuschauermenge versammelt hatte. Kyla entdeckte Godfreys hochgewachsene Gestalt unter ihnen. Warum hatte er diesem Wahnsinn nicht Einhalt geboten?

Voller Entsetzen sah sie, wie ein kleines, weißes Tuch in die Luft geworfen wurde, und, während es zu Boden flatterte, die einige Meter voneinander entfernt stehenden Duellanten die Arme hoben und zielten. Zwei gleichzeitige Explosionen zerrissen die ländliche Stille, und zwei orangerote Flammenzungen schossen aus den Pistolenmündungen. Brett drehte sich um die eigene Achse, doch Kyla hatte in dem Sekundenbruchteil davor noch Gelegenheit, den leuchtend roten Fleck auf seinem weißen Hemd zu sehen. Ein lautes Summen dröhnte in ihren Ohren, sie wollte loslaufen, aber konnte sich nicht rühren, wollte schreien, aber brachte keinen Ton heraus.

»*Mon Dieu!*« keuchte Esmée hinter ihr und umklammerte ihre Schulter. »Wir sind zu spät gekommen ...«

Ein Seufzen lief durch die Zuschauer, als hätten sie bis eben alle die Luft angehalten, und dann sah Kyla Raoul mit verzerrtem Gesicht einen Schritt vorwärtstaumeln. Die Pistole entglitt seiner Hand, und er fiel vornüber ins nasse Gras und rührte sich nicht mehr. Um Brett hatte sich bereits eine Menge geschart, und nun liefen andere zu Raoul. Kyla wurde erst klar, daß sie sich bewegt hatte, als sie bei Brett ankam und plötzlich von jemandem gepackt und zurückgehalten wurde. Sie schaute auf und sah Godfrey mit gerunzelter Stirn auf sich herunterstarren.

»Godfrey ... ist er ... ist er ... tot?«

»Sie sollten nicht hier sein.« Godfrey drehte sie herum und schob sie energisch weg. »Fahren Sie nach Hause. Es wird alles nur noch schlimmer, wenn Sie jemand erkennt.«

»Das kümmert mich nicht! Sagen Sie mir, ob er tot ist oder ...«

Godfrey ließ sich zu einem Kopfschütteln erweichen. »Er lebt. Aber jetzt gehen Sie, bevor Sie jemand sieht.«

Nachdem sie diese spärliche, aber dennoch tröstliche Auskunft erhalten hatte, gestattete Kyla Esmée, sie zu ihrer Kutsche zurückzugeleiten. Erst als sie wieder zu Hause waren und Tansy ihr aus den schlammbespritzten Kleidern half, fiel ihr ein, daß sie sich gar nicht danach erkundigt hatte, was aus Raoul geworden war.

Die Tür ihres Zimmers flog auf und Esmée stürmte herein. »Raoul ist tot, *petite cousine!*« rief sie aufgeregt. »Und dein gutaussehender Herzog wird jetzt wegen Mordes gesucht. Papa sagt, daß große Aufregung herrscht und ganz New Orleans von nichts anderem spricht.«

»Sie suchen ihn wegen *Mordes?* Aber es war doch ein Duell!«

»Duelle sind hier verboten, seit New Orleans zu Amerika gehört – weil sie ein barbarischer Brauch seien, heißt es. Und darum machen sie jetzt Jagd auf Brett Banning, und wenn sie ihn finden, wird er gehängt.«

»Mein Gott.« Kyla schauderte – und dann wurde ihr plötzlich klar, was Esmée gesagt hatte. »Er ist *fort?*«

»Ja. Er hat New Orleans klugerweise trotz seiner Verwundung verlassen. Ängstige dich nicht, Kyla – die Sache wird bald vergessen sein. Die amerikanische Regierung ist zwar darauf bedacht, Duelle zu ahnden, aber bei uns wird das nicht so wichtig genommen. Den Franzosen bedeutet ihre Ehre sehr viel, und New Orleans ist trotz der Flagge auf dem Rathaus noch immer sehr französisch.«

Als Kyla nichts dazu sagte, nur schweigend in die fröhlich tanzenden Flammen im Kamin starrte, murmelte Esmée mitfühlend: »Es tut mir leid, *petite cousine.*«

Und Kyla wußte, daß sich das Mitleid ihrer Wahlverwandten nicht darauf bezog, daß sie Raoul, ihren Verlobten verloren hatte. Nein – es galt dem Verlust des Mannes, der in England ihr Beschützer gewesen war. Über dieses pikante Detail wußte Esmée natürlich nichts – sie hatte ihr nur auf den Kopf zugesagt, daß sie Brett Banning liebe … Und so mußte es wohl sein, sonst würde sie sich innerlich nicht so tot fühlen, so verlassen, weil Brett aus ihrem Leben verschwunden war, während der Tod von Raoul ihr nicht mehr als ein vages Bedauern abnötigte. Aber sie hatte Raoul auch nie geliebt, was sie ihm ehrlicherweise immer und immer wieder gesagt hatte, war nur bereit gewesen, ihn zu heiraten, weil es so aussah, als ob sie nie bekommen würde, was sie sich wirklich wünschte.

Wie könnte sie das jemals zugeben? Wie könnte sie irgend jemandem eingestehen, daß sie so töricht gewesen war? Und jetzt war sie wieder allein. *Ganz* allein.

Kapitel 25

Obwohl erst April, war es bereits heiß. Kyla saß im Schatten im Patio und fächelte sich Kühlung zu. Sie sollte eigentlich von ihrem Stuhl aufstehen und sich für die Soiree bei den Sauzeracs fertig machen, aber sie hatte überhaupt keine Lust. Sie würde nur hingehen, weil Esmée sie so inständig gebeten hatte und Caroline seit den Vorkommnissen damals so besorgt um sie war.

Es kam ihr vor, als liege das alles bereits Jahre zurück und nicht erst ein paar Monate. Alle glaubten, sie trauere um ihren toten Verlobten – nur Esmée kannte die Wahrheit, obwohl Kyla sie ihr nie gestanden hatte, und wahrte ihr Geheimnis. Sie wurde mit Rücksicht auf ihren Kummer, von dem man annahm, daß er dem dahingeschiedenen Raoul gelte, wie ein rohes Ei behandelt, und sie sah keine Veranlassung, irgend jemandem anzuvertrauen, wie es sich wirklich verhielt.

Es hatte in allen Zeitungen gestanden, daß Renardeau die Besitzurkunde von Brett Bannings Silbermine gestohlen und in England zu verkaufen versucht hatte. Es gab eine Menge Gerüchte über all die Einzelheiten, über Bretts Onkel, Javier Aguilar y Portillo, der den Diebstahl ausgeheckt hatte, weil er die Silbermine haben wollte, um eine Revolution in Mexiko finanzieren zu können. Don Javier hatte Raoul dafür bezahlt,

daß er nach England reiste und einen Strohmann für den Kauf der Papiere auftrieb. An der Intrige, die er spann, waren ebenso Prinzen und Revolutionäre wie spanische Beamte beteiligt. Nicht, daß das jetzt noch von Bedeutung gewesen wäre. Die Revolution in Mexiko war gescheitert, das Land wieder unter spanischer Herrschaft, und Don Javier geflohen, als sein raffinierter Plan wie ein Kartenhaus einstürzte.
»Komm, *petite cousin*«, sagte Esmée in Kylas Gedanken hinein in dem munteren Ton, dessen sie sich stets bediente, wenn sie ihre Freundin aus ihrer Grübelei herauslocken wollte. »Wenn wir heute abend die beiden schönsten Mädchen auf dem Ball sein möchten, müssen wir jetzt mit den Vorbereitungen beginnen.«
Kyla blickte lächelnd auf. »Ich glaube, ich bleibe lieber zu Hause, Esmée – ich habe Kopfschmerzen von der Hitze. Verzeihst du mir?«
»Natürlich – aber meinst du nicht, du solltest allmählich vergessen, was geschehen ist?« Esmée schaute, auf ihrer Unterlippe herumkauend, besorgt auf sie herunter. »Es ist immerhin schon fast fünf Monate her, und du kannst dich doch nicht für den Rest deines Lebens in diesem Haus vergraben.«
»Vielleicht sollte ich fortgehen. Oh, schau nicht so traurig. Es ist sehr lieb von deiner Familie, daß sie mir erlaubt hat, so lange zu bleiben, aber ich muß irgendwann mein eigenes Leben führen. Zum Glück kann ich es mir finanziell leisten.«
»Aber du kannst doch unmöglich allein leben! Stell dir nur vor, was das für einen Skandal gäbe! Du bist nicht verheiratet und …«
»Vorläufig ist es nur eine Idee«, beruhigte Kyla sie. »Ich habe nicht vor, schon morgen auszuziehen. Bist du so lieb, mich nachher bei Madame Sauzerac zu entschuldigen?«

Esmée bemühte sich noch eine Weile, sie umzustimmen, doch schließlich gab sie auf. Als alle bis auf die Dienstboten, die ihre abendlichen Arbeiten verrichteten, fort waren, und Ruhe im Haus herrschte, ging Kyla, von der ungewöhnlichen Hitze getrieben, wieder auf die Terrasse hinaus, wo der Mond den Steinboden und die üppig blühenden, betörend duftenden Blumen mit silbrigem Licht übergoß. Ihr seidenes Hauskleid schleifte auf den Platten hinter ihr her, als sie im Patio umherging, dem Schlaflied der Vögel und den aus der Ferne gedämpft herüberdringenden Geräuschen der Stadt lauschend. Es war wohltuend friedlich hier, aber sie hatte ernst gemeint, was sie zu Esmée gesagt hatte. Sie war jetzt lange genug Gast gewesen – es war an der Zeit, daß sie ihr Leben selbst in die Hand nahm.

Aber was sollte sie tun? Sie hatte noch fast das ganze Geld, das Brett in England für sie hinterlegt und sie vor ihrer Abreise von der Bank geholt hatte. Vielleicht würde sie fürs erste einmal Tante Celeste besuchen.

Sie pflückte eine dunkelrosa Blüte von einem der entlang den Mauern wachsenden Kamelienbüsche, hielt sie sich an die Nase und fuhr streichelnd damit über ihre Wangen. Die Stille in dem mondlichtdurchfluteten Garten hüllte sie ein wie ein Cape, und sie setzte sich auf eine der steinernen Bänke, schloß die Augen und ließ die Ruhe auf sich wirken. Sie hatte keine Ahnung, wie lange sie schon so dagesessen hatte, als sie spürte, wie der innere Frieden, der sie erfüllte, sich allmählich zu einer seltsamen Unruhe wandelte – als erwarte sie etwas. Aber was?

Kyla schlug die Augen auf und schaute um sich. Nichts hatte sich verändert. Der Garten lag noch immer schlafend im Mondlicht, das der Szenerie etwas Märchenhaftes verlieh, und das einzige, was die Stille unterbrach, war ihr Atem. Kein Vogel war mehr zu hören, kein Lüftchen regte sich. Plötzlich stieg Unbehagen in ihr auf, und sie erhob sich, um ins Haus zurückzukehren.

Sie war noch nicht weit gekommen, als einer der Schatten unter dem Baum plötzlich lebendig wurde. Sie wandte sich in panischer Angst zur Flucht, doch ehe sie es sich versah, wurde sie von hinten umfaßt, und eine große Hand erstickte den Schrei, der in ihrer Kehle emporstieg. Sie versuchte verzweifelt, sich loszureißen, und die Kamelienblüte fiel zu Boden.

»Halt *still*, verdammt!«

Sie erstarrte. Mit hämmerndem Herzen wartete sie, wagte nicht zu glauben ... und dann sagte die Stimme dicht an ihrem Ohr: »Wenn du versprichst, nicht zu schreien, nehme ich die Hand weg.«

Sie nickte. Als er sie losließ, drehte sie sich langsam um – und dann wußte sie, daß sie kein Wunschgedanke genarrt hatte. Silbernes Licht glitzerte in Bretts dunklen Haaren, erhellte sein Gesicht und spiegelte sich in den leicht verengten Augen, die sie forschend betrachteten.

»Ich hoffe, du nimmst es mir nicht übel, daß ich darauf verzichtet habe, mich dir offiziell ankündigen zu lassen – ich wollte dich überraschen.«

Die vertraute, weiche und ein wenig heisere Stimme jagte ihr einen wohligen Schauer über den Rücken. »Das ist Ihnen gelungen.« Es sollte ungehalten und kühl klingen, doch das verwünschte Zittern in ihrer Stimme verriet ihre wahren Gefühle.

Brett lachte leise. »Als ich die anderen wegfahren sah, dachte ich, du würdest dich vielleicht einsam fühlen. Ist es so?«

»Was *tun* Sie hier, Brett?« fragte sie, ohne auf seine Anspielung einzugehen. »In New Orleans, meine ich. Was ist, wenn jemand sie erkennt?«

»Soll er doch. Ich bin hergekommen, weil ich dich besuchen

wollte. Ich dachte, du hättest mir inzwischen vielleicht verziehen und würdest dich darüber freuen.«

»Wo sind Sie denn die ganze Zeit gewesen?«

»In Mexiko. Ich hatte dort etwas zu erledigen – eine ... Familienangelegenheit, die im Zusammenhang mit der Revolution stand. Aber du hast gewußt, daß ich zurückkommen würde, nicht wahr?«

»Sie sind verrückt. Wenn man Sie entdeckt, werden Sie gehängt!«

»Dann komm mit mir.«

Sie starrte ihn entgeistert an. Er sah aus wie immer, doch in seiner Stimme schwang eine Eindringlichkeit mit, die sie noch nie bei ihm gehört hatte. Zwar zuckte das altbekannte, spöttische Lächeln in seinem Mundwinkel, aber es klang sanft, als er murmelte: »Ich habe dich vermißt, Kyla.«

Sie wagte kaum zu glauben, daß sie ihn richtig verstanden hatte, suchte in seinem Gesicht nach einer Bestätigung. Plötzlich griff er nach ihr, zog sie an sich, und sie spürte, wie seine Muskeln sich unter den Händen anspannten, mit denen sie sich gegen seine Brust stemmte, als er sie küßte.

Und dann gab sie ihre Gegenwehr auf, und die Tränen, die ihr aus den Augen stürzten, schmeckten nach Salz und Erleichterung und Liebe. Er flüsterte Liebesworte in ihre Haare, streichelte ihr Gesicht, ihre Lippen und die offen auf ihre Schultern herabfallenden Haare und sagte, daß er sie liebe, daß er ein verdammter Narr gewesen sei und daß er sie bei sich haben wolle.

»Wirst du mit mir kommen?« fragte er.

»Wohin?«

Er lachte leise, zog sie erneut an seine Brust und preßte sie mit nie erlebter Innigkeit an sich. »Spielt das eine Rolle?«

Sie schüttelte den Kopf. »Nein«, erwiderte sie wahrheitsgemäß.

»Was würdest du sagen, wenn ich dir erklärte, daß ich nicht mehr als Verbrecher gesucht werde?«
Sie starrte ihn an. »Werden Sie *nicht?* Aber warum? Ich dachte, sie wollten Sie wegen Mordes hängen.«
»Das wollten sie ursprünglich auch, doch das hat sich mit Hilfe eines guten Anwalts und aufgrund einiger wichtiger Tatsachen, die übersehen worden waren, geändert. Dir das alles zu erläutern, würde zu weit führen – jedenfalls bin ich begnadigt worden, und das habe ich den Bemühungen keines Geringeren als Präsident Monroe zu verdanken. Wie es scheint, ist er für meinen Einsatz in einem bestimmten Konflikt zwischen den Vereinigten Staaten und England vor ein paar Jahren sehr dankbar. Nun – wie ist es? Texas wird dir gefallen, denke ich. Vielleicht wird es dich sogar an Indien erinnern.«
»Texas – Ihre Heimat.«
»*Unsere* Heimat, wenn du willst. Ich habe eine Hazienda an einem Fluß. Alle Minen sind verkauft, weil ich mich gänzlich auf die Rinderzucht konzentrieren werde – eine große Hilfe für das Budget der Vereinigten Staaten, worüber einige spanische Regierungsbeamte allerdings nicht gerade begeistert waren. Amerika wächst, und eines Tages werden auch in Texas Amerikaner leben. Mexiko kann sie nicht auf ewig daran hindern, so gerne es das auch möchte.«
»Wie kommt es, daß *Sie* dort gelitten sind?«
»Meine Mutter war Mexikanerin – aber das habe ich dir ja schon erzählt. Also – kommst du mit mir?«
Sie zögerte. Sollte sie riskieren, wieder verletzt zu werden? Sollte sie riskieren, ihn zu lieben? Aber was war das Leben anderes als eine Aneinanderreihung von Risiken, dachte sie dann – es wurde doch nur durch Hoffnung und Liebe erträglich. Sie schaute zu ihm auf und sah zum erstenmal, seit sie ihn kannte,

bange Unsicherheit in seinen Augen. Irgendwie verlieh ihr das den Mut, den sie brauchte.

»Ja, Brett«, nickte sie mit einem leisen, zittrigen Seufzer. »Ich werde mit dir gehen – und ich werde bleiben, solange du willst.«

»Ich warne dich – das kann sehr lange werden, denn ich habe nicht die Absicht, dich jemals gehen zu lassen, *querida.* Es war sehr klug von dir gewesen, mich zu verlassen, denn das hat mich endlich zur Besinnung gebracht, und nun werde ich dich nie mehr weglassen.«

»Paß auf, was du sagst, Brett, denn ich nehme dich beim Wort.«

Als er sich vorbeugte und sie schwungvoll auf die Arme nahm, schlang sie die ihren leise lachend um seinen Hals. »Entführen Sie mich etwa wieder, Sir?«

»Ja – aber diesmal geradewegs zu einem Priester. Wir werden heiraten – ich gebe dir keine zweite Chance, mir zu entkommen.« Er drückte sie an seine Brust und sagte mit vor Bewegung rauher Stimme: »Ich liebe dich, Kyla. Gott helfe uns beiden – ich liebe dich. Willst du meine Frau werden?«

Sie brauchte ihm nicht zu sagen, daß sie seine Liebe erwiderte, denn sie wußte, daß er es in ihren Augen lesen konnte. Und während sie einander im weichen Mondlicht umschlungen hielten, wurde Kyla klar, daß es keine Rolle für sie spielte, wo sie leben würde – solange sie nur mit ihm zusammen war.

Epilog

Texas 1818

Kyla ruhte, in trockene Hitze gehüllt, entspannt auf einem gepolsterten Liegebett, das auf der steinernen Terrasse stand. Brett hatte recht gehabt mit seiner Vermutung: Sie liebte Texas, liebte das Klima, das sie an ihre Kindheit in Indien erinnerte, und die offene und ungezwungene Art der Leute.

In der Ferne zogen Rinder über das Land, das sich sanft hügelig bis zu den in blauem Dunst verschwimmenden Bergen wellte, die eine natürliche Grenze zwischen Mexiko und den Vereinigten Staaten bildeten. Hier war es friedlich, die kürzliche Revolution hatte die Santa-María-Rancho, Bretts Besitz, nicht erreicht. Die Ranch war nach seiner Mutter benannt, deren Familie einst Tausende Hektar Land in Neuspanien gehört hatten. Die Silbermine, die ihren Namen trug, hatte Brett verkauft, als er beschloß, sich auf die Rinderzucht zu konzentrieren. Hier läge die Zukunft, hatte er mit einem kleinen Lächeln gesagt – Amerika dehne sich aus, und dementsprechend würde auch der Fleischbedarf wachsen. Vielleicht hatte er recht – aber im Augenblick interessierten sie diese Überlegungen nicht sonderlich.

Wie völlig anders als erwartet ihr Leben sich entwickelt hatte! Brett und sie hatten sich in einer winzigen Missionskirche das Jawort gegeben, mit Godfrey als einzigem Zeugen. War das wirklich schon mehr als ein Jahr her? Es war eine Zeit des

Glücks gewesen und, ja, der Anpassung. Natürlich herrschte nicht immer eitel Wonne in ihrer Ehe, aber sie hatte noch keinen Tag bereut, sie eingegangen zu sein. Kyla lächelte und rückte den großen Strohhut zurecht, der ihre Augen gegen das grelle Sonnenlicht schützte. Nein – sie bereute es wirklich nicht. Sie legte die Hand auf ihren gewölbten Leib und seufzte. Es würde nicht mehr lange dauern, bis das Kind zur Welt käme. So sehr sie sich darauf freute – es erfüllte sie auch mit Bangigkeit. Würde das Baby die Beziehung zwischen ihr und Brett verändern? Würde sie eine gute Mutter sein können?

Und Brett – er behandelte sie wie ein rohes Ei, als ob sie aus Glas gemacht sei, und ließ sie nur allein, wenn es sich gar nicht vermeiden ließ. Es war Godfrey, der sie über den Grund für diese übertriebene Fürsorge aufklärte.

»Meine Schwester, Morning Light, liebte ihn, wie du ihn liebst«, sagte er mit einem traurigen Lächeln. »Aber es herrscht Zwietracht zwischen den Stämmen meines Volkes. Eines Tages, als die Männer auf der Büffeljagd waren, überfielen die Apachen unser Dorf und nahmen die Frauen, die Pferde und das Vieh mit. Morning Light konnte fliehen, doch als sie allein draußen in der Wildnis war, setzten die Wehen ein. Sie und das Kind starben, und Brett gab sich die Schuld dafür, weil er nicht bei ihr gewesen war, und obwohl er nie darüber spricht, weiß ich, daß er sich noch heute damit herumquält. Daher diese übergroße Sorge um dich. Aber«, setzte er nach einer kleinen Pause hinzu, »sie war nicht so stark wie du. Du hast Kraft.«

Ja, dachte Kyla – das hatte sich in den letzten beiden Jahren gezeigt. Faustine hatte ihr etwas ungeheuer Wertvolles vererbt – etwas, das ihrem Vater, dem Herzog von Wolverton, vollkommen gefehlt hatte: innere Stärke. Es war diese Stärke, die sie befähigt hatte, so vieles zu bewältigen – sogar Northwicks Versuch, sie zu ermorden, und Bretts Versuch, ihr Leben zu zerstören. Jetzt, da sie einige der Gründe dafür kannte, verstand sie, warum er sich nicht einmal selbst seine Liebe zu ihr hatte eingestehen wollen.

Ja, er liebte sie – aber manchmal zog er sich auch heute noch in sein Schneckenhaus zurück, benutzte wie früher seinen Spott, um Distanz zwischen ihnen zu schaffen – doch nie für lange, denn das duldete sie nicht. Lächelnd schloß sie die Augen.

»Du wirst dich in eine Dörrpflaume verwandeln, wenn du zu lange in der Sonne liegst, *querida.*«

Kyla schlug die Augen auf und sah Brett mit großen Schritten auf sich zukommen. Die Pistolen und das lange Messer in seinem Gürtel gaben ihm etwas Verwegenes, Gefährliches. Nichts an ihm erinnerte an den eleganten Gentleman, den sie in London kennengelernt hatte – und es war ihm deutlich anzumerken, wie viel wohler er sich in diesem wilden Land fühlte als in den feinen Salons der englischen Gesellschaft.

»Du riechst wie ein Pferd«, bemerkte sie spitz, als er sich auf dem Rand ihres Liegebettes niederließ, und er grinste.

»Du hast immer etwas zu bemängeln, nicht wahr? Das mag ich am liebsten an dir – deine freundliche Art.«

»Eine Frau, die dir immer nur sagte, was du hören willst, würde dich langweilen.« Sie fuhr mit der Fingerspitze über die glatte Oberfläche seines Rehlederhemdes und ließ die Fransen tanzen, die seine Brust überspannten. »Gib's zu.«

»Das tue ich. Bei dir brauche ich da ja wirklich keine Angst zu haben. Wie fühlst du dich?«

»Wie eine überreife Frucht.« Sie schnitt eine Grimasse, lächelte jedoch, als Brett behutsam seine große, braune Hand auf ihren geschwollenen Leib legte. »Rosita sagt, es muß ein Junge sein, weil ich im siebten Monat schon so dick bin.«

»Ich hoffe es. Allerdings müßte man bei einem so großen Mädchen keine Sorgen haben, daß ihm von einem Mann Gewalt angetan würde.«
»Das wäre dann ausgleichende Gerechtigkeit.« Kyla lachte, als sie die Empörung in seinen Augen sah, und gleich darauf verzog sich sein Mund widerwillig zu einem Lächeln.
»Du bist ganz schön vorlaut, Weib. Ach, übrigens – es ist Post gekommen. Godfrey hat auf dem Rückweg von der Küste Pablo Gomez getroffen.« Er zog einen großen Umschlag heraus, gab ihn ihr und lächelte, als sie beim Anblick der Handschrift einen Freudenschrei ausstieß. »Ich dachte mir, daß du dich darüber freuen würdest. Sie wird bald hier sein.«
»*Hier?* O Brett – Tante Celeste kommt *hierher?*«
»Ich befürchtete, daß es schwierig sein würde, sie zu überreden, ein Schiff zu besteigen, doch meine Versicherung, daß die See in dieser Jahreszeit nicht so rauh sei, hat ihre Bedenken zerstreut. Ich dachte, sie sollte dir mit dem Baby helfen.«
Kyla schossen die Tränen in die Augen, und Brett sagte bekümmert: „Verdammt, *querida* – wein doch nicht schon wieder. Es sollte eine *freudige* Überraschung sein.«
»Tut mir leid.« Sie tupfte sich mit einem Zipfel ihres Umschlagtuches die Augen ab. »Ich habe in letzter Zeit nah am Wasser gebaut. O Brett – ich kann es kaum glauben, daß du sie dazu bewegen konntest, zu kommen! Es wird fast sein, als wäre meine Mutter da.«
Brett legte lächelnd seine große Hand auf ihre kleine, und schon wieder war Kyla zu Tränen gerührt. Und dann dachte sie an Faustine. Maman wäre glücklich über die Wendung gewesen, die ihr Leben genommen hatte.
»Ist das nicht seltsam, Brett? Obwohl meiner Mutter die Rechte einer Herzogin von Wolverton verweigert wurden, sind sie mir

zuteil geworden. Ich habe mein Erbe bekommen – wenn auch auf ganz andere Weise, als ich es erwartet hatte.«

»Beschwerst du dich schon wieder, *querida?*« Er beugte sich über sie und küßte sie voller Verlangen auf den Mund. Sie schlang die Arme um seinen Hals und zog ihn zu sich herunter. In diesem Moment liebte sie ihn so sehr, daß es beinahe schmerzte. Nach ein paar Augenblicken löste er sich schwer atmend von ihr und murmelte mit einem reuevollen Lächeln kopfschüttelnd, daß es schon so lange her sei, daß sie miteinander geschlafen hätten.

»Es spielt keine Rolle, wie wir zueinander gefunden haben«, sagte er, liebevoll auf sie herunterschauend, »wichtig ist nur, *daß* es passiert ist. Ich kann mir ein Leben ohne dich nicht mehr vorstellen, *querida.* Glaubst du, unsere Liebe wird halten?«

Sie nahm sein Gesicht in die Hände und flüsterte: »*Toujours … para siempre* – für immer und ewig, mein Geliebter.«

Mit zärtlicher Stimme und leuchtenden Augen erwiderte er: »Für immer und ewig … *vida mia, mi alma de mi corazón … eres toda mi vida …*«

Ja, und *er* war *ihr* Leben, für jetzt und alle Zeit … *toujours.*